缅怀守初心 建功新时代

文学作品集

故道印记

散文卷

上

中共两当县委宣传部 编

敦煌文艺出版社

图书在版编目（CIP）数据

故道印记：上、下 / 中共两当县委宣传部编 . -- 兰州 : 敦煌文艺出版社，2024.5

ISBN 978-7-5468-2546-5

Ⅰ . ①故… Ⅱ . ①中… Ⅲ . ①散文集－中国－当代 ② 诗集－中国－当代Ⅳ . ① I217.1

中国国家版本馆 CIP 数据核字（2024）第 080179 号

故道印记：上、下

中共两当县委宣传部 编

责任编辑：李 佳

装帧设计：石生智

敦煌文艺出版社出版、发行

地址：（730030）兰州市城关区曹家巷 1 号新闻出版大厦 23 楼

邮箱：dunhuangwenyi1958@163.com

0931-2131601（编辑部）

0931-2131387（发行部）

兰州银声印务有限公司印刷

开本 710 毫米 ×1020 毫米 1/16 印张 37.5 插页 4 字数 590 千

2024 年 5 月第 1 版 2024 年 5 月第 1 次印刷

印数：1 ~ 1000 册

ISBN 978-7-5468-2546-5

定价：186.00 元（全二册）

前　言

　　为深切缅怀革命先辈的丰功伟绩，传承红色基因，赓续精神血脉，两当县面向社会开展"缅怀守初心·建功新时代"主题征文，得到广大文学爱好者的踊跃参与，共收到作品 2000 余篇（首）。这些作品主题鲜明，立意高远，彰显了强烈的时代精神，抒发了对"美丽两当·红色福地"的真挚感情，很好地体现了征文的意义。现遴选部分优秀作品结集成册，以激励全县广大干部群众坚守初心使命，奋进新征程，建功新时代。

中共两当县委

两当县人民政府

2023 年 10 月

目 录

上

第一辑　故道情怀

第三辑　岁月印痕

第四辑　心灵乾坤

下

辑 一　　初心印痕

辑　二　山水秘境

辑 三　古韵新声

第一辑

故道情怀

故道气韵

雷爱红

　　两当，古称"故道"，置县为战国秦时（前312年—前221年）。当时，故道属秦陇西郡管辖，治所在今两当县杨家店，这是两当置县的开始，距今已有两千二百余年的历史。北魏时期，设固道郡，下领两当县。北宋太宗至道元年（995年），治所由杨家店迁至广香镇，即今天的两当县城。

　　置身于卷帙浩繁的历史卷宗，细细翻阅千年故道之路上的点滴过往，那一卷卷散发着历史气息的典籍，一页页泛黄的文字和照片，一件件布满沧桑记忆的岁月珍品，向我们展示着故道文化悠长而绵润的情怀。

　　故道，在漫长的历史进程中，创造了丰厚的文化。早在新石器时代，先民就在这片土地上点燃了早期文明的火焰。战国末期以后，故道由氐、羌等少数民族聚居区逐渐发展成为以汉族文化为中心的地域。伴随着唐宋以来嘉陵江流域和汉江流域经济社会的繁荣发展，以及明清时期，湖南、湖北、四川等地人口的流徙、迁入，这片古老的土地，被注入了多彩的文化元素。故道文化在传承千年古韵的基础上，不断创造、丰富、出新，形成了今天独具特色的地方文化。

　　故道文化是一段交流和碰撞频繁的文化。就两当地名来看，其包含了明显的地理学特征。两当，位居甘、陕、川三省通衢之地，因其距陕西凤州和甘肃徽州（古说距汴京和益州，也就是今天的开封和成都）距离相当而得县名，这反映出两当在历史上作为交通枢纽的重要性——"秦陇之扦蔽、巴蜀之襟喉"。南来北往的文化，给故道留下了鲜明的印记，民间发现的《王氏族谱》《换盛隆号》账簿等珍贵史料，充分证明了故道在历史上是一个商贾贸易繁荣、文化交流频繁的地区。正是由于特殊的地理位置，千年故道成为陕甘茶马古道上显著的文化标志之一，成就了蜀道文化中一段凝重的过往。故道文化汲取了陇、秦、蜀等地文化营养，碰撞、融合与更生频繁，呈现出兼容开放的气象。

故道文化有着丰厚的红色文化底蕴。在这片红色的土地上，留下了习仲勋、徐海东等老一辈无产阶级革命家的战斗足迹，留存了两当兵变旧址、杨店古建一条街红军驻地、西山红军战斗遗址、太阳寺红军一条街等革命遗迹。两当，因此而成为"甘肃革命武装斗争第一枪"和"红军长征入甘第一站"。这些积厚流广的红色文化资源，是故道文化的闪光点，成为激励后人不断前行的时代鼓点。随着两当红色文化园区的建成，两当的知名度和影响力明显提升，对红色文化的挖掘和传承，有力地促进了两当旅游业和经济社会发展。

故道文化具有鲜明的历史文化色彩。八仙之一张果老修行悟道的两当县城东十五里的鸾鹭仙山登真洞，至今流传着"何仙姑粉染白皮松""张果老与董真人对弈"等传说故事，给千年故道增添了丰富的神话色彩。登真洞与董真庵一坐千年，在故道松涛的轻吟中，诵念着《张果老洞》的藏头诗，回味着"清清河淌在人间"的境界。那些伫立在故道上的文物古迹，讲述着千年风雨历程，太阳寺、月亮寺、香泉寺安静地细数着岁月的足印；自古就有"小崆峒"之称的云屏西姑庵，残存着九塔三院的遗迹和传说故事；广金千佛洞穿越历史与云屏古栈道连贯成一幅悠远的图画，默诵着黑水城的回音。

故道文化浸润着广袤的生态文化气息。故道的版图，记录着山川形胜的变迁，不变的是故道千年来始终葆有的雄奇和隽秀。故道地处西秦岭南麓的深山峡谷，这里群山错峙，万壑分流，林木茂密，峰奇水秀，峡谷草甸，富氧怡人，宛如巨型山水群雕。境内有云屏三峡国家 4A 级景区、灵官峡张果老登真洞景区和张家黑河森林公园，有移步易景的喀斯特地貌特征，有如诗如歌的牧野田园风光，有宜居宜游的生态园林县城，有红绿相映的美丽乡村。故道的生态文化深深根植于人们的生产生活之中，天然和人文的特质有机融合，透视后的文化感观正是其吸引八方游客的重要原因。

　　故道文化烙印着地方民俗文化的特征。故道，一路走来，因农事而作，随农事而变，伴农事而兴，故道民风温婉敦厚，民情质朴纯真。明清时期，那些远离故土，在血雨腥风中或幸存或逃亡的广大"棚民"，经历了刀耕火种、茹毛饮血、艰苦卓绝的生存抗争后，在南北二山中开创了一段以农耕、狩猎、种植、矿业开发、经济贸易等为特征的繁荣的历史时期，创造了多彩的"棚民文化"。国家级非物质文化遗产两当号子，以其高亢粗犷、曲调优美、音域宽广、节奏明快、朴实生动的艺术表现手法展现了两当儿女的生产生活风情。权家大院、太阳吊脚楼、宋家大院等民俗文化遗迹，远离了那一段往昔岁月的盛景，走在古老的街道和庭院，就像踩在历史沉积的碎片上。"瑶林玉树焕人文，知水仁山荣吉第"，这是清嘉庆年间两当太阳王百万家庄园大门上的一副石刻对联，饱含了故道人对往昔、如今和将来的由衷祈愿。

　　文化根深叶茂，必然繁花似锦，那些铭刻在历史云烟中的著名人物，吴郁、罗世锦、苏河等，成为故道发展中闪亮的明星。杜甫访吴郁、陆游入蜀过两当等一次次重大历史事件的发生，为故道文化注入了鲜活的养分，不断地推动着故道文化前进的步伐。

　　历千载风雨洗礼，传陇原大地神韵，故道，铸就了一条悠长而沧桑的历史长廊，描绘出一片丰厚而深邃的文化星空。在时间中诞生，故道，已成为一个记忆符号，一种文化象征；在历史中发展，故道，寄托着两当人建设幸福美好家园的梦想、情感和力量，正踏歌而发，奏响新时代崭新的华章。

生态两当

蒲黎生

　　一踏进两当的山水，迎面而来的是漫山遍野的绿意。层层叠叠的山峦，犹如汹涌的海浪，铺天盖地向你涌来，车子就像海浪上的游艇随山势而游弋。山野清风无声无息地弥漫周身，暑燥之气随之消失殆尽。在这绿色的波涛之中，浮躁的心随之安顿下来，绿色给人从未有过的慰藉。良好的生态让人遐想，两当究竟是一个怎样的县城？道路两旁的树木茂密而繁郁，林荫道光影斑驳，行走其中舒适而惬意。塔柏、国槐、银杏树相生相依，墨绿、翠绿、浅黄颜面协调搭配，这是人工栽植的行道树，给了游客行人最贴心的呵护。

　　攀缘山顶，再慢下山坡，两当县城就到了。放眼望去逶迤低矮的小山从四周环绕着这个小巧玲珑的县城。四面青山，郁郁葱葱，树木繁茂，濡润清新。低矮的丘山似乎是这里的天色屏障，保证了两当县城冬暖夏凉的气候。广香河从北向南穿城而过，清澈的河水给这座小山城增添了些许的妩媚。一池的湖水，让这里的水光山色变得灵动起来。城区合理的布局，建筑风格的清新，小高层楼宇的错落有致，街道的宽敞整洁，让这个小县城变得更加可爱。沿广香河岸漫步，河水泱泱，水波潋滟，清风扑面，四周静谧，你想听一听人声的嘈杂都是一种难得的奢求。这里最适合一种慢生活，在这安全无虞的适宜人居的环境里，一个人漫无边际地游走，听自己的心跳，闻鸟儿的鸣叫，是一件多么幸福的事。道路两旁的樱花花期已过，樱花树枝繁叶茂，臆想在来年春风吹拂大地的时候，广香河两岸一定是花海如潮，那绚丽的色彩，那热烈的铺陈，让这静若处子的广香河顿时变得花枝招展。不远处的河滩上，水草青青，牛羊在随心所欲地啃食着鲜嫩的水草，这是一幅多么动人的画面呀，田园牧歌式的景致，让人怦然心动，仿佛又回到久违的从前，这才是真正的人间天堂。

在去云屏的路上，我一路感叹的还是这里生态保护得如此安好。穿越观音峡，一路石漱浅浅，奇花野草蔚然成茵，绿色成就了这里的风景，溪水蕴含了丰富的负氧离子，这里的山水就是天然氧吧。走出峡谷，车子盘山而上，景随车移，车行景行，车停景在。每一个地方，每一个角度，每一个方位都是不可复制、独一无二的好景致。远望蓝天白云，青山绿水，黛瓦白墙，那是人居的村庄。这就是人们向往的山村，这山村有别于江南的江村，但山村比江村有了更远的景深和诗意，更具鲜活的底蕴。驻车遥望，山谷升起一缕缕白雾，聚集着融合着飘移着像一条白色的巨龙，向山间、向天空升腾游动。这乳白色的云与对岸的青山形成鲜明的对比，云雾在青山的映衬下更加纯白，青山在白云的笼罩中愈显青翠。那山就是伟岸的男子，屹天而立；那云就是婀娜的青春少女，亭亭玉立。两者若即若离，顾盼流连；含情脉脉，又娇羞欲语，白云不遮蔽青山，青山不侵吞白云。那白云又如少女手中的玉带欲缠绕青山的腰际，青山又似男子的臂膀欲揽白云于胸怀。青山又似画屏，成为白云展示妙曼身姿的背景，白云又似画心镶嵌在青山这个巨大的画框之中了。山不厌其高，云不厌其浓，树不厌其茂，草不厌其丰，蝉不厌其噪，鸟不厌其鸣，风不厌其清，这就是云屏。

这里其实是云屏的半山腰，攀到山顶才算到了云屏。沿盘山公路而上，不一会来到了神龟望云屏的地方。巨大的山峰恰似一只巨龟遥望着对岸青山，传说肯定是有的，故事都是后来人的想象。于是大伙都争相拍照合影，旅游就是一种自得其乐，寻求的就是一种快乐幸福。上到山顶就是云屏了，群山环抱之处是一个偌大的高山草甸，所谓辽阔也就是人的视线所能到达的地方，这里足够的辽阔，是一个群山环抱的盆地，植被茂密，水草丰盛。森林的边缘地带，绿树掩映之中，坐落着星星点点的小木屋，经典而醒目，经典成在童话世界里才能见到的那种，蓝天白云是青花瓷般的青釉，绿树野草是青翠欲滴式的绿衣，小木屋是那种让人战栗的红色，栈道是让人能听到心跳的那种褐色，群山是让人心中有依托的那种厚实，这是世间最美的色调与格局，这是可遇而不可求的田园和栖息地。而那繁芜的杨柳，苍翠的松柏，缀满果实的毛山荆子，藤蔓七里香，都成为具有自己独特个性的风景。这里的一切都美得那么低调，奇特而宁静，这是一种难以言表，无法界定的魅力，这种魅力只能从当地特有的环境中感知，一旦真切感受到它，就会在细腻而敏感的心灵上留下永久的印迹，而且在未来无尽的细微的渴望和怀念中，将心灵与这块土地紧紧地联系在一起。

走过木板栈道，穿过高原草甸，静坐在小木屋，望着屋外的一切，任时光沉淀在心底。令人唏嘘的经常是城市的风华，令人感怀的永远是建筑里的生活。然而，无论时代如何变迁，出则繁华，入则宁静一直是人类理想的生活居所。虽然，我与这里的邂逅是短暂的，也是出乎我的意料，但以自然的生态资源为屏障，寻求一个卓尔不群的安宁居所，繁华进退，自在掌握，打开大门的那一刻起，我宛若走进了世外桃源，享受着优雅和安宁的田园体验，酷暑之下的这片世界，染着浓墨重彩的颜色，艳阳高照，而原生态的丛林那一抹青绿、翠绿、苍绿与嫩黄，令人心旷神怡，走进悠闲自得、活力四射的灌木丛林，乔木野藤，更让人在炎夏之中，邂逅了一场清凉，际遇了大自然的清新浪漫与清风拂面。

在驴友营地的树林里，我遇见了朋友包平和王小华正与家人休闲，大家喜出望外，欢呼雀跃。我的侄孙俞利军也刚赶到这里休闲避暑，在这里遇见他，我认为心灵是有感应的。大伙提议来一次攀缘、闯险、过关比赛，在这片高大的树林里设置了登山、走钢丝、过独木桥、越障碍等高难度项目。各种关隘都设在高大的树干之上，这是考验一个人毅力、体力、胆量的项目。董新华的孩子董诚冬要一显身手，我和俞利军都嫌体胖不敢上，包平抱着半岁的孙子在观望，我的妻子石磊不听劝阻毅然而上，那就成全她一回吧。石磊和董诚冬系好安全带，攀岩石上了索道，诚冬身轻灵活越过了一道道难关，径直而行，石磊奋不顾身，也是敏捷地穿梭于空中关隘。我担心妻子的安全，害怕妻子从空中掉下来，但妻子还是艰难地走完了所有历程。我为她不畏艰险、挑战自我、挑战困难的精神所感动。人在自然面前是渺小的，微不足道的，但人挑战困难的精神是伟大的，人可以适应自然，改造自然，与自然和谐相处，达到天人合一。所以，人具有一颗强大的心，就能战胜自己，战胜一切迎面而来的困难。

大家要下山，包平和俞利军愿意给大家带路，从云屏对面的山路返程，一睹云屏山底的风采。沿途的村庄星罗棋布地散落在绿树掩映之中，曲径通幽，白墙蓝瓦，宁静自然。村村通公路水泥铺面，宽广、干净、整洁，太阳能路灯矗立道旁，村民服务中心开放包容，没有围墙和栅栏，电商中心醒目，小超市应有俱有，这些得益于精准扶贫政策，让老百姓过上了好日子。田园里田禾苗壮成长，土地肥沃不露贫瘠，一方水土养一方人，这里的农民是幸福富裕的。旺长的苞谷碧绿如洗，包穗盈树，穗缨飘扬；黄豆枝蔓茂盛，油绿一片；向日葵籽日渐成熟，头颅低垂；还有的向日葵星星点点地正在怒放着金黄，姿态傲然。核桃树冠绰绰，青果坠枝，看来又是一个丰收年；苹果树枝繁叶茂，苹果已青里透黄即将成熟。那娓娓动听不绝于耳的蝉鸣，让这里的山川顿时有了节奏感。淙淙的流泉叮咚作响，沙沙的树叶声化作一片乐音，不同的绿色嬗变融合成一种生命的旋律，就连起伏跌宕的山峰低谷也奏出不同的高低音符，而农舍里飘逸升腾的袅袅炊烟也在清风里律动。我热切地享受着运动带来的自由，体味着好奇心中蕴含的动力，醉心于景色的广袤与丰富，我同样也珍爱这峡谷的博大与柔情。

途中巧遇龙潭，这是一个低洼的小山村，群山环抱，树木丰茂，村落含蓄，鸡鸣犬吠，知了声声。最为奇特的是人屋建立在老核桃树上，浓荫覆盖之中的小木屋耀眼夺目，徒增了人们许多的好奇心。若在人困马乏之际，进入小木屋，头枕着一青皮树枝入睡，或者在树屋里品尝一杯青茶，或聆听一段书香芬芳背后的故事，这样的青春之旅是否别有一番情趣？言谈之中听说这里有一个龙潭，正处在开发之中，不让游人参观。正在无计可施之时，一位老朋友过来向我打招呼，这才使大伙有机会进入景区，踏上石板铺就的山路，穿过田园禾苗，走向峡谷巨石之中。突然间虎啸龙吟，巨大的声响从天外而来，随即一丝清凉直扑面怀。山涧从石缝里直喷而出，有如雪崩，汇成碧绿的一泓湖水，形成深不见底的巨潭。石灰岩围拢的潭边，又有一处缝隙，逼仄着湖水像利剑射出，形成了又一潭池水，池水再一次回转曲折又形成了另一潭池水，一叹三折，一泻三叠，形成了大小不一的五个深潭，素涟白湍，碧绿清幽，水光潋滟，清冽爽人。溪流继续往低处泻，犹如巨龙吐珠，飞花溅玉，酣畅淋漓。在这酷热的季节，这里确是一处难得的清凉世界，更是人间不可多见的深邃幽静之地。人间的美景都在人迹罕至处，不由人想起王安石《游褒禅山记》："夫夷以近，则游者众；险以远，则至者少。而世之奇伟、瑰怪，非常之观，常在于险远，而人之所罕至焉，故非有志者不能至也。有志矣，不随以止也，然力不足者，亦不能至也。有志与力，而又不随以怠，至于幽暗昏惑而无物以相之，亦不能至也。"

两当是生态保护较完好的一个县，两当亦是较适宜人居的一个县。我真想休一段时间的假，在这里放松自己的身心，度过快乐幸福的每一天。

两当滋味

叶 梓

狼牙蜜

五月的陇南，山色秀美，"陇上小江南"的美称果真名不虚传。从武都到两当的路上，总能看到山坡上有一簇簇一团团白黄相间的小花，开得艳丽，开得热烈。问同行者，才知，那就是两当县有名的野花：狼牙花。

它是开在狼牙刺上的一种小花。

狼牙刺，亦名白刺花、马蹄针，耐旱，耐瘠薄，是落叶灌木的一种，小枝黄褐色，花期在每年的五六月份。我来得正是时候，恰好碰上狼牙花尽情开放。远远望去，仿佛披在坡上的一片白雾，让整个大地像是沉浸在一场洁白的梦里头。只要轻风一吹，阵阵幽香，扑鼻而来，这么浓烈的香，蜜蜂岂能错过。

果然，两当县就有闻名陇上的狼牙蜜。

说到狼牙蜜，还得先说说古代诗文里常常提及的崖蜜。所谓崖蜜，亦称石蜜、岩蜜，就是山崖间野蜂所酿的蜜，色青，味微酸，可治哮喘、咳嗽。《本草纲目·虫部·蜂蜜》里引用过南朝陶弘景的句子，说："石蜜即崖蜜也。在高山崖石间作之，色青，味小酸。"最早的狼牙蜜，就是崖蜜之一种，量少，珍贵。后来，放蜂人多了，才成为家喻户晓的事。唐代大诗人杜甫由陇入蜀时就写到这种古老的风情："充肠多薯蓣，崖蜜亦易求；密竹复冬笋，清池可方舟。"这就是说，早在唐代，陇南两当一带的狼牙蜜就已经远近闻名了，而且不难找到。当然，这与两当一带山峦纵横，气候温和潮湿有关。而现在的狼牙蜜，已经是原国家质量监督检验检疫总局批准的地理标志产品了。

每年清明过后，兰州以西的河西走廊还是寒风料峭时，地处黄土高原、内蒙古高原、青藏高原接壤地带的两当已经百花盛开，狼牙刺花开得稍晚一些，到五月初就竞相争艳，自然，采蜜的季节也就到了。这里的农家都有传承多年的养蜂习惯。在两当云屏镇、西坡镇游逛的日子，总能在路边碰上一户户逐狼牙花而居的人家。他们就住在临时搭起的一顶顶帐篷里，从口音就能判断出，大多数是本地人，但也有从四川、陕西一带赶过来的。

和他们闲聊，会觉着放蜂人的人生固然辛苦，也颇有诗意。

一个矮个子的两当云屏人对我有点炫耀地说："别看我们苦，身体可健康呢！我们这里的人从来不得风湿病，也不得哮喘病。"原来，在他们的日常生活里，早晚都要喝点蜂蜜，又时不时地被蜜蜂蜇一下，基本上不会得风湿病——据专家考证，被蜜蜂蜇可减少患风湿病的概率。后来一查《神农本草经》，说蜂蜜"味甘，平，主心腹邪气，诸惊痫痉，安五脏诸不足，益气补中，止痛解毒，除众病，和百药。久服强志，轻身，不饥，不老。"

就在他的一顶帐篷里，我买了数瓶纯正的新鲜的狼牙蜜，还吃了一碗当地的特色小吃：狼牙蜜拌土豆泥。用一把竹筷把煮熟的土豆捣碎成泥，加入几勺新鲜的狼牙蜜，就可以或坐或蹲地在路边吃了。白而酥软的土豆泥上，琥珀色的狼牙蜜，像是旅游中一个香甜的梦，余味悠长。那次返回不久，即是端午节，一家人吃粽子时，用的就是狼牙蜜，那个香甜远胜往年，看来，狼牙蜜含有 70% 以上的葡萄糖和果糖，绝非假话。

据说，蜜蜂采集和酿造一公斤蜂蜜，大约要采集一百万朵花，来回飞行二十多万公里，而且，蜜蜂采蜜时有这样一种工作特性：如果有多种花同时开花，它们便分组去采集，一组蜜蜂始终采集同一种花，决不更换——无论是一只只蜜蜂齐心协力集腋成裘地劳作，还是自始至终不离不弃于某一种花，都是为了保证蜂蜜的纯正。

蜜蜂尚且如此，我们生而为人，在面对每一件物事时，是否更应该做到用情专注呢？这也是我在面对正宗的狼牙蜜时生出来的一点胡思乱想。

云屏土菜

云屏的秋色不错。

春天也不错啊。

对啊，听说四月最美。

避暑也很好啊。

杯盘狼藉的饭桌上，大家开始七嘴八舌地讨论去云屏的时间，用老家的话说，是三个阴阳定不下一个椎。云屏，是两当的一个镇，以山清水秀而名闻陇上。如此讨论数次之后，等最后成行已是两年以后。当地的朋友热情好客，陪着看了两当县城，看了云屏的"小三峡"，发现这里真是一个宜居的养老之地。中国西南的三峡，是水上山峡，而云屏的"小三峡"是将峡谷一分为三，各有其名，美美与共。大自然真是神奇的所在，在甘肃两当竟然藏着如此诗情画意的山水。往小里说，是浓缩版的九寨沟，往大里说，几乎颠覆了人们对甘肃的全部想象。赏美景亦费体力，朋友带我们去的是一家当地农家乐，名字叫竹林小院。到了干净的小院子，她还在不停解释，小地方，没啥吃的，全是土菜。

土菜好啊。

这年月，能吃上土菜才是奢侈生活啊。一桌菜上来，饕餮之后我略记如下：

菜豆腐。本是陕西汉中的传统名吃，但也是两当人餐桌上的日常之常，想必是两地一衣带水之故。据说，家境殷实的两当人都在宝鸡、汉中或者西安置办了房产。菜豆腐的历史要追溯到西汉刘邦，不过我不大相信类似的美食传说，大多皆为后人附会。我在汉中吃过的菜豆腐，跟两当的菜豆腐几乎没有区别，像是出自同一个厨师，口感都很滑爽，都要配香菜、姜末、蒜泥、青椒、香油、芝麻、核桃仁末、油泼豆瓣酱、咸菜、红油辣子。菜豆腐的好与坏，全在于"点"——用上好的酸浆水"点"出的豆腐，余味淡远，略有甘甜，不似石膏、卤水"点"出来的，有一股挥之不去的涩苦味。点豆腐之前，要加青菜若干，所以菜豆腐还有一个很诗意的名字：雪覆青山，给人一种大雪弥漫覆盖碧山的意境。吃一碗菜豆腐，如果时而遇到"大雪压青松"，时而遇到"青松挺且直"，那绝对是上品。而吃菜豆腐的妙处，就是不缓不急，一口豆腐，一口粥，也就是一口浓香，一口清香，来回自然切换，最能吃出闲散日子的气定神闲。

炖猪腿。几乎炖了一条猪腿的二分之一，看上去极壮观。

云屏蜜酥。母亲生前最喜欢的零食就是沙琪玛。病房里我买去不少，出院了，老家炕头堆得最多的也是沙琪玛。现在，每次去墓地，我也会去超市买一盒，祭献坟头。所以，一听到此蜜酥是两当版的沙琪玛时，我心头微微一颤，特意吃了一个。蜜，自然是两当的狼牙蜜，或者老巢陈蜜，本真的甜，很入味。要是母亲还活着，我会带几盒给她。我记住了"陇云香"这个牌子——据说，是云屏镇一个叫庞香的女子创立的。

核桃板栗酥。小点心之一种，食之，如其名，很酥。

农家腊肉。陇南毗邻四川，所以，这一带的人喜食腊肉，而且家家都做，味道大同小异，但又自成一派。我在两当、成县、文县一带漫游，几乎顿顿能吃到腊肉。单炒几片，是一道菜，配点野菜，又是一道菜，方便省事。但他们个个都能炒得金黄又透明，也令人惊叹。

洋槐花饺子。洋槐花里盛放着我快乐的童年，家乡曾经有一沟槐林，可惜后来砍掉了，但我经常能想起它。所以说，洋槐花饺子之于我，如同搭起一座记忆之桥，让我在云屏的夜色里与故园的人事、山水再次久别重逢。

无酒不成席。

席间，喝的是当地土法酿制的明馏子。酒是好酒，就是入口稍烈，三杯过后，头稍晕，但很快又好起来了。如果说土菜土酒提供的是果腹之力与口舌之欢，那么，朋友在席间特意安排的两当号子，就是难得的精神大餐。好多年前读过一册《陇南山歌》，倒没留意两当号子，这次才知道有"陇南乐府"之称的两当号子，2021年列入了国家级非物质文化遗产名录。传承人一开唱腔，曲调优美，音域宽广，我听出了隐隐拍船歌的意韵。两当号子，虽是陇南风物，却是一种"湖广棚民文化"的沉淀。云屏地处秦岭南坡，辖地横跨嘉陵江流域和汉江流域，风俗与陕南的略阳、勉县等地相近，而这里好多人的祖辈就来自"川楚"一带的"棚民"。

唱号子的人，年逾七旬，中气十足，"咦咦——哟嗬——嗬咦——哟——"的声音，穿过小院，久久回荡在云屏的山山水水间。

广金神韵

王彦青

广金，宛如一颗珍珠，深藏在两当南部的崇山峻岭之中，总是留给人以无尽的遐想与神秘，甚至是一种牵挂和期盼，让人魂牵梦绕，难以释怀。

广金群山绵延，河谷纵横，山环水绕，因蕴藏着丰富的铜、铁和砂金等矿石而得名。参差嵯峨的秦岭群峰，苍松翠柏，流岚欲滴，秀美出奇，沉默无言。坚实如成年男子雄阔宽厚的脊背，能负重成万上千，百折不挠；开阔如成熟男子豁达敞亮的胸怀，容纳世间恩仇情怨，脚踏实地，直入云天。

广金是山的世界，山是广金人最伟岸的人生个性，生活在这里的人们有着山一般坚韧、朴实、豁达的情怀，山如人，人似山，根植于沃土与尘烟之中。在我的记忆里，已记不清曾去过多少回广金，无数个不眠之夜，为这片火热的土地辗转反侧，难以释怀，痴迷于她的神秘与美丽，更钟情于她雄山秀水的壮美与灵动。面对高耸入云、巍峨挺拔的大阳山、火地梁、逛子梁、吊顶山，神奇秀美的广金河、东河、常饮河、大坪河和龙潭瀑布，古老而神秘的龙王庙、千佛洞和道江寺，遍布山峦的苍松翠柏，常常被广金山水的神韵和瑰丽所震撼，所感染……

一

广金，自古就有"一脚踏三县"之说。从地图上看，广金是两当县所有乡镇中面积最大的乡，而人口却不足千人，是人口最少的乡。走过云屏三峡的最后一道峡——西姑峡，远远地便看见大阳山犹如一个威风凛凛的巨人挡在眼前，好在广金的水泥路如今修得很宽阔，像一条长长的玉带，顺着山势缠绕而上，车子顺着玉带缓缓爬向山顶，云屏河的鸣唱声渐渐变得稀疏起来，河流变得细小，模糊起来，被抛在脚下。云屏河属于嘉陵江流域，翻过大阳山便是汉江流域。一座山分出了南与北，也分出了两条江河，嘉陵江与汉江。不知道是大阳山赋予了两条江河新的生命，还是两条江河甘愿承受分离之苦，成就了大阳山的伟岸与高度。相传几万年以前，以大阳山为中心，方圆几百公里均为海底，浸泡在一片汪洋之中，河沟和山梁上随处可见的燕子石、珊瑚石和贝类生物化石便是见证。站在大阳山顶，远眺群山苍苍茫茫，重重叠叠，俨然一幅绝美的水墨画卷，令人心旷神怡。一阵秋风吹来，竟裹着丝丝寒意，秋凉了……

　　顺着天梯般的盘山公路下行，险峻的山形让人的心不由得缩紧，隔窗往下瞧，怪石嶙峋，沟壑深不见底，山溪绕着山脚与路同行，沟不是太深，两边是山坡地，地的后面是密丫丫的山林，有松，有柏，有板栗，还有一些叫不出名字的树木。这条沟有一个虔诚的名字——香炉沟，据说是当年陕甘南北进出的必经之路，既是茶盐古道，也是军事要塞，沿途的千佛洞、道江寺、龙王庙是陕甘川客商云集的圣地，其香火之旺盛，人数之密集让人叹为观止。更有甚者，有人为上一炷香昼夜兼程，风餐露宿。当地僧众便在广金坝沟边修建了两座香炉，专门供香客上香，一则避免舟车劳顿，二则山高林密以防失火，后来人们把这条沟起名——香炉沟。

　　再往前走，便是广金坝村的另一个组——将军石，据说太平天国的一位将军死后埋葬于此，立石为碑，故名将军石。从将军石往下走，依然是山环水绕，小河与公路不离不弃，结伴而行。这条沟有一个神秘的名字——藏宝沟，据说当年太平天国的部分将领失败后藏匿于广金一带，太平天国将领带着大量收缴的金银财宝、珍珠、玛瑙和钻石，派三名副将将金银财宝分几处秘密埋藏于山沟，并绘制出一张藏宝图，为防不测，将藏宝图分割为三块，由三人分别保存；要想取得宝藏，必须三张图收集合并，方可找到宝藏。多少年来，为得到宝藏，多少人争斗厮杀，血洒山林，但是至今没有人找到宝藏的下落，藏宝沟的名字便由此诞生。也许这笔宝藏就藏在哪个不起眼树荫下休眠呢？也许是古人和后人虚晃一招，开了一个玩笑，这些所谓的宝藏根本就不存在呢？是人性的贪婪和欲望让这个世界充斥着杀戮和血腥，利益的诱惑让静静的山林也无法宁静。广金注定是不寻常的，这个地方或许是藏着无数个神秘故事的地方，不然，千佛洞里怎么会聚集着那么多神仙？

沿路都可看见一溜一溜的黑色大棚，种着西洋参、香菇，这是山里人致富的拿手产业，早在20多年前就已经在种植了，广金人种的西洋参、香菇，在汉中、宝鸡的市场和超市里抛头露面那是常有的事。当然，吸引你眼球的还有一点，那就是凭窗望去，广金坝家家户户房前屋后和山崖下摆着一陀陀、一堆堆木制蜂箱，虽然看上去零零散散，但细算起来数量也是很可观的，这便是广金纯正的土蜂蜜。广金本地的土蜂蜜可是个宝贝，这早已是众所周知的"秘密"。如今的广金人，吃着腊肉香菇炖土鸡，喝着苞谷酒，看花开花落，望云卷云舒，与世无争，悠闲自在，生活是何等幸福甜蜜，那些传说中的宝藏压根就与他们无关，他们用勤劳守护着这片土地，也守护着这片宁静，这正是广金人独有的精神境界……

二

第一次去广金是20多年前的事，听起来似乎有些遥远。那时通往广金的路还是一条窄小的沙石土路，车子走过尘土飞扬，如腾云驾雾一般，沿途的劳顿与惊险自不必说。如今，广金的路是让人惊喜和感叹的，不论是从广金坝过吊顶山去大坪村、常河村，还是从龙王庙村翻越火地梁去东河村、响水村，看到大山深处的广金村村通着平整宽阔的水泥路，确实是一件欣慰的事。但当你真正踏上这条路的时候，却有一种惊魂未定的感觉，仿佛在刀背上行走，其惊险刺激程度绝不亚于观看一部惊悚恐怖片。这些路大多从山下直冲而上，陡峭无比，有的从悬崖边穿堂而过，有的从半山腰凿石贯通，一边是巍峨险峻的山，另一边是深不可测的万丈悬崖，也许这才是真正的所谓"天路"。广金就像一个耀眼的光环，广金坝、松坪、炉坪、龙王庙、东河、响水、常河、大坪就像这光环上八颗璀璨的珍珠，辉映着广金妩媚动人的身姿，犹如一个散发着迷人气息的少妇，玲珑晶莹，光彩夺目，气度不凡。大阳山、火地梁、逛子梁、吊顶山是广金刚毅的骨骼，让它秉承了秦岭固有的骨感与壮美，雄伟与挺拔，这正是广金人独有的高贵的气质与品行；广金河、东河、常饮河、大坪河是广金奔腾不息的血脉，它们滔滔不绝的声响就是广金铿锵有力的心跳，是那么激昂与活跃，滋养着广金的黄土地，哺育着广金子民，孕育着生生不息的憧憬与希望……

三

龙王庙、龙潭瀑布，在这里，没有看到龙王，也没有看到龙王庙，只看到一个"潭"，这不是一个普通的"潭"。潭水如黛，幽深、静谧、藏着故事，更藏着神秘。龙王庙只是一个村的名字，这个村连接着两个省，陕西和甘肃，也连接着三个县，凤县、勉县、两当，因而便有了"根扎两省，叶飘三县"的典故。走到龙王庙村的石桥上，向南望去，两条水泥路像两个分开的手指，一个上坡去了东河村，一个去了放马坪，东河依然是东河，放马坪早已不见马的踪影。昔日的木板吊桥也已不见踪影，取而代之的一座石拱桥，桥下有两条河，交汇后流向放马坪，再往前就是陕西勉县。桥边上有一棵高大的板栗树，枝繁叶茂，秋天一到，树叶会随风飘落，有几片会落到凤县，有几片会落到勉县，还有几片会落到两当，树叶会在秋风中随波逐流，但人不会，甘肃永远是甘肃，陕西依然是陕西，泾渭分明。

绕村而过的广金河如一条玉带，似曼妙温柔可心的女子，用她的柔情紧紧缠绕着翠岭青山，村庄田地，清水秀色旖旎，身姿潋滟柔美，充满了诗意的美。繁盛的花事将美丽的广金演绎成摄人魂魄的故事，人们将美景嵌入眼中，藏于心底。

漫步广金的街道，放眼望去，一排排整齐的具有陕南特色的民居矗立两旁，街道干净整洁，四周秀水青山，静谧而不失妩媚，典雅伴随风韵，宛如娉婷女子，靓丽温婉，秀色可餐，神秘而浪漫。大山哺育了千千万万勤劳朴实的广金人，更铸就了广金人坚毅的性格和不屈的骨骼。

云屏三峡游记

祁新龙

历史悠悠，凭栏相吊，浩浩乎天地气清，凛凛吁夐不见古人。俗尽怡怡，往事已矣，两当号子响彻天宇，卧龙跃马黄土沉没，唯两当立钟声袅袅，不绝如缕。或一日，举朋登高，极目望远，云屏三峡之巅，俯览尘世万物，不由喜从中来，遂作此文以记之。

两当者，秦陇之扞蔽、巴蜀之襟喉也。翠山夹岸，绿树恒盛，山势陡峭，负势竞上，千峰万壑，争执云端。深山之中，或有泉水激石，如聆高山流水；或有群鸟相鸣，若如仙人吟诗赋韵。

登览众山，望尽天涯路；俯首眺望，再现两当之神迹；忽忆两当几经烽火，历史在目。

两当上古属雍州界，至春秋为羌、氐蛮夷之地，六王归秦，遂置故道县，两当属之，元鼎元年置武都郡，两当亦属之，始元年，王莽篡汉，两当属善治县，晋时略阳清水氏杨茂搜据仇池，两当其所辖。后唐宋明清几经易主，支离破碎，山河如梦，蹂躏涂涂。

至民国二十一年，全国之地尽数归日寇得，民怨四起，盗匪猖狂，百姓朝夕不保，民国政府视百姓草芥，战乱起，饿殍遍野，横尸无人收！壮丁迫从戎，妻离子散，土地荒芜。百里内人迹罕见，方圆界无炊烟升。君不见得民心者得天下，违民心者失天下，民国之腐可见一斑，得道者多助，失道者寡助，古之理也，水能载舟亦能覆舟。

遂有志士仁人许天洁、刘林圃、习仲勋诸人，先后奔走，求救世之道，遂揭竿而起，中国已在风起云涌之势。后遭恶徒围困，终遭失败，然此举亮其红灯，开全国之先河，成求光明之亮灯，或与天地同寿，或与日同辉。

　　后中国解放，两当归陇，虽经甲子，主图经济，文化鼎盛，旅游扶摇，两当以声名鹊起，熠熠生辉。癸巳年，两当重葺兵变纪念馆，昭示后人，勿忘国耻，勿忘英雄。

　　两当之景，属云屏三峡最佳，张果老登真洞、黑河亦属佳境也。

　　两当偏北，秦岭之深，有曰云屏三峡，其东邻凤，西接徽，南可至勉、略、汉三县，古为兵家必争之地。素有诗曰："黑水城，四道门，通巴蜀，襟秦陇。"云屏山有一寺一庵，寺者，云屏寺也；庵者，西姑庵也。云屏三峡之所以有名者，为一寺二门三峡四洞五崖是也，一寺为云屏寺；二门为天门、虎牢门；三峡为土地峡、观音峡、西沟峡；四洞为龙洞、黄崖洞、水帘洞、狗头洞；五崖为姊妹崖、鸡公崖、尖嘴崖、棒棒崖、蜡烛崖。此景为天下之绝，古今未见也。古之战乱，无人见之，今之盛世，为凭古之神地也。

　　稀有八仙之说，两当果有张果老登真洞，成历来寻仙之地。黑河谷底，怪石奇异，高山异水，天下独绝。

　　沉思往事，拾级而上，席地而坐，猛然回首，已上云屏之巅，再观福地，心旷神怡。如至天堂至高，揽天宇于怀，看人间之福祸。

　　呜呼！渺渺烽烟尽，历尽战火息，天公有情谊，遍地和谐州。今之两当，物华天宝，人杰地灵，踞雄州，凌万物。有三峡之屏障，成川陕之咽喉，念天地之神奇，经红色之熏启，励后世之经学。后学书写，不尽完美，山公山中，古人今人凭吊涕怀。

寻找三峡之魂

星 雨

　　烟雨云屏，云雾三峡。崖天一线的古峡栈道，勾云挂月的老树苍藤，白练如雪的悬天瀑布，摄人魂魄的两当号子……这一切，都无不让人心醉神往。然而，我不满足于这些表象的风景，我想往三峡的深处走一走，拨开荆棘藤蔓，揉碎枯枝败叶，尝试着走进三峡的内心世界，透过历史烟云，寻找到那些支撑表象风景的精神文化之魂。

　　阳春之时，我顺着静静流淌的云屏河逆流而行，来到了土地峡。发源于秦岭南坡云雾深处的云屏河，自南向北将崇山峻岭切割成一条幽深险峻的峡谷。峡内奇峰怪石扑面而来，白松翠柏染峰洗坡。一株株珍稀树种白皮松，在山峦崖壁间裂石而生，倚岩而长，在缺水少土的悬崖峭壁上，却生长得郁郁葱葱，树冠如盖。一阵山风乍起，阵阵松涛悦耳。奇峰怪石白皮松，堪称土地峡一道独特的风景。入峡右拐，过拱桥，走栈道，而后沿一条灌木遮掩的山溪小径前行约数百米，突然，一堵断崖峭壁挡住去路，断崖上一道瀑布飞流直下，喷银吐玉。崖下聚起一泓深潭，白天映日头，晚上落月亮。若在仲夏，观碧水深潭倒映日月；赏悬崖飞瀑凉透心田。让您来了不想走，走了还想来。

　　关于土地峡，有这样一段故事。传说古时候，土地峡口的骆驼巷一带，本是一处康宁富庶之地。但是老天往往有不测风云，清咸丰八年，京城里的咸丰皇帝每日咯血不止，太医把脉诊病后开出药方，需用秦岭南坡悬崖峭壁上生长的九伞莲灵芝为药引。咸丰皇帝遂派人采走了土地峡峭壁上生长的九伞莲灵芝。灵芝被采走的当日黄昏，土地峡口的一座百年土地庙，突然起火自焚，焚后灰痕皆无。从此骆驼巷一带瘟疫流行，人畜病死，草木枯萎，五谷不丰，百姓苦不堪言。后经太白山一老道点化，众人捐资化缘，在土地峡口又重新修建了一座土地庙。此后，风调雨顺，五谷丰登，百姓重又安居乐业。

在土地峡的断崖下，瀑布旁，我坐在一块光滑的石头上，静静地沉思着，久久没有离开。如今，土地峡口的那座百年土地庙，早已掩埋在历史的尘埃中，杳无踪迹。但那位护佑百姓安居乐业的神灵，依然存在。这位神灵不是土地爷，也不是观世音，而是习近平总书记这位好领导，是共产党的好政策。中央"精准扶贫和乡村振兴战略"的两剂灵丹妙药，让山里人的日子芝麻开花节节高，幸福漾在笑脸上。

走进三峡，一路上的风景让人目不暇接。青山碧水掩映着青瓦白墙的小楼房，民居、民宿、农家乐，两当号子艺术社、乡村小舞台、乡野拾光园，鳞次栉比，相映成趣。碧水人家、竹林小院游客盈门，笑语喧哗；青酒坊、峡门客栈美酒迎客，腊肉飘香。远处的云雾间，飘来阵阵山歌号子声，更是让人情难自禁，心醉神迷。小伙子唱："太阳落坡四山黄哟，照见河里嘛打鱼郎。打不到鱼儿早收网哟，缠不到贤妹嘛早回乡。"山妹子唱："草帽子哟十八旋，遮风挡雨嘛带身边。妹送情郎当红军哟，常给阿妹嘛报平安。春去秋来雁南飞哟，红军的队伍嘛到陕北。阿妹心中常牵挂哟，情郎几时么才能归。"两当号子有时从火塘边飘来，有时从酒宴上飘来，有时从张灯结彩的舞台上飘来，有时从变幻莫测的云雾中飘来。

何谓棚民？让我穿越时光隧道，回到清朝末年。轰轰烈烈的太平天国起义和白莲教起义先后归于失败，余部由川楚豫等地转战至包括两当南部在内的秦巴山脉的大山中，尔后便销声匿迹。曾几何时，云屏三峡的深山密林中，突然出现了为数众多的"湖广广"，他们隐居于深山密林，结草为庐，刀耕火种，吊罐炖肉，苞谷煮酒，唱山歌，喊号子，成为山林为伴歌为魂，乐居茅庵忘归程的棚民。

两当号子是否就是云屏三峡的精神之魂？

后来我又到了观音峡和西姑峡，试图找到支撑那些表象风景的历史之魂。

观音峡，因岩壁上有自然形成的观音圣像而得名。观音峡又称"一线天"，峡谷绝壁千仞，两山相对几乎相接。看天与路同宽，看路与天相齐。拂去灰尘落叶，峡壁上便显现出圆的洞，方的孔，古栈道遗迹清晰可见。传说楚汉相争时，刘邦为向项羽表明自己无心争夺中原，而火烧栈道，烧的就是这条栈道。后来，佯装修复的也是这条栈道。留下了"明修栈道，暗度陈仓"的典故佳话。我站在"一线天"天堑，眺望着绵延不绝的崇山峻岭，穿越陕南的古峡栈道，楚汉相争的烽火岁月又现眼前。栈道上金戈铁马，刀光剑影，旌旗飘扬，人喊马嘶。汉军昼夜兼程，匆匆南下。然后栈道上燃起冲天大火……是溃败，是南逃，抑或是韬光养晦？

据《史记·高祖本纪》载："公元前206年8月，刘邦用韩信计，经故道（两当）境返回关中，袭击项羽所封雍王章邯，两军战于陈仓。"此前，刘邦先令部将樊哙、周勃带领部分兵马，佯装修复汉中、勉县至广金、云屏一带烧毁古栈道，自己却和韩信亲率大军从另一条秘密栈道向关中门户陈仓进发。有探马报知陈仓守将章邯，章邯笑道："栈道360里，沿途尽是悬崖峭壁，烧起来容易，修起来却是万难。"章邯安心坐守，一点也不加以防备。待到第二次急报传来，汉军明里修复栈道，暗里已经绕道进抵陈仓。章邯闻报大吃一惊，急忙调集兵马出城迎敌。怎奈汉军养精蓄锐多日，加之对楚军积怨已深，遇到楚军好似猛虎下山，奋勇冲杀，只杀得章邯首尾难顾，节节败退。汉军乘胜追击，破陈仓，占关中，大获全胜。这一战，为刘邦统一中原的千秋大业奠定了基础。

西姑峡因西姑庵而得名。据西姑庵出土的碑文佐证，西姑庵始建于唐，最早称西域宝峰院。明景泰五年重建，遂更名观音堂。清末又改名西姑庵。

西姑庵在西姑峡的尽头，处在大山的重围之中。大自然似乎特别眷顾这块弹丸之地，赐予它山的险峻，水的灵秀，绿的神韵，云的霓裳，还有岁月留下的厚重和神秘。小小的山谷中，泉水碧如玉，溪水亮如银。山顶云戴帽，山涧雾搭桥。一缕炊烟升起，几声鸡鸣犬吠。每日里在似明还暗的晨曦中，百鸟朝凤的交响音乐会便拉开了帷幕。先是山雀的啁啾，后是燕语的呢喃。黄莺飙长调，喜鹊叫喳喳。是谁弹奏着动听的和弦，是谁吟诵着美妙的颤音？细微低沉时如轻风拂面，如山溪缓流；高亢激越时如战马嘶鸣，如百鸡报晓。

四面的山顶上站立着一株株高大笔直的蒲松，像一排排威严肃穆的哨兵，守卫着山谷的安宁。山崖的背阴处是黄杨的世界。四季葱郁的黄杨不喜张扬，大都悄无声息地挤在背风阴湿的山岩下，盘根错节，枝丫虬曲，匍匐而生。虽然老态龙钟，却又婀娜多姿。它能最早给人报以春的信息，春的芬芳。当山峦草木在春寒料峭中还未睡醒时，黄杨却早已绽开它那娇小细碎的米黄色花蕾，一种沁人心脾的清香，便在山涧林下弥漫开来。5月，山外已闻初夏的味道，而这里还留有春的尾巴。断崖峭壁上的残雪还未消尽，高山杜鹃开花了。白的、红的、粉红的杜鹃花姹紫嫣红，把肃穆凝重的山峦打扮得五彩缤纷，分外妖娆。

西姑庵，一个美丽而神秘的地方，传说是坤仪公主修行所在。斗转星移，时世变迁。历经数百年漫漫岁月之后，人间、神间的种种悲欢离合，恩怨情仇早已化为灰烬，尘封于世。如今的西姑庵旧址，只留下两座孤零零的青石灵塔，欲倒而未倒，似乎要向人们讲述一个沉重而悲凄的故事。

明史载，崇祯十七年，李自成义军攻破北京，崇祯皇帝和众嫔妃纷纷自尽。年仅8岁的坤仪公主，被掳入闯王军中。坤仪乃西宫袁妃所生，史称西姑公主。红尘世事，难料吉凶。70天后，吴三桂引清兵入关。李自成兵败退出北京撤至西安，又溃逃汉中。坤仪也被迫随军南下。在南下汉中的行军途中，坤仪与宫人乘夜逃脱。坤仪一行在秦岭南坡的深山密林中，栉风沐雨，顶暑冒寒，躲躲藏藏大半年，吃尽颠沛流离之苦，辗转来到大阳山脚下的观音堂出家为尼。观音堂也由于坤仪公主的入驻，香火日渐兴旺起来，观音堂也随之改名西姑庵。据说西姑庵在鼎盛时期，曾建成上中下三院之规模，有经楼、禅院、僧房上百间，为已圆寂住持建灵塔九座，俗称"九塔三院"。当时香客蜂拥而至，香火盛极一时。而这一切，在清末的一场大火中，又都灰飞烟灭化为乌有。民间有诗为证："群山云漫，阻断天边雁，往事越千年。青山依旧在，几度夕阳红？红尘如烟，西姑如梦，九塔三院今何在，公主倩影难追寻。"

烟雨朦胧访云屏

王新瑛

　　干涸了一个春天，在夏天的脚步即将来临的时候，雨，终于像序曲纠结的歌儿，从很远很远的地方飘来。淅淅沥沥地下了一个晚上，早上依旧没有放晴，朋友问我："这样的雨天，能否去云屏呢？"一语惊醒梦中人，雨中的云屏一定是极美的，雨中访云屏，绝对是极好的一件美事。

　　从徽县到两当一路大雨相随，过两当县城时，雨才略微小了一些。沿着曲折蜿蜒的公路缓缓而行，进入幽深僻静的云屏三峡。奇怪的是，我们越往前走，雨就越来越小，霏霏缠绵的小雨让人想到一句歌词："像雾像雨又像风。"

　　雨，自然是云屏峡谷中自由的过客，轻轻地来，又悄悄地走，缥缈的水袖微微一挥，湿润的雨气从河谷中缓缓升起，山峦蒙上羞涩的面纱。停车攀上望云亭时，天空忽然亮了一下，对面山上的云雾仿佛被风吹着，一会儿聚成一团，像软软的棉花团儿；一会儿散成几缕，像缥缈不定的丝带。不觉中，天空又暗了，乌云集结，细雨飘飘而来，远处的山、近处的树即刻隐没在浓浓的雨雾之中，起伏沉落，时隐时现。我们被氤氲的雾岚裹着，仿佛置身于恍惚迷离的梦境，相互的对话声也轻了，宛若梦中呓语。

　　云屏的小溪更像是古代蹁跹的女子，不急不缓地穿过山石、走过草地、越过树林、跨过藤蔓……最终悠然转身汇入云屏河，弯弯的云屏河低吟浅唱贴着山脚缓缓流淌，追赶远去的春之脚步。沿河生长的树木、花草，在云屏河水的滋养下彰显生命的壮美，雨水顺着树叶滑下来，湿了地，湿了草，湿了我们走进云屏的心情。浅滩静流、漩涡顽石，慢条斯理地任由空蒙的细雨抚摸，幽凉的雨丝飘下来，落进云屏河悠长的梦中，站在岸边静静等待，梦的影子牵着我们的视线时远时近，心，却如河道里不断蠕动的气流，上升、回落，清水淘洗过一般宁静敞亮。

轻轻走进"重石人家"，女主人慢声细语招呼我们，她的声音像配了乐的诗般洋溢着美好的意境。瓦房、木门、小院、花草、老树……一切都是那么安静，静得让人就想那样一个姿势坐着，坐到地老天荒，白发苍苍。一会儿，各种美味的野菜端上桌子，有我能叫上名字的，也有我叫不上名字的，黄灿灿的土鸡蛋，晶莹剔透的腊肉，最让人惊诧的，是朋友彦青提着一只铝壶笑眯眯地走了进来，瞬间，满屋子便被浓郁的酒香萦绕。彦青告诉我们云屏有四宝："腊肉、核桃、两当号子、明馏子。"壶中装着的正是明馏子酒，是云屏人自己用粮食手工酿造的，此酒只有温热了才最好喝，说话间，他已经给大家的杯子里都满上了。屋外细雨朦胧，屋内酒香浓浓。有多少次，曾经幻想着能在一个雨天，约三两个朋友，找一隅静处小酌几杯，看来这样的愿望来得也是容易的，虽然因为我要开车没能沾酒，但那醇香的味道早已让我内心微微小醉了。告别女主人时，我特意要了她家的电话，想象着能有时间再来云屏，最好小住几日。

继续前行，穿过一段狭窄的峡谷，眼前豁然开朗，云屏镇政府就在眼前。天晴了，站在高处拍照片，云雾缭绕的双乳峰嵌入景框，对面的棉老村坐落在苍山翠色之中，阡陌桑田，绿树环绕，似乎还能听见鸡鸣犬吠，缥缥缈缈的云雾渐渐散开，宛然一幅静谧的桃源美景。

把视线从青山秀峰中收回来，云屏寺门口的千年银杏树已经在默默地迎接我们。古刹老树，总是给人无尽的想象，沧桑的岁月背后，一定隐藏着许多神秘的故事。"云收秦陇蜀，屏聚释道儒"口中念叨着云屏寺门口的楹联，心里想象着曾经的云屏寺香客往来，佛事繁盛。寺院内干净整齐，苍柏翠草相依相伴，瓦屋廊柱古色古香，据说云屏寺建于唐朝贞观年间，容儒释道于一庙，云屏镇也因其寺而得名。两当县虽然有"鸡鸣三省、叶落五县"之说，但是翻一翻资料，云屏三峡的故事却是三天三夜都讲不完的。

我们一路边走边游，所见秀峰叠翠，云牵雾绕，山涧溪水潺潺，崖上飞瀑流泉。骆驼巷、望夫石、天门锁云、姊妹竞秀、双乳峰……这些被人们赋予了精神内涵的景点，让云屏的四季多姿多彩，也让云屏的岁月厚重凝练，如果说要把云屏三峡比作一把弯弯的琴弦，那么每一个景点就是跳动在琴弦上的音符，在岁月的长河里谱写着粲然美妙的乐音。"彩云翠屏兮鹰飞翔，山高水长兮才俊广……"前人的吟唱才是对云屏最好的概括和赞扬，似有若无的细雨更加晕染了这种情绪，是自然、恬静、诗意的升华，云屏的一草一木、一山一石，都是活着的语言、年轮里镌刻的故事。

在云屏找答案

雷爱红

"北顾陇秦云岫叠，南通巴蜀水源流。"清人李维墉的这句诗，看似大气磅礴心无旁骛，而实际上隐藏着一种柔软绰约的风情，不仅写出了云屏的姿态，更蕴含着诗人内心的渴望。他似乎在回望、顾盼、留恋着什么，又在开掘、涌动、追寻着什么，既像山环水抱，山水相依，又像风起云端，云遮雾绕。

拨开时空的云烟，回望陇蜀古道，穿越云屏三峡，为行路之人铺垫着前方，也照应着过往。何年何月，凿开的石头，留存栈道遗痕，依稀可见通关中、下四川、上秦州的商贾往来，一路繁华与艰辛。历史浩荡的队伍，在天地的经脉中穿行，山为屏障，水做导向。山水不会忘记，他们彼此互为注脚，大刀阔斧又精雕细琢，像传说故事的笔墨，随着秦岭的绵延散开，逶迤铺陈，随着嘉陵江的涓流融汇，收放自如。

走进云屏，山，立刻围拢在身边。高峰对峙入云，山势欲合逼人，"一线天"如刀削斧劈，负势竞上。视线向上，再向上，引着灵魂从滚滚红尘的角度，直达天上人间。深呼吸，向着湛蓝的天色，打开身心，在自然鬼斧神工的造化面前，认识自己朴拙的内心。不知不觉间，"鸢飞戾天者，望峰息心；经纶世务者，窥谷忘反"。

走进云屏，水，立刻欢悦着扑面而来，潺潺在脚下，与卵石缠绵，或纵身山崖，象形双樽，为相逢干杯。在这里，水，在泥土之下，在河谷山川，在高山之巅，静静地潜渗、流淌、汇聚。圣水瀑布，在高山草甸演绎着山水的痴恋；一碗水的传说，讲述着最高峰的不老传奇。一条波光粼粼的云屏河，在翠峰的怀抱中奔流不息，一波一浪都是美丽的音符，起起落落，低吟浅唱着山民的悲欢离合。

在这里，树，是山与水、沟壑与草甸、道路与屋舍之间的路标。树龄逾千年的云杉、冷杉、红豆杉和黄杨、红桦、白椴、青松、银杏、青冈，在原始森林的一年四季中，有序搭配，层次分明，演绎着自然的色彩交响；在这里，树，是山水群雕的纤毛，桑树、榆树、柳树、蒲木、铁树、山荆子为泼墨山岩勾画出立体的页面。置身其中，有时会误以为自己也是一棵行走的树木，刹那间就融入一碧千里的生态气场，身披阳光、雨露，去奔赴一场极尽纯粹的生命盛宴。

在这里，风，变幻不定，她以妩媚多情，塑造着一棵棵原始树种的姿态。柳抱松，亲昵依偎随风倾斜了身子；山毛榉，在风中列好欢迎的仪仗；白皮松，任风霜裸露斑驳的岁月印痕。风汲取云屏河水的精华，聚散成一丝丝、一缕缕、一团团雾的模样。清晨或雨后，山顶云雾弥漫，飘飘欲仙，烟雨云屏，绰约仙子降临。漫卷的云彩，宛如流水升腾的梦境，在群峰之巅狂欢。它们驭风起舞，时而飞天一般俯冲而下，弥散开来；时而飘带般系在山腰，华盖般盘在山头。

我常想，水是如何溯上云屏的绝顶？鸟儿是怎样飞越千丈高峰？大山深处的棚民吼起了嘹亮的两当号子，在山水间隐约回响。清乾嘉之后，川楚移民拥入云屏深山密林，从刀耕火种、草衣木食到安居乐业而繁衍生息。多姿多彩的棚民文化，孕育出乡情浓郁的两当号子。白云生处，天籁不事雕琢，回荡在山巅云端，犹如咆哮的江河，飒爽的林涛，抑扬顿挫，歌者舞之，听者蹈之。吼起号子就吼起了生活，世世代代生活在云屏的棚民，吼过了《长路吟》的凄婉坚韧，再吼《万年花》的幸福绵长，古朴的原始遗风，洗净喧嚣和焦躁，唱出了一代代开拓者对美好生活的希冀。棚民一步步走出故乡的炊烟和河流，他们的内心在回望、顾盼、留恋着什么？又在开掘、涌动、追寻着什么？当连绵青山映照在悠悠碧水中，当晚霞与山色交相辉映，那份长歌浩然，唤出了青酒飘香，唤醒了我们内心淳朴的乡愁。

览秦陇过往，阅棚民沧桑，云屏寺千年银杏，仿佛历史的化石，与西姑草庵遥遥相望。此时，季节的光影，站在两千米的高度，随风潜入细细思绪。林中花鸟百兽，巢穴安居；莲花石，把山的心愿蓦然绽放；执子之手，晨昏四季，小木屋活脱脱生长。松间明月、石上流泉，就像一首首诗，流淌在山野。无数时光，打开又合拢，它们在笑，深合我心，多么像那些彩色的枝叶，满含山风，轻轻摇曳。

走进云屏，幽谷深处，清风化作山水交融的见证，忽而揽怀拂面，摇曳一树粉白的桃花或羞红漫山遍野的黄栌，倏地，又弃湍而息，将清流激瀑围成一汪碧绿的幽潭。潭边青苔花如小米，迎风送香，顾自灿烂。哦，这一粒粒凡人心，他们在山水间回望、顾盼、留恋着什么？又在开掘、涌动、追寻着什么？在云屏的人间烟火气和世外桃源梦中，总能找到答案。

美在"当夏"

王　环

　　燕雀啁啾、蝉鸣蛙叫吵醒了夏天，山峰披上葱绿的战袍，山风把自由吹洒在高山溪涧，绵长在光阴里卸下生活中所有的烦恼。在岁月里回眸，我把所有可以幻想的日子都安放在七月，用滚烫的方块字续写关于两当的芳华故事。

一

　　两当小城，虽没有平江古巷见江南那样的婉约气韵，也缺乏大漠孤烟直那样气势宏大的北方风格，但小城独特的美却是无法用语言表达的。小城是小城的样子，灼灼璞玉，兀自芳华。与云水相拥，与山水相依，小城夏天怎能不令人心驰神往呢？

　　应邀和几位摄影老师一起去创作，六点一刻，走出单元楼，抬头看了看天灰蒙蒙中透着些许蓝色的光亮，院里的树儿、草儿还沉醉在昨夜的美梦中，迟迟不肯醒来。街上只有形单影只的几辆车悠悠地走着，偶尔会遇到早起晨练的路人却显得精神抖擞。匆匆吃过早饭，带着几许自在和期待，我们便出发了。

　　我还是第一次看到这么美的清晨。车子沿着曲折蜿蜒的山间公路直奔城关镇河子沟，小城也一点点地被我们甩在身后。车窗外一树树的绿色随风荡漾开来，山垄拥抱山峰，一圈一圈地环绕着。路两旁白墙黛瓦的农家庭院错落有致，各家各户院前花圃里的各色花朵竞相争妍。阳光透过淡淡的雾气，深情地给村庄着了色，熠熠生辉。

大约二十分钟的路程，一个写着"驿道人家"字样的招牌在我眼前一掠而过，车子转弯停在了后院，我们到了。我们各自拿着相机，走进一座古色古香的农家小院。小院里花木成簇，瓦房几楹，包厢数间，都是古典的门和窗，室内各种物件摆放有序，收拾得窗明几净，一尘不染。我爬上二楼，首先映入眼帘的便是一座青石底座拼砌铜钱图案的影壁，十分气派。左右贯通的廊榭上挂满了大红灯笼加以修饰，把整栋院落映衬得古意盎然。在走廊尽头，一脉葱茏翠竹掩映在素墙之旁，风来，能听见竹林幽幽瑟瑟。另一旁则是一池鱼塘，尾尾鱼儿给小院增添了些许灵动的气质。整个小院通透雅致，移步一景，一步一景，或是花草叶片上晶莹剔透的露珠，或是青瓦之下的阁楼台榭，可单独成片成景，亦可与其他植物、山石、建筑等相映成趣，无不相宜。

"你站在桥上看风景，看风景的人在楼上看你。"同行的杨晓老师在不经意间闯进了我们的镜头。她拿着相机不停地张望着，似乎在寻觅着什么。晨光氤氲，明暗交错中晨曦紧贴她的脸，她的影子被拖得老长，逆着光，她的每根头发丝都发着光。我惊喜万分，立马按下快门抓拍，"咔嚓""咔嚓"……谁说只有四季是大自然的调色板，明明阳光才是最伟大的画师。按下快门的那个瞬间，盛夏时光化为一片晨曦的温暖连同她的青春在那一瞬间被永远定格。

这里，大概是我喜欢的风格，雅致又有人文气息。有曲径通幽的风景，却又隐而不藏。进可悠然山居，退可回归慢城生活。我想象着，在某个清晨或午后，约三五好友聚集于此，品茗茶、话家常、聊人生……美食并着美景，是真正的秀色可餐。

热情的店主想要招呼我们进屋坐下，我们婉言谢绝，生怕错过这别致景色。的确，美的发现，往往只在举手投足的刹那间……

二

因为前一天下雨的缘故，群山之间的迷蒙还未褪去，晨间的朝露停留在每片丛林之中，在阳光下闪耀着属于它们的光辉。同行的老师告诉我，这一站我们要去河子沟的山上拍摄生态放养鸡，因山路泥泞，无法驱车前往，我们只能步行前进。

我们沿着山坳里的砂石路，浩浩荡荡向山顶进发，大家说说笑笑，祛除了早起的困意。有雅致者谈古论今，有豪放者仰空长啸，而我，则是那个看风景的人。地里一棵棵玉米整齐挺拔地站立着，好像一队队整装列队的士兵；黄豆的植株整齐地撑起一把把绿绒大伞，近乎浑圆的鲜绿叶子均匀地向四周努力生长；田埂上栽植的核桃树、花椒树果实累累，缀满枝头；原野里，各种山野菜展现出诱人的生命原色。还有擅于举办大型音乐会的"知了小姐姐"和"鸟先生"，在他们的默契配合下，蝉鸣鸟叫声此起彼伏，使得夏天更显灵动了。山风袭来，清凉扑面，有着青草的气息，又有云雾的氤氲，格外清爽。

抵达山顶，阳光已经翻过山脊照进了小院，房后林子下散养的土鸡已经躁动起来。"咯咯咯——"嘹亮的鸡鸣划破山坳的平静……走进鸡场，我就被漫山遍野撒欢儿的土鸡和一个忙碌的身影所吸引。只见他身着蓝色工作服，手拿铁锹给土鸡投放着饲料，嘴里不断喊着"喔喔，喔喔"的口令，而后一群土鸡"听话"地围在了他的身边。听说他是村上的养鸡致富带头人，是名副其实的"鸡司令"。添水，喂食，捡拾鸡蛋，他每天都忙得不亦乐乎。

晒太阳，吃原粮，啄野菜，喝泉水，跑林间，栖林下……散养的土鸡在他的照料下，个个膘肥体壮。放眼望去，蓝天白云下鸡舍掩映在林间，树下一群群毛色鲜亮紧密的土鸡或穿梭于林间觅食，或嬉戏于田埂地边，或闲庭信步于农家房前屋后，或鸣唱于树枝之上，为山村增添了许多生机。

无独有偶，在泰山乡中山村、兴化乡潘家村等地利用房前屋后林下发展养殖的养殖户比比皆是，不胜枚举。我惊叹于他们在遵循绿色、健康、可持续发展理念的同时，还能不断延长农业发展产业链、价值链，让特色养殖产业规模化发展，让乡村发展迸发出新动能，让日子越过越红火。

群山在我们脚下绵延，整个大山此时似乎只属于我们。向远处眺望，幸福的生活隐藏在青山绿水中。盛夏七月，心情如鲜花般在山野中盛开……

我们乐此不疲，拍下勤劳的"鸡司令"，他的美映照在我们心里，让我们感受到生命有了意义。

<h1 style="text-align:center">三</h1>

轻轻地叩响小城的七月，碧水初丰，绿意葱茏，每一个角落都塞满了诗意，谁人能够不惊叹与两当奇迹般的邂逅。

夏意随着夏风蔓延、迭起。一簇簇的百日菊在夏风中嫩绿，蓬勃，摇曳生姿，花朵或白，或紫，或金黄，或绯红，或淡粉……蜜蜂仿佛也听到了风的召唤，衔着花香，在花丛里飞舞，忙碌，有序，而又欢乐。那伏在草叶上酣睡的露珠也被早起的蜜蜂吵醒，慵懒地沐浴着早晨的阳光。我把目光聚焦在一只又一只嗡嗡飞舞的蜜蜂，我很好奇，那追光的精灵，是否也有自己的诗和远方？

"在乡间，蜜蜂这小精灵是极受欢迎的。"数百个蜂箱横纵对称，呈线状散开，镶嵌在房前屋后的坡地上。蜂箱大都是活框式的方桶，下有木架垫底，上有"毯子"相覆。青蒿与白茅竞相疯长，似乎要与蜂场的蜂箱比量身高。养蜂人在山里并不寂寞，那放声歌唱的蜜蜂就是他们的伙伴。蜜蜂聚精会神地采蜜，兢兢业业地酿蜜，养蜂人是最好的见证人，关于蜜蜂的故事总能够娓娓道来。

以养蜂为乐的阿爷是我见过最勤劳的人。阿爷是河子沟人，长方的脸上布满皱纹，黑色的眉毛下一双笑眯眯的眼睛炯炯有神。阿爷告诉我，他从年轻时候就开始养蜂，和蜜蜂打交道已经几十年了，养蜂已是他生活中茶余饭后不可或缺的一部分。什么时候分蜂、收蜂，如何检查蜂群，观察蜜蜂进蜜进粉等他都了然于胸。阿爷还给我讲，蜜蜂有专职采花粉的，有专职酿蜜的，有不停扇动翅膀为蜂桶里面降温的，分工之精细，可谓是动物之中的典范。阿爷是个勤快人，他还经常给蜂箱打扫卫生，拔掉蜂箱周围的青草，使蜜蜂在清新的环境里酿造更多的蜜。原来，那清香的蜂蜜实属来之不易，那是小小蜜蜂一点一点地加工积累，是和着阿爷的汗水酿成。

阿爷见我们拿着相机拍照，很是大方，依旧一双笑眯眯的眼睛，毫不吝啬地向我们展示着他的甜蜜成果。他顺手拿起一顶有纱布帽檐的帽子戴上，然后熟练地打开一只蜂箱，抽出蜂脾，给我们讲解蜜蜂酿蜜的过程。扇动翅膀的小精灵在阳光下闪着金光。许是它们认识自己的主人，不惊不飞，仍专注于自己的工作。我对这个场景久久不能忘怀，时至今日，以养蜂为乐的阿爷以及那些不知疲倦的小蜜蜂还时常交替出现在我心灵的屏幕上。

火神庙村是盛夏色彩最斑斓的地方，绿色的山峦，蓝色的天空，白色的云朵，红色的酒坊，五彩的花海……一个个不期而遇的惊喜，接踵而至。在火神庙村我见到了"科技感"十足的智慧蜂场。它与传统的木制蜂箱迥然不同，一块太阳能板、一个风扇、一个小盒子是这些蜂箱的标配，也是蜂场的法宝。"智慧蜂箱"可以根据设置参数自动调节箱体内部温度，蜂箱犹如"空调房"一般，让蜜蜂生存、繁殖过程保持在最适宜、最舒适的温度，不受外界影响。蜂农通过手机即可实现对蜂场、蜂箱的监控、预防、预警等先进的养蜂操作，可以减少养蜂及管理成本，智慧的养蜂技术让蜂农更省心。

路过这里的时候，我看见开满野花的草地上整齐地摆放着智慧蜂箱，沐着自然阳光，听着百鸟鸣唱。我看见蜜蜂穿梭于花蕊间，孕育着百花的甜蜜。我看见蜂农们文静而又忙碌的身影，虽然他们都戴着特制的面纱，但我依然能看到他们黝黑的面庞和清晰的笑容，脸上流露着安宁与满足。这一幕，让我的心头倏然一热，有一份感动从内心深处隐隐涌来。

夏风翻过一座座山脉，蹿进树林，蹿进山谷，于是，在张家乡二郎坝村，沉寂已久的蜂海被夏风点燃。一排排蜂箱错落有致地摆放在草坪上蜿蜒出绿色的曲线，湛蓝而低垂的天空，披着朵朵白云，无边无际的旷野将绿意蔓延至天边，齐整摆放的蜂箱在阳光下闪烁着金色的光芒，像是一幅从天际垂直而下的油画铺展开来。

二郎坝村真乃得天独厚的养蜂场所。借着深山良好的自然条件，每年的春夏分蜂季节，常常会有许许多多蜂群自然分蜂飞来这里，或是飞进风水良好的农家院里与民同居。当地人也乐于帮助这些蜂群来安家，他们细心为蜂群搭建一座座舒适的房子，尽量把它们留住，尽心保护管理蜂群。土蜂进山入沟，站在蜂场，隐约可以望见那世外桃源似的小村庄以及村头那养蜂场。养蜂人陈喜存随意打开一个蜂箱，从中取出一个住满蜜蜂的面板，看着每个小房子里都溢满了最新鲜的蜂蜜，喜悦之情溢于言表。

各美其美、美美与共，不论是以养蜂为乐的阿爷，还是科技感十足的智慧蜂场，抑或是进山入沟的土蜂，这份"甜蜜事业"让好日子变得触手可及。我们用相机铭记悄然变换着模样的故乡，铭记热忱地生活在这片土地上的人们，记住他们曾像蜜蜂一样辛勤劳耕，在平凡中酝酿出甜蜜的生活。

四

最爱晨光里的柔情。陌上的风，正带着浓浓的花草的清香，在黎明熹微的晨光里氤氲。阳光温柔地透过枝叶的缝隙散落在身上，缕缕温暖充盈心间。

于是每一次出行都充满了期待，总希望有更美好的风景出现在镜头中。从杨店下高速，眼前一片广阔地带，群山青黛，烟雨翡翠。再往前走，山势变得低缓，平坦的土地向着远方馒头状的山峦蔓延舒展。车子也好像行走在一个巨大的扇面的中轴线上，视野逐渐开阔。我一直惊喜于沿途的美丽风光之中。当车子跨过红崖河，眼前是一排排、一座座黑色玉枕般的大棚，悠闲、淡然地伫立着，给村庄增添了唯美的情调。我知道，大庄村到了。

从大庄村的上空往下航拍，村子呈南北走向，徐阳河从旁缓缓流过。在大庄村浑厚绵长的臂弯里，这大棚呈点呈片，就像苍茫的青山怀抱着一粒粒乌黑发亮的"种子"，深深地吸引着我的眸子。关于这"种子"，我充满了好奇，想要一探究竟。

在这"种子"的内部，俨然是另一番景象。一朵朵布满花纹的香菇顽皮地从菌棒中探出脑袋，像极了四处张望的小朋友。村民们穿梭其间，他们弯着腰，旁边放着一个个桶，动作娴熟地采摘着新鲜香菇。等桶子装满以后再倒进筐里，最后再把满筐的香菇用推车运回。毋庸置疑，从南到北，你都可以看见这种繁忙的景象，丰收的喜悦映在每个人朴实的脸上。每到一处，我都被一种浓得化不开的情绪包围着，这种情绪细腻、绵长。我陷入了久久的沉思：那一朵朵、一团团、一簇簇的"小可爱"，个个都是村民眼中的"幸福菇"，它满含着山村几辈人的梦想和期盼，分外沉甸，让人欣喜，让人激动。

离开大庄村，车子上山来到了石马坪村。当我看到漫山遍野的花椒映红了石马坪村的山峁沟梁，我的心里禁不住咏叹起来，这是满载希望的金山银山啊！

在两当，那一棵棵绿叶婆娑、红果葳蕤的花椒树，目之所及，处处是一道道亮丽的风景线。

夏日的袁家沟村青山连绵，绿树成荫，在集中连片的花椒园里，一株株低矮的花椒树上结满了串串颗粒饱满的花椒。一个个包裹严实、全副武装的采摘工人遍布山头，他们头顶炎炎夏日，手提竹篮一刻也不停歇，一个多钟头，竹笼里红艳艳的花椒就冒尖了。跟着大人一起体验生活的少年们，也毫不示弱，学着大人的模样，瞅准把稳，避开黑刺，用食指和拇指的指甲掐着花椒。即使一不留心手指头被扎破，他们依然没有停下来的意思。我猜想，大概是他们看着大人们的辛勤样子，忘了疼，忘了晒，也忘了累。成长中，他们心底那颗坚韧不拔的种子在不知不觉间偷偷生了根，发了芽。

勤快、朴实、敦厚的泰山人，在自家的地头、沟坎、地埂都栽种了花椒，又善于管理，仅仅两三个年头，花椒就铺满了山峦。到了七月份，花椒树上一簇簇的小颗粒慢慢饱满透红。这个时候也是椒农一年中最辛劳的时刻。

摘花椒耗时费力，乡亲们习惯了互帮互助。每天五点钟他们就起床了，简单地吃完早饭后，就赶紧开着车到各家各户接上帮忙摘花椒的乡亲。酷热的天气，也挡不住乡亲们火热的心，经过一个多星期起早贪黑的劳动，花椒便在乡亲们互相帮衬下采摘完成。然后，乡亲们又商量着到下一家去帮忙。

山变绿，林富民。当我站在这片土地上蓦然回首，不由得感慨万千，我永远不会忘记，自己是农民的孩子。这广袤的土地养育了我，村庄就是我的根，就像这粗糙的花椒树一样，朴实无华，却全身是宝，留给人们的是久久回味的清香和丰收的喜悦。

五

对我来说，夏天的绿是这个季节里特有的存在，草的嫩绿、树的翠绿、水的碧绿、山的墨绿，绿色连着绿色，浓荫叠着浓荫，绵绵无尽，含蓄深邃。

"一潭倒影两重天，野水微澜绿草茸。"用一句诗来形容潘家村范家坪农场很是恰当。沿着蜿蜒的水泥路直达范家坪农场，农场四面环山，静谧地被包围着，中有一湾湖水如一颗镶嵌的明珠，璀璨生辉。湖两岸青山叠翠，水杉林立，皆临水照影，绵延了整个湖堤。山抱着水，水环着山，山环水绕。环湖而行，如人在画中游，心灵与浩瀚林海融为一体，城市的喧嚣与繁杂瞬间消失殆尽，让人心旷神怡。

也许那一湾湖水本就是一幅画卷。清澈的湖水倒映着青山，倒映着蓝天，婉约成诗。掉落在湖面的片片树叶悠来荡去，鱼儿躲在树叶下吐着泡泡，绽放出一圈圈的涟漪。偶然间还能看到几只水鸟在湖面悠闲地掠过。行走在岸边的游人，不知什么时候也融入了这一湖浓绿之中。树荫下各种野草挤挤挨挨铺成的无边绿地毯，在这炎炎夏日倒成了游人最钟爱的去处之一。游人总爱在绿毯上乘凉，或坐在一起家长里短，或躺在绿毯上看天上云卷云舒，悠然品味着湖光山色。孩童们喜欢在绿毯上打滚嬉戏，文艺青年则唱歌跳舞玩乐器，忘情于山水之间。

仁者爱山，智者乐水。置身其间，总会临风感慨：时维盛夏，草木葳蕤，缱绻的文字缠绵了夏日的隐隐青山，悠悠绿水，地为笺，风为笔，湖为墨，山为媒，一季深情，美在当夏。

穿越时空的爱恋

邹长森

在两当县的陈家沟，我真切感受了两当号子的韵味。

起初我被陈家沟错落有致的民居吸引，青山绿水的大山里，闪出一处村落，白墙黛瓦的房子在山间分布着，朴素雅致。樱花园，八卦广场，亭台楼阁，如王羲之《兰亭序》描写的那样：此地有崇山峻岭，茂林修竹；又有清流激湍，映带左右，引以为流觞曲水……走进一方叫"归园山居"的小院，有青石铺就的小路，客厅里有别致的树枝吊灯、中式的家具、宽大的床，院里还有一架秋千、可以悠闲喝茶的桌凳、自助的厨房和舒适的洗漱间。一切都是理想田园生活的模样。正如大门处的对联所写"清节横秋显君子，幽兰在室亲善人"。君子，善人，分明是《陋室铭》情境的当今再现。

等到天黑下来，晚饭席间，一阵歌声穿越时空而来，冲击着耳膜，刹那间吸引了大家的目光。转身一看，三位身着当地民族服装的歌者从门外走进来，两男一女，手举斟满当地自酿美酒的酒杯，唱起了嘹亮的号子歌。"太阳出来照山林，哟咦哟嗬……"真诚的笑脸，热情的心意，瞬间融化了我们，再不胜酒力的人也不忍拒绝这美好的情意，每人都接过两杯喝下去，那甘冽带着辣味的酒一直顺喉而下，直入心里。

这样的美好时刻只是一个开始，盛大的篝火晚会更点燃了我们的激情。伴着欢快的乐曲《欢乐的海洋》，我们跟随着舞者的脚步，时而向左，时而向右，时而向前舞动起来……其间，又听到了6位身着民族服装的歌者在广场上唱起嘹亮的"两当号子"。我又一次陶醉了。

想起两当县档案馆对"两当号子"有如下的介绍：两当号子，是两当民歌中的一个独特种类，它以曲调优美、音域宽广、节奏明快、朴实生动的艺术表现形式展现了独具地域特色的"棚民文化"。分为"花号子"和"排号子"两种，"花号子"无词，"排号子"一般都有唱词。1957年，两当号子在北京天桥剧院参加全国民间音乐汇演，民歌王张升、袁正有等还为毛主席及其他党和国家领导人在主会场唱号子，受到高度赞扬。1975年，以"两当号子"的音乐元素为基调而创作的民歌《丰收号子飞满山》评为甘肃省优秀节目。2008年，"两当号子"被列为省级非物质文化遗产。

据悉，"两当号子"已成功列为国家级非物质文化遗产。这不同凡响的发展历史和影响力，让"两当号子"声名远播。

如今有幸亲耳听到"两当号子"，才真正领略到了它的魅力。这号子声，是朴实的两当山地人对生活的热爱，对明天的希望，抒发着心中的感情，表达着自己对人世苦乐的理解。因为接地气，因为是心中一汪清泉的流淌，才更打动人心。

散发着乡土泥味的"两当号子"，经历了鼎盛时期，也经历了市场经济大潮的冲击，一段时期里似乎变成了自娱自乐的歌唱。年轻人更多地走出了大山，去南方城市打工，在霓虹闪烁里追逐着现代社会的生活和流行音乐，他们更多地记住了快乐女声、中国好声音，唱着《老鼠爱大米》《等你等了那么久》《可可托海的牧羊人》之类的流行歌。他们看到了更多的电视剧和电影大片，而"两当号子"似乎已被尘封，成了遥远的过去。

近年来，国家提倡挖掘保护民族文化，以及脱贫攻坚、乡村振兴、美丽乡村旅游的开展，"两当号子"在新的时代、新的机遇期重新焕发了生机和活力。老调新词，重新编排，在粗犷的男声、柔美的女声演唱下，让人耳目一新，过耳难忘。"太阳出来照两当，两当城乡防疫忙，吼起号子加把劲，万众一心打胜仗。""两当号子"不但在本地唱响，更唱到了青岛，唱到了陕西……两当号子已然成为两当特色旅游、特色文化的一张名片。

看了两当作家李兴林老师的心血之作《素影云屏》，我对"两当号子"有了更深的感悟。在景色秀美的云屏三峡，高山之上，云雾之间，飘来了好听的"两当号子"声，在广金、泰山也飘来了"两当号子"声。"苞谷叶儿像把刀——咦哟咦——哟嗬嗬——咦哟——嗬哎——哟咦"，这是老调《苞谷叶儿像把刀》。"三根竹子哟长上天啰，阳雀子笆窝哟在中间；谁人捡到哟阳雀蛋啰，男当皇帝女做官。哟咦哟嗬嗨……"这又是《三根竹子长上天》的传唱。袁正有、张升在山林中生活，他们不惧艰辛，始终保持着对"两当号子"的热爱。因为热爱，所以坚持；因为坚持，所以专业。没有任何的功利心，也不计较能带来多少鲜花和掌声，就这样把一份爱藏在心底，把号子声唱响大地，直到生命的最后一刻。人生之路只有一次，他们把"两当号子"写进了史册，留给了后人。当今天朴素的两当人唱起流传 300 多年的一首首"两当号子"时，体味的不仅是歌声，还有对人生起起落落、生死轮回、悲欢离合的深刻感悟。生活的意义不仅在于解决温饱，还在于丰富的精神文化追求。"山歌好嘞好似热茶暖透心"，"莫讲穷，山歌能把海填平，上天能赶乌云走哇，下地能催五谷生呀五谷生"，这是电影《刘三姐》中的山歌。一曲《多谢了》唱出了多少山歌人坚强的内心和对苦难生活的抗争，这也应该是"两当号子"的另一种注解。所幸的是今天的"两当号子"又有了新的非遗传承人马荣、周帮民等，他们再次把这一优秀的文化发扬光大，飘向各大舞台，让更多的人领略了"两当号子"的风采。

今天的广香河畔，矗立着一尊雕像，底座上写着"两当号子"。一位缠头巾，身着粗布裤褂的人，眼望着远方，在放声歌唱，他微笑的面庞，洋溢着心中的欢乐。他是袁正有吗，他是张升吗，不得而知，我只知道，这是喜爱并时时在唱"两当号子"的群体代表。在他的神态里，我仿佛听到了高亢的"两当号子"《万年花》《黄鹰展翅》穿云破雾而来，回荡在绿树满坡的山间，与这美丽的家园融为一体，世世代代也不分离……

登大殿山记

曹建国

两当县云屏与徽县接壤处有一座山峰，当地人叫大殿山。山体突兀高耸，险峻雄奇，望之有"飞龙乘云，腾蛇游雾，吾不以龙蛇为不托於云雾之势也"。大殿山是一座气象地标，当地人历来用它判断天气的雨晴。

早闻大殿山极为神秘，只是一直无缘前往。2015 年冬天，我们有幸登临探寻。大殿山下有一个元山村，海拔 1406 米，冬日里山峰、树林、院落、人家，寂静无声，僻冷荒寒。仅有的二十多户人家，分布在大殿山与黄崖之间宽大平缓的湿地草滩上，独门独户，居住零散。在旷野寒风中，峥嵘高耸、摩天巍峨的大殿山，更显出一种气势恢宏、肃穆凝重之势。在向导老魏和老王的带领下，我们一行人从房屋后的松林上坡，沿着树林竹林掩映的崎岖小路，由北向南缓缓行往大殿山。约半个小时后遇一岔路口，向导告诉我们，左为硝洞湾，右为娃娃鱼潭，山顶有皇经洞。从娃娃鱼潭方向继续前行，老魏说在他爷爷辈时，娃娃鱼潭是一个又大又深的大潭，栖息着娃娃鱼，后来山上滚石下落，潭水就不存在了。一路跋涉，踩在沙沙作响的枯木与落叶上，瞬间有种不是去探险而是去冬游的感觉。

然而，当我们抵达海拔 1672 米的地带时，阴暗的天空上渐渐飘落起了雪花，冷风侵来，寒气逼人。中午，我们来到偏桥崖下一处海拔 1755 米的"崖窠"，这里是仰望对面悬崖峭壁上"皇经洞"的绝佳位置。洞下高悬一条飞瀑，似银链舞动，高山流水如从天而泻。老魏说许多年前大殿山庙宇香火兴盛时，道士们常常为玉皇大帝念诵经书，祷告上苍，祈福百姓风调雨顺，这个名字也就流传了下来。

走到悬崖上一处稍微平缓的地方，海拔已达 1900 米。居高临下俯瞰，元山滩零散的房舍尽收眼底。当地人将这里叫作"望乡台"，是离家或归家的游子望乡的地方。越往上走，沿途的冰笋、冰凌、冰花形态各异，一段如刀劈般的断崖上流水冻结成冰，形成了一处洁白如玉的冰瀑，似银帘倒挂，乱石上的苔藓在严冬中展示出罕有的绿意。红桦树、白桦树、秦岭冷杉、雪花竹栖居的林间，烟雾弥漫，感觉来到了电影《哈利·波特》的魔法世界里，抑或电影《阿凡达》的潘多拉星，迷迷蒙蒙，渺渺茫茫，仿佛在幻境和梦乡里漫游。

午后，我们到达二岭关。二岭关是明清时期云屏与徽县来往通道上的重要关隘。据民国《徽县新志》记载"自关峡转东，北为园山子，通两当后川子路，山高僻险，皆宵小出没之区"。这里海拔2100米，雪花乱舞，寒风袭人，云雾让人分辨不清东南西北。沿着山梁由东向西朝大殿山巅攀援，尤其二岭关山脊上的一段路程极为险要，最难行走。我们栗栗危惧，气不敢出，在70度左右的陡坡上战战兢兢地爬行，似在腾云驾雾，飘飘欲仙，又如坠冷窟，胆战心惊，身心俱在两重天。午后一时许，到达通往大殿山必经的二道梁子，当地人称作"矮梁"，南侧全是大片大片的铁橡栎林，树冠丰硕，遮天蔽日，飞雪中温润的叶子边缘若玉剔透，犹如一朵朵清幽而又盎然怒放的梨花，美丽迷人。铁橡树、黑叶栎，生长在岩石缝隙中，历经千年风雨，枝繁叶茂，给人一种春天的气息；而在寒气凛冽、令人眩晕胆怯的北坡，却是另外一个景象，云雾缭绕，冰雕玉砌，高山杜鹃和松树挂满雾凇，银装素裹，真是"不知庭霰今朝落，疑是林花昨夜开"。

我们翻过二道梁，半个小时后终于抵达了大殿山之巅。

大殿山海拔2392米，是两当与徽县的界山，山北归两当县，山南归徽县。北坡刀削壁立，奇险异常；南坡松柏参天，云雾缭绕。大殿山原名天门山，若伫立在通往元山村的水泥路上眺望，山巅之下的悬崖峭壁上有一凹面，形如"门"，天门山之名也正是源于"天上之门"。天门山最早记载于明代嘉靖四十二年徽县人士郭从道所撰《徽郡志》，"天门山，东南五十里，其山两崖对峙"。明代徽县举人，任兰阳、确山、垣曲等知县任旒作有《天门山》："万丈云头洞启门，巨灵劈后倚乾坤。鸟飞惮举凌摩翼，猿上空销度越魂。何敢帝廷窥远迩？只知人世易朝昏。果然有路通霄汉，欲把荣枯问大元。"两当有关天门山的记载是清代康熙版《两当县志》有"八景"之"天门奇迹"，"在县南六十里。悬崖有大石门一开一合，故名。万仞崖头一开痕，半开半合号天门。门中但见行云入，阖上常为宿鸟蹲。只宜行客抬头望，不许阖人着手扪。就里不知何所有，巍巍天祭镇乾坤。"清代乾隆年间两当知县秦武域编纂《两当县志》记载："天门山，南六十里。悬崖有大石如门，宛具开合。"《甘肃通志·卷六之山川》也有记载："天门山在县南六十里。悬崖有大石门，一开一合。"乾隆版《两当县志》"八景"为"天门锁云"，秦武域诗作《天门锁云》曰："天门崒崒望中分，叠嶂纷披五色云。香惹九重烟暧曃，瑞浮双阙气氤氲。高吞日月中央见，横走雷霆下界闻。我欲狂歌骖白鹿，凌空上叩玉宸君。"屠文焯、罗暐以及清代道光年间两当县训导李伟观等人咏诗唱和，闻名遐迩。

大殿山之名，不知何年何月而得，史料佚载，无从考证。不过后来人名曰大殿山，也不为过。"殿者，堂之高大者也"，以明代在天门山修建有大殿供奉神祇而得名。传说是明代朱元璋为他的四女儿安庆公主修建的寺院，后来寺院迁至山下的五徵窑。大殿山山顶上有一处平坦而宽敞的地方，"文革"前还存有寺庙，如今早已坍塌无存，我们只在积雪中寻觅出一些精致的琉璃瓦片与残砖，以及石磨两扇，且一块已与山岩相连。令人惊喜的是我们发现了摩崖石刻，只可惜刻石粗糙，碑文模糊，只依稀可见"大明国陕西省巩昌府徽州两当县地名重里天门山雪游世□园□见往□石□秀圣境旧□□起焉。隆庆元年□月初二日□功□□□"。这处摩崖石刻，虽难以辨识，但所传递的信息，仍不免让我思绪丛生，恍若间穿越到了雄立于峭壁之上的明代皇家寺庵，寻觅昔日的金碧辉煌，恢宏气势。今日之残垣屹立于高峻峰巅，野藤攀崖，古木参天，乱草遍布，不能望远，更显空山静穆，引人无限遐思；仰见高峰入云，大山苍郁，乃知天之广大；俯瞰千仞至底，如临深渊，蒙蒙霭霭，烟岚雾岫，愈觉地之深厚，飘飘然如至渺远仙境。

午后三时许，寻僻山径，从大殿山下至二岭关梁。一棵棵红桦树、一棵白桦树，直耸云天，红的俊俏潇洒，白的雄伟高大，虽已在凛冬掉光了叶子，但仍透出一股凄美冷峻的气势。一丛丛不知名的灌木，红色纤细的枝条，如冰雪中的一点红显得分外靓丽夺目，给大殿山一种别致的点缀。

到二岭关后与向导分手，他们原路返回，我们一行人向五徵窑走去。无限风光在险峰，大殿山的自然景观让我们乐在其中，流连忘返。期盼春天的到来，让我们重临大殿山山巅，领略"荡胸生层云，决眦入归鸟。会当凌绝顶，一览众山小"之浩瀚意境。

清清的两当河

程　奎

两当河，又名广香河，发源于两当北部山清水秀、重峦叠嶂的深山峡谷，流过山高林密、景色宜人的原始森林，它蜿蜒曲折，顺流而下，缓缓流淌，横穿两当小城，给我儿时带来了无尽的欢乐，留下了许多美好的记忆。

两当河，一条美丽的河，十里滨河花团锦簇，河岸上水草青青、郁郁葱葱，河滩上各色野花争奇斗艳，花丛中蝴蝶、蜻蜓飞舞，水鸟儿时而在河边戏水，时而在水面上飞翔，蓝蓝的天，白白的云，一幅和谐优美的自然画面。

两当河，一条清澈的河，一年四季如清泉，清澈透明，凉爽洁净，河水缓缓流淌，波光粼粼，河底中各色鹅卵石、形状各异的砾石，清晰可见，水中大大小小的鱼儿、爬行的河蟹，尽收眼底，一览无遗。

两当河，一条清凉的河，它带给我们夏季的一丝凉意，尽管河水没不过膝盖，但我们仍旧喜欢在水中游泳打闹，坐在河水里任凭清凉在身下游过，或趴在河岸边的沙滩上吹吹河风，晒晒太阳，享受那份舒适凉爽。

两当河，一条凶猛的河，平时它像一个温柔的姑娘，流淌得很平静，既不宽阔也不湍急，当遇到河水上涨时，洪水一泻而下，目空一切，翻滚着、咆哮着冲向远方，展示着它的磅礴力量。

两当河沿岸的美丽风景曾一度被乱踩乱挖者所践踏，采砂船、大型铲车开进了河道采砂买砂，筛砂者在河滩上筛砂拉砂，这里成了采砂场、卖砂场，河道上留下一个个淘砂的大坑，留下一堆堆筛砂废弃的鹅卵石，两当河变浑浊了，鱼儿不见了。

两当河流域良好的生态一度被乱倒垃圾者、乱排污水者所破坏，河岸边成了乱倒各种垃圾、乱排生活污水的场所，一堆堆垃圾堆放在河滩，一股股生活污水流进了河里，发出难闻的臭味，河里、河滩到处都是被风吹来的垃圾，两当河变脏了，岸边的青草不绿了。

　　绿水青山就是金山银山，随着党和政府治理生态环境的力度不断加大，两当河的生态环境改善了，曾经的那些乱采乱挖者、乱倒垃圾者、乱排污水者不见了，两当河比往日更美丽、更漂亮了。十里广香河畔，绿树成荫，各种花草争相斗妍，翻板闸聚成的人工湖，波光粼粼，碧波荡漾，鱼儿在水中畅游，白鹭在水中嬉戏，老人们在树底下休闲聊天，年轻人在林荫道上悠闲散步，孩子们在健身器材旁嬉笑玩耍，呈现在人们视野的是一幅和谐美好的画卷。

陇蜀古道上的杨店古街

雷爱红

一条老街，静默地坐在春光里，像一位慈祥的老母亲，满脸的皱纹中，沉睡着古老的故事。时间在她佝偻的背影中缓慢移动，不忍打扰她的回忆。我们不由得放慢了脚步，轻言细语，让风尘仆仆的节奏瞬间隐落在这一条老街的慢时光里。

步入老街，迎面而来的是一种不经粉饰的质朴和一抹繁华过尽的凄清。一排排被沧桑岁月剥蚀过的老屋，依然经受着时间和风雨的考验，古朴而纯正的色调让人浮想联翩。伫立在老街上的千年古槐仍然生机盎然，他们伸展手臂，触摸变幻的时空，见证着历史的久远。斑驳的树影摇曳着，落在青石的街面上，仿佛千年前人影晃动，南来北往，匆忙去来。

这是甘肃省历史文化名镇杨店镇古建一条街给我们的印象。伫立在陇蜀古道上的杨店古街，在漫长的岁月中，记录着家乡的史脉与传衍，诉说着过往的昌盛与衰落，诠释着人文的深邃与悠远。

杨店镇位于两当县城东部，地处甘肃省和陕西省交界地带，是名副其实的甘肃东南门户。以前，从两当县城向东，沿着316国道，在西秦岭南麓绵延起伏的丘陵地带驱车前行，不过20公里的路程，就到达了杨店镇。国道贯穿杨店镇后，仅2.5公里便到达甘陕交界处进入凤县境内。如今，两徽、两凤、凤太高速全面贯通，陇南机场建成运营，宝成铁路两当站升等提质，搭建了更加便捷的立体交通路网，让两当融入了甘陕川大旅游圈。杨店镇这个占据地理交通要道的古镇，更加四通八达，从两当县城沿着两凤高速，10分钟便可到达。

杨店镇历史悠久，战国秦时在此设立了"故道"，其遗址就在古建一条街上。历史上，杨店镇是出甘入陕通川的要塞之地，是一条重要的官道，它同时承载着故道文化和陇蜀文化。秦汉时期的故道置地，驿路通达；宋元时期为军事要地、战略重镇；明清以来是陇南商旅南下、陇蜀古道南茶北盐贸易的商品集散地；从晚清到民国，这里一直是税金征收和稽查的重要关卡。起始于明代甚至更早，因街面曾有著名店铺杨家店，而使这里得名杨家店镇。道光《两当县新志·城镇》记载，清代杨家店镇是两当县三大古镇之一。

走进杨店古建一条街，仿佛走进了一条时光隧道。从遗址来看，古街呈"井"字状纵横格局，街长近 300 米，东西宽约 150 米，但现在我们能见到的只是保存下来呈南北走向的主街。放眼望去，主街不仅悠长，而且宽阔。虽为古建遗址，街面仍然足够三车道并行。

杨店镇的商贸活动一直非常频繁。街道两面明清风格的古建筑，是清一色的二层木楼门面。保存较完整的建筑 30 余座，其中老字号"永顺店""太和堂""余圣宫""堆金所""骆宾王家""万全老店"等古建 17 座。这些建筑多为三进或四进的四合院形式，立柱形梁架、硬山灰瓦顶。四合院内的主房大多是二层三厅两厢房风格的建筑，大红柱子、四扇门、四大开窗，雕刻各种图案。大部分庭院都是各种作坊，有药材加工的、造纸的、做炮仗的、做醋做酱油的、纺线织布的，还有烧锅酒房、货物仓库等。巷道大多是以作坊的名称来命名，如染坊巷、酒坊巷、炮坊里、油坊里、车家药铺里等。而街北区的骡马交易市场、街道门楼、二层玉皇楼、戏楼、三观庙，菩萨楼等建筑，均不复存在，成为人们记忆中的风景。

古街的古老遗存，记录着文明发展的历程。柱、斗、拱、昂、枋、梁飞檐垂花，雕梁画栋，各种花卉、异兽的镂空青砖及木雕门面匾额，风雨百年冲刷后的色泽，一砖一瓦，隐含昔日文明的凝重和岁月沉淀的烙印。在杨店古街，每院都留有人行通道和排水道，大多数院内设有水池（防火用），接连相通的最后一院留有后门，后门外是车马道，也叫后街。科学的建筑设计，是这条繁华驿路发展的文明化标志。

杨店古建一条街，坐落在红崖河西岸，红崖河和广袤的杨左河川，养育着这里的人民，也为古道驿站补给充足的水源和粮草。特别是明清以来，因大量川楚棚民进入红崖河谷一带，人口的大量迅速增加和棚民文化的广泛交融，使杨店镇在经济商贸领域展现出自己得天独厚的优势，成为陇蜀古道上的重要节点。这里形成店铺云集、商品多样、流通迅速的商贸繁荣局面。可以想象，千百年来，无数商旅行客、官兵家眷、游方僧人在此地住宿、停留。遥想当年，客栈密布，南来北往，马蹄声声，驼铃阵阵，一片繁盛景象。

正因为战略地位的重要，杨店镇也历经了战火洗礼。每当周边发生战乱，杨店镇常常被洗劫一番。金兀术率领十万金兵前往徽县仙人关时，此地当时一片狼藉。嘉庆三年五月，白莲教众洗劫了杨家店："白莲教匪窜入两当，之杨家店，遍掠诸村。"同治元年九月太平军"郭三纲率众数千自双石铺抵马岭关，生辉弃关走，贼遂进据杨家店，尽掳其民，分攻红崖堡"。（民国《两当县乡土讲义》）这样的磨难对杨店镇来说太平常不过了，但她依旧百折不挠，一次次涅槃重生，用她富饶的土地哺育百姓，用得天独厚的地理优势发展经济民生，昔日的辉煌与战乱，为她增添了沧桑、神秘的韵味，让意欲一睹她芳容的追慕者向往流连。

徜徉在杨店镇的古建一条街上，繁华落尽的岑寂和孤独，会不经意间袭上心头。暖阳波澜不惊地抚摸着千年古镇，街口的古槐，树干上的铭牌，记载着树龄 600 年，栽植时间是在明朝永乐年间，绕树仰望，如今依然枝繁叶茂，苍翠挺拔。它们在风中摇曳着，仿佛讲述着往事。

葱郁的老槐树掩映的木楼是一幅亘古不变的故道风景，沉香般淡淡的古木气息，是一种穿透灵魂的清香，这幽雅的古色古香，是沧桑岁月的韵味。正如古街的老人们，安静地坐在暖阳里，他们有着和古槐一样的神色，波澜不惊，恬淡自如。我们在街边喝一碗热气腾腾的清茶，听他们讲述着，这条老街除了古色古香之外的那一段段红色往事。

1932 年 4 月，习仲勋等老一辈无产阶级革命家领导和发动了"两当兵变"。杨店镇是两当兵变前部队（陕西警备第三旅二团一营）驻防地。1931 年 10 月至 1932 年 4 月，一营三连驻扎在杨店古建一条街的张家大院里，习仲勋频繁往来于双石铺（今凤县）和杨家店之间，秘密开展兵运工作。

1935 年 8 月 2 日晚，吴焕先、程子华、徐海东等率领的红二十五军从陕西省双石铺起程向两当进发，途经杨店，杨店镇成为红军长征入甘第一站；1936 年 9 月，成徽两康战役，红二方面军六军团占领两当县城，在杨店扩红建政，组织群众，宣传革命，成立了杨店农会。

1947 年夏，地下党员丁占春受中共陇南地下党徽县工委指派，来杨店开展工作，发展党员六名。1948 年冬，徽县工委指派的地下党员马德仓迁居杨店，开展地下工作。1949 年 5 月，司国权在故道镇主持成立了杨店党支部，马德仓任书记，车明道任组织委员，张明富任宣传委员，开始在杨店河川大力发展党组织，先后建立权家坪党支部和张家窑党支部。

两当兵变部队驻地旧址、杨店农会旧址、杨店党总支旧址都位于杨店古建一条街。老人回忆着当时的情景，仍然历历在目。杨店农会选举了主席和委员，负责召集群众开会，开展党的政策宣传。平常很少见红军闲逛，都是个别出来办事、背粮。红军做了好吃的，在街上分给穷人，还有些十几岁的女兵，给群众宣传政策，动员群众参加红军。红军的生活很艰苦，衣服都是便装，穿的布条编的鞋。红军救济穷苦人，送群众旱烟、布匹、衣服、粮食等。

近代革命史，给杨店镇留下了永不磨灭的红色印记，教育和影响着一代代人的成长。随着脱贫攻坚的全面推进，网络信息化的发展，这座古老的镇子融入了全新的时代气息，古朴与现代结合在这里，景致愈发浓墨重彩。2019 年 1 月，甘肃省政府将两当县杨店镇列为历史文化名镇，杨店镇又肩负起了历史文化保护与经济社会发展并行的使命。2019 年，两当县政府争取项目，由文旅部门对杨店古建一条街开展了专项修缮保护，加强推进文化旅游的打造开发，努力提升历史文化名镇的建设水平。

近年来，乘着精准扶贫的劲风，甘肃东南门户上的杨店镇头顶多项桂冠，成为"中国绿色名乡""平安乡镇""全市先进乡镇""文明乡镇标兵"。"三变"改革，产业多样化发展、人居环境全面改善，经济收入全面提升，杨店镇脱贫摘帽，迈向了小康大道。世世代代居住在这里的村民都对这里有了更深的感情，慕名而来的游客来这里寻找自己记忆中古老的画面，寻求一份生活的慰藉，这里的木楼古建愈发映衬出曾经的辉煌印记，凝固起亘古不变的乡愁。这条贯通古今的"故道",正所谓一条由过去走进现在、通向未来的文化碰撞之路、文明交汇之路,也是一条开拓创新之路、永续发展之路。在这片神奇而美丽的土地,杨店镇正待迎来她的又一段发展与蜕变,但愿她早日再现昔日"故道"名镇的风采与辉煌。

情醉黑河

王彦青

黑河，是深藏在秦岭南麓崇山峻岭间一颗诱人的明珠。

到果老故里两当，不去张家黑河森林公园领略一番醉人的黑河风光，就如同到了陕西没去过华山，到了杭州没去过西湖，到了成都没去过青城山，你会抱憾终生的。黑河，是一块神秘的土地，那茫茫的群山，潺潺的流水，缥缈浮动的云烟，被无情的岁月磨去棱角的一堆堆顽石，处处彰显着岁月沧桑的容颜和时光的年轮，记录着四季的变幻和大自然匆匆的脚步，让人惊叹、着迷、神往，更让人感慨！

走进黑河景区，映入眼帘的是那接待处依山傍松的三合院，绿草茵茵，楼台亭阁，小桥流水，让人在经过一番旅途劳顿之后有一种恬静安逸的归属感。在歇脚赏景，品茶聊天之际，你会忘记尘世间的一切烦恼和不快，变得清心寡欲，超凡脱俗，融入那茫茫林海、巍巍群山和涓涓溪流。顺着河边二三米宽的弯弯曲曲的林间小路前行，如同穿行在跨越世纪的绿色时光隧道里。远离城市的喧嚣和浮躁，用心灵的耳朵和眼睛去聆听感知大自然鲜活的心跳声。有一种神龙见首不见尾，恍若隔世的感觉，时间在黑河被辽远的天空凝固成一种记忆，定格成一种永恒。

黑河是一幅壮美绚丽的图画。那层峦叠嶂的山峰高低起伏，绵延不断，轮廓突兀，浸透着不屈不挠的刚强和骨感。那黄、那红、那绿斑斑点点，流光溢彩，装扮出一幅幅五彩缤纷、生机盎然的画卷，洋溢着成熟少妇般迷人的风韵，会让你如痴如醉。路边的石头和草地上那一堆堆碧绿柔软的青苔是这幅画卷最原始、最丰润的底色，这绝世的丹青妙笔，是大自然给人类最奢侈的恩赐。

　　黑河是一首缠绵温馨的史诗。那高远的天空，那博大的林海，那一株株油松、黄松，那一棵棵白桦、红桦，多么像一对对多情的恋人在彼此携手站立，诉说着衷肠；那在树梢间欢快地来去跳跃鸣叫的鸟儿和在花丛中飞舞的蝴蝶是黑河最美丽的精灵，它们在讲述黑河那遥远的过去和神秘的历史，它们是天底下最欢乐的歌唱家和最富有想象力的诗人，那一声声悦耳的鸣唱和一段段低吟就是宇宙间最动情的史诗绝唱。

　　黑河是一支悠扬动听的歌谣。从遥远的天地宇宙浅鸣低吟，传唱至今，悠扬动听。那歌声热情豪迈，感天动地，是为那高耸云端，如骏马奔腾的透马驹山峰高呼；是为那怪石嶙峋的卧虎寺，神秘诱人的水帘洞欢唱；更是为一路西行惩恶扬善的唐僧师徒，侠肝义胆投身革命的白莲花讴歌。进入黑河，置身那幽静的峡谷，蹚过清澈见底的山泉小溪，攀上雄奇高峻的座座山峰，漫步苍苍莽莽的片片林海，你会为黑河的南国之秀丽和北国之雄奇而迷恋、陶醉和震撼。她的妩媚，她的娇艳，会像一阵清风荡涤你的肺腑，拨动你爱的心弦，让你怦然心动。你会情不自禁地想唱那支让人情醉神迷的《谁不夸咱黑河美》，面对青山绿水一展歌喉，让黑河聆听你的热情和真诚，感受你的豪爽和浪漫。

　　在黑河深处，小河流淌的是一种无极的生命，苍松翠柏因这份湿润，年复一年地群生，任由滚烫的太阳烂漫其中，书写着四季的风雨和辉煌。

　　黑河，你是那温柔多情的姑娘，浑身散发着青春活力，风情万种，缠缠绵绵，清纯恬静，站在岁月的长河中静候着远方的心上人。黑河，你是那强健刚毅的小伙子，用伟岸的身躯，宽阔的胸怀支撑着蔚蓝的天空，呵护着一方纯洁的净土，痴情不改，忠贞不渝。黑河，你是那勇敢善良的阿爸阿妈，用甘甜的乳汁和勤劳的汗水滋养哺育着大山的儿女，守护着那山、那石、那林、那水、那花和那草，守护着那从遥远的沧桑岁月流过的一种顽强，一种热情，一种执着，一种世代传承、永不磨灭的希望……

小城初秋

牟秀华

今年的秋天似乎来得很突然。整个夏天，小城一直都在经受烈日的炙烤，几乎没有下雨，气温一天比一天高。立秋过后依然酷暑难耐，大家天天盼着老天能下一场酣畅淋漓的秋雨，以领略一场秋雨一层凉的惬意。其实，该来的总是会来的，无需盼望。白露之后，一连十多天，秋雨不紧不慢，徐徐降了下来，给弥漫着热浪的大地披上了一件清凉的外衣，小城进入了真正的秋天，早晚格外凉爽。

早上拉开窗帘，窗台上的牵牛花正举着蓝色的小喇叭，沐浴在微微湿润的晨雾里，随着微风在绿叶里跳动。想起《古都的秋》中蓝色的牵牛花，当时还想怎么没有写粉红色的呢？原来还是蓝色的最应景。另一面窗台上挂在藤蔓上的葫芦已经成熟，只是可惜没在一开始就给授粉，很多葫芦都没能坐果，不够孩子做葫芦兄弟彩绘。山岚笼罩在晨雾中，近处的能看到青灰的轮廓，远处的完全不见了，只有浓浓的白色的雾。街上的房子，街边的树木，连同走在街上的行人，都在雾中飘着，可不就是"笼着轻纱的梦"吗？

中午时分，经过秋雨洗刷的太阳挤出了浓雾的包围，把温柔明媚的阳光洒向大地，一切又都明丽透亮了起来，山还是山，树还是树。山还没有被秋色染成斑斓的深浅不同的绿、黄、红，还是浓浓的苍绿。庄稼地里是一片黄绿相间的颜色，黄的是将要成熟的庄稼，绿的是地边的树木和在秋季里生长的作物。半山上三三两两的村舍隐没在一片片树影里，只露出一角灰色屋檐或点点白墙，还有时隐时现的乡村道路，听不到鸡犬之声，只看到袅袅炊烟，显得安静而神秘。树木仍枝叶茂盛着，有的枝头还开着花儿，有着热情奔放的妩媚，在无声无息中挺立着袅娜的身姿，吟诵着润心的诗行，自顾自地展现着美丽，有的已经孕育着青涩的果实。

抬头望望，天空高远，不再如夏天那么蔚蓝，几朵白云疏疏落落地浮在天边，有点漫不经心的样子，确实是天高云淡了，只是还没有南归的大雁，显得有些寂寥。路边是郁郁葱葱的树木，在初秋的太阳下闪着生命的光，树叶是浓浓的深绿色，还没有变黄的迹象，几只秋蝉躲在树上不停地鸣叫，不知是留恋夏的火热还是预知了秋风的冷酷。

晚上踏着月色，随心所欲地去漫步，不管是广香河畔的滨河路、西山植物园，还是广香苑、东山公园，不管走多远，也不管心里想到哪儿，就那样很随意地走着，微风轻轻地吹动耳边的头发，思绪也漫无目的地飘摇。尤其是盛满星星的夜空，闪闪发光的小星星，像一群俏皮的孩童在嬉戏，肆意地玩耍，天真无邪。天空繁星点点，小城灯光灿烂，置身于星影灯光里，你或许已经忘了自己现在身处何地，抑或是忘记了自己将要走向何处才是目的，其实那些已不再重要了。就像朱自清那样在夜色中漫步于荷塘月色下，有了另一份心境，感受着超脱尘世浮华的另一种宁静，小城是能安慰心灵的净土。

当露珠开始在草叶上闪烁的时候，秋虫的鸣叫更加嘹亮了。在徐徐的夜风中走回家去。路边的树木映衬着月色灯光投下斑驳的影子，路上踱着小步闲谈的人已经很少了，小城更显安静。秋夜枕着月光安眠，是最惬意的梦乡，蛐蛐偶尔不知从哪里爬到楼上，突然会在耳边鸣叫，在梦中还以为回到了童年，还睡在乡下的老屋。

初秋的小城，处处都是可以入画的胜景。昨天中午，在明媚温暖的阳光里，便偶遇一处，女贞、银杏、樱花、桂树，还有不知名的树木，在三叶草中披着浓绿的叶子如撑起的一把把大伞，缠绕着紫藤的长廊边茂盛着几丛修竹，亭亭玉立，亭子、石桌、石凳点缀在绿树丛中。我不由得走了进去，前边道路正在施工，行人更少，静悄悄的，只有微风吹过树叶沙沙的声音，微风中弥漫着桂花的香味儿。有人说我们这样慢节奏的小城适合恋爱，那么，这里就很适合约会了，只是对于我，如斯良辰美景算是虚设了。如果能找到四片叶子的三叶草，我就许愿化作一只秋虫，与美景厮守，只是不能够。

　　微风轻拂，广香河水泛着粼粼波光缓缓流淌。这条小河穿过田野，绕过青山，在城边聚成湖泊，为小城增添了湖光山色的江南韵味，又奔向峡口蜿蜒东去。两岸的树木、花儿在河水里照映着自己的娇容，繁华了一个春夏，在初秋里透出一丝慵懒和倦怠。河边青草茂盛，肆意的草尖似乎懂得了沉稳，不再张扬着往上生长，低着头弯着腰，守着一川清流。水鸟在河面散漫地画着圈儿，伺机捕食，突然一只潜入水中不见了，只剩下一圈圈的涟漪在水面荡漾，一会儿又在另一处露出了水面。带着小剪刀的燕子还在河面上空飞翔，忽高忽低，给小河书写着欢快的音符。

　　小城的四季都是美丽的，小城的初秋更美，有着油画般的凝重和绚丽。小城的大街小巷、十里滨河大道处处显示着小城的恬淡与静谧，漫步其中的那种浪漫与惬意是无法说得清的。这就是小城的初秋，给你"采菊东篱下，悠然见南山"的诗意，让你在静静的秋天思考生命的原色与真谛，领略小城初秋淡然闲适的风致。再过些日子，秋意渐浓，满山的树木被秋风染成不同层次的红、黄、绿，小城满眼的秋色又会是另一番景象。

黑河森林公园

麻　晖

　　黑河森林公园位于两当县张家乡太渠村黑河组，是省级森林公园。这里，危峰兀立，群山连绵，景色旖旎，美不胜收。

　　从张家乡出发，大约行走二十分钟就到了黑河。

　　碧绿的青山下，溪流潺潺。公路两旁坐落着一个个美丽的村庄。一律的黛瓦白墙，房前屋后，菜畦青葱，鲜花盛开，鸡鸣狗吠，一派美丽的田园风光。

　　从山门进去，顺着黑河一直往山里走，不一会儿就到了景区。

　　景区口，有小巧的湖泊，精致的廊桥横跨过湖面，廊桥上有亭子，供游人休息和赏景之用。

　　倚着桥栏杆或坐在亭子里，看阳光照在水面上，轻柔的山风吹过，湖面上泛起了层层金色的涟漪，湖里，五彩的游鱼，洁净的细石历历可见。站在桥边，松树翠绿的枝叶触手可及。阳光漫漶，青山妩媚，空气中弥漫着草木的清香。

　　休息一阵，顺着峡谷往上走，羊肠样的林间小道遍布拳头大的鹅卵石。小路依山傍水，百年老树郁郁葱葱，遮天蔽日。黑河水，如千万匹脱缰的野马，奔腾着，咆哮着穿过巨大的岩石，吼声如雷。

　　河谷两岸，青山巍峨，古树林立。悬崖绝壁上，飞瀑如练，怪柏倒挂。山脚下草木青葱，怪石嶙峋，山顶白云缭绕，宛如人间仙境。

　　山涧溪流淙淙，古木参天，美丽的野花点缀在碧绿的草丛中，绵延十几公里，如云锦，似朝霞。

　　越往上走，河水变得小而平缓，山回路转，溪流上的小石桥布满翠绿的青苔，很惹人喜爱。

暮春时节，路边、岩石上、坡地里，山荆子粉白的花儿掩映在嫩绿的树丛中，这儿一簇，那儿一丛，煞是迷人，行走在这样的山间小道上，内心那么的惬意。

初夏，高山上的杜鹃花盛开了，绚丽的花朵映着蓝天白云，使山林变得愈发俏丽妩媚。密林深处，千年的腐质土上，长满了密密麻麻的玄参、党参、猪苓及淫羊藿等名贵中药材。黑熊、黄羊、林麝、麋鹿、野狼等叫不上名字的动物时常穿梭其中。

六七月，雨雾绵绵，山间溪流纵横，宽大的瀑布从陡峭的岩石上倾泻而下，飞珠溅玉。山涧谷底，云雾缭绕。黑河水奔腾着，咆哮着，跃上房屋般高大的岩石，风驰电掣般的奔腾而下。坐在山顶的亭子上，看千山万壑都笼罩在迷蒙的烟雨中，如梦似幻。山林中，风声呼呼，松涛阵阵。远处，奇峰罗列的石林淹没在迷茫的云雾中。近处，花朵上，树叶上悬挂的雨珠晶莹剔透，宛如一颗颗珍珠玛瑙。

听雨，看云雾在山间流淌，山脚下的黑河水，如雷鸣般的吼声，让人心中生出一种似有若无的轻愁。

黑河森林公园，峡谷幽深，河水汤汤，山岭逶迤，险象环生。崇山峻岭中，沟壑纵横，气候温润，是许多野生动物的乐园。高山之巅，原始森林，草甸，石林，溶洞，天坑，神秘莫测，让人流连忘返。

北牧滩，宛如上帝一不小心遗落在人间的一颗温润的碧玉。在苍茫的群山之巅，她显得高贵而温婉，是那样的楚楚动人。

在父辈的侃侃而谈中，从小我就对它心生向往。

群山逶迤，天空高远，去往北牧滩的道漫长陡峭，荆棘丛生。三四小时的攀爬，累得人气喘吁吁，热汗直流。登上山顶，眼前豁然开朗，一望无际的草地平坦、开阔，齐腰深的野草郁郁青青，开满了艳丽的花朵。偶尔出现的一棵小树使草地显得更加开阔、辽远。放眼望去，天阔水远，大地苍茫，重重的山峦，像大海里翻腾的波浪。

春天，北牧滩冰雪消融，野花盛开，绚烂美好。夏季，碧草青青，野羊遍地，鸟鸣清幽。秋季，天高云淡，衰草连天，黄花满地。冬季，寒风凛冽，白雪皑皑，让人望而生畏。

北牧滩，一年四季，风光无限，令人心驰神往。

邻居王伯，现年已八十多岁。年轻时走南闯北，见多识广，有很多的人生经验。他告诉我，年轻时去北牧滩放牛采药，那个地方神秘莫测，险象环生，下雨天，一不小心，就会迷失方向，还有很多长满青草的沼泽，时常有牛羊牲畜陷入其中，丢掉性命。这里，天气阴晴多变。明明还是晴空万里，不一会儿，刮过一阵风，飘来几朵云，就会下起雨雪冰雹。他还告诉我，北牧滩曾经有人住过，在残垣断壁上挖出过铜钱，他不识字，问了别人，说是清朝年间的。这让我惊诧不已。我想，在遥远的年代，人们为了躲避兵匪战乱，带着家人攀上这远离人烟的地方，在这水草丰茂的地方开垦，放牧，过着自给自足，与世隔绝的生活。社会的动荡，人心的险恶，市井的纷繁嘈杂都被远远地抛在身后。这铜钱似乎真的用不上了，便被埋在厚厚的土墙里。

在黑河森林公园里，著名的景点还有南天门、麦擦石、龙王洞、卧虎寺、石门、石林等。这些景点，在花开花落中演绎着季节的繁华与落寞，而这些，都是我们在流年里遇到过的最美景致。

坐落在黑河东北方向的南天门，被众多的小山簇拥着，高大的山峰直插云霄。阴雨天，山顶云遮雾绕，缥缈得宛如人间仙境。晴天，山顶青黑色的峭壁上古木森森，瀑布如银如练，蓝天白云下，那巨大的岩石仿佛一扇门，似乎能通往遥遥的天庭。

南天门下的卧虎寺，辽阔的草坪上古木参天。昔日香火缭绕，钟磬音不绝于耳的繁盛景象已不复存在，只剩下啁啾的鸟鸣和呼呼的风声在这里回荡。阳光恣肆，静静地照在荆棘丛中那几个败破的塔碑和一堆堆断瓦残砖上。

传说，卧虎寺曾经庙宇恢宏，香火鼎盛，前来这里朝拜和祈福的香客络绎不绝。曾几何时，庙里出现了花和尚（荒淫），有些姿色的女香客，就被他们用针头线脑诱骗至那个隐秘的地下室，直至折磨而死。据说，每年都有一些年轻貌美的女香客离奇失踪，害得好多家庭妻离子散，家破人亡。最后惊动地方官，案件虽扑朔迷离，但最终被查获，花和尚被斩首，百姓一把火烧了庙宇。后来，庙里的大钟被人抬下山，做了张家小学的大钟。

据说，这口钟很神奇，抬到学校，第二天又到了卧虎寺，历经好多次，终于在张家小学安了家。

小时候，课余时间，看着那锈迹斑斑的钟身，我的心里充满了无比的好奇。

清脆的钟声伴我走过那难忘的小学时代。

往昔的一切，都消失在岁月的烟尘中，了无踪迹。

麦摞石，因形似农家院场里的麦垛而闻名。

群山巍巍，沟壑纵横，一座石门巍然屹立在山顶，神定气闲的模样，仿佛一位饱经沧桑而又充满智慧的老者。

龙王洞，藏在黑河的高山深涧中，光阴流转，时光之手在洞内慢慢地雕刻出各具形态的石钟乳。据说，盘踞在洞顶那条活灵活现的巨龙能吞云吐雾，每当洞内烟雾缭绕时，第二天会下雨。

老虎峡，从地名上，足见其险恶。那是从黑河进入兴隆场的唯一道路。全程有两公里多，峡谷幽深，流水潺潺，两岸群山高耸，道路逼仄，草木葱郁，危岩高耸。谷底羊肠样的山道千回百转，险象环生。河边的山石，如丸如卵，形态各异。走出峡谷，眼前豁然开朗，土地平旷，屋舍俨然，有良田美池桑竹之属，黄发垂髫平怡然自乐。好一幅世外桃源的美好景象。传说，1949 年前，峡内常有狼虫虎豹和野人出没。

悠悠黑河水，用她甘甜的乳汁滋养了两岸的人民。英雄的故事在这片古老的土地上到处传扬。白莲花，这位女中豪杰，不仅人长得漂亮，而且从小练就了一身高强的武艺，她聪明智慧且有一颗侠义心肠。她虽出身土匪，却仗义行侠喜好抱打不平，深受老百姓的爱戴。最后被红军收编，在长期的革命生涯中，与红军战士肖烈产生爱情，最后陷入敌人的包围中壮烈牺牲。

故事的发生地就在黑河。悠悠黑河水，古老的大青石，还有大青石旁那棵枝繁叶茂的核桃树，见证了白莲花这位女侠光辉而短暂的一生，更见证了她和肖烈美好而崇高的爱情。

新时代的楷模，"七一勋章"获得者，牺牲于喀喇昆仑山，长眠于兰州烈士陵园的陈红军就出生在这片神奇的土地上。

黑河森林公园，山峰林立，土地辽阔，人民勤劳善良。如今他们沐浴在精准扶贫的春风里，日子就越过越甜美。

工作和生活之余，人们总是寻觅诗和远方。

诗和远方就在故乡，在黑河这方神奇而古老的土地上。

故乡山水

罗世明

　　我的故乡，在甘肃两当云屏镇广金一个偏僻的山村里，一条山梁连着一条山梁，沟壑套着沟壑，在童年的记忆里，出山靠"走"，信息传递靠人"吼"或捎口信、捎话。计算机、电话、手机、数码相机等现代化高科技产品与山里人无关，这一切对故乡人来说简直就是天方夜谭。山外面的人们很少知道故乡山的美和故乡水的甘甜，每每山里人与城里人谈起山里故事和山水的秀美时，他们半信半疑，但故乡的山和水却深深地镌刻在我的心田里，那些美好的记忆收藏在我的生命里，永远删除不掉。

　　故乡的山高耸入云，刀劈斧削，连绵不断，郁郁葱葱，充满诗情画意。故乡的水没有大江大河汹涛澎湃的壮观，但那涓涓溪水静静流淌，清澈酣畅，潺潺淙淙，在山脚吟唱。小时候，对故乡的山水是那么亲近，那么眷恋，他哺育了一代又一代山里人。有人说家乡的山和水是穷山恶水，但我不这么认为，大自然赋予了故乡的山水太多太多的精神和物质财富，一方水土养育一方人，山里的孩子因山而早早成熟，吃苦耐劳，在岁月的磨砺中故乡的山水成就了他们健壮的体魄和豪爽、果敢的性格。

　　生活在家乡的山旮旯里，就像生活在童话世界里，无忧无虑，与世隔绝，那种惬意、悠闲的心情常常会使人感觉其乐无穷。雨后的彩虹，一头伸入天空的云霄中，另一头没入远处河水里，老人说那是天上祥龙在吸水，也像现在的灯光秀。大清早，几户人家的孩子不约而同赶着牛群，争先恐后地向牧草茂盛的地方奔去，最先到达目的地就选择一处显亮处，唱着山歌，有意让其他同伴听到，仿佛胜利者站在领奖台上一样喜悦。然后选择一个天然石墩上盘腿而坐，怀里拿出借来的书学习，或者掏出自制的笛子，吹着五音不全的曲子。清晨的宁静瞬间被打破，惊醒了山林里的各式各样鸟儿，也开始叽叽喳喳，几个小时不知不觉过去了，东西南北山峁的放牛娃在这童话般的美景中完成了放牛任务。然后静下心来，屏住气听听牛铃的叮当声，就知道牛群在什么位置，凭经验再看看太阳在山坡上照射的波浪式的曲线，就知道几点几分，就判断牛吃饱了没有，太阳落山前赶着牛回家了。

夏天是山里人收获的季节，也是品味美食的时候。从远处瞧那荒坡上点缀着白色的星星点点，就像草原上的羊群，实际上那是酸甜可口的野草莓，山里人叫"瓢儿"，端午前后正是成熟季节，妇女儿童提着笼子，端着瓢、盆抢着摘瓢儿，很热闹。从摘瓢儿开始，山里人陆陆续续上山挣钱搞副业，采挖药材，有猪苓、天麻、党生、淫洋藿、七月一枝花、芍药、玄参等，还有果药两用的五味子、八月瓜、野香蕉，还有林菜类和菌类，如野木耳、香菇、羊肚菌、桑癀菌、野林芝，应有尽有，美不胜收，可食用的自己留一小部分做美食，大部分晒干卖给药贩子和收特产的，也是一笔不菲的收入。天无绝人之路，不觉联想到山里人常说厚德载物、天道酬勤两个座右铭，山里人从小就形成了自食其力、坚韧不拔、勇挑重担的勇敢与担当精神。

童年的时光是快乐的，不分春夏秋冬，也不分白天黑夜。故乡的水是甘甜的，那个年代没有使用合成的化学肥料，人们思想中也没有污染的概念。刀耕火种，二牛抬杠很普遍。灌溉靠天，农作物靠自然进行光合作用，肥料基本上是牲畜粪便、杂草和腐殖土混合而成的有机肥。沟沟岇岇（wā）流淌着清澈的溪水，随处可见在沟道形成形状各异、小巧玲珑的水潭，有的像水缸，有的像鸳鸯锅，目不暇接。小鱼儿成群结队在潭中自由自在游来游去，就像大自然奢侈摆设的鱼缸一样。青蛙蹲在潭边的石岩上，看见人就像跳水运动员"扑通"一下沉到了潭底。石岩上向下渗滴着珍珠般的水珠，就像母亲喂奶时流淌的乳汁，山里人进山搞副业，从不带水，山里人都知道，大自然是很公平的，山有多高，水就有多深，出门的行囊中只装上干粮和烧水缸子，就是几天在山林间风餐露宿，他们也会就地取材，烧水做饭。赶路时间紧了就用双手掬一捧两捧解渴，感觉和纯净水一样。

后来在城里上学，回故乡参加工作，对故乡的山和水产生了另一种感觉和印象。习惯了县城的热闹和繁华，街道的宽阔与平坦，回到山里工作，周围的环境仿佛就是八卦阵，梁峁靠着梁峁，山阻隔着，只有羊肠小道，条件好的地方勉强有便道通车，河道上没桥，在山旮旯绕来绕去，山里人像生活在一口井里，只能见到簸箕大的天，外面人把家乡的人叫山里人，山里人听着有些不舒服，有一种被看不起的感觉。因山的阻隔，物流、信息流的制约，通路、通电、通网等各项基础设施建设相比城里节奏慢半拍，一些人为了发家致富，不惜以牺牲环境为代价，无节制肆意索取山上的财富资源。大自然的惩罚是无情的，洪水频发，泥石流肆虐，故乡的山变得满身疮痍。洪水发过后沟沟叉叉朽木烂枝，一片狼藉，浑浊的洪水还夹带着臭味。面对这一切，我脑海里对故乡的山和水充满了忧虑和疑惑，那个山清水秀的故乡去哪儿了？

如今，国家实施生态文明建设发展战略，绿水青山就是金山银山，回首故乡的山，故乡的水，仍然有着旖旎秀美的自然风光，有着其他名山一样的高度和厚度，也有着同样的外延和内涵。山体翠翠的绿，重峦叠嶂，形状各异，相互间争艳竞秀。雨过天晴，东边日出西边雨伴随着云卷云舒，更加优美，动态和静态相互照应，使人进入梦幻的世界。这时站立在山顶上眺望，那山涧的茫茫云海像海市蜃楼一般，不动的是毅然挺立的将军石，有鬼斧神工的轿顶山，有镇宅辟邪的狮子崖，有张着大嘴要吞食一切丑恶和疾苦的哑口石，有作蓄意翱翔姿势的雄鹰鹰嘴崖等。走进山涧的沟边、水溪边，各种海底生物化石映入眼帘，此景让人的思绪穿越时空隧道，又仿佛遨游在海底世界，也联想到大自然的深厚内涵和神奇力量，沧海桑田，人类在大自然面前多么渺小，人类要爱护自然、尊重自然、敬畏自然、顺应自然，保护人类共同的家园。

每逢双休节假日，我都要约上朋友驾上车去品味家乡的山水风情，路上每每遇到外地络绎不绝慕名而来的游客，主动当义务导游，介绍故乡的山、故乡的水，不厌其烦地重复着。看到游客在路边天然水泉里用双手掬水喝，那神情比喝瓶装矿泉水喜悦多了，看到那蜿蜒曲折的水泥路连接着一户户山里人家，远处看一排排红砖房隐隐约约在森林深处，车驶出绿色林涧，柳暗花明，小车、小桥、流水、人家展现在眼前，单家独户居多，世外桃源般，家家户户有产业，看不见的地里种的是天麻、猪苓，看得见是大棚黑压压的食用菌香菇、木耳，房前屋后土蜂养殖箱整齐有序地排列。

迎面扑来的风是质朴清凉的，沁人心脾，有清香，有浓香，正值百花姹紫嫣红、争艳齐芳时节，什么花的香味儿都有。树上的鸟儿，路边花儿、草儿也都变得更加鲜活了，优美了，这种惬意在城市里是体验不到的，在故乡的山水间穿梭行走，心旷神怡，我沉浸在愉悦之中不能自拔。家乡山和水很含蓄，不像其他名山张扬，但在我的心里她胜过甲天下的桂林山水，桂林的山只能远眺和欣赏，家乡的山水却给了我生命和无穷的力量，故乡的山水是我心中唯一的诗和远方。

醉美黄疙瘩

王彦青

当秋日的暖阳娇羞地洒下温情的目光之时，我再次随着涌动的热潮，伴着飒爽的秋风走进云屏三峡。沿着长长的峡谷前行，满山的绿让人迷醉，阳光打在山间河谷的树梢上，俨然一幅色彩斑斓的画卷斜挂着，那绿，那黄，那红，一绺绺，一簇簇，红叶羞红了整个山坡，却显得更加娇艳迷人。

新修的水泥路依山傍水，相依着向山谷的深处延伸开去，就像仙女遗落山间的长长的玉带，一会儿隐没在山脚，一会儿又峰回路转，在山与水之间缠绕着。车子驶过白家嘴，顺着谷底的河道前行便是久负盛名的"云屏三峡"。这是一个长长的峡谷，两面的山峰刀削斧砍一般，嵯峨而险峻，即使长在最高处的苍松翠柏，一个个倔强地把根扎进石缝里，生长得郁郁葱葱，毫不逊色，使人不由得赞叹生命的强大与不屈。在这个绵延几十公里的峡谷中，生命变得绚烂而多彩，清清的溪流在谷中奔跑，与河滩中形态各异的鹅卵石拥抱亲吻，吟唱出悦耳动听的天籁。那一块块奇形怪状的圆滚滚的石头上，各种珊瑚虫、鱼类、贝类的化石图案纹理清楚可辨。谁也无法想象，几十万年以前的这里曾是一片汪洋大海，那些悠闲自在的小生命在某个不经意的早晨或者某个赤日炎炎的午后被永远定格了，这些弱小的生命在瞬间实现了生命的一个飞跃和永恒，是何等的悲壮和惨烈？然而这些化石忠实地记录了生命艰难的脚印，成为人类探究远古时代的铁证。

土地峡、观音峡、西姑峡，天狗望龟、双乳峰、姊妹峰、黑水田园、蜡烛台，每一座山峰都有一个美丽的传说，每一片森林都有一个神奇的故事，每一个山洞都暗藏着一个惊世的奥秘，每一块巨石都铭记着岁月的沧桑。

黄疙瘩是云屏三峡尽头最高处的一个风景地，也是最迷人、最让人心醉的一片土地。黄疙瘩的名字土得掉渣渣，第一次听到"黄疙瘩"这个名字，我不禁有些皱眉，咋起了个这么土的名字？然而当我走近黄疙瘩时，又被它的美丽和丰饶震撼了，陶醉了。那一疙瘩一疙瘩的绿，一疙瘩一疙瘩的黄，那一疙瘩一疙瘩的红，完全是一幅原生态的山水画。远远望去，高山草甸如浩瀚大海中的一排排波涛，高低起伏，形态各异。站在丰盈葱郁的草地上，仿佛置身于千里草原，零零星星的树木，远看恰似辽阔草原上正在埋头吃草的牛羊，又如绿色地毯上绣制的一个个精美的图案，玲珑剔透，生动别致。

倘徉在黄疙瘩一望无际的绿色草滩，那莽莽群山、潺潺溪流尽收眼底。深秋的黄疙瘩宛如一个风情万种的迷人少妇，身着五彩缤纷的罗裳，让人心仪、迷醉。在黄疙瘩，蓝天仿佛近在咫尺，伸手就可以摸到湛蓝的天和飘荡的丝丝白云。满山的红叶是大山娇羞的红晕，让黄疙瘩更加透出几分妩媚和可人。

漫步黄疙瘩的高山草甸之上，时间仿佛静止了，地球也似乎停止了转动，你会有一份难以述说的惬意与轻松，远离城市的喧嚣和纷争，避开钢筋水泥的禁锢，投入大自然的怀抱，一切都会变得那么温馨而美好，淡定而释然。此刻，你也许会有一种恍如隔世的感觉，如同穿越了时空，身处那遥远的古代。一声悠扬粗犷的"两当号子"传来，会让你如梦初醒，融入大山的怀抱，体味那份世间独有的情调和享受。"两当号子"是云屏特有的，更是黄疙瘩的神韵所在。号子婉转回荡在山谷之间，韵味悠长，情真意切，缠缠绵绵，定会让你如痴如醉。

站在绿草如茵的草滩之上，一座座新建的小木屋成为黄疙瘩又一道别致的人文景观。在群山环抱、绿草如茵、松柏丛生的草滩上，欧式风格的小木屋会让你为之一振，让你的思绪重新回到现实世界。在绿草地与小木屋之间，一种原始与现代的落差，会撞击你心灵深处那敏感的神经，让你体会到大自然的博大与美丽，生命的壮美与顽强。

离开黄疙瘩时，我心中有一丝不舍，始终被一种难以名状的兴奋和喜悦包裹着，直到车子驶入云屏三峡的最后一个峡谷——土地峡，我依然陶醉在黄疙瘩的草甸里无法释怀。黄疙瘩，我为你喝彩，你在我心中永远是最美的。你的美，让人心动，让人陶醉，更让人痴迷。

去两当

乔斌琪

车子还在半山腰，已清晰看见两当城的大致面貌。我不由自主想起几年前第一次雨中到达两当的情景和自己当时的一首拙作。

《雨落两当》这些会飞的花朵／总是从高处往低处／／风阻止不了／人阻止不了／／它们总喜欢靠近大地／尤其，这座泥土高举的慢城／／水花一瞬间地开／把绿铺到天涯。

进入县城，第一站达两当兵变纪念馆，金色的太阳已褪变成斜阳，鲜红鲜红的，像一面红旗，红色全映射在纪念馆身上。多年了，这是我们一行人常常梦里徘徊的地方。虽说纪念馆一次也没来过，但梦里已亲近过好多次，与当年那些英雄谈心好多次。

路过一条街，切切实实感受到小城惬意的生活。下班后，步伐不快不慢，有说有笑。街道、饭馆门口更加热闹。我们在一商店买水喝，门口几个醒目大字"两当特产狼牙蜜"。

对于这座小县城，大家上车前不约而同说出相同的心情，因为有一段红色的历史，有宛若仙境的云屏，有神话传说张果老，内心多了一分向往和期待。

是啊！小小的县城有着壮实的脊梁，挑起一段红色的记忆。

行车中，思绪一路情不自禁被拉回到那段红色的历史当中，不断回味。

1929 年起，中共陕西省委派人到杨虎城部陕西骑兵第三旅三团二营开展工作。

1930 年 4 月，经陕西省委同意，该营建立了党委，习仲勋任书记。

1932 年 3 月，营党委准备利用该营即将从驻扎地凤县、两当县出发前往徽县换防之机发动起义。起义地点确定在两当县城，起义后部队前往旬邑县与刘志丹率领的革命武装会合。

1932年4月2日零时，在两当县城起义官兵击毙顽抗的敌对分子，解除了敌对势力的武装。习仲勋等起义领导人在兵变旧址召开紧急会议，决定撤出战斗。参加起义的200多名士兵在习仲勋等人的领导下，沿两当河北上，于3日到达两当的太阳寺，部队在此改编为中国工农红军陕甘游击队第五支队。

宏伟的纪念馆像久别的亲人突然间出现在我们面前。同行者有军人情结的大个子一个劲儿说："同我梦里亲近的完全一样，就是这样的，就是这样的……"他的激动无法用语言来描述。

大气雄伟的纪念馆拔地而起。左右两边的树木笔直站立着，翠绿的叶子穿着斜阳的衣服，像披着一件好看的风衣。两当城也一样，近年来变化太大了。宽阔的街道，春笋般的楼房，绿化如画。只能欣赏，语言和照片无法准确描述出它的魅力。

到纪念馆门口，热情好客、落落大方的讲解员迎接我们。同行的小赵感慨道："两当不仅有众所周知的红色历史，女孩子也如画中一样，真是一方水土养活一方人。"

进入纪念馆，不知不觉被这里的历史深深吸引。三大展厅、六个单元。珍贵照片、文件、图片、文物200余件。每一个展厅是一段感人的历史，每一件文物诉说着那段亲身的经历。

一幅幅图片再现当年的情景，讲述两当兵变前前后后的历史。

纪念馆内震撼人心的是草鞋和搪瓷缸子。草鞋已经穿破，留下了多少脚印？镌刻下了多少背影？老一辈们并没因艰苦甚至危险而放弃，朝着梦想，一直追寻，一直用生命奋斗。

困难时期，搪瓷缸子是最方便、最耐用的饮水家当，行军当中必不可缺的生活必需品。

搪瓷缸子置放于玻璃框内，漆已脱落，以前盛装的是水，今天盛装的是历史。

展览馆墙壁上两段细节特别引人注目，我用相机拍了下来。

"1930年初，习仲勋受党组织委派，在国民党毕梅轩反冯民军第9支队2连任见习官开展兵运工作。11月，习仲勋所在部队被杨虎城编为陕西省骑兵第3旅3团2营，习仲勋任2营2连特务长。1931年8月，部队改编为陕西省警备师第3旅2团1营。10月，习仲勋接任中共营委书记。在兵运工作中习仲勋等人采取散发传单秘密传播革命思想，启发教育士兵的思想觉悟，积极稳妥地发展革命骨干，最大限度地争取中间力量，维护群众利益，扩大革命影响，使兵运工作有了良好的外部环境和广泛的群众基础。"

"1932年4月1日拂晓，2营1、2连和机枪连随营部从凤州、双石铺出发向凤县移防，当日黄昏，部队行至甘肃两当县城宿营。晚上八九点钟，习仲勋在县城北门外一家车马店内召开营党委扩大会议，分析了兵变的有利条件和兵变的重大意义，并对兵变行动作了具体的安排和部署。4月2日零时，两当兵变发动。在共产党员的带领下，兵变士兵先后击毙了1连连长韩生信、2连连长唐福亭、3连连长张遇时、机枪连代理连长张某等人。营长王德修听见枪声不断，知道大事不妙，越墙逃往县城西山。拂晓时分，兵变部队200多人迅速撤出两当县城，到北门外的窑沟渠集合，随后向太阳寺方向前进。4月2日上午，部队到达太阳寺，营党委对部队进行了整编，宣布起义部队改编为中国工农红军陕甘游击队第5支队，选举许天洁为支队长，刘林圃任政委，习仲勋任队党委书记，准备将部队带到陕甘边地区，去会合刘志丹的队伍。"

望着一幅幅图片，一行人被讲解员完全带入历史当中，丝毫没感觉到已过闭馆时间。

讲解结束，大家还意犹未尽，谁也不肯走。是啊！这里的历史让人发自内心的敬畏。已经下班一段时间了，不得不同她们告别。

暮色涌来，两当城的夜晚五彩斑斓。小城有小城的特色，没有拥挤的喧哗，有的是更多的安静。火锅味道，烧烤味道，浓浓的烟火气息沁人心脾，还有广香河畔三三两两散步的人。

小城背后山上的树木已经长大。它们聆听过撼天动地的呐喊，见证过当年真实的情景。如今，从高处默默观望着如雨后春笋林立的高楼、干净整洁的马路、来来往往的人群。

安静的小城，发生了翻天覆地的变化。勤劳的人们继续踩着先辈们不怕吃苦的足迹，用汗水创造着幸福。

树木枝条上星星点点的彩灯，一闪一闪。像一眨一眨的眼睛，像先辈们留下的足迹，闪着耀眼的光。

悠悠广香河，浓浓两当情。想起来两当前读过两位诗人写的与两当有关的诗句。

《雪夜感旧》

（宋） 陆 游

江月亭前桦烛香，龙门阁上驮声长。

乱山古驿经三折，小市孤城宿两当。

晚岁犹思事鞍马，当时那信老耕桑？

绿沉金锁俱尘委，雪洒寒灯泪数行。

《登两当城眺望》

（清） 李绳远

乱山环绕古当州，鸟道盘旋接废邱。

北顾陇秦云岫叠，南通巴蜀水源流。

荒坡新垦堪驱犊，老树无存尽作猴。

三载深惭支月俸，因民进议浚城沟。

我们住在距纪念馆不远的酒店。从窗户望去，纪念馆穿着灯光的外衣，犹如仙境。

两当变了，真的变了。眺望之中，任凭思绪飞扬。仿佛听见响彻夜空的两当号子，隐隐约约看见骑着毛驴的张果老，看见云屏悠闲散步的云朵，看见太阳寺人头攒动，看到的黑水国遗址及村庄挺拔的高楼掩映在碧绿的庄稼树木中，站儿巷沿途干净整洁的新农村。

夜晚的两当像一个万花筒。

有人在亭子下唱两当号子和秦腔，不时传来阵阵热烈掌声。好奇的我们飞快下楼循声而去。弥漫于广香河河畔的花香，那么醉人……

凰凤山云海

王　环

空山新雨春风至，云雾浅深山妖娆；雨后初晴凰凤山，汇集山水聚灵气；缕缕轻雾如面纱，朵朵白云似惊涛；天风震撼如海潮，奇峰层峦似天崩。

凰凤山，山凤凰，群峰环抱，山林耸立，沟谷如刀割幽深，奇峰似雕琢多姿；林木花草而郁馥，飞瀑流泉而遍布；浓雾泛起云横渡，青岭依然嵌古松。

海上升红日，霞光映水间；七彩祥云至，白黄红绿变；彩云似仙女薄纱，霞光如玉女锦衣；旭日东升，激情如火，云海波涛，斑斓多姿，浮光跃金，璀璨夺目，穿云吐雾，纳祥招瑞，艳丽而不可方物。

墨绿山峦，远近高低，时隐时现，层峦叠嶂，恰似白浪，如梦如幻；云雾飞腾，轻烟缠绕，飘忽不定，瞬息万变，凹凸造型，时而细流，时而涓涓，时而如缕缕银丝，时而如珠珠玉帘，忽如波涛汹涌澎湃，忽如飞瀑一泻千里；云与峰为伴，峰因云生姿，千姿百态，目不暇接。

云顶压高山，松涛临海滨；山尖荡舟楫，赶巧遇仙客。静听鸟语，轻闻花香，醉观云海，醒赏日出；云雾扑朔迷离，山水潺潺生烟，绮丽多彩，如梦如幻，妙而不言，恰似仙境。

五月小城已如画

李山泉

进入五月。顿时，两当这座小城美得直教人心若潮起。

坐落在秦岭南麓的小城，似乎得到了大自然额外的眷顾，拥有南北地理的各种优势。四季分明，植被丰茂，物种繁多，负氧离子含量高，加之精致的规划，合理的布局，让每一个生活在这里的人和来这里的游人都会觉得非常惬意，舒适。

一年四季，我独爱五月里的小城。在这一年中最为馨香的季节，樱花落别枝头时，七里香、狼牙刺、槐花便陆续争相开放。每日漫步于鲜花绽放、清香涤荡的小城，犹如一尾畅游春光的鱼儿，无拘无束，惬意悠然。仰脸望去，天空湛蓝，一路细细品味，阳光、清风、花香，沁人心扉！连一点点的水声都让人心起涟漪。宜人的气候，秀丽的风景，让这个小城更显得温馨。

两当也被誉为"花园县城"。花期不负，应季而开。花儿以最热烈、最纯朴的方式盛开在阳光的媚眼里，给人惊喜、壮观与震撼，让你尽情享受这微风十里满目香！漫步广香河畔，微风在身侧兜来转去，轻轻绵绵，带着沁人心脾的芬芳，似乎有着欲言又止的优柔。低眉的刹那，恍惚觉得波光粼粼的广香河好似《再别康桥》中的康河，那些喜气洋洋的花草好似刚刚从朱自清的《春》里走来。滨河路两旁的花儿在车流人声中早已温柔地开满枝头，用一袭波动的微风，浅浅划过心弦，还对花儿恋恋不舍的绿芽，却被洋洋洒洒的花雨染上"才下眉头，却上心头"的相思。看见满地的落花，便不禁感叹，前几日才看见羞涩的花骨朵，今日却又将"化作春泥更护花"。

绿化带里，绿茸茸的草坪上星星点点的小花，或白，或黄，或紫，点缀出了色彩的灵动，蒲公英圆滚滚的种子，犹如整装待发的士兵，只等微风的号令。在翠绿欲滴的三叶草里，偶尔会惊喜地发现四叶草，勾起对好运的期待，却不忍心摘下，轻轻抚摸后拍照留念。摇曳的花枝间，鸟儿欢快地跳跃着，满眼有画有景。拍一段视频，悦耳的鸟鸣便唤醒了整个画面，不需要添加任何音乐和滤镜，便自成风景。

小城的生活节奏是缓慢的。当我迈着悠闲的步子，行走在两当这个天然的氧吧里，尽情呼吸，真可算得上是一种奢侈的享受。在这里，一花一木，一瓦一砾，是那么随意，又是那么刻意，谱写着小城的诗意气息。

走进云屏镇

王永花

夏日，每当漫步云屏镇街道村四围的田野，满目苍翠，处处皆景。一排排整齐的灰瓦楼房，一棵棵挺拔摇曳的大树，还有那微微发黄的待收麦田都使人移不开步。一转眼，挂满青果的虬枝就与你撞个满怀，不经意飞入眼帘的山鸟和从屋檐边蹿出来的松鼠都给你无限惊喜，宛如闯进了一座充满诗情画意的世外桃源。

村里住着一些老人，脸上挂着乐呵呵的笑容，在缓坡梯田的房屋里，听闻县城工作的儿女要回来，早早地开始打扫平日常关着的空房子，浆洗晾晒，扑尘灭灰，伛偻的身影在小院里来回穿梭，诉说着对儿女们情真意切的牵挂。

房屋的边上是一片郁郁葱葱的枣皮林，枣皮果像一颗颗小水滴一样挂满了枝条的叶缝，展现着无尽的生命力。枣皮林很稠密，每一棵都努力伸展着枝丫，像一朵朵怒放的绿牡丹，迎接每一个走过的行人。放学归来的小孩子们，三三两两地相伴着在田间地垄上挖泥巴、抓虫子，他们彼此挤靠着蹲在一起，时而抬头相互交谈，时而低头屏息静气，孩子们个个两脚都是泥巴，但脸上却洋溢着灿烂天真的笑容，那"咯咯"的笑声穿过河谷，响彻整个田野。

不同于城市的热闹喧嚣，时空在这里仿佛定格了一般，走在田野上，是叶的香，草的香，泥土的香，满眼都是鲜活的生命。路边树上的鸟虫努力勤奋地合奏着自然的交响曲。清晨是清脆的鸟鸣，午后是灼灼的蝉啼，傍晚听到的是窸窸窣窣的虫吟，这些声音时而急促有力，时而优美抒情，随着人们脚步声的越来越近，歌声戛然而止。过后，又开始鸟声二重奏，绵延起伏，激情昂扬，这是鸟儿们才能演奏出来的动听旋律。

六月的乡村，蔚蓝的天空，微风吹拂着街道上穿白色衬衫晚归的少年，街道两旁树影婆娑，光影斑驳，让人忍不住想伸手抓住这时光，西斜的晚阳余晖散落在乡村的每个角隅，给这一方天地增添了更浓的一笔，夏天的美好也随之而来。

来云屏吧！在这绿意盎然、生机勃勃，被绿色统治的仲夏乡村里散散心，拍拍照！

第二辑

广香写意

红叶满山入画来

雷爱红

"远上寒山石径斜，白云生处有人家，停车坐爱枫林晚，霜叶红于二月花"。唐代诗人杜牧曾这样描写红叶。古人赏红叶是如此的诗情画意，而我们又会与红叶有怎样的邂逅呢？

浓烈的秋意肆意渲染、熏陶，只待秋风一个华丽的转身，一座静谧别致、宜居宜游的"中国百佳深呼吸小城"两当，就摇身变成了一处泼红染赤的佳境，一个红色的世界。

万山红遍，层林尽染。漫山遍野的红叶，像火一样燃烧起来，把两当的山川大地装扮得妖娆炽烈，它热情似火的绚丽景色深深地吸引着全国各地的游人纷至沓来。

驱车邀友，我们慕名前往两当观红叶。无论是穿过神秘的灵官峡，去访问张果老登真洞；还是跋涉张家黑河森林峡谷；抑或穿越两当的北大门太阳寺进入小陇山茫茫林海；再或深入嘉陵江支流，向两当的南端云屏广金进发，一路上应接不暇的红叶，丝毫不让眼睛有喘息的机会。被火红的色彩氤氲着，浓烈的爱，暴涨于内心，一场场热情似火的盛宴，从眼睛开始铺天盖地直入每一个毛孔、每一丝感官，人的内心也变得热情似火。

烂漫锦绣天妆成。红叶遍布的两当县，位于甘肃省东南部、陇南东北部，地处南北秦岭之间，属长江上游嘉陵江水系和汉江水系。境内群山错峙、万壑分流、林木茂密、峰奇水秀，峡谷草甸、富氧怡人，集北国之雄奇与南国之灵秀于一身。孕育在秦岭的婉转率真与嘉陵江的澄澈干练之中，这里有着一碧千里的生态环境，森林覆盖率 73%，植被覆盖率 84%，被誉中国西部的天然氧吧。这里是江的源头、云的故乡、花的世界、林的海洋、休闲度假的天堂。

两当红叶，系两当得天独厚的野生黄栌密林，生于岩崖、水岸、高山，秋冬之际红叶满山，形成了蔚为壮观的自然景观。

漫步两当，江河映赤，山川飞红。

县城是一个小盆地，四周的山坡红叶簇生。沿着广香东路的石阶上山，步入林子，就闻到野菊花馥郁的花香，沁人心脾。眼前，似霞如火的黄栌叶，一团团，一簇簇，点缀林间，分外美丽。越向上走，视野渐渐开阔，放眼望去，周围连绵的山峦，浓墨重彩，令人赏心悦目。山下广香河水，就像一条玉带，穿城而过，蓝天、白云和红叶倒映在水中，碧玉小城宛如仙境。身边游人纷纷拿出相机，把美景摄入镜头，带回家中，留住对两当红叶深深的怀恋。

沿广香河而下，汇入嘉陵江支流。山岩互峙，峡谷天堑，红叶丛生。清晨，虽有点寒意，但眼前薄雾缓缓从河谷升腾而起，大山仿佛涂脂抹粉，开始每日的装扮，如仙境般的景色，让人如痴如醉。水边、谷底，摇曳多姿的红叶仿佛在向我们招手，和我们对话。"万片作霞延日丽"，阳光下，片片红叶闪耀着透亮的微光，照得我们的脸庞也红润起来。走走停停，多姿的红叶，千变万化的美，数里路不觉累。

步行途中，天空飘洒起蒙蒙细雨，初冬的细雨比人更有灵气，匆匆洗去林木的浮尘，让深重的红、亮丽的红、凝结的红和怒放的红，统统在两当的山野、峡谷、溪涧暴发。

一场季节的革新，水倒映着山，斑斓中又浮现天空的空阔辽远与宁静。雨后，如水的阳光漫过整片山林，几片轻云在高远的天空飘逸。那满山的红叶如天边的彩霞，由淡至深，层层叠叠，像打翻了的调色盘，橘绿、橙黄、绯红、大红、深红、紫红织出一匹匹绚丽多姿的绸锦。

黄昏，那红叶如千万只蝴蝶在绿水青山间蹁跹，那是对风的追求，还是对树的留恋？一片片山林，羞红了笑脸，一枝枝红叶，摇曳着思念。

火红的盛装为谁而着？火红的思念为谁而付？开在最深的红尘里，也开在不远不近的路途，仿佛酝酿很久的盛宴，两当红叶，等着你来，演绎生命的繁华，燃烧灵魂的炽烈。

行走于两当，原汁原味的淳朴，伴随着低碳生活的轻松与悠然，回归真我的放逐与恬淡。一座慢城，一颗明珠，带着绿色的和谐，红色的坚韧，得以让旅行成为出世与入世的潇洒往返。

　　行走于两当的初冬，任回忆与向往，伴着岁月的更迭流淌，一拨拨往来，一次次潮汐。在岁月染红的峡谷，在两当，那惊艳了岁月的红叶，正与你擦肩，唱响心中的爱恋！

两当之行随笔

夏建华

车行驶在畅达的两徽高速上，两边峰峦挺秀，翠峦重叠，有绿意一路相随，烈日裹挟的高温也消减了不少。此行的目的地是两当县西坡镇，市司法局帮扶的两个村子在那里，我的结对关爱对象也在那里，要赶在"七一"之前去开展"结对帮扶·爱心甘肃"行动。

一

路上，我给同行的陇南安徽商会王志东会长讲了一个有关两当的故事，这是很多年前真实发生的事，印象深刻，因而我在和人谈到两当时，总会频频提及。大概十四年前，也就是 2009 年，省上在兰州评审第四批全国爱国主义教育基地旧址补贴经费，当时岷县和两当都在争取。其间，一位评审专家问岷县和两当哪个县人多？岷县的带队领导没到过两当，也不清楚当时两当的情况，没把握也没好意思直接说岷县多，但当时在场的两当县委宣传部的领导觉得机会难得，肯定地表示当然是两当县大，人也多，因为两当有宝成铁路，境内有三个火车站，而且还有部队驻军，到两当参观红色爱国主义教育基地旧址比去岷县方便。就因为这番话说服了评审组，最后面积比两当大、人口比两当多的岷县没争过两当。

故事讲完，王志东会长乐了，说到底是两当人比较机敏。我说没办法，那时候筹建两当兵变纪念馆，前前后后困难重重，我们一伙人就一个心思，不能放过任何机会。

我曾在两当县委任职七年零三个月，秀丽的风景，淳朴的民风，两当人的踏实能干，给我留下了难忘的印象，因此从心底深深地爱着这个地方；在这片土地上和许多同志一块拼搏奋斗过，那日日夜夜、春夏秋冬，至今历历在目。后来即使离开了，也时时惦念着，逮着机会就想到这个小县城来，也许这就是咱们通常说的情结——我有一种松解不开的"两当情结"。

二

抵达西坡镇已近正午，和对接的乡镇同志会合后，我和同行的结对帮扶干部马不停蹄，立即开始了当日的行程，一口气跑了西坡、苍坪、店子、竹林、三坪和边山六个村庄，我也算深度"游"了西坡镇的近半数村庄。每个村庄都有自己的特色，真正响应了美乡村建设提出的"一村一业、百村百貌"总要求。

西坡镇是两当的工业重镇，也是陶瓷古镇，本身就很有看头。镇子虽不大，却很有故事——一片旧厂房、几个高烟囱、陈旧的火车桥洞，乍一看感觉到了六七十年代，穿过这些走进去，又是另一番景象。一尊硕大的陶罐立在主街道入口，向来往的人递出了"陶瓷小镇"的名片。主街道不长，干净整洁，两旁的行道树为一间间店铺洒下了阴凉。邮局旁边的一棵合欢树十分抢眼，粉灿灿的花点缀在绿的树冠上，在阳光下似有若无，为整条街平添了诗画般的柔美与质感。现在的西坡镇不仅在环境上更加整洁美丽，当地政府也更着眼于服务群众，一心一意在产业上谋求新发展，名声在外的"绿壳鸡蛋"就是其中翘楚，可谓是为群众增收致富立下了汗马功劳。不管是过去的工业留痕，还是现在的生态产业发展，都是西坡镇历经岁月积累的财富，也使它成功发展为一个充满魅力和韵味的美丽乡镇。西坡镇地处陕甘交界，文化底蕴深厚，交通便利，它的故事还有很多，只停留半日恐怕是听不完整的。

三

三坪村和边山村是市司法局结对帮扶的两个村，比邻而居，但是差异不小，一个大一个小，一个上一个下，一个种粮一个种药，村子因差异而各自美丽，特色各异，在我看来正是"一村一品"之优点。

去边山村必须经过三坪村，地理位置使然。三坪村就在田西公路旁，群众居住比较集中，远远看去，房屋错落有致，绿树掩映白墙，就像寥寥几笔就勾勒出的一幅山村水彩画。近年来，在市、县司法局和西坡镇的共同努力下，三坪村被评为省级法治民主示范村，村子里的普法信息随处可见，学法、懂法、普法的氛围十分浓厚。入村的斜坡壁上绘制了一幅幅宣传法治的彩画，与之相对的绿化带里每隔十几步就有宣传立柱，村里的广场和主道，法治宣传栏、宣传牌随处可见。这些展示牌的造型和村子景色完美融合，内容图文并茂、语言通俗易懂，宣传教育功能与观赏游览功能兼有，对群众来说既美化了生活环境，又学习了解了法律知识，可谓一举两得。就算擦除了锦上添花的普法信息，走进三坪，也能看见家家户户种花种草，群众把自家小院捯饬得俏丽非常。乡村要发展，环境是底色。这么一看，三坪村的底色很浓墨重彩，也更加有"精气神"。

从三坪村的张坪梁上往下看，嘉陵江犹如一条绿丝绦随风舞出了一个大弧线，在这个弧线里边山村静静守候，有遗世而立之感。边山村小，让人觉得很精致。全村三十户人家，分散在嘉陵江边、半山腰、山顶上，无论拜访哪一处人家，这个立体的小山村都能为你呈现出不同的景致。站在边山村口的核桃树下看对面被嘉陵江水包围的小山和沙滩，能让你联想到两当八景之一的"琵琶秋水"，"嘉陵江水侧畔流，曾有柸渚围沙洲，琵琶长卧风撩拨，槲叶秋水听篁篠"，虽然没有柸渚、没有沙洲、没有琵琶之形，但有嘉陵江水、有满山深绿、有鸟鸣清脆，可以想见，一到秋天，满山黄栌红如霞，又是嘉陵江畔可以提笔入画的风景。在我看来，边山村成功把自己隐没在了绿水青山里，村里人也低调、质朴、和谐地与山水为伴，是名副其实"看得见山、看得见水"的宜居山村。值得一提的是，边山村满山遍野种中药材，也养殖中华蜂，村民在"一苦一甜"间，忙碌又充实地迎来春夏，送走秋冬。

走了、看了、听了，感触才更深切。让乡村成为人人向往的美好之地，就是建设宜居宜业和美丽乡村的题中之义。我很为市司法局驻这两个村的几个年轻人感到高兴，能和村里人"打成一片"，能脚踏实地为群众办好事实实事，在这个过程中积淀自己、充实自己，升华自己，很难得。

四

最后，我要说说我的结对关爱对象——一位会酿酒会拉二胡还很健谈的特困供养老人。我们的到来，令他很高兴。为了表达感谢，他为我们即兴拉了一曲《毛主席的话儿记心上》，悠扬顿挫，音乐在嘉陵江畔萦绕回荡。老人拉的这一曲熟悉的调子，跟着我一直回到了两当下榻的住处。打开窗子，看着广香河对岸被暖黄灯光萦绕的两当兵变纪念馆，我在想一个独居老人缘何如此满足和幸福，也许这就是"让无疆大爱在陇原上空恒久激荡"的启程和归宿吧。

小城七月

唐秀宁

一

去两当县的显龙镇，我们赶上七月的好时节，大片的柴胡刚进入盛花期，没见过的人远远看去还会以为是三月的油菜花开得正美。

我就是没见过柴胡开花的这个人。乍见盛夏的阳光下金灿灿的花海，实在是惊奇不已。原来，柴胡是在夏季里开花的啊！原来，柴胡开了花也是蛮能和这季节的阳光相匹配的呢！阳光是金色的，花儿也是金色的。蜜蜂出入花丛，薄翼被阳光和花色浸染，一身金黄飞来飞去，是生了翅膀的柴胡花。

较之于春风潾荡里的姹紫嫣红，柴胡花儿在骄阳下的这份明媚鲜艳更为难得。还有它的花香，携一丝药味儿，飘一点点蜜味儿，都是能渗进人心里的味道。像爱，容不得你拒绝，你也不舍得拒绝。就这么站在我从未见过的花儿面前，被它的美色和花香魅惑，有种轻盈明亮的东西从心底升腾而起，忽然不觉得生而为人的沉重和烦恼，甘愿为这炎炎烈日中的邂逅，丢盔卸甲放下所有。

二

我家乡的山歌这样唱：柴胡开花两面黄，一面姐来一面郎……

说的是柴胡花这青春的颜色，它的光芒由激情四射的红色和生机勃发的绿色混合而成，那么当黄颜色汇聚成海，甜蜜的馨香、迷人的光晕荡漾开来，爱情随之附着其上。两面黄是说柴胡花儿的密集，据说在伞形的柴胡花枝上，一枝极细的分枝最多可以开二十几朵花。可以说是一个花球了，又岂止是两面黄，它是明亮亮的一团黄。

让我惊奇又迷醉的柴胡花儿，密匝匝绽放在通往显龙镇的一条公路的下方，平整的田块外围，是一片葱茏的林木，像绿色的防护墙。有了它，人站在公路上往下看柴胡黄色的花海，才不至于因为眩晕而跌落花丛。

三

一片紫色！一大片紫色！一整个山坡的紫色！成熟又冷静，浪漫而神秘。

显龙镇的夏天，就在这一片紫色的花海中显出凉意来。

关于昆虫们的童话全部藏在山坡上这些像铃铛，像包袱，还像僧人帽子样的花朵里，小粉蝶轻轻去摇一摇桔梗的铃铛，那些紫色的花儿们立即在山坡上弹奏一曲《夏天的秘密》。

谁没有过关于盛夏的美好记忆？谁又不曾在夏季里做过浪漫的美梦！那些年少时单纯因为色彩而喜欢过的夏天，那些摘了桔梗花儿缀满发辫也不害羞的岁月，就在一瞬间全然回到眼前。

初至显龙，在对比强烈的两种颜色的花海中，我仿佛重新捡拾回来一段童心、一份少年的情怀。这是来两当前没有想到的意外收获。不过切莫以为显龙的这些黄色花儿和紫色花儿仅仅只能观赏，它们是镇上集中发展的中药材高效示范园。不远处的阳坡地里，黄芩也正在开花，那是不同于桔梗花儿的另外一种紫色，远远看去，像极了勿忘我。

也许之前，我们只知道中药是用来医病的，它曾经无数次被吃进我们的身体里去。这些吸收过自然四时之气、承载过日色月华的美妙植物，被我们用来平衡身体里的寒与热，水与火，升浮与沉降。然而当它尚未离开脚下的土地，当它以花开的声音赞美了夏天，当它用纯净的色彩装扮起天空……这一切却恰好让我们遇见，嗯，那就是它额外赐予我们的眼目和心灵以滋养，是我们的恩福。

作为太阳崇拜发源地之一的我们的国度，从古至今流传有许多关于太阳的神话。我们从《夸父逐日》和《后羿射日》的神话中，领略了干旱地区的先民对于太阳曾经有过的思考和猜想，也约略看出来当时人类的骄傲和轻慢。而"蜀犬吠日"的成语却隐含着蜀地人对于日照的渴望，对太阳的那份稀罕，被外人以"犬见日而吠"揶揄至今。因为需求不同，人们对太阳抱有不同的期望，替太阳想想，遇到人类，太阳它真是太难了。

终于，人类有了敬畏之心，知道太阳是不能征服的，也不是人类意志所能改变，于是想与太阳正常交流。图腾中便有了太阳鸟；创造一个大力神叫盘古，说太阳是他的左眼睛所变成；替太阳寻亲，找到它的母亲羲和与另外九个兄弟；人中间有了个出类拔萃的炎帝，就说他来自于太阳；感觉日子过得太快，一转眼便日薄西山，人以为太阳里有只神奇的黑鸟，因之又昵称太阳为金乌……但依然觉得与太阳不够亲近，后来敬奉一尊神在太阳上，尊称为太阳星君。怕人记不住，再定一个春暖花开的日子为星君的生日，到了那一天，沐浴焚香念诵《太阳经》，就这样，也才表达了人对太阳微不足道的一点感恩。

那么，就请太阳神来人间享用香火，保佑和赐福于我们。请这至高无上的神灵，住在月亮坡前的神庙里，听白日里古道驿站马铃叮当，听夜晚间广香河水追风逐月。这美妙的人间欢歌呵，太阳神与我们一同分享，劳作不再辛苦，愁烦容易抛却。

让我们把这神庙唤作太阳寺，太阳从此在人间就多了个住所。它带来的光芒与温暖，让这块土地上的万物生生不息变化无穷。它赐予的智慧和力量，激发人们想翻越秦岭去山那边看看的豪情，由此这儿被踩出一条由秦陇入蜀的故道，我们的心胸和眼界从此变得开阔。

商人们到这个有太阳神的地方来，成就了关于王百万的财富神话：那党参种到土里面，仿佛埋下了金条，一首往复循环唱不完的歌，是水磨在广香河上的吱吱呀呀。

光明桥前的《太阳赋》、红军街上的古槐树、槐树底下的石碾盘，各自用它们的语言，讲述当年那支迎面走来的红色队伍，是怎样在这里创造了翻天覆地的革命神话。

五

车子一路穿行在两当北乡的青山之间，让人有种错觉，坐的不是车而是船，这船又像条鱼，无比畅快地游走在碧绿的海水中。这鱼又背负着我们，在森林覆盖率接近 80% 的天然氧吧深呼吸。

已经好久没有见过这么醉人的绿颜色了。是浆汁饱满轻轻一碰就能掉下水来的绿，又是蘸在笔尖极不易涂抹开来的绿；是刚刚想到"长郊草色绿无涯"的绿，立即又否定了，觉得还是"客路青山外，行舟绿水前"的绿更恰当。

说绿色给人视觉的感受是舒心宁静，很大程度上更是种色彩暗示，这象征青春与活力的颜色，它通过我们的眼睛给观赏它的人以生命的张力和强大的治愈力。

山那么包容，接纳一切想依赖它生长的植物，哪怕是鸟儿衔落的一小粒种子它都不嫌弃，山才能在夏季里活泼泼绿到天空里去。听到赞美，山也想看看自己的模样，山请阳光把它的影子投进脚下的溪水中，那一湾清浅的水域就被山的绿所洇染。栖在树梢上的小鸟，生怕溪水打湿了翅膀，无声地飞走了，留下颤动的枝条，划开浅水的涟漪。

六

寂寞的孤旅，有人写下古诗《雪夜感旧》："江月亭前桦烛香，龙门阁上驮声长。乱山古驿经三折，小市孤城宿两当。晚岁犹思事鞍马，当时那信老耕桑。绿沉金锁俱尘委，雪洒寒灯泪数行。"那是几百年前的爱国诗人陆游在报国无门的苦闷中途经两当小城时的情感抒发。

今天我们来这儿漫游，眼里风光无限，心中惬意悠闲。时代给了这小城最好的光景。绿色生态、红色旅游、美丽乡村、富民产业、族谱文化、风俗人情……时光在这里仿佛不会轻易老去，即便不留神让它溜掉，也会被张果老倒骑毛驴唱着道情拽回来。

人们说两当是一座慢城，那么，就让我们慢慢晃悠，慢慢欣赏，慢慢品味。慢慢地，发现我们爱上了这里。

两当的薪火

蒲黎生

四月的两当，山川秀美，草木葱茏，天气清新，阳光明媚。

湛蓝的天空，飘浮着朵朵白云，青花瓷般的隽美，让人陶醉。

广香河穿城而过，像流动的琉璃，给这座山城平添了几分俏丽和生机。满城怒放的樱花，让人感到花团锦簇的春天已经来临。一树花开宣告春天在向人们招手，万树花开渲染了整个春天的色彩。身临其境，我们感恩这个伟大的时代，期望大同世界的未来，感怀过去经历的一切。

两当地处陕甘川三省的交界，位于河谷相间的秦岭山系和峭拔险峻的巴山之间，被称为"秦陇之扦蔽、巴蜀之襟喉"；自然景观奇特，风光旖旎。云屏三峡，峰险峡幽，烟雨飘绕，碧潭映翠；果老仙山，松涛阵阵，彩云翠屏；黑河公园，林深谷静，怪石嶙峋。独特的山水风光和迷人景色集北国之雄奇，兼备南国之灵秀，赋予两当当之无愧的绿色生态家园，亦昭示了两当物华天宝、人杰地灵的地域风貌。这里是嘉陵江的源头，一江九水十条山系，养育了"陇上江南"的两当儿女；特殊的地理环境，加速了外来移民与两当原住居民的大融合，这里交融贯通了不同地域的语言、文化、生活习俗，孕育出一种特色鲜明的"棚民文化"，而在当地用湖广广腔唱响的"两当号子"，则记载了大山深处的两当人民，与山、与水、与人的故事。

湖广、四川等地是两当外来人口的主要来源地，是"两当号子"和"湖广广"腔的原生地。"两当号子"的传唱历史可以追溯至二百多年前的清嘉庆年间，战争与动荡同样侵袭着秦巴山中的汉江上游和嘉陵江以南的站儿巷、云屏、泰山、广金等地。数十万起义战败的农民军宁死不屈，分散隐居在广袤的原始森林中，结草为庐、刀耕火种，过着与世隔绝的生活。

当地人把"棚民"称作"湖广广"。"棚民"为了逃避官方的赋税、追捕便躲到深山，搭起茅棚。中间挂只吊罐，就算是"棚民"安了家。这种西南地区少数民族的炊具，随"棚民"传到西北腹地秦岭南麓的故道水流域。吊锅，俗称吊罐，是我国西南许多少数民族普遍使用的炊具，用铸铁浇制而成，口小、肚大、底圆，总体呈扁圆形。口沿有对称的弧形扣环一对，可在火上悬挂煮饭。容积小的吊罐可做五六人的饭，大的可供十几人用。将吊罐挂在火塘上烧水、做饭，操作简单、携带方便。火塘可以取暖、做饭，夏天能驱蚊虫。火塘是一个家的象征，它带给人们温暖、希望和凝聚力。"棚民"在深山里定居下来之后，使用火塘，火塘的一端连着火坑，吊罐挂在火塘上，形成取暖、煮饭、睡热炕三位一体的生活格局。"棚民"的房屋一般都是土墙草顶，有门无窗，据人文学家分析，此种住屋是自然环境与历史遭遇的产物。其优点甚多，一可防寒保暖；二可防止外来物的突然袭击，这种房子的特点是里黑外不明，乍进来的人什么都看不清，而屋里的人看外边却清清楚楚；三是防寒、防潮，聚烟火以调节室内温度和湿度，储存的粮食经长期烟熏后，出芽率高，抗病力强。吊罐伴随"棚民"流浪漂泊异乡，度过了长达一百多年的岁月，直到20世纪50年代，还在秦岭山地、汉水西南、故道水流域的川陕甘三角地带使用着。这种具有西南民族特色的炊具，随主人颠沛流离来到秦岭腹地，走过了整整一个世纪的岁月；虽然它曾经是封闭落后与贫穷的象征，但它毕竟是这段人类文化和斗争历史的翔实见证。在刀耕火种的过程中，劳动号子成为他们彼此交流、传递情感、疏解心怀的媒介，不同的旋律表达不同的心境，在数省移民文化的碰撞、融合与创新中，形成了极具地域特色的"两当号子"。土生土长的"两当号子"在秦巴山脉开出绚丽的万年花，老一辈棚民后裔用纯正的湖广广腔，唱出了两当本土音乐的顽强生命力和当地民众对美好生活的向往。它以淳朴的嗓音，唱响了中华民族最原始、最基础的价值观和人生观，凝聚起当地文化的影响力，提升了文化自信。

在精准扶贫和乡村振兴的过程中，两当县委、县政府在发展本地文化的基础上，铭记历史印记，将习仲勋等老一辈无产阶级革命家领导的"两当兵变"，作为"红色文化"的承载体，与"棚民文化""果老文化"共

广香写意

同形成地域鲜明的两当文化体系。在这一体系中，文化、旅游、历史得以完美融合，相辅相成。引领老百姓提质增效，脱贫致富。

漫步在两当城区，春风拂面而来。所到之处，鸟语花香。街道清洁，草地绿茵。天地祥和，举国小康，这便是人间四月天。我心之向往，还是想看一看两当兵变的遗址。两当城里的老南街，已有两百余年的历史，它经历过岁月的积淀，见证着尘世的繁华与凄凉，镌刻着这座城刻骨铭心的辉煌。走在老南街的青石板上，映入眼帘的是青瓦灰墙、斗拱飞檐、镂空窗棂，它们在现代文明和历史文化交融的长廊里，合奏出明月清风、沉浑苍郁的古曲。在深邃的巷子里，我仿佛听见了历史的回响和人民要翻身求解放的呐喊声。两当兵变旧址位于老南街20号，占地面积850平方米，坐西朝东，土木结构，三进院建筑格局。建筑主体为单檐硬山两坡水结构，总体风貌极具典型的民国时期的地方特色。2016年12月，两当兵变旧址被列入全国红色旅游经典景区名录。

两当兵变纪念馆位于甘肃省两当县广香东路，是两当兵变部队的集结地。两当兵变纪念馆由陈列室、兵变旧址、纪念碑、纪念墙等部分组成。纪念馆内设序厅、两当兵变历史事件展、两当兵变精神传承展、两当兵变主要领导人习仲勋同志生平展。以丰富的史料、翔实的内容展现了两当兵变革命历程。在纪念馆聆听着解说员的讲解，目睹那一件件烙有岁月印记的文物，两当兵变的历史脉络清晰地展现出来。

"两当兵变"是第二次国内革命战争时期，中国共产党在西北地区领导的一次武装兵变，也是在甘肃发动较早的一次武装起义。1932年4月，在陕西省委指挥下，许天洁、刘林圃、习仲勋等人在两当县发动兵变，将部队拉到陕西旬邑与中国工农红军陕甘游击队刘志丹部会合。

1930年初，中共陕西省委指示各地中共党组织派出党员秘密去十七路军开展工作。长期隐蔽，积蓄力量，等待时机，在条件成熟时，发动武装起义，把部队逐步改造为公开的红军武装，以壮大革命力量。这年春天，中共陕西省委派习仲勋到长武县杨虎城部的警备骑兵第三旅三团二营从事兵运工作，从此，习仲勋开始了他在陕甘地区革命斗争的生涯。

警备骑兵第三旅是杨虎城收编的杂牌部队，三团二营营长王德修曾是共青团员，与习仲勋是同学关系。进入该营后，习仲勋立即和共产党员李秉荣、李特生三个人成立了党小组，并在党小组的领导下开展兵运工作。他们确立了"在发动士兵进行日常斗争、促进士兵革命化的基础上，发展组织，团结士兵，积蓄力量，等待时机"的工作方针；提出了反对打骂士兵，改善士兵生活，按时发饷、发鞋袜的要求；进而提出"反对军阀战争、拥护红军"的口号，成立了"红军之友"社。他们还在该营积极发展党员，扩建组织。随后又成立营党委，推选习仲勋担任营委书记。通过半年多的艰苦努力，发展了 30 多名共产党员，全营从营到连、排、班都建立了支部，该营逐步被地下党所控制。

1932 年初，举行兵变条件基本成熟，此时传闻一营要开往甘肃徽县与二营换防。一营官兵大部分是乾县、礼泉人，不愿到离家更远的山区去，抵触情绪很大。营党委便立即召开会议，决定趁换防之机举行兵变。地下党员、营部文书刘书林前往西安，向陕西省委第二次汇报。省委同意兵变计划，并指示兵变后将部队拉到旬邑与中国工农红军陕甘游击队刘志丹部会合。

随后，陕西省委派省军委秘书刘林圃为特派员，由交通员张克勤做向导来到凤县。刘林圃到达凤县后，在双石铺丰禾山庙内召开营党委会议，决定在甘肃两当县城宿营时，于午夜 12 时举行兵变，根据省委指示，兵变由刘林圃协助营党委全面领导。一营果然接到团部命令：开往徽县和二营换防。

1932 年 4 月 1 日拂晓，一营一、二连和机枪连随营部从凤州、双石铺出发向两当移防，刘林圃随军前行。当日黄昏，部队行至甘肃两当县城宿营。1932 年 4 月 1 日晚上八九点钟，刘林圃和营党委决定在县城北门外一个马车店内召开营党委扩大会议，全营所有党员干部参加。会上，习仲勋简要向大家介绍了刘林圃，并向大家讲明会议意图。接着刘林圃传达了省委的决定，讲述了全国的革命形势，分析了兵变的有利条件和兵变的重大意义，并对晚上兵变行动作了具体的安排和部署。会议决定推举许天洁为兵变总指挥，兵变在午夜 12 时举行，由许天洁鸣枪为号，各连先将反动连长处决，不是党员的排长下枪带走。

1932 年 4 月 2 日凌晨，习仲勋、吕剑人、李特生、许天洁等利用部队换防之机，率领全营200多人在甘肃两当举行起义，机枪连与起义部队发生了激烈交火，营长王德修逃脱。200多人的起义部队到达两当县境最北端的太阳寺休整，营党委研究部队整编事宜，刘林圃宣布，起义部队改编为中国工农红军陕甘游击队第五支队。选举许天洁为作战总指挥，习仲勋为政委，任命吕剑人为一连连长，高瑞岳为二连连长，左文辉为三连副连长。1932年4月下旬，部队从太阳寺向北继续进发，约一周后到达宝鸡县（现宝鸡市陈仓区）西部的渭河岸，渡过渭河，通洞峪、赤沙、香泉，沿千陇边境进入陇县八渡、娘娘庙一带，继而又进入千阳县北端的高崖、麟游县花花庙。起义部队沿途与敌军作战多次，均取得胜利。后因寡不敌众而告失败。

虽然"两当兵变"失败了，但经验启示后来人更好地前行。"两当兵变"如同惊天霹雳，唤醒了白色恐怖下的甘肃人民，鼓舞了革命斗志，拉开了甘肃革命斗争的帷幕，为陇南乃至甘肃地下党的诞生和发展奠定了坚实的社会基础。在前期的兵运工作中，习仲勋为兵变打下了坚实的基础；在兵变中，习仲勋审时度势亲自参与谋划，是主要领导人之一；兵变失败后，习仲勋进入渭北革命根据地，是坚定的有远见的革命志士。

太阳寺红军街是一定要去的，踏上红褐色石头铺成的街道，"红军街"三个苍劲有力的红色大字映入眼帘。那棵千年古槐，枝繁叶茂，郁郁葱葱，傲然挺拔。这棵树见证了"两当兵变"太阳寺改编这一重要历史时刻，目睹一个个脱胎换骨的中国工农红军，从大槐树下出发，奔向革命征程。徜徉太阳寺，红色遗址、红色文物随处可见。太阳石、太阳罐、碾盘历历在目。太阳寺陈列馆内摆放红军服、蓑衣、草鞋、水壶、枪支，无一不印证着八十多年前那段光辉的历史。两当兵变部队和红军长征时红二十五军播下的革命薪火在太阳河畔生根发芽，许多两当人民的优秀儿女投身革命，成为中华民族前赴后继、薪火相传的源泉。从这些革命历史的记忆中，我们真切感受到这份信念的力量，它犹如闪耀的星辰，永远照耀在历史的天空。

缅怀革命先驱，畅想美好生活。我们欣逢盛世，应该有所作为，砥砺前行。绿水青山就是金山银山，在乡村振兴的路上，我们应该秉承这一理念，应该走生态发展的道路，让两当的山更绿，水更清，人更美。

去两当与樱花赴约

雷爱红

春天是万物复苏的季节，樱花在这浪漫的季节里，绽放出属于它的美。微风徐徐，一朵接着一朵的樱花摇起了纤细的腰肢，跳起了优美的舞蹈。每一朵花都沐浴在温暖的阳光下，它们沉浸在这安静、温暖的世界。

与樱花相约，去两当赴一场与众不同的盛宴，不负春天不负卿，这才叫旅行。

从兰州出发，沿兰天高速约三个半小时到天水，再沿十天高速或天两公路约两个半小时到徽县，最后沿徽两高速前行 15 分钟，就可到达两当县。

清明后，两当县城的樱花仿佛在一夜之间，就迅猛地开放了。一眼望去，大街小巷满目樱花怒放，繁花似锦，绚如彩霞，美若仙苑。初绽的樱花，艳丽如滴。含苞欲放的花骨朵，在枝头荡着秋千，顽皮可爱。正值怒放的花朵，粉红、重瓣，你拥我簇，热闹非凡。最美的花期持续两周左右，赶集似的，枝头的花朵陆陆续续盛开，将热情和灿烂洒满小城。

漫步樱花树下，一朵朵，一串串，一簇簇的樱花，拥挤着，躲藏着，展示着……仿佛怕自己稍慢一步，就会错失这美好的人间四月天。

微风轻拂，不时有花瓣轻轻飘落，偶然间有花瓣落于掌心，端详洁白的樱花，仿佛一朵纯白梦，仿佛一颗冰洁心，安静地开在这里；不与百花争艳，不与风月谈情。

很享受在樱花树下的感觉，安静、纯粹。平日里，忙忙碌碌，纷繁而辛劳。此际，慢下行走匆忙的脚步，将情怀沉浸于樱花烂漫的光阴里，花香满衣，花事香溢，多少恬淡心事涌上心头。静静地看一眼花开的美丽，淡淡地品味花香的余味。

　　说两当是一座樱花之城，实至名归。两当县城的樱花，自栽植起，时至今日，已经有近十年的历史。当第一批樱花开放之后，第二批栽植又迎头赶上，一茬接一茬的樱花，在一个接一个的春天里，开得越来越盛大，长得越来越磅礴。近年来，宜居宜游的生态小城，不仅在县城栽植樱花，周边景点、新农村、行道旁等都规划了樱花的天地，好让它们尽情施展，肆意怒放。每年春天，4月伊始，闻名身动，无论是慕名而来观赏樱花的人，还是机缘巧合与两当樱花碰面的人，都被两当的樱花之美感染、感动，春天的信息被激活，两当"樱花之城"的声名也越传越远。

　　即使错过了樱花最美的花期，也不必遗憾，可以来静等花落，独享别样的美。莫说残红萧索，樱花的凋谢，和它的盛开一样用力，它铺天盖地，洋洋洒洒，春风来抚慰它，它便如雪似雨，为你演绎一场难得的"风吹雪"，为你跳一曲离别之际的"霓裳羽衣舞"。而当它由枝头回归大地，安静地躺在春风里，回忆着过往，祝福着绿叶和树干，那厚厚的樱花毯，会成为你最柔美的记忆。

红崖河漫笔

王彦青

　　盛夏的小城，骄阳似火，酷暑如蒸，东西两山和田野似乎要窒息了。然而走进红崖河畔的左家乡，给人却是另外一种感觉，迎面而来的是红崖河习习河风的凉爽与惬意。

　　车子穿过鸳鸯仙山和凤凰山中间一道长长的峡谷，驶出灵官峡后拐向左面的水泥路，经过杨店乡豆坪村便是左家。隔着车窗，远远地就可以看见对面连绵起伏的山峦和静静流淌的红崖河。红崖河属于长江水系，是嘉陵江的支流，源于天水市北道区南部北秦岭山区，由北向南流经天水、两当，在石马坪进入陕西凤县汇入嘉陵江。据史料记载：红崖河一名下王水，汉代有故道川之称。故道县置于下游单河铺，明清以后，为使之有别于故道水，遂将水名以傍岸之红崖寺山命名。红崖河发源于天水利桥镇西北围山石沟，从李子坪进入县境，到杨家坪纳瓦石沟与庙沟水，经太阳，到左家乡由麻漆沟水斜阳河（今徐阳河）汇入，杨店乡有无尘溪（灵官峡水）、晏家河汇入，南流到凤县马陵关注入故道水。县境内长 40 公里，流域面积 294 平方公里，年平均流量 2.17 立方米／秒。河谷里蜿蜒的红崖河扭动着玲珑的身姿，河道在这里来了个大拐弯，把左家乡的几个村庄环抱在怀里。老天爷有些吝啬，好久没有降雨，山坡上的灌木和地里的玉米叶子因为干渴有些卷曲，很显然这个季节水位很低，河流消瘦了许多。但是路边怒放的生命，却依然挺胸抬头，各自绽放着自己的精彩。路边盛开的花儿决然迎着夏日的阳光，每一朵都生机勃勃，我喜欢这种带着野性和倔强的生命，在大自然里顽强地怒放。

　　蚂蚱河，进入左家乡地界后映入眼帘的第一个村子，也是灾后重建的新农村建设示范点，全村仅有八十户，三百多人。蚂蚱河是一条河流的名字，也是一个村庄的名字，这个名字听上去很有些原始味道和乡村气息。看着眼前路边绿树掩映中布局整齐、白墙红瓦的一排排新房，一个挨着一个的灵芝和香菇大棚，沉甸甸的玉米棒子和缀满枝头的核桃，你一定会为蚂蚱河村繁荣与兴盛发出赞叹。但是外人也许并不知道，2008年以前，这里只是几块耕地和一片滩涂，布满杂草和碎石，瘦弱而贫瘠，荒凉不堪。新的蚂蚱河村是在滩涂乱石上建立起来的。

昔日的蚂蚱河村在红崖河上游的几十里外，人烟稀少，经济落后，蚂蚱河、梨树坪、年河三个村民小组就零零散散地撒落在蚂蚱河两岸的山洼里，几乎是一个被遗忘的与世隔绝的荒原与森林，经年不息的红崖河滋润养育了勤劳朴实的山里人，赋予它坚强、不屈的品格和勤劳善良本性。因为村子叫蚂蚱河村，当地人都习惯把流经村子的这一段河叫蚂蚱河，几乎没有人叫它红崖河。蚂蚱河原本是一片苍凉与贫瘠，因为我曾经目睹了它的沧桑的容颜，也感受了它的冷清与寂寥。二十多年前的一个夏天，刚刚走出校门初生牛犊不怕虎的我和几个要好的同学一起步行前往蚂蚱河，因为有一个同学在蚂蚱河村的梨树坪小学当民办教师。去蚂蚱河的道路的难走程度远远超过了我们的想象，刚开始还有勉强可以走人的砂石土路，渐渐地变成了羊肠小道，有些地方甚至分不出哪里是路，哪里是坡。红崖河依然秀美而灿烂，两岸的树木郁郁葱葱，山花开满山坡和路边。脚下是清澈的河水，河滩上走一阵，前面又是水流当道。河道曲曲折折，过河的次数和河道的弯曲一样。红崖河在这里拐了个弯，终于离开了水流，山坡葱茏，鲜花盛开，含苞待放的鸢尾，盛开的鸢尾，这一路看到很多。沿着河道沙土路前行，晌午时分终于到达梨树坪。村子里人很少，倒是几只狗来来回回地吠叫。河畔的山坡下住着十几户人家，山坡后面是高耸的山峰，河水边是一溜顺河的草坪，学校就在山根下的一片开阔地里，几间土坯房就是教室，一个小院就是所谓的操场，同学就住在教室旁边的一间土屋里。我们的到来显然出乎同学的预料之外，他惊喜异常。

寂静的梨树坪突然来了几个不速之客，村民纷纷出门看热闹。晚饭是地道的浆水酸菜面，大山深处的辣椒炒酸菜是一道独具风味的美食。睡在同学的土炕上，尽管有些拥挤，但个个兴奋不已，聊到半夜方才入梦。山村的夜晚很宁静，只是彼此的呼噜声此起彼伏，连绵不绝到天亮。

十几个学生，一个老师，熟悉的复式班，一年级和三年级一间教室，叫一三班，同理还有二四班，更高的年级要去更远的乡中心小学。看到在这样的复式班，突然觉得特别亲切。校舍看起来很旧，其实里面的桌椅依然跟三十年前我在村小学上学时的一样。这一路其他的小村子还都没有学校，孩子们还得走很远的路去别的村子上学呢，说起来这个村子的孩子还算是幸运的。

第二天，同学要给学生上课，我在学校的院子里溜达，细细审视这个山沟里的简陋校园，透过不大的土窗，一间教室里面的学生在听课，一脸的专注与稚嫩，清澈的眸子里满是渴望，尽管发出的普通话读音听上去有些跑调；另一个教室里学生在自习，等候老师上完一班后来上课，几个学生用惊恐而羞涩的眼光扫了几眼我们几个陌生的面孔，迅速收回目光，有几个小调皮却并不胆怯，冲着我们龇牙咧嘴，扮鬼脸，教室后面的黑板报上贴着几篇作文。谁说人生来就是平等的？有时候，出生地就决定了我们一生的命运。学校旁边一户人家门楣上"耕读传家"的匾额是淳朴的村民内心的期望吗？难道他们没有走出大山的梦想和憧憬吗？多少年以后秀美宁静的红崖河不知道会变成什么样子。

返程的路依然精彩，红崖河的水清澈见底，山坡上的绿色倒映在水里，清秀灵气。蜿蜒的红崖河，还有翠绿的山峦和农田让人有一种说不出的愉悦和放松。高大的核桃树，盛开的蓝色鸢尾，陪伴着静静的红崖河。站在高处看河对岸的村庄，也是一副世外桃源的样子，当然这只是我们的感受，世世代代生活在这里的人们可不见得这么想。

红崖河真是一块净土，那山、那水、那人都透着淳朴、敦厚。擦肩而过的每一个村民都会真诚地邀你去家中休息、喝茶。沿着河滩一路走来，时不时看到田间有村民在劳作，一切显得那么宁静而祥和。在这闭塞偏僻的山村，一切都那么有吸引力，苞谷秆、石头垒的围墙、柳条筐都是乡村不可或缺的元素。红崖河边洁白的沙滩、巨大的乱石都留下我们驻足的痕迹……

红崖河流淌的是一段历史，是一种生生不息的文化，更是一种不屈不挠的生命的传承。红崖河沿岸南北三十多里，东西三里汇为河谷川台地，从左家村、蚂蚱河新村到杨店乡豆坪村沿河数里被称为"九龙川"，又叫"王唁陵"。据说唐朝贞元年，左家坪曾出过一名姓左的驸马，因嫌弃国舅爷的千金容貌丑陋，借故装死，不料弄假成真，死于棺材之中，从此人们把五里河滩称作"王唁陵"。蚂蚱河新村就建在这五里河滩之上，如今的蚂蚱河新村早已今非昔比，成为左家乡的一个门户和一道靓丽的风景，整齐的新瓦房，花园式的文化广场和体育设施，靓丽的水景台倒映着蓝天白云，平整宽阔的水泥路连接着左家与外界，全县食用菌开发中心和黄波菌业科技有限公司就建在蚂蚱河新村，蚂蚱河成了全县九个乡镇食用菌菌种供应基地，主要发展灵芝、香菇、平菇和地栽木耳，全乡发展食用菌近二百亩，一百四十多万袋；成功注册了"登真缘""嘉陵山水""秦源之家"三个食用菌商标，发展食用菌专业合作社四个形成了产、供、销一条龙的规模经营，总产值达四千多万元。产业的发展和村容村貌的改变，使蚂蚱河新村成了远近闻名的先进村，被市县授予"生态文明示范村"的光荣称号。

红崖河是充满母性的，她注定是不平凡的。千百年来，潺潺流淌的红崖河日夜奔腾不息，她用甘甜的乳汁养育了两岸世世代代多少不屈的生命，滋养着左家这块平凡而伟大的热土，孕育着一个又一个新的希望，诉说着岁月的沧桑与变迁，彰显着她的阳刚与靓丽。左家，犹如藏在红崖河臂弯里一颗迷人的珍珠。这片充满神奇和故事的土地深藏着许多未解之谜，庄重典雅、古色古香的权家坪古建筑，当年传递革命火种的陕甘地下党组织权坪支部，傍山依水的红崖寺山，佐证西汉故道县遗迹的泰山庙，"王唁陵"的前世今生和来龙去脉，这一切都湮没在浩瀚的岁月之中，不知牵动着多少文人墨客和钟情于山水的探索者炽热的心。

红崖河，请放慢你匆匆的脚步，让我把你的美丽定格在心灵的荧屏。左家，一片难忘的沃土，我还会来看你的，为了你的神秘和壮美，更为了你的妩媚和丰饶……

星光不问赶路人

裴文军

2019 年 11 月，我被组织选派到两当县站儿巷镇管江河村任驻村第一书记、帮扶工作队队长，开启了我的驻村帮扶生涯。时光荏苒，白驹过隙。转眼间，我在驻村帮扶工作岗位上已跨越两个春秋，2 年零 2 个月近 800 个日夜。

回首过去，感慨万千。两年前，正逢决战决胜脱贫攻坚的关键时期，我有幸参与、见证了精准扶贫和乡村振兴的大决战，与广大贫困户同吃、同住、同劳动，这段经历成为我人生旅途中最美丽、最充实、最难忘的一段时光，也是我生命里最值得骄傲和珍藏的磨炼，让我对生命的价值有了新的认识和领悟。

冥冥中，我深深爱上了这片土地，管江河村已经成为我的第二故乡。临别之际，心中不由得有些伤感。离开前的两个月里，我常常幻想时光能够稍微停顿，心中怀着丝丝眷恋和难以割舍的情愫，白天没事总喜欢在村里走走，希望同老乡们多说几句话，多看几眼脚下这片土地，多望几眼这里的一草一木。这些平日里看似司空见惯的举动，陡然间让我觉得是那么美好、那么幸福。夜晚常常难以入眠，闭上眼睛，过去两年多时间里的点点滴滴在脑海里萦绕，仿佛一切就在昨日，一个个人、一件件事、一幕幕景、一个个瞬间都是那么清晰、立体、鲜活，让我难忘，也让我眷恋。

初来村里时，也曾意气风发、信心满满想为村里做些许贡献，无奈自己平庸、能力所限，有些事情想到了还没来得及做，有些事情做了却没有做好，两年多的驻村帮扶工作，自己没有做出惊天动地的成绩，也没能为老百姓办成多少实事。我只是有幸搭上时代的列车，站在单位和领导的功劳簿上，享受着老乡们对省检察院多年来在管江河村基础设施建设、人居环境改善、特色产业发展、消费扶贫等方面倾心帮扶的感恩之情。每每想此，深感愧疚，能聊以自慰的是无论成绩如何，心底深处那种为村里发展奉献自我的根尚在、心犹热、志未消。

在这里，无山不美、无水不秀。两年多来，我无数次地走过了管江河村的家家户户、沟沟坎坎，从田间到地头，从山上到山下，行走在入户的路上，曾无数次饱览大殿山的晨烟雾霭，无数次聆听管江河的瀑流飞响，无数次端视中华蜂的振翅采蜜，无数次凝视水磨坊的复始轮回，无数次远眺石板房顶的袅袅炊烟，无数次想象安庆公主的红尘诀别，无数次浩叹异地他乡的夕阳残月……还有悠悠的白云、绿绿的山峦、弯弯的溪涧，还有鸟鸣虫唱、鸡犬相闻，还有守望的乡亲……

行路岂止万里，历事何止千般。在管江村，那些用脚步丈量山河的岁月是何等的充实和有趣，我早已习惯了不用设置闹钟，而是听闻雄鸡报晓、家犬候门的田园情调；习惯了与老乡们日出而作日落而息的生活；习惯了早上煮罐罐茶的惬意、晚上练练字的平静。更享受这里人与自然和谐相处、与万物共享天地的自由。两年多来，我不仅知道了管江河村有街道、梨树、腰路三个村民小组，还弄清楚了刘家嘴、李家坟、胡家坡、殿子沟、大湾里等一些地名。还学会了"扳竹笋、捡板栗、挖野菜、挂柿饼"，认识了"折耳根、水芹菜、猫耳弯"。也知道了"大林子、小林子、五娃子"等老乡的乳名，理清了邻里之间的高朋故戚。参与了蜜蜂分群和蜂蜜采收，理解了"采得百花成蜜后，为谁辛苦为谁甜"的蜜蜂精神。同时，也渐渐懂得了"一个人认同，就是人心；一群人认同，就是民心"的深刻涵义。

在管江，我目睹了基层乡镇干部的艰辛和不易。他们处于巩固拓展脱贫攻坚成果同乡村振兴有效衔接的第一战线，处于各种矛盾纠纷和利益权衡的风口浪尖，处于落实决策部署的工作前沿，传递、落实着上级的"千条线"，任务繁多，责任重大。很多干部生病自己扛，家事往后拖，大小困难自己克服，从不叫苦、从不抱怨。

天空没有翅膀的痕迹，而我已飞过。感恩这方热土，教我读懂这个时代的真谛，使我懂得对人生的信仰和对生活的敬畏；感恩淳朴的老乡，教我体验别样人生，使我懂得奋进和担当；感恩给予我支持、关怀的省检察院、两当县、站儿巷镇的各位领导同事，感恩给予我帮助、照顾的村"两委"和驻村一线的战友们，感恩给予我宽容、理解的家人，这份情谊必将铭记于心。

如今一转身，一切精彩皆成昨日记忆；匆匆一回眸，所有风景皆成诗和远方。一切早已开始，一切尚未结束，新的开始，新的跋涉；无论走到何方，我都眷恋着这方热土，眷恋此山川河流、日月星辰；无论身在何处，我都眷恋着这座小村，眷恋此激情岁月、杯酒人生；无论岁月变迁，我都眷恋着这份乡情，眷恋此父老乡亲、人间烟火。

再见了，亲爱的老乡！祝福您，亲爱的老乡！

又是麦子飘香时

牟秀华

接到母亲的电话，她说，如果我周末不忙，回家看看吧，家里要收麦子了。我才想起，半个月前杜鹃鸟就叫着"旋黄旋割"了，快端午节了，每年差不多这个时候麦子就成熟了。周末早上，我早早地往家赶去。早上明媚的阳光洒在平整的水泥路上，微风吹过，路边的行道树在微风中轻轻拍手，空气中夹杂着淡淡的甜香味儿，真是让人神清气爽。

出了县城向南大约十几分钟的车程之后，庄稼地渐渐多了起来。一块块梯田顺山势而上，一层一层平平整整的。水平梯田里碧绿的是玉米地，玉米苗有二三十厘米高了，它们举着像镰刀一般狭长的叶子，积蓄着力量准备拔节生长；刚刚收割过油菜籽的地里，从整齐粗壮的秸秆可以看出曾经油菜的喜人长势。最吸引我目光的是一片片已经成熟的麦子，在阳光下闪耀着金色的光芒，真是"夜来南风起，小麦覆陇黄"啊。沉甸甸的麦穗微微弯着头颅，麦地里到处弥漫着沁人心脾的麦香味儿。夏风涌来，麦浪阵阵，波涛翻滚，整齐划一的麦子随风起伏，像列队操练的士兵，眼前的景象让我不由得想起小时候收麦子的情景。

小时候，全家人能吃上白面馍馍的希望就寄托在几亩山坡地里的麦子上。由于地不平整，没法使用机器，也没有机器，播种和收割麦子全靠人力。杜鹃鸟开始叫"旋黄旋割"的时候，父亲早早就磨快了镰刀，准备好背麦子的绳子，清理好晒场。哪块地里麦子先黄就先割哪块地，如果只是零星地黄一小块，就零星地割。要是等全部都黄了，遇到天气不好，就来不及收割了。割麦真的是特别辛苦，我总觉得那首唐诗写错了，应该是"割麦日当午，汗流浃背湿"。从清早割麦子到大中午，日晒人乏，但是无论天多热人多累，还要把割好的麦子，背回晒场。又累又饿的父老乡亲，背着沉甸甸的麦捆，迈着沉重的步子往回走，单薄湿透的衣衫，扎人的麦芒混合着汗水，刺得人十分难受。背回来的麦捆，晒干后在晒场堆成麦垛，等全部的麦子收割完毕之后，就可以碾场脱粒了。再把麦粒晒干，收拾干净，给国家交了公购粮任务，剩下的装进粮仓，就是全家人一年的细粮。

不知不觉已经到了村口，山上的梯田里，几台收割机正轰隆隆地收割着麦子，秸秆直接打碎撒在地里，麦粒则装进跟在收割机旁边的农用三轮车箱里，一台三轮车装满就飞快地运送到早就准备好的晾晒场去，后面的三轮车迅速跟上收割机继续运送麦粒，每台收割机由三四台农用三轮车配合，他们有条不紊、配合密切高效。整个收割的场面犹如一个百花盛开的大花园，来回奔忙的三轮车就像勤劳的小蜜蜂为父老乡亲们酿造着幸福甜蜜的生活。

院子里、广场上、道路旁，只要是村子里平整的场地都晒满了金灿灿的麦子。父老乡亲的笑容里满是丰收的喜悦。我一路上打着招呼，走进了自家的院子。父亲正在用粮食耙子翻搅晾晒着的麦子，看见我就喊着："你咋回来了？今天不值班吗？你们单位管安全哩，可不敢马虎啊！"我告诉父亲，今天我不值班才回来的，父亲才放心了。看着满院子的麦子，我心疼父亲太辛劳，说他种的地太多了，父亲却说：农民不种地再干啥呀？现在政策好，种地不交粮，国家还给补贴哩。他看电视的时候还听习近平总书记说，我们要把中国人的饭碗牢牢地端在自己手里！我们还要保护粮食安全哩！我不禁为父亲关心国家大事点赞。父亲又问我：中国农民多种些粮食，中国人的饭碗里就有饭了，不看别人眼色了，那饭碗不就能端在自己手里了？父亲朴素的理解，我不得不认同，冲着父亲竖起了大拇指。父亲更自豪了，说道："我这一院子的麦子，是不是也为保护粮食安全做贡献了？"看着满脸皱纹，笑得纯粹的父亲，我理解父亲和土地的感情，也惊讶于父亲对国家政策的关心和支持。父亲和我就像中国亿万普通人民一样都用不同的方式践行着初心和使命，为国家尽一份绵薄之力。

抬头眺望远方，天空蔚蓝，青山滴翠，五彩斑斓的一块块梯田，各种庄稼正蓬勃生长。金黄的麦地里，收割机、三轮车还在奔忙……

田园即事

王　环

"绿树村边合，青山郭外斜"。时隔半年，我再次回到了这片故土。晚饭过后，和同事压着马路牙子散步到兴桃村，一边陶醉在优美的田园风光里，一边被乡村振兴建设带来的新气象所震撼。审视此时，我所在的泰山乡，满目的翠绿，富含万物的生机，百姓们的日子过得红红火火……欣喜之余，我想把这里的故事讲给你听。

一

六月的泰山乡藏在了深绿色的大山里。浅夏茵茵，绿意盈盈，远山托举着湛蓝的天空，微风裹着乡间草木、泥土，还有花椒淡淡的气息。

过了三渡水村，沿着蜿蜒的乡村公路盘旋而上，就是中山村姚山组了。姚山组住着十余户人家。入目分列在路两侧的大片农田里，成片的花椒树正在拔节生长，那花椒树浓密的枝杈上，翠绿的叶子间探出一嘟噜一嘟噜的小红脑袋，随着时大时小的风，调皮地上摇下摆，左动右晃。余正林见证着它从开花到结果的全过程。

余正林是泰山乡远近闻名的花椒种植大户。初见余正林还是2019年，那时候，我到中山村驻村。那天入户出发晚了，到他家里已是正午时分。烈日下，一个瘦而高的人弓着腰还在地里干活，热风吹向脸颊，豆大的汗珠从他黝黑的脸颊滑落，村主任向我介绍，这就是余正林，他放下手中的锄头，三两步走到我们身边，"到家里坐一下，喝口水吧！"他热情地招呼着我们。来到他家，院落搭的木架子上缀满沉甸甸的碧绿的丝瓜，丝瓜藤下跑满了觅食的细脚鸡，院中簸箕里的干豆角和洋芋片在阳光的照耀下发出阵阵香味儿。交谈过程中，他向我讲述了他的产业发展故事。原来，早在脱贫攻坚开始的时候，他就积极响应乡党委、政府的号召，探寻产业发展新路子。中山村温度适宜，有着生长花椒得天独厚的地理优势。余正林瞅准机遇，外出参观学习，回来后就和家人商量种上了耐旱耐贫瘠的经济作物——花椒。

余正林细心管护着花椒，他积极参加县乡组织的培训，多次驱车前往凤县、杨店等地学习，不断积攒经验，最终掌握了一套完整的花椒种植技术。花椒长势良好，不但坚定了余正林的信心，同时也成了周边农户学习的榜样。每当有村里的农户向他请教病虫害防治等种植技术时，他总是不吝赐教，以实地实训实教等方式，把技术分享给有需要的人。

自 2017 年以来，他共种植花椒三十余亩，去年开始已陆续挂果。

日出而作，日落而息，余正林的勤劳质朴给我留下了深刻的印象。遥望椒园，听着余正林的财富之秘，我惊叹于生活在这片土地上的伟大勤劳。看着密密麻麻的青果缀满枝头，过不了多久，它们就会由绿转红，在这片充满生机的土地上，正孕育着群众稳定增收的累累硕果。

二

"喔、喔、喔……"窗外的公鸡刚打了个鸣，苏磊就起床了。天还没有完全亮起来，顾不上洗漱，随手从板凳上拿起买饲料时赠送的罩衣套在外衣上，他三步并作两步便在鸡舍添草喂食忙开了。

今年 32 岁的苏磊是泰山乡同心村纸房组人，他中等个子，微胖，浓眉大眼，唇上留着稀疏的胡子。家里有六口人，一直以来，苏磊都勤勤恳恳。苏磊早年参军入伍，退伍后到南方务过工，漂泊不定的他总觉得看不到未来。他突然萌生了这样一个想法，回家创业吧！很快，他辞职了，毅然回到了自己的家乡，走上了他的创业之路。

上天似乎并没有眷顾这个创业初期的小伙子，刚开始他发展过红豆杉苗木繁育，养过竹鼠，但由于市场的原因，取得的收益并不明显，第一次的创业就这样不疾而终。直到精准扶贫工作开展后，泰山乡党委、政府动员帮扶干部因地制宜、因户施策，摸准实际情况开展精准帮扶。苏磊在帮扶干部的动员下，吸取之前的经验教训，通过对市场、气候等多方面的调查，抓住机遇，率先发展起了养殖业。但选址、搭棚、鸡苗等一系列事情接踵而至，地址选在哪，资金不够怎么办？第一道"拦路虎"出现了，可这个青年小伙并没有放弃，钱不够就去贷款，经过几个月的筹备，他用铁丝网在房后围起一块几亩大的林地，鸡场最终也搭建起来了，林下散养鸡的产业发展之路便悦然开启了。

"驯养百鸡为民生，辛苦总与甘甜逢。""才开始养鸡时，也没有什么经验，只能摸索着前行，好在总算挺过来了。"苏磊说道。后来，在帮扶干部帮助下，苏磊不仅享受了小额贷款，还在专业技术人员的指导下，学习到了养鸡技术。从保温通风到防疫排污，从喂水器采购到喂食选料，冲洗鸡舍、喂鸡食、打疫苗等，苏磊严格按照畜牧技术人员的指导规程操作，每天忙得不可开交，不敢有丝毫懈怠和马虎。为了防止意外他常常在鸡舍过夜，细心观察小鸡的生长发育规律，靠着一股钻劲儿，凭着一股韧劲儿，克服了一个又一个困难，小鸡成活率非常高。县上的产业奖补政策好，加上苏磊吃苦耐劳，踏实肯干，他的养殖产业日益壮大，前来参观学习和取经的群众络绎不绝，低调务实的他从不隐瞒成功的经验和养鸡技术。一人富了不算富，为了让更多有养殖意向的农户加入养鸡队伍，在乡党委和政府的帮助下，他还实施起了"集中育雏、免费发放、保底收购"的政策，先后帮助本村和邻村 90 户群众加入养殖行列。

"咕咕……咕咕……"在山里，我看到"致富鸡"正三五成群在房前屋后觅食，苏磊正忙着给鸡剁菜叶，撒谷子、玉米。在这片热土上，一些优秀的年轻人回到家乡，潜心发展、默默耕耘，用自己的知识和汗水，编织和实现着自己的创业梦想，描绘着追梦奔小康的美好画卷。

三

夏天，阳光是以倾泻的方式走来的，耀眼的光里，有着属于这个季节的温度。

何忠华，新崖村的村支部书记，今年三十多岁，中等个子，留个平头，走路带风，干起事来风风火火。工作积极、为人热情，是我对他的第一印象。他每天都来乡政府很多趟，有时早上刚过八点还没到上班时间他就来了，有时中午饭点我们都在吃饭他来了，有时候顶着烈日又或是下着大雨他打着伞又来了……我很困惑，他每天都来干些什么？

直到，我被调整到新崖村驻村，一来二去，才明白了其中缘由。原来，他每天来乡政府是向包村领导汇报村上工作的开展情况，和村文书对接最新数据，他怕电话里说不清楚，误了大事。他是个勤快人，每天早上天还不亮就下地去干活了，赶到早上上班前回家匆匆拨拉着吃完早饭后，便又赶着去村委会上班。上山下沟，走了东家去西家，村里哪家什么情况他都了然于胸。不论严寒酷暑，朝阳暮雪、月亮星辰常常伴随着他。

天有时可以任性撒娇地变脸哭泣，但他不能，也不会。2022 年 7 月15 日晚，那场暴雨，打破了泰山乡一如往常的宁静。一时间电闪雷鸣，风雨肆意侵袭着整个村庄，河水夹杂着泥沙不停地翻滚，雨水裹挟着泥土顺着排水沟流到村道上，满地的湿土淤泥，山体碎石任性地撒在路面上，硕大的松树也倒向路中间，堵住了去路……

第二天一早，我便随包村领导一块下村了。

步行半小时后，我们到了新崖村的通组路上。就与一位满头大汗、皮肤黝黑、走路带小跑的人擦肩而过。这不是何书记吗？"何书记，现在情况怎么样了？""我现在有点忙，稍后跟你说。你注意安全啊！"话音刚落就不见了人影。直到中午 11 时许，我终于见到了何书记。

"此次汛情，导致新崖村 4 个组的道路不同程度受损，部分区域出现山体滑坡、道路塌方等灾害。灾情发生后，已第一时间组织党员群众、机械开始自救，同时做好受灾情况的统计更新及上报。通过昨天的加班加点，相信今天通村的主干道就能全部打通，其余几个组的道路也正在全力抢修中，不影响村民出行。"何书记用他黝黑粗糙的手抹了抹满脸的汗珠，喝了口水，又说道，"汛情如令，责任如山，从内心讲，我要谢谢村上的兄弟姐妹们，面对这场严峻的考验，大家能团结一心，积极开展抢险工作，任劳任怨，他们真的辛苦了！"

多么朴实的话，多么平凡低调又有责任担当的村干部。

午饭很简单，村上的计生专职主任门玉芹在周婶家煮好了浆水挂面，大家匆匆吃过饭后又上路了。等我再次见到何书记时，已是下午3时许，他和挖机师傅一起回来吃午饭。

泰山河中游险段较少，新崖村就处于中游段，但他没有掉以轻心，而是做好了最坏的打算。暴雨过后，崖沟组袁永进家房后菜园子旁的河沟出现了隐患，连续奋战几天的他，第一时间赶往崖沟组实地查看，并调用机械，及时对隐患处进行清障延伸、河沟清淤等工作。防汛抗旱，无数个日日夜夜地坚守，他站成了一面旗帜，彰显了当代村党支部书记的风采，布满红血丝的眼，磨出老茧的手，晒得黝黑的皮肤。当暴雨来袭，他的足迹踏遍了新崖村的每个角落，当险情出现，他的身影第一时间出现在现场。

当问到他忙于村上的工作，在家时间少，家人有没有抱怨时，他用手摸了摸自己的后脑勺，腼腆地笑笑，说："天天忙得两脚不沾灰，陪伴是少了些，幸好家人理解。"他虽面带笑容，轻描淡写，但我从他的眼神中读出了他内心的无奈。谁家没有父母，谁家没有儿女，谁不愿意守在家里享受天伦之乐。他极尽简单的言语，却湿润了我的眼眶。

眼见的、耳听的许许多多的事，让我知道：人世间哪里有什么岁月静好，那是因为有人在替我们负重前行。阔步前行，不负韶华，他正用自己的行动践行着党员的初心和使命，尽心尽力书写着他和泰山乡的故事……

水光山色映乔河

雷爱红

"一水护田将绿绕，两山排闼送青来"。在水光山色的掩映之下，走进一处幽深的美丽乡村，放眼望去，水清岸绿，河道整洁，村居美观，景点连缀，宛如世外桃源。这就是两当县鱼池乡乔河村。

乔河村，位于两当县城西南部，距县城八公里，交通非常便捷。是一处国家 AAA 级旅游景区、省级乡村旅游示范村。

去往乔河村的道路，沿着嘉陵江支流铺叙。途中青岩耸峙，河谷蜿蜒。山水浩荡，卷轴似的打开西秦岭的浅山丘陵。在田坝子三岔路口右拐，就进入鱼池乡。不多远，踏进酥软的红土地，"绿树村边合，青山郭外斜"的景象展开在画卷中心，宝石一般镶嵌着的乔河村便映入眼帘。

走进乔河村，扑面而来的缤纷色彩，一下就提起了人内心的气色。无论你去之前心情如白纸般明净，还是如尘风般晦暗，这里都能让你的内心慢慢洇出一幅醇美的画来。

乔河村是一条狭长的山谷村落，入村处，恰是聚风口，百余米长的七彩风车长廊就搭建在这里。风过处，数万支不同颜色的风车旋转起来，齐声共鸣，煞是壮观，让人重拾童年的记忆，而孩子们一瞬间便奔进了风与色彩的舞蹈之中。

道路悠长，两边间隔排布着农田和绿化带，不同的季节有不同的色彩，匠心独具。斜坡上花圃里，开着五颜六色的时令花儿，农田边，长着生命力旺盛的野花，似乎在竞相媲美，又仿若相互补充。向导介绍说，这里，三月的芝樱花，四月的芍药花、油菜花，五月的玫瑰花，六至十月的百日菊、万寿菊、向日葵花……每位"村花"都能美到游客的心坎里，三季有花，四季有景的乔河全年让人大饱眼福。

村名因境内水名而得，自然与水有着亲密关系。

一段农田和一小块停车广场的衔接处，一片池塘拥着浓酽酽的绿，像守着一块大山的翡翠。涟漪之下，孕育着肥美的鱼虾，不时有垂钓之人悠闲独坐。在这片休闲垂钓区，不久前就举行过陕甘川大型钓鱼比赛，成为文化旅游助推乡村振兴的新引擎。

左右两排青山，倒映在潺潺流动的乔河水波中。我们驾车徐行，巍巍青山随波游走，我们停驻，青山便停下脚步，俯身等待，笑而不语。

逆乔河清洁小流域而上，贯村道路畅通无阻。沿河搭建的木栈道，曲径通幽。漫步栈道，听着脚下木质的回响和耳边清脆的鸟鸣，任金色的阳光穿越林间洒在身上，行人不由得放慢了脚步，放松了心灵，在大自然的怀抱中感受一回慢时光，体味山水的乐趣。

沿河修建的景观鳞次栉比，让人应接不暇。一路走来，生态停车场、休闲广场、林间步道、帐篷营地、湖心小岛、园林景观小品等二十余处，科学规划又不失自然情调。彩虹滑道、三维太空环、石板汽车、丛林穿越、疯狂斗牛、多人秋千和水上游乐设施，成为孩子们乐不思蜀的最爱。

经历了自然山水带给心灵的涤荡，我们走进乔河村的中心区域，也是乔河景区的农耕文化主题园区。景区以农耕文化为主题，是一处集农耕体验、休闲观光、养生度假于一体的乡村旅游目的地。

二十四节气广场，矗立着八根文化柱，雕刻节气谚语、传统祥瑞图案，中国传统文化为民间重视和信仰，以祈求风调雨顺、幸福安康。与广场相邻的十二生肖步道，以生动活泼的生肖故事来讲述农耕时代的智慧传说。农耕文化广场，"扶犁开耕"雕塑，是景区的标志性建筑：一位农民，右于扶犁，驱赶着一头健硕的耕牛犁田的生动景象，体现了农民艰苦奋斗、坚韧勤劳的精神。这里建有中心舞台，背景以神农亲尝百草、教民众种植为主题，这里定期举办文艺采风、广场舞邀请赛、乡村旅游推介会等各类旅游活动。

我们到来时，农耕文化广场人声喧闹，游人如织，人们从村子对面的梯田赏完花海，又兴冲冲地涌向美食小摊点。面皮、油糕、煎饼、油茶、菜豆腐、麻辣烫等各种小吃食，热气腾腾的人间真味，诱惑着口舌味蕾，将人们的热情推向顶点，美景和美食的确是一种神秘的链接。

广场周边，配套有幼儿园、敬老院、新时代文明实践站、乡村干部培训中心等。广场旁边的村史馆，收集保存着农村生产生活工具和村民使用过的老旧物件，有老式家具、电视机、缝纫机、拧车子等。凿饮耕食凝结着人们对传统乡村生活的美好回忆。在这里，人们看得见过去，记得住乡愁，也吸引了很多游客前来参观体验民俗风情，感受农耕文化的魅力。

从热闹的市集和历史的云烟中退回自然，继续前行。眼前山水闲云，宜居小园，菜地竹林，瓜果飘香。一个景就是一幅画，一户人家就是一段农家记忆。顺着蜿蜒的小路前行，房屋错落有致，流水潺潺，树木葱茏，鸡鸣狗吠，真是养生的绝佳场所。青砖石板路，将我们引入民宿文化园，农家客栈整洁美观，温馨舒适，吸引着我们的脚步，同行之人皆赞叹不已。

走累了，我们歇歇脚，喝茶聊天，品尝美味的农家饭菜。主人端出时令野菜香椿、竹笋、乌龙头、蒲公英和腊肉、土鸡、菜豆腐来款待我们，真是不虚此行。和村民攀谈间，我们感受到，在乔河村，美丽生态、美丽经济、美丽生活的"三美融合"，真正探索出了一条以美丽乡村建设巩固脱贫攻坚成果、助力乡村振兴的高质量发展新路。

青山做伴，绿水长流。层层山峦似雄伟的屏障守护着这一片诗意的田园，这一片蓝天，这一方热土，是中国人乡土的一个集结点，让故乡的人魂牵梦萦，更让每一位到来之人流连忘返。这里是最美好的自然，是最自然的慢生活。

云屏印记

吕　彬

以云为屏

你以为云为屏风，只是自然的馈赠？

你以为黑水田园，只是生态的本色？

只因巍巍峡谷，原是游击战士的默默驻守；

泱泱之水，有着地下党员的运筹脉动；

云屏，一条由关中及广大西北内地入川的蜀道；

青峦延绵，千仞绝壁，历来为兵家必争之地；

1946年，"南下支队"由陕西留坝进入云屏，辗转徽县嘉陵；

1949年，云屏党总支成立组建云屏游击队，开展武装斗争；

洗尽铅华，如今的云屏，百姓安居有所，乐业有路；

先辈挥洒热血，换来如今的富足安逸；

无土石山的土地峡，见证着红色脉络的清峻坚毅；仙风道骨的观音峡，展示着一方热土的自然笃定；曲径幽远的西姑峡，诉说着和美云屏的厚重人文。

勇士走了，精神还在。

薪火相传，信念弥坚。

蜂蝶与群芳共舞

山之甘露宇凝香，云享霓裳醇色藏。

"近郊的山头染了雪迹，山腰的杜鹃与瘦樱仍旧一派天真地等春……"

初春的等待，深山云端的花开花落不过是一场回忆而已。

这里，俨然还是一副冬天的模样。清冷的空气、劲挺的山风、甘洌的山泉、山尖的白雪都源于"天然氧吧""长寿之乡"的本真原色。茫茫植被，巍巍群山，空气中的负氧离子每立方厘米含量高达3万多个，国家级自然保护区、4A级风景名胜区，省级摄影、写生、影视创作采风基地，都不能诠释这方水土的浑然天成。

我们的蜜没有经过人工加温蒸发水分，所以很野、很活、很精纯，蜜源自然所含活性也是其他地方的3至5倍，营养更易被人体吸收。各位不必质疑没有源源不绝地供应，一切都是当下的偶遇，所以要学会知足和等待。而在一口浓蜜的温润中，令你得到自然的平静。曾有位极具情怀的游客，赞曰："云屏的蜜，散似甘露，凝如割脂，冰鲜玉润，髓滑兰香。"

自然天成的蜂场，源远流长的养蜂传承。蜂蜜大多呈深褐色，看上去像极了琥珀。用勺子挖着吃，咬一口下去立刻散发出一股特有的药草香气，入口即化，唇齿留香，仿佛是一捧云融化在舌尖，回味无穷！所以说，好山好水酿好蜜，云屏的蜜一定是补养健身之上品。每一滴都是自然精华与蜂农汗水的凝结，每一口更是成全百花群芳与蜂蜜契合的一场共情。

都说了，是限量收藏，怎能随随便便送她出门？嘘……因为限量，所以悄悄安静上市！遗憾很美，没尝到就请独享遗憾，静心期待。

给大家带来安全正宗的原汁原味土蜂蜜，将幸福与甜蜜播撒到每一个家庭，这是我们永不改变的初衷。我们会一直努力，可能过程会遇到很多坎坷曲折。但，初心不改。

蜜蜂生死甘苦缘，百花头上选群芳，但得蜜成甘众口，一身虽苦又何妨。

向我们大山深处痛并快乐着的蜜蜂和坚守传统酿蜜的蜂农致以敬意。另还配有秘制时令山货佳肴，结缘指尖，舌尖邂逅，同样值得您的青睐……

明馏子

云屏有佳酿，甘甜醇厚，回味悠长，名字却土得掉渣——明馏子。

（一）

一方水土养育一方人。云屏雨水充沛，土壤疏松，地下水丰富，水质优良，清澈透明，传统酿酒业由来已久，技术纯熟。而起源于西晋，兴于唐宋，闻名于"黑水田园"的云屏土酒——明馏子，因祖辈口传心授，独具原生态因子的酿造工艺和甘醇韵味，凝聚着一方百姓多年智慧和汗水，而被外界广为赞誉。酒，散发着浓郁芬芳的精华琼浆，装得进人类所有的情感，仅一杯，就能感受酒和情绪的水乳交融。而土酒，是文明的传承，更是温暖的传递。

追根溯源，关于酒的起源，版本有二：一说是古猿把吃不完的果实藏于岩洞、石洼中，时间久了，果实腐烂，含有糖分的野果，通过负载果皮上的酵母菌，自然发酵成含有酒精的液体，这就是原始的酒；一说是在黄帝时期，杜康把吃不完的粮食倒在树洞里，经过长时间的发酵，酿成了酒。

无论是无意识的惊喜发现，还是有意识的古法发明，这种使人放松解乏，心性打开的神奇液体，已成为大山深处寻常人家平凡生活中的辛苦犒劳，点缀着每一个暮霭沉沉的日子。

（二）

土酒顺口，土酒实在，土酒热情。明馏子的配方平淡质朴，没有任何添加剂，仅仅是简单的苞谷、小麦，然而酿造流程却并不简单。越是简单的配比，就越考验食材的本质。云屏百姓种粮食，都是自给自足，不买也不卖，因此从来不考虑产量，而更注重粮食的精良。多年来大家一直都习惯种绵单、恩斯特拉姆，虽然生长周期长、产量不及新品种，但劲道、口感好，家家户户一直都默契地延续着。这让我不禁想起，下队途中，见一大姐顶着烈日，正在摘瓢（学名菠萝莓），问询能否卖一点，大姐笑着说不卖，自己家里吃，要做馍。正当我们走时，她追上来给我们盛一多半出来，憨憨地说拿去吃吧，那一刻，我们深感"落俗"。是的，有些东西未必能量化。

让我们回头看看酿制的流程：选料，上甄，晾摊，拌曲，出酒，换水，出糟，每一道工序都是静水流深，自然渗滤。

（三）

酒承民风，云屏的酒风之盛，在与好山好水一脉相承的同时，也与这里早晚温差大，相对潮湿的深山林区密切相关，已成为家家户户的待客之道和饮食习俗。春夏及寒冬时节，大家都在家里酿酒，家户村舍酒香四溢。但凡来客人，云屏人家必要烧腊肉、炖土鸡，煨烫一壶明馏子，推杯换盏，觥筹交错，暖意融融。饮酒也颇有讲究："主不饮酒客不醉。"一口一杯，杯杯见底，划拳打通关。通关打下来，常常会喝得客人酒酣耳热，只好手捂酒杯，连声谢绝主人的美意，才能罢休。而大多数人，更喜欢在晚餐时煨一壶酒，再加一方冰糖、几粒枸杞，煮沸，灯光下呈耀眼的琥珀色，细细品味它的醇香。一来时间充裕，可以细酌慢饮，接地气，驱寒暖身；二来晚上喝酒解乏，有助于睡眠，给平淡的日子，添一抹梦幻。

（四）

土法酿酒，堪称醉美产业。一座蒸笼，用 50 公斤玉米、10 公斤小麦，加上燃煤柴火其他费用也就 200 元的成本，经过发酵、出酒约 15 天，就能蒸馏出 20 公斤明馏子，每公斤按均价 30 元算，能卖 600 元，除去成本，一蒸笼就能净赚 400 元。曾经云屏百姓自酿自饮的明馏子，通过"两当青酒"的升级包装，青酒作坊的市场营销，如今却成了游客争相购买的特色商品，更是小康路上的"杜康红利"，酒香不怕巷子深，得以验证。

醉翁之意不在酒，在乎山水之间也。云屏的古法酿酒工艺，犹如一幅活色生香的原生态民俗图画，充满了浓郁的乡土气息，为"旅游活乡，多产富民"再添记忆的温度。

来吧，抿一口土酒，吼两声号子，唤起远方游子的乡情，勾起八方来客的乡愁……

加勒万河谷的石头

向尧华

加勒万河谷，激流滚滚，乱石嶙峋。我是众多石头中的一员。我没有名字，没有故事，只有沉默的记忆。清晰记得，在那个漆黑的高原之夜，巍巍喀喇昆仑山下，营长陈红军倒在我身旁。

我对营长的了解不算太多，只知道他是两当县人，据说那是个极其迷人的地方，有我闻所未闻的樱花大道，有清雅幽静的林间小路，有茶品，有花赏，有绿色生态更有红色故事。那里也有很多石头，一些幸福的石头。这座小城慢节奏地呼吸在陕甘川的交界处。想来那应该是人人向往的小城吧。

一股强劲有力的寒风吹醒了我的想象……

加勒万河谷的风凛冽刺骨，河水冰冷湍急，偶见雄鹰盘旋，俯瞰大地，振翅九霄。在这片无人区，有除人以外的活物都是一种恩赐。即使是雪季已然结束的六月，刮来的风依旧疯狂，想方设法地吞噬着一切坚守者，甚至来一场小雪或者冰雹，给恶劣的环境再添一个反派。"氧气吃不饱，风吹石头跑，四季穿棉袄"是常态。战士们有黑色的肤，紫色的唇，如果还有红色，一定是他们皮肤上的皲裂以及流淌着的跳跃着的赤子之心。

细细想来，陈红军在酷暑中挺立，于霜雪中傲寒，如此环境下，却已坚守了十余年。

初次见面，陈红军轻轻地抚摸了好多好多块石头，随后静静地坐在我身上，掏出纸笔，写着什么。我猜测是他给妻子的信，或者是一篇寻常的日记。陈祥榕在营长写东西的时候，通常是默不作声的，他是战士里年纪最小的。营长陈红军总是在和战士们构筑工事搬完几十斤重的大石头后，从兜里掏出护手霜，抹在这个"娃娃兵"皲裂的手上。最后干脆把自己的给他，命令"娃娃兵"勤涂。

"营长，两当县美吗？"美！很美！樱花，落叶，还有明月……""营长，那你想家不？"执行完任务，"娃娃兵"这样问他。他总是默默地拍一拍"娃娃兵"的肩膀，一言不发。我不知道他在想什么。

星落满天，四下寂寥。陈红军又一次把自己的运输车让给了义务兵和身体不适的战士，自己头顶着星星，准备在外面枕着碎石块和衣而睡。他想着"娃娃兵"的问题，借着星光，又摸了摸妻子的照片。

2020年6月15日。风雪怒吼。那是我最后一次见他了。

那一日，一群又一群越境的印军"螳螂"从山崖涌出，赤手空拳的团长祁发宝张开双臂，挡住印军，大声喊话交涉。越来越多印军赶来，气势汹汹地将祁团长围住。重重包围中，祁团长毫无惧色。他身后的山崖上，明晃晃地写着两个大字：中国。突然，印军用钢管、棍棒、石块率先发起攻击，祁团长成为印军重点攻击目标。"保护团长！"一起来谈判的营长陈红军看到形势危急，立即带人迎着"石头雨""棍棒阵"突入重围营救团长。

"我要把你们安全地带上去，也要把你们一个不少地带下来！"陈红军出发时曾打着手电，站在风雪中郑重地承诺过。他指挥部队有序地向有利地形转移，看到几名战士被对方围攻，毫不犹豫地转身，带领官兵再次冲锋，风雪中我只看到一个高大的背影离我而去……

古人讲，祖宗疆土，当以死守，不可以尺寸与人。我心中的陈红军就是这样一个戍边人。在他倒下的那一刻，紧紧地守护着身后的万家灯火。包括我，一块见证这一切的石头，一块祖国的石头。

那一次战斗结束清理战场时，我还记得有一名战士紧紧趴在营长身上，保持着护住营长的姿势，衣兜里的护手霜还残留着他的温度……

在乔河赴一场玫瑰之约

王彦青

　　早就听说鱼池乡乔河的玫瑰园的玫瑰开得红火惹人，招来无数赏花的俊男靓女络绎不绝，流连忘返，一拨接着一拨，乐此不疲。对于我这个向来不怎么喜欢赏花的人，竟也未能经受住玫瑰花的诱惑，在阳春三月踏上了鱼池这片美丽富饶的沃土，赴一场浪漫的玫瑰之约。

　　汽车顺着由北向南潺潺流动的广香河顺流而下，经过金洞乡田坝村后，向右进入鱼池地界。鱼池乡地处两当西南面，秦岭山北缘，南高北低，最高海拔 1310 米，最低海拔 860 米，平均海拔约 1100 米，土地肥沃，气候温暖湿润，主产小麦、玉米、黄豆、马铃薯等，并富产核桃、柿子、葵花籽、油菜等，是两当县粮食主产区。因盛产粮食，故而素有"两当米粮仓"之称。唐代年间因有鱼池寺而得名，总面积 41 平方公里。沿途小桥流水，景色宜人，水泥路像一条长长的玉带山环水绕伸向前方，两边是满眼的绿，青翠如黛，粉白粉白的七里香和狼牙花一片片、一簇簇开得好灿烂，蜜蜂飞舞其间，蝴蝶伫立花端，鸟儿也穿梭在山坡林间喳喳撒欢，一些红的、黄的、紫的不知名的野花在微风中摇曳飘拂，好像在向远道而来的客人招手示意，大自然成就了一幅天然画卷；微风习习，从山谷中飘来阵阵花香，沁人心脾。空气中弥漫着浓浓的花香，大家都陶醉其中不能自拔，仿佛身处梦境。"乔河村到了"文友的一声惊呼把人们的思绪带回现实，放眼望去，乔河村像一个出浴的新娘，新修的文化广场，木质的古色古香的栏杆，好一个童话般美丽的小村庄，都是一排排崭新而坚固的新房，白墙红瓦，在五月的阳光下与青山绿水交相辉映，构成一幅幅动人的水彩画。路上，不断有摩托车和农用车相继驶过。一场别开生面的"绚丽玫瑰，多彩鱼池"

乡村旅游推介会在乔河文化广场精彩上演，熙熙攘攘的人流，精彩的节目给乡亲们送上了一台文化盛宴，让这个集生态休闲、农耕文化体验为一体的乡村旅游村着实火了一把。然而，最吸引人的还是以"农耕文化"为主题的村史馆、文化室，那一件件昔日被农民视为命根子的老式农具虽然逐渐被淘汰即将退出历史舞台，但是看到这些浸透着老农苦难与沧桑的物件，我不禁感慨万分，历史的车轮是祖辈们用血汗和泪水推进的，他们的坚强与执着，勤劳与勇敢，淳朴与善良将永远镌刻在人们的心间。

到乔河，观赏大马士革玫瑰花自然是必不可少的。车刚一停稳，大家鱼贯而出，争先恐后奔向玫瑰园中。在古希腊神话中，玫瑰集爱与美于一身，既是美神的化身，又融进了爱神的血液，玫瑰是用来表达爱情的通用语言。在人们的眼里，玫瑰花绚丽多姿，具浪漫与高雅于一身。每到情人节，玫瑰更是身价倍增，是恋人、情侣之间的宠物。玫瑰代表爱情，不同颜色、朵数的玫瑰还另有寓意。

放眼望去，那一台台阶梯式的玫瑰让山村增色不少，迎来无数观赏者驻足。那娇艳欲滴的花瓣，那美丽柔弱的花蕊，那翠绿溢目的枝叶……一切的一切，都那么令我沉醉。她们就像是娇媚羸弱的公主，优雅而高洁，雍容且华贵，散发着令人痴迷的香气。正当我探下身，凑近其中一簇玫瑰，想一嗅她们的芬芳时，突然，我的手臂被那锋利的尖刺无情地刺痛了。我疼惜地看着我被刺破的手臂，无意中，我瞥见了那簇枝叶上带着鲜血的玫瑰，在阳光的照射下，花瓣闪烁着迷人的光泽，使原本就娇柔美丽的玫瑰显得更高贵典雅，美得令人窒息。娇柔羸弱的外表下，却是一根根锋利无情的利刃。也许，对人们来说，这是玫瑰最难亵渎的遗憾。但是，对玫瑰来说，这是她最好的，也是最后的警示。对人们的警示，对任何事物的警示。

"你可以欣赏我，赞美我。但是不可以靠近我，如果你企图伤害我，我将用那尖锐的小刺毫不留情地刺伤你。"

春夏之际，玫瑰花绽开着艳丽的花朵。那一朵朵火红的玫瑰花，红得如同火焰一般。一片片火红的玫瑰花，是那样有活力有生机，它的火红，感染着从此经过的每一个人。

"赠人玫瑰，手有余香。"我一直很喜欢这句话，看似简短的文字，却蕴含了友善、给予、关爱他人的无穷快乐。是爱心的一种升华，她告诉人们在关爱他人的同时，自己也收获了快乐和喜悦。

玫瑰花看上去美艳而富有魅力，我轻轻地贴近它，深深地吸了口气，啊！一股淡淡的清香扑鼻而来。花瓣中间有金黄色的花蕊，花蕊顶端黏着花粉，散发出阵阵醉人的芳香，引来一群蜜蜂"嗡嗡"地奔波忙碌，四周蝶飞翩翩，伴着可爱的玫瑰花。风吹着，玫瑰花随风摇曳。不管是谁，经过她的身旁，都感到她在朝你微笑点头；当你停下脚步，欣赏她时，就会觉得花香扑面而来，沁人心脾。玫瑰花多姿多彩，她并不像牡丹那样雍容富贵；不像桂花那样十里飘香；也不像菊花那样傲然屹立；更不像梅花那样有姿有态。她，是平凡无奇的。

从玫瑰园的经营者口中，我听到了玫瑰花与乔河联姻的过往和点滴。2013年对于五百多口人的乔河村人来说，是一个值得铭记的年份。这一年，乔河村实行土地流转，作为全县招商引资重点项目，注册资金达1000万元的两当沁香怡玫瑰生物科技有限公司入驻乔河，祖祖辈辈生活在山沟里的农民首次与"玫瑰花"结缘。"大马士革玫瑰"这个听上去似乎不可思议的名词像一个楔子硬生生地镶在乔河人的心坎里，天上到底会不会掉馅饼？是机遇，还是陷阱？是好事，还是坏事？世世代代视土地为生命的乔河人面临着前所未有的考验与困惑。机遇永远垂青于有准备的人，乔河人终究与"大马士革玫瑰"联姻，也与玫瑰花一样火红的生活结伴同行。占地1300亩玫瑰精油加工厂在乔河村建起，当年种植大马士革玫瑰500多亩，土地流转种植玫瑰为乡亲们提供了大量的就业机会、增加了农民收入、帮助群众实现了脱贫致富的梦想，当年就有了收益。如今，两当沁香怡玫瑰生物科技有限公司年生产玫瑰精油已达75公斤，纯露300吨，总产值1400多万元，玫瑰精油和纯露远销海内外。乔河的优质大马士革玫瑰种植已有60多万株，1000多亩，成为甘肃省最大的大马士革玫瑰种植基地。2014年3月，沁香怡玫瑰生物科技有限公司以其独有的优势被香港芳蕾玫瑰集团有限公司授权为"香港芳蕾玫瑰集团有限公司研发示范基地"，不但为勤劳朴实的乔河人带来了更大的实惠，也为公司的发展提供了强大的资金保障和技术支撑。2014年底，沁香怡玫瑰生物科技有限公司正式注册商标"西地锦",并成功推出真正天然、健康、自有庄园的玫瑰精油品牌玫瑰靓颜保湿精油、玫瑰纯露等产品,以优良的品质获得了市场好评。

"大马士革玫瑰"火了,乔河人火了,他们的生活就像这红艳艳的玫瑰花一样红红火火,蒸蒸日上。仅去年一年,乔河村集体创办众邦养殖专业合作社出栏土鸡三批5000多只,为村集体经济创收约1万元;出租村集体鱼塘2处1000平方米,创收3000元;收入重点公益林管护费3.2万多元。不仅村民们的钱袋子鼓了起来,村上集体经济也净增6万多元,乔河村被建成了美丽乡村旅游示范点,吸引了县内外的旅游者前来观光游览,赏玫瑰,吃农家饭,感受乡村生活的乐趣。

漫步乔河村的田间和村舍,宽阔的水泥路相互交错,一排排幽静雅致的农家小院掩映在绿树丛中。外墙上一幅幅图文并茂、相映成趣的村规民约十分醒目;围河造地修建的健身广场、村支部活动室、农家书屋等基础设施,处处体现着时代的气息。圆形的花坛,半圆形的人行走廊,曲径通幽。村巷院落到处绿意葱茏、鸟语花香、干净整洁、清爽宜人,呈现出一幅环境优美、乡风淳朴的时代画卷,让人感受到幸福和谐的清新气息。离开乔河村,大家还在赞叹乔河村的妩媚和玫瑰的娇艳与芳香,赞叹乔河人的勤劳与朴实,愿他们的生活就像这盛开的玫瑰花一样绚丽多彩。

大殿山下的管江村

程　奎

　　碧蓝的天空下，巍峨的大殿山高耸入云，雄伟壮观，在它的山脚下，就是那置身于青山绿水之中的管江村，在蓝天白云下，管江村青翠似染，绿树成荫，流水潺潺，一棵百年柿子树下悠悠转动的水车，一座座民俗特色的石板房，无不向来往的游人，诉说着这里的古老与淳朴，似乎让人有种心灵驿站的悠闲之感。

　　回想起 2011 年我在站儿巷镇工作的那几年，管江村给我留下了深刻的印象。它是站儿巷镇南部深山区的一个小村庄，东临云屏镇元山村，西南临徽县，北靠站儿巷镇南坪村和三联村，有街道、腰路、梨树坡三个村民小组，全村 44 户 119 人，组与组相距比较远，人口居住分散，距站儿巷镇政府有 11 公里，山高林密，山清水秀，重峦叠嶂，景色宜人，保持着原生态优美的自然风光。

　　尽管管江村四面环山，山大沟深，但它一年四季迷人的景色却深深吸引着我，对这个美丽而神秘的村庄充满着好奇。春天，这里无论山涧，还是沟壑，满山遍野开满了各种漂亮的野花，到处弥漫着花香的味道，让人陶醉；夏天，这里的气温比别处要低，无论身处管江村何处都会感受到清凉舒适；秋天，这里无论在沿路，还是在深山，到处都生长着野生猕猴桃、板栗、五味子、八月瓜等；冬天，这里岩石上的瀑布结成的一串串冰柱，成为这里的一道独特风景。

　　然而，管江村的行路难是一道难以逾越的屏障，阻碍着管江人外出的脚步，也阻碍着管江村经济的发展。这里的道路崎岖狭窄，坑坑洼洼，凹凸不平，时而是开凿的狭窄山石，时而是砾石纵横的河滩，时而又是凹凸不平的土路。下大雨山两侧的滑坡时常堵塞路面，滚落的岩石散落在河道内或河滩上，管江河发洪水时也会冲毁部分路段，使这条路的交通中断，有的地方干脆就没有了路，过往车辆或行人只能在河里走。坑洼不平的土路下过雨之后，农用车碾过的路面留下深深的车辙印，更是泥泞难走。

这里的行路难使管江村的孩子们上学难。管江村的孩子大都在站儿巷学校上学，由于管江村距离站儿巷学校相对比较远，平时孩子们回一趟家很不容易，都选择了住校或租房，家长要么在站儿巷街道租房照顾孩子，要么每个周末骑摩托车接孩子回家，有的家长忙或外出打工时，孩子只能自己走回家。若遇到下大雨云屏河和管江河上涨时，孩子们只能绕到很远的银杏村回家。在这条路上我经常碰到三三两两回家的孩子，每当看到他们背着书包，挽起裤子，提着鞋，小心翼翼地过河时，我心里感触颇深。

我每次骑着摩托车去管江村，天冷穿上雨鞋，天热穿上凉鞋，来回穿梭云屏河和管江河，有时河里的朽木枯枝、砾石纵横，稍不留神，摩托车就会在河里打滑跌倒，摔一身水，有时走在河滩上，会被片状岩石块或枯枝划伤脚，深感管江村道路条件的艰苦，深感群众出行之不易。群众需要的生产生活物资不能及时运进来，农产品也无法及时运出去，特别是下大雨就无法进出管江村，修路成了当地群众最为热切的期盼。

为了彻底改变管江村群众行路难的状况，实现管江村群众多年的通路梦想，2015年在站儿巷镇和有关部门的大力支持下，管江村、三联村的通村公路和村组道路硬化了，并在途经的云屏河上修建了一座便民大桥，极大地方便了管江村以及邻村群众的出行，群众生产生活资料的运输成本降低了，农用物资的运输快捷了，群众脱贫致富步伐加快了，促进管江村经济发展。

道路修通了，交通方便了，管江村立足自然生态优势，发展乡村旅游、中蜂养殖以及中药材等产业，拓宽群众增收致富渠道。依托古朴的民俗文化，雄伟的大小殿山，清澈见底的管江河等自然景观，新建了传统石板房结构的村史馆、水磨坊以及文化广场等，对周边的民居进行仿古风貌改造，引导和鼓励农户兴办农家乐和农家客栈，吸引游客体验民俗文化、品尝特色美食。依托空气清新，植被茂盛，丰富的蜜源植物，建成了中华蜂养殖示范基地和百亩生态放养鸡养殖基地，成立了鸿源兴生态种养殖农民专业合作社，发展中蜂养殖和生态放养鸡产业，鼓励和扶持农户发展猪苓、白芨等中药材产业。

如今当我再次走进管江村，已是今非昔比，曾经那些无数次走过的山路，变成了宽阔平整的水泥路面，农户家家户户都硬化了院落和路面，庭院干净整洁，修建了休闲娱乐文化广场，设计了绿化板块，安装了太阳能路灯和健身器材，短短几年时间，管江村变了，农户富裕了，生活改变了，随处可以看到开农运车、骑摩托车的农户，甚至还有开小轿车的农户，整个村庄面貌焕然一新。

随着两当县发展乡村旅游，美丽乡村建设如火如荼地开展着，各个乡镇都充分利用当地优势资源，因地制宜，打造特色明显的乡村旅游，引导群众走乡村旅游发展的新路子，巩固提升两当脱贫攻坚成效，促进乡村振兴。

浓情厚爱狼牙蜜

苟汝红

　　说起两当的狼牙蜜，是因蜜源是狼牙刺而得名，称得上是蜂蜜中的上品。狼牙蜜在甘肃特产中也算得上是明星级别了。明代李时珍《本草纲目》中就有"蜜出氐、羌（今甘肃陇南）中最胜，甘美耐久，全胜江南"这样的赞美。它气味浓香、色泽清亮、含糖适中、结晶细腻、为补养健身、药用除疾之上品。狼牙蜜对于我这个土生土长的两当人而言，它不仅仅给我很多甜蜜的回忆，更是承载着母亲浓烈厚重的爱，它也是我人生不可或缺的珍品之一。

　　在我最早的记忆里，蜂蜜在农村也是极其稀缺的，因为会养蜂的人很少，而且因为养蜂技术的落后，产量也低。我们自己家里没有养蜂，通常是亲朋好友送一点。母亲把它像宝贝一样藏起来，不到十分需要是绝对舍不得拿出来吃的。记得有一次我生病发烧，嘴唇干裂，妈妈打开柜子拿出一个小蜜罐，用筷子从里面蘸了点蜂蜜抹在我的嘴唇上并叮嘱我不要舔，过会就不疼了！可是闻着蜂蜜诱人的甜香味我口水直流，哪里忍得住不去舔啊！于是偷偷地伸出舌头去舔一点，那甘醇香甜的蜜味融化在口里，瞬间由舌尖弥漫到整个口腔，令人神清气爽。忍不住再舔一点，渗到了嗓子眼进入食道，那沁人心脾的醇香蜜意已传遍全身，像极了妈妈温柔的手掌拂过时留下的温暖和舒适。于是我过一会舔一下，过一会舔一下，很快嘴唇上的蜂蜜都被我舔得干干净净。从那以后我想吃蜂蜜的时候都会跑到妈妈跟前说："妈妈，我嘴唇干！"妈妈故意说："那去喝水啊。"我撒娇说："我不想喝水，我想要你给我嘴上抹点蜂蜜！"惹得全家人哈哈大笑。

　　我小时候体弱多病，妈妈总是用蜂蜜哄着我吃药。记得那时每到冬天我就咳嗽不止，母亲通常会把蜂蜜倒在饭勺里放到火上熬制，熬好后倒出来等晾凉切成小块，每次吃一小块，然后我的咳嗽就慢慢好了。于是姐姐常常调侃我说："妹妹生病吃蜂蜜比吃药管用呢。"哥哥姐姐常说和他们相比，我简直就是在"蜜罐"里长大的。这或许不仅仅是因为我是兄妹中最小的，受爸妈的宠爱多，更主要的是家里每年稀有的蜂蜜几乎全部是被我吃了。毕竟在食物稀缺的年代，那么香甜的蜂蜜谁不爱吃呢？

随着经济的发展和政府部门的技术扶持，狼牙蜜逐渐发展成为家乡两当的特色产业。我上高中那年母亲看别人养蜂，又想到我们姊妹都那么爱吃蜂蜜，说服我父亲做了两只蜂箱，也养起了蜜蜂。不懂任何技术的她只能给别人家干农活换工，请人家来教她技术和取蜂蜜！勤劳朴实的母亲愣是逼着自己和父亲一起学会了养蜂。我们姊妹几个终于吃上了自家蜜蜂酿造的蜂蜜。

"狼牙花蜜，蜜动人心。"我记得上大学的时候，天南海北的室友都会带自己家乡的特产聚在一起分享，起初我带的两当狼牙蜜最不起眼，可是长时间相处和了解下来，狼牙蜜的优点被舍友们发现，直接给两当狼牙蜜授予"最受欢迎土特产"的称号。因为它不仅仅是食品、保健品，还是美容佳品，更是馈赠亲朋好友的上乘礼品。周末闲暇时间，舍友们常聚在一起，喝着自制的蜂蜜茶，用着自己拿蜂蜜调和的面膜，跟着流行音乐又唱又跳，一周疲劳一扫而光，享受着属于我们的狂欢。谁说只有酒才能醉人，我们早已醉倒在醇香的"蜂蜜宴"里了。那时候我们女生宿舍楼里流行着一句话"防火防灾防盗蜜"，倒也不是真的被盗，主要是这狼牙蜜很受欢迎，用起来太费，没有了顺手拿舍友的用用，舍友会心疼啊，所以会顺口来那么一句调侃！每次放假回到家乡，第一件事就是被舍友们催着寄去她们心心念念的两当狼牙蜜！直到现在二十多年过去了，逢年过节给外地的同学邮寄狼牙蜜已成为我的习惯。

那年我去兰州进修，母亲打听到她在兰州的外甥媳妇因为常年受到便秘的困扰，让我带两瓶自家酿的狼牙蜜去试着调理一下，并贴心地向老中医问了偏方让我一起带着。两个月后，表哥一家请我吃饭，并表示用了蜂蜜偏方，效果果然很好。我很欣慰狼牙蜜是我们和外地的亲人联系的纽带，是母亲送给远方亲人的温暖和牵挂。

那年母亲得了重病，由于化疗和药物影响，母亲常常痛得在床上翻滚，我们都心痛而无助，后来想到用勺子舀着蜂蜜喂在她嘴里，希望这样能减轻她的痛苦。或许是蜂蜜的香甜分散了母亲的注意力，又或许蜂蜜本来也是母亲最爱吃的，吃了蜂蜜后，母亲的表情果然没那么痛苦了。后来再痛起来的时候，母亲会主动要求给她喂点蜂蜜……这醇香的狼牙蜜原也是母亲的最爱，可平时她为了让我们多吃点，自己从来不舍得多吃啊！然而无情的病魔最后还是夺走了母亲的生命。

在失去母亲的痛苦日子里，我常常会吃一口蜂蜜，那浓浓的甘甜中有母亲的味道，也有母亲给我们厚重浓烈的爱！

素有"中国狼牙蜜之乡"称号的两当县，如今乡村振兴，大力发展养蜂业，狼牙蜜产量突飞猛进，畅销全国各地，甚至出口国外，久负盛名。2008 年被国家质量监督检验检疫总局公布为地理标志产品，2021 年"两当狼牙蜜"成为全省唯一一个入选"甘味"区域公用品牌的蜂蜜产品。希望家乡的狼牙蜜产业前景越来越好，让更多人品尝到来自我们红色福地、养生天堂的正宗两当狼牙蜜！

笔染春色

王 环

不知不觉已经是末春之垂，"春事匆匆掠眼过，落花寂寂奈愁何"。春尽感兴，寻一隅清幽，将与你的邂逅写满素笺，让相遇成为永远的惦念。

山间春雨

北方的春天，总是来得很迟。惊蛰过后，物候向暖，春雨也不期而至。

"昨夜新雷催好雨，蔬畦麦垄最先青"。一场场的春雨悄悄落下，滋润着大地，将生长的意义衍生。道路两旁，小草探出脑袋打量着外边的世界。麦苗返青，伸展出绒绒的新绿。田野好似刚刚苏醒，睡意蒙眬中露出怯生生的浅青。柳条儿极力伸出了鸟舌状的叶芽，也想要在这个春天拥有一席之地。野山樱、紫荆花可不这么矜持，漫山怒放。蕙风轻拂，万物在蒙蒙春雨中苏醒。如果你不留心，总以为大地是一夜之间着上了春装。

早饭后，村书记喊我一起去下队。这令我欣喜不已。春和景明，置身于山间田野之中，张开双臂，便可拥春入怀，春日浪漫不言而喻。村书记告诉我，今天要去同心村同心组下队，我们要去的地方小地名叫童家山。为什么叫童家山，我没有细究。车子从去往乡政府的岔路口向左驶入，顺着水泥路蜿蜒而上。山路弯弯，两山夹道，车子在林中穿行着，偶尔从树丛的缝隙间露出几户房屋的轮廓，白墙黛瓦。越朝前开，山势也越来越陡，盘山公路仿佛可以直达云霄。车子开到凤凰山脚方才停下。由于停车不便，我们只能步行前进。顺着水泥路步行了十多分钟，再转过一个弯，豁然开朗处，有一院落。

　　门前是一畦菜地，菜地紧挨着绿油油的麦田，麦田又紧挨着群山，山边缱绻着洁白的云朵，让我目不暇接。院边的樱桃树上，一簇簇的花儿开满枝头。院子里还养了鸡和狗，鸡群在落花下觅食寻乐，不时发出咯咯咕咕的鸣叫。棕毛的小土狗在院边踱来踱去，看见生人到来，龇牙咧嘴地宣示着自己的主权，狗吠声声传遍沟谷。

　　我们的到来，打破了山村的宁静。老刘见状立即放下手中的农活，从墙角顺手拿起小木棍，一路小跑着将小狗驱赶呵斥到一边。而后，他满眼带笑向我们走来，连连招呼我们进屋坐下。

　　春，被农民喻为"神农之时"，天雨遂耕而种之。聊天中，老刘告诉我们，他蓄势已久，早已备好了种子、化肥等农用物资，规划好了春种的每一个地块。

　　春雨好像听到了老刘的心声，让一切等待都有了回应。正午时分，远处的山谷悠然腾起了白色的雾岚，天空飘起了细雨。那春雨，一改往日的羞涩，淅淅沥沥，点点滴落在这片干涸的土地上呢喃絮语。在大大小小高高低低，有的方正有的歪斜的麦田里，随着每一场甘露降临，希望从土里悄无声息地钻出来。虽然肉眼看不到，老刘总会投去期待的目光，期待着大地滋养后孕育的硕果累累的丰收。

　　烟雨朦胧中的童家山意境悠远，青山叠翠，绿色掩映。老刘站在地埂上点着一根烟，脸上尽是满足，一边望着被雨水滋润的青青麦田，一边说着"春雨贵如油"的话，眼神里透着安宁和欣悦。

　　或许，比起我，老刘更懂得春天的浪漫吧。在他弯曲的腰背上、心里满满的都是憧憬。这一刻，我看见了春天最生机勃勃的笑容。

　　"最爱人间春色，尤怜山间春雨"。雨中下队别有一番韵味，那沙沙的雨声，蹁跹跌落在我的心湖，吟唱着农民与大地的生命之歌，萦绕于广袤的田野，带给乡村以希冀。

樱花盛宴

　　四月的两当满溢柔情，是樱花盛开的时节。

不知道什么时候，滨河路的樱花日渐丰盈饱满起来，一个个娇嫩的花骨朵儿缀满枝头，含苞待放。只等一个好天气，然后在一夜之间就迫不及待地盛开了。樱花是懂浪漫的，毫无防备，才最深入人心。是在梦里开的？朵朵羞怯奏响了春日的主旋律。

这个周末注定不同凡响，这是我第一次应约和朋友一起赏樱。早上七点我便乘车从站儿巷出发到两当县城，期待万分。一路上山景清幽雅致，嘉陵江水悠悠，我却无心观赏。二十多分钟后我抵达了两当县城。

此刻，暮春的小城沉浸在一片金色的朝阳中。广香河畔嫩柳如丝，小鸟奏着晨曲，山坡显示着苍翠的茵茵绿色，红的、白的、粉的樱花楚楚动人，像露出笑脸的小姑娘，在阳光下肆意绽放。

"再不来看花，春天就要溜走了。"老友相逢，少不了一番唏嘘。我们都在感慨，也许不是春天来得慢，而是我们赏花的心思迟了。于是深入到这一片花海中去。徜徉在悠长的樱花路上，静谧与绚烂交织，抬眼便是粉色仙境。我们畅谈着各自的故事，分享着生命的感悟，闲评着时下的趣事，轻松自在。以至那樱花飘落在肩上，我却浑然不觉，却是前所未有的浪漫体验。

每年樱花粉墨登场之时，四方游人纷沓而至。你瞧，樱花漫枝，轻柔犹过雪，红粉不输梅，这藏在小城的旖旎春色成了两当的"春日限定"。那些穿着汉服、旗袍赏花的女子，三五成群相约在樱花树下拍照打卡，我的镜头中数次捕捉到她们的美丽，每一张都可以入画。不时还会遇到身着少数民族服饰的俊男靓女穿梭于樱花树下，他们艳丽的民族服饰，点缀着两当的山山岭岭，与这粉樱相映成趣，形成了一道道靓丽的风景。也有年龄较大爱美的阿姨们，服饰不是年轻俏丽，却一样的精致美丽。喜爱摄影的师傅们，背着包，拿着大大的单反，认真选取不同的角度，将花宴藏在镜头里。男女老少，往来其间，驻足欣赏。盛大的花事，不过如此。暖意愈浓，满城樱红关不住，在人潮翻涌之下，我暗自庆幸，幸好今日来赴约了。

小城的浪漫，樱花占一半。细嗅清甜的芳香，沉醉姗姗来迟的花海。我们几个老友也像其他游客一样，在樱花树下打卡留念，用镜头记录这不可复制的每一天和生生不息的青春与美好。微风吹过，满树樱花随风摇曳，淡雅清香在心中荡着阵阵涟漪，想来无人能拒绝这份浪漫。

看粉黛交织成海，赏春光停驻枝头。我们几个说好，每年都要共赴一场樱花盛宴，一起续写樱花盛开的故事。

春日寻芳

"何人不爱牡丹花，占断城中好物华。疑是洛川神女作，千娇万态破朝霞"。每年四月，香林村的牡丹园里，万株紫斑牡丹迎风绽放，席卷一方。

去年牡丹花开的时候，心心念念却没能赶上，只能在朋友圈看看照片。今年终于填补了心底的缺憾，赶赴一场期待已久的花事。

车子沿着泰云路方向行至兴桃村，再向左驶入，曲径通幽处便是香林村了。只见景石叠落，溪流潺潺，村宅悠然，牡丹掩映其中。一簇簇、一丛丛的牡丹花，铺天盖地地涌入眼帘，似锦绣一般。阵阵暖风拂过，花浪翻滚，似在轻笑低语。清风过处，满地粉霞映照，姹紫嫣红间甚是美丽壮观。

牡丹不同于别的花儿，明媚张扬的姿态散发着她独有的魅力。粗壮的主干像结实的臂膀一般，枫叶似的叶子一团团碧绿蓬勃，雪白的花朵在绿叶间更显素净高洁。花朵绽放时，一层一层，淑色披开，重重叠叠，片片花瓣薄如蝉翼，如绫罗似绸缎。"皎皎兮明艳动人，照耀酷烈；飘飘兮似火如霞，流光溢彩"。一只只小蜜蜂，嗡嗡嗡唱着歌儿，跳着舞，或在花丛中飞舞嬉戏，或在忙碌采着花粉，煞是可爱。"国色满园醉，天香浸满衣。"我走向牡丹，俯身靠近，脸贴着花瓣，鼻嗅着花朵，那丝丝缕缕的芳香，袅袅地穿越鼻腔，直达心底，在胸间荡漾，令人心旷神怡。我拿起相机拍下她倾国倾城的丰姿，让她的美得到永恒。

同行者且看且赞，"独领风骚"，我脑中倏然冒出这样一个词，慨叹眼前的风姿绰约。与同伴闲聊时，同伴告诉我说，紫斑牡丹是芍药科芍药属的，可观赏亦可入药入茶，花、种、根、粉还有着很高的经济价值，所以现在种植紫斑牡丹的人也越来越多。

说起种植牡丹，不禁让我想起我的母亲。

我的母亲是特别爱花的人。小时候在农村，母亲在院边移栽过一株牡丹，开粉色的花，花型宽厚圆润。起初是不许我们碰的，因为牡丹娇贵，择地方，不好养。母亲还从坡上砍来羊角刺，扎在牡丹花的周围，生怕我们把花给糟蹋了。沤肥施肥，剪枝浇灌……在母亲的精心看护下，那株牡丹第二年就开了花，虽然有些瘦弱，开得娇娇怯怯，羞羞答答的，却也不失妖娆。后来几年里，牡丹生得郁郁葱葱，憋足了劲地开，每年能开二三十朵花。再后来，为了照看我和妹妹上学，那株牡丹因为缺了人的照顾，慢慢被野草淹没了，再也没有以往生机勃勃的样子，自然也没了下落。每想起来，总有些许遗憾涌上心头。多年后，我们搬进了楼房，我的母亲依然很喜欢种花。从小院到楼房，从春到秋，那大大小小的花盆里种着各色各样的花儿，青藤翠蔓，花开花落，给平淡的生活生出些许诗意来，也芬芳了母亲的日子。

的确，我应该再种一株牡丹，来弥补过往的遗憾。

我想得入迷，一时忘了时间。直到同伴叫我，我才想起该返回了。

在这个春天，我邂逅了一拨又一拨的花事。花影绰绰，我把关于春天的心事悄悄写于素笺上，吟咏一支永不凋零的春天骊歌。

来两当云屏看雪

雷爱红

冬如约而至。两当县城的初雪刚刚飘来，雪片接到手心，便融化了，不等落到地上，全成了水。地面一点点湿润起来，干燥的空气里传来清爽的气息。虽已是冬深处，然扑面而来的雪，却带着"恻恻轻寒翦翦风"的触觉，全国百佳深呼吸小城的味道涌入感官，一种旷达、静穆和清朗的质感，将雪天的两当描摹得形神兼备。

终于完成了夙愿，和朋友相约一起去云屏看雪。

由两当县城南行约 20 公里，一处幽深僻静的深山峡谷便闯入视线。冬日的云屏三峡似一座冰雕玉琢的水晶宫，碧潭变银盘，溪流成素绢，冰清玉洁、妙不可言。云屏历史上是一条由关中及广大西北内地入川的蜀道之一，历史上此地曾置"黑水县"，有诗赞曰："黑水城，四道门，通巴蜀，襟秦陇。"其中大阳山是西汉水与嘉陵江的分水岭，从火地村起至广金方向的大阳山，依次经过"土地峡""观音峡""西沟峡"，人称"云屏三峡"，国家 4A 级景区。

薄雪路面打滑，一路缓慢行驶。雪片越来越大，雪花弥漫在天地之间，树梢、房顶和田地上，均匀地覆上一层白色。不多时，地面积雪厚起来，轮胎着力变得稳了。雪花轻盈地飞身扑进车窗，孩子们兴奋得伸手去抓，迫不及待想要早点到达云屏。

过了站儿巷镇，沿途经过白墙红瓦的新农村。炊烟从白雪覆盖的屋顶袅袅升起，遥遥听见几声狗吠，闻到农家飘出的肉香，看见屋前落雪满顶的小轿车，又见居家的村民或者衣着鲜艳的游客正在举起手机拍雪景，突然有一种让人不知身处何地的迷茫，这里究竟是陶渊明笔下的世外桃源，还是美丽新农村的温暖家园？

进入云屏山门，骆驼巷苍白的山头伏身山涧湖泊，仿佛一只停泊在绿野的骆驼，任四围洁白的雪漠勾起过往的回忆。峡谷越来越窄，两岸的石峰似乎更加峭拔。身披白雪的苍松翠柏笔直地站满左右坡面，即使叶片干枯也不凋落的青冈树间杂着，每一片枯叶兴奋地伸开手臂，捧满了晶莹无瑕的雪花。峰回路转，天地之间一片肃穆，唯有潺潺水声为白雪作伴。小桥、溪涧、乳瀑，在结冰前的最后时刻，欢唱着与雪共舞。

可是雪越来越大，山路行走会越来越困难。正在我们担心的时候，雪渐渐停了，一位有经验的朋友告诉我们，山里下雪总会时断时续，一般大雪会在夜晚来临。

经过国家级非物质文化遗产"两当号子"的发源地店子村时，也许是大雪带来的运气，十来位农民歌手正好彩排村上的迎春会演。男男女女有独唱的，有对唱的，"咦、哟、哎、呵……"的曲调高亢粗犷，犹如咆哮的江河，飒爽的林涛，歌者舞之，听者蹈之，原始遗风，穿透人心。兴许是皑皑白雪的到来，让人们变得兴奋而放松，雪花就像亲和剂，让这些号子歌手把生活中的嬉笑怒骂、调侃逗哏不拘一格融入唱和中，诙谐幽默，朴实生动。车沿着山路行远了，依稀还看到店子村广场上，身着演出服装的歌手们，点缀着银装素裹的村庄，歌唱着脱贫奔小康的新生活。

依次穿过白雪覆盖的土地峡、观音峡，走出一线天、古栈道，我们一行来到了云屏镇政府所在地街道村。站在街边，望着对面大山环弯中的棉老村和皮良村，明亮的灯光从家家户户的新居中透出来，在漫山白雪的世界里，那些灯光仿佛是一些天上下来的玲珑的精灵，正在人世间静享平安祥和。

"入冬了，下雪了，我们山里人的腊肉炖野菜就上桌了，这样的雪天，正适合喝点自酿的云屏清酒呢！"店家热情地招呼着，我们入乡随俗，夜宿农家，对雪畅饮。睡在氧吧，彻夜长眠，在小鸟的欢唱下才缓缓睁开眼睛，发现已经是大早了。推窗望去，眼前冰雪童话般的世界让人沉醉。清晨虽然寒冷，却阳光普照，一缕缕阳光应天泻下，照射得整个景区充满生机。不经意一抬头，窗外影影绰绰的双乳峰高耸入云，山头白雪映照，真有"窗含西岭千秋雪"的真味。

　　缓步走出农家，沿着木栈道散步，整个景区透着安逸，饱满的雪粒裹在树枝上，树枝好像长出了一颗颗白色的珍珠。晶莹剔透，漂亮极了。地上的雪厚厚的，又松又软，踩上去就会发出"咯吱咯吱"的声音，好像正在演奏一首欢乐的歌曲。穿行在玉树琼枝下，置身在晨曦的意境中，享受清爽的空气，聆听大自然清雅之声，感受这久违的惬意。

　　一路前行去黄疙瘩景区，从街道村出发，径直上山，雪地上行走虽然吃力，但也多了无穷的乐趣。看着孩子们打雪仗，也忍不住伸手从枝头捋下雪，放到舌尖尝一尝，没有一点污染的大山，雪中只有丝丝冰凉和微甜，这种感觉一下子就打开了童年的记忆。

　　沿庙湾往上走，半个小时左右，坡地里，枝头上，出现了连片的红色，我们得知是火棘灌丛。深秋时节，成熟的火棘果经历了风霜的洗礼，愈加的红，它们黄豆大小的果实缀满枝头，你挨我挤，头顶着白雪，站在雪地上争奇斗艳，一点不逊色于春花秋叶。

　　雪刺得人睁不开眼，白茫茫一片，海拔近两千米、偌大的黄疙瘩高山草甸完全沉浸在雪的世界。不见了落雪时的迷蒙，天空一片湛蓝；不见了草坪，只有雪做的毯；不见了山荆子树，只有冰雪的轮廓和风的影子；不见了苍松翠柏，只有雪凇的即兴雕刻作品。而美丽的小木屋依旧在，她顶着雪的帐篷，脚下延伸着栈道，翘首等待远方的归人……

　　看着孩子们滑雪，我们也跃跃欲试。即使山上寒冷，但依然不能阻挡我们的火热激情。

　　下山的途中，两处观景台已经陆陆续续有游客到来，赏景、赞叹、拍照，每一位亲历雪景的人都恨不得将云屏的雪一股脑儿打包带走，久久不愿离去。

　　车窗外，淡云和积雪渐行渐远，在这片如同被天使吻过的大地上，无处不透着超凡脱俗的美，无处不透着美好的向往，更有的是一种希望，一种平安……这里没有纷杂，没有争执，只有山谷的静谧，只有心情的恬静……

回望琵琶洲

王彦青

回望琵琶洲，我常常为她的神秘和妩媚而倾倒，为她的古朴和沧桑而感叹。她就像一粒疯长的种子，在我的心里萌动生长，时时撩拨着我的心房，让我总有一种难以割舍的情愫。

嘉陵江挣脱秦岭山脉的怀抱，从大散关奔流而下，一路欢歌，俨然一个醉汉跌跌撞撞，东扭西拐，不小心撞出无数雄山秀水，留下一路风光无限。流过陕西凤县丰禾山后变得羞涩娇柔起来，进入甘肃两当境内与琵琶崖深情拥抱，就像一个怀春的少女见到了心仪已久的白马王子，和着如泣如诉、悠扬委婉的琵琶韵律，娇羞的红晕染红了满山红叶。

面对右侧高耸入云、青翠葱郁的旋子岭和左侧"月牙"形的小镇，嘉陵江似乎有些情醉神迷，扭动她少女般玲珑的腰肢和诱人的身段，形成了一个大大的"S"形，让大山和小镇在痴迷中陶醉了多少个春秋。

顺着大大的"S"一拐，便是嘉陵江畔胜景之一——西坡"琵琶洲"。琵琶洲是一个大约一平方公里的坝子，因洲渚迂回得名，与著名的琵琶崖相连成趣，形状酷似琵琶，故名琵琶洲，又称"枉渚洲"。琵琶洲是千年岁月留下的一道穿越时空的难得景致，曾几何时？这里青山濯濯，碧潭粼粼，山环水绕。一道清幽的陈仓水和吴郁水（重石河，也称泰山河）与浩浩荡荡的嘉陵江相撞，便有了琵琶洲的喧腾和丰饶。这里是唐代侍御史吴郁的故乡，吴郁一生为官清廉，刚直不阿，又擅长书法，是唐代铁骨铮铮的诤臣，与著名诗人杜甫为挚友。每逢金秋时节，江上雾气蒸腾，肥硕的鱼儿不时跃出水面，岸边的琵琶崖峭壁上的石琵琶惟妙惟肖，漫山的红叶点缀在苍松翠柏之中。顺江而下，只见洲渚迂回，芦花飞舞，鸥鹭齐鸣，山光水色一派江南风光。唐肃宗乾元二年（公元759年）十二月，杜甫由秦州去成都，曾到琵琶洲看望吴郁，未能相遇，题《两当县吴十侍御江上宅》长诗一首：

> 寒城朝烟澹，山谷落叶赤。
>
> 阴风千里来，吹汝江上宅。
>
> 昆鸡号枉渚，日色傍阡陌。
>
> 借问持斧翁，几年长沙客？
>
> 哀哀失木狖，矫矫避弓翮。
>
> 亦知故乡乐，未敢思宿昔。
>
> 昔在凤翔都，共通金闺籍。
>
> 天子犹蒙尘，东郊暗长戟。
>
> 兵家忌间谍，此辈长接迹。
>
> 台中领举劾，君必慎剖析。
>
> 不忍杀无辜，所以分黑白。
>
> 上官权许与，失意见迁斥。
>
> 朝廷非不知，闭口休叹息。
>
> 仲尼甘旅人，向子识损益。
>
> 余时恭诤臣，丹陛实咫尺。
>
> 相看受狼狈，至死难塞责。
>
> 行迈心多违，出门无与适。
>
> 于公负明义，惆怅头更白。

"曲终人不见，江上数青峰。"斗转星移，岁月沧桑。回望琵琶洲，吴公昔日的"江上宅"早已无处可寻，"寒城朝烟澹，山谷落叶赤。阴风千里来，吹汝江上宅。鹍鸡号枉渚，日色傍阡陌"的景象已无法重现，琵琶洲已经换了容颜。20世纪60年代，一条贯通南北的宝成铁路顺江而下，将与琵琶洲相连的山峦砍去大半，依山傍水的琵琶洲也失去了往日的妖娆和妩媚，犹如一个老态龙钟的古人，站在岁月的流转轮回中诉说着历史的沧桑和生活的艰辛。四周群山竞秀，层峦叠嶂，嘉陵江碧水涟涟，奔流不息。被定格出无数张变幻莫测的山水图画，更迭着琵琶洲的风云雪雨的四季。如今，琵琶洲仍不寂寞，毅然换了天地，除了周围炊烟袅袅的村庄和五谷丰盈的田地，还驻扎了部队，最显眼的要数灾后重建和脱贫攻坚行动新建的那一排排新房，红瓦黄墙，似乎在向人们展示着一种倔强和刚强。军人那铿锵有力的吼声和号角与嘉陵江的波涛声一唱一和，成为琵琶洲的另一道风景，郁郁葱葱的树木在阳光下依然青翠欲滴，奔腾不息的嘉陵江依然波光粼粼，一路盛世高歌，演绎着一种豪迈与昂扬……

星光璀璨

——追忆卫国戍边英雄陈红军

曹立江

张家乡地处两当县东北部。以黑河森林公园闻名国内，山川秀丽，景色宜人。

道家文化说水是黑色的，为深渊无垠之色。平时，黑河水涓涓细流，像一条蛇一般在石滩中游走。用深深的水渍在圆润光滑的石头上记录着张家乡父老乡亲的风土人情，喜怒哀乐。夏秋季，多暴雨。黑河水一改往日的柔弱，像一腔热血，像一头怒狮，惊涛拍岸，浩浩荡荡朝着凤县唐藏镇汹涌而去。谁也不能阻挡它前行的步伐。

仅仅是一夜之间，又从一个性格暴躁的小伙子变成一个笑不露齿的温婉少女。

人杰地灵，名副其实。

陈红军家住张家乡张家村下街组。他在这里平凡地出生，度过快乐的童年，高高兴兴上小学，快快乐乐上初中。

高中是在县城读的。我第一次认识陈红军就在高中校园里。

当时我是通过同学马明认识他的。我和马明读高一。陈红军读高三。我和马明在校园并肩走着。突然，他脚步停下，朝右手方向走去。我迟疑了一下，还是跟了上去，但是保持一定距离。

马明同一个体格健壮的小伙子在交谈。我隐约听见他们用独有的乡音，又说又笑。约一刻钟，上课铃声响起。他们挥手道别。

我看见这个健壮的小伙子，目光热情且坚毅，笑容真诚且干净。牙齿雪白，肤色黝黑。肯定是个热爱运动的人。

马明小跑着过来，便对我说，我们张家的，跟我是邻居，名字叫陈红军。

我转过头朝着名叫陈红军的健壮小伙望去。他大步朝教室走去，头顶上五星红旗迎风飘扬。

后来，马明考上西北师范大学。听他说陈红军跟他在同一所大学。又听他说，陈红军大学毕业到部队去保家卫国。

再后来，我参加工作。无巧不巧，工作单位就是张家乡人民政府，是张家村下街组驻队干部。

刚开始接触，陈红军的母亲与其他广大农村妇女一样，质朴，勤劳，和蔼。

时间长了，觉得陈红军的母亲不同于其他人。她更明事理，识大体。

有一次，林权改革工作，在陈红军家里。无意中谈起了陈红军。他母亲骄傲地说，陈红军现在在中印边境保卫家园……

我说，当初孩子要去部队，你怎么舍得？

她吸了吸鼻子说，男孩子嘛，志在四方，再说了，娃做了他想做的事，也是一件正确的事……

说着就别过脸去，偷偷抹泪。

我忙岔开话题。

我能想到，在陈红军去部队的前夕。他的母亲一边给他收拾包裹一边叮嘱，在部队不比在学校，一定要照顾好自己！部队训练多，一定多吃饭。想家了就给家里打电话……

陈红军站在母亲身旁低下头说，对不起。我原本打算大学毕业后在我们这里找份工作，好好报答二老的养育之恩，可是我很喜欢去部队工作，我要穿上军装，保家卫国。

他母亲停下手中的活，看着他说，你能实现儿时的梦想，我很高兴！还有，孩子你永远都要记住，先有我们的国家，才有我们的小家。你是我们的骄傲。

他被母亲的理解感动了。泪水模糊了双眼。

母亲正色地说，男儿流血不流泪。马上就成为一名战士了，不许哭。

陈红军立刻止住泪水，哽咽地给母亲保证，我一定不会让你失望，一定会为国争光！

2020年6月。天气晴朗，万里无云。突然，一声惊天霹雳破空而来……

还在田间劳作的母亲第一时间得知儿子为国殉职的消息，她摘掉草帽，挂着锄头，矗立在地头。一直站到天黑，附近的邻居才将老人扶回家。老人没有流一滴泪，也没说一句话。

有人说老人一下子老了十岁……

有人说老人没有精神支柱……

有人说得找几个可靠的人盯着老人，害怕挺不过去……

可是第二天清晨，当太阳从寺沟组的山顶上冉冉升起的时候。老人又扛着宽大的锄头，穿行在交错的田间小路。只不过与昨天不同的是，她的脚步慢了，她的个头矮了……

这是一位多么伟大的母亲啊！是啊，只有这么伟大的母亲才能孕育出这么优秀儿子！

时隔两年多，万事万物都在发生变化。唯有人们对英雄的追忆是不变的。不但不变，而且随着时间推移，反而愈加热烈，愈加深刻。

晚春，张家乡黑河河畔，微风和煦，花开两岸。如果你用心听，就会听见淙淙流水为你诉说着，这片热土上人们最关心、最骄傲的故事。

当然，说得最多还是陈红军的英雄故事。

1987年3月，春风吹醒了黑河里的冰。陈红军呱呱坠地。母亲的笑容温暖了春天……

童年，陈红军第一次将脚丫子伸进冰凉的黑河水……

小学期间，陈红军和其他同学跟随老师慷慨激昂地朗读《狼牙山五壮士》……

初中时期，陈红军和同桌满怀激情地诵读《出师表》……

假期，陈红军一个人跑到黑河，在一块房子般大小的石头跟前悄悄诉说了他的梦想：穿上军装，保家卫国。

高中时期，陈红军在校园里铿锵有力地背诵《满江红》……

少年强则国强。

在遥远的边境，宁静的夜晚。我们清晰地听见陈红军战士用洪亮的声音诵读千年古诗：慈母手中线，游子身上衣。临行密密缝，意恐迟迟归。谁言寸草心，报得三春晖……

　　……

　　夜幕降临。一弯新月挂在黑河山间。平稳如镜的黑河水倒映着浩瀚的星空。其中最璀璨的一颗就是陈红军烈士。英雄从未走远，红色精神延绵流传，让我们在这片红色的土地上，感恩他们的守护，传承红色基因。

　　他应征入伍，踏入火热的军营，把自己最美的年华，定格在了祖国边防一线。少年强则国强！

　　陈红军烈士赤胆忠心，为国捐躯，他一个人倒下了，我中华泱泱大国，亿万优秀中华儿女，前仆后继，保家卫国，宁死不屈！

　　远远望去，黑河水蜿蜒流淌，像母亲的臂弯默默地守护着这方热土。汤汤流水，连绵不绝，永不止步，奔向大海！

　　哪有什么岁月静好，是因为有人在为我们负重前行。

　　最后让我们胸怀诚挚之心，向陈红军烈士致以最崇高的敬意！

　　陈红军，男，汉族，1987年3月出生，甘肃省陇南市两当县人，2009年6月从西北师大应征入伍，中共党员，牺牲前为某边防机步营营长。

泰山秋韵

王　环

秋，禾谷熟也，是鱼粮满仓，是富足。秋，红似火，是浓墨重彩，是丰盈。我喜欢秋天，意图探寻"秋"之意蕴。

一

在泰山工作的这几年，我的脚步遍及泰山大部分的山山水水，也写了不少关于泰山的记事。时间愈久，我愈加觉得那潺潺的溪流，美轮美奂的日出云海，那一座座黛瓦白墙的房屋，蜿蜒曲折的水泥路，虽平常悉数可见，却别有的情致。

泰山是诗意的。四季分明，充实而有序。春日山花烂漫，夏日绿叶葱茏，秋日清风飒然，冬日雪落成诗。四季皆景，给人以无穷的想象。

泰山不大，是两当面积小、人口少的乡镇了。泰山的乡域就像是一枚枫树叶子，泰云路是长叶柄，叶柄上依次是同心村、兴桃村、泰柳村。左边叶子是双河村、香林村，右边叶子是中山村、李山村、新崖村。叶子的主茎脉连着泰山大大小小的村庄，纸房、团结、光明、新庄……我想每一个地名应该都有属于自己的故事，是泰山人骨子里的积极向上，是泰山人对美好生活的向往和期盼。

印象中的泰山，是陶渊明向往的"暖暖远人村，依依墟里烟"的宁静致远；是翁卷笔下"绿遍山原白满川，子规声里雨如烟"的欣欣向荣；是范成大诗中"十里西畴熟稻香，槿花篱落竹丝长，垂垂山果挂青黄"的五谷丰登；是陆游游兴时"莫笑农家腊酒浑，丰年留客足鸡豚"的热情好客……而今的泰山，通古贯今，又多了一些现代化的气息。一座座青瓦白墙的小房子依山就势，错落有致；一群群中华蜂嗡嗡嘤嘤，羽翅蹁跹；一尾尾金鳟、虹鳟、鲟鱼让山山岭岭更是充满生机。

绿绕村庄，水满陂塘。与山水为邻，以花鸟为伴，泰山在时代的浪潮中一点一滴地发生着变化。每每经过双河村，我的眼睛总是不自觉地看向路边的冷水鱼养殖场，看向那一个个圆形的养殖池，那一尾尾的鱼儿游得正欢快。我不禁咧嘴一笑，好似读懂了鱼儿的欢乐。不承想，在这个秋天，冷水鱼养殖会在这里落地生根。还有临水而建的农家客栈、极具特色的农家乐，带给人太多的惊喜。我知道，这是勤劳的泰山人一步步践行，一步步创新探索的结果。

曾经的偏远小山村，正经历着她的华丽转身。

二

我喜欢秋天，明媚、鲜活，光、影、声与空气静谧地融合；我喜欢秋天，肆意、洒脱，雨、雾、云与微风温柔地相拥；我喜欢秋天，炙热、饱满，天、地、人与草木生机蓬勃。

立秋以后，天空湛蓝而高远，秋风知意，原先浓绿遮天的树叶，悄悄以橙、红之绚美的色泽涂染了满树枝丫，秋就这样翩然而至。春耕、夏耘、秋收，一季又一季地酝酿、蓬勃，泰山也到了田垄飘香的时刻。

泰山属于高海拔地区，粮食作物成熟较晚。国庆前后，正是泰山收获的时节。一绺绺的玉米缨里藏着饱满的玉米棒子，一束束焦黄色的大豆压弯了谷秆，一朵朵灵芝在灯光下吞云吐雾，农人弯腰浅笑，挥洒汗水。低眉看去，满地遍是秋的恬淡与厚重。

那天下队，看到老张的院子里晒满了黄豆秸秆，地上不时响着"嘎嘣嘎嘣"的豆荚爆荚声。只见他右手在前，左手在后，握住连枷柄，甩开胳膊，挥动着连枷，不时用衣袖擦擦额头的汗珠子。随着连枷的上下舞动，一颗颗豆子纷纷破壳而出。

看着眼前的场景，我的思绪一下子回到了小时候。记忆中，每一季父母都要种好多作物。每年秋天掰完玉米没多久，紧接着就是割黄豆。割黄豆的那一天，父母早早就起床了，简单地吃过早饭后就下地了。父母用镰刀把成熟的黄豆割好，整整齐齐地放在地上，打成捆，再一捆一捆地背回来整齐地铺在院子里。趁着午后阳光强烈，豆荚被晒得焦脆，父亲拿着连枷开始打场，打完一道，用叉子翻过来再打一次。而我则负责捡四散溅落的豆子。啪嗒、啪嗒的连枷声，如同丰收的号角声。打完的豆子，里面渣滓较多，还要过风车，最后才能够颗粒归仓。

每年母亲把新打的黄豆捡一碗，淘洗干净，泡上一宿，第二天用石磨子磨成豆浆给我们做一顿菜豆腐，母亲管这个叫"尝新"。

秋意渐浓，曾经种玉米、种黄豆的地里冬小麦已陆续破土而出，站在山顶俯瞰，梯田地里披上了层层新绿，在空旷的山野间更显郁郁葱葱。

一季季的庄稼，一帧帧丰收场景，在这片土地上养育着一代代勤劳的人们。

第三辑

岁月印痕

邂逅赵简子

三 道

也许是生命的邀约，注定会有这么一次邂逅，不期与两当香泉相遇，不期在香泉和赵简子相遇。

香泉映月，两当八景之一。其侧排水渠中有塑像，底座隶属"赵简子放生"。自以为读过一些书的，初见，却不知赵简子何人。路上偶遇，不相识的人多了，擦肩而过的比比皆是，也许一生就这么一次擦肩而过，谁又会想起谁？离开香泉，自以为忘记了在这里遇见过一个素昧平生的人，并不挂在心上。

偶然的机会，买了套《资治通鉴》，翻了几页，赵简子跃然纸上：

赵简子之子，长曰伯鲁，幼曰无恤。将置后，不知所立。乃书训戒之辞于二简，以授二子曰："谨识之。"三年而问之，伯鲁不能举其辞，求其简，已失之矣。问无恤，诵其辞甚习，求其简，出诸袖中而奏之。于是简子以无恤为贤，立以为后。简子使尹铎为晋阳。请曰："以为茧丝乎？抑为保障乎？"简子曰："保障哉！"尹铎损其户数。简子谓无恤曰："晋国有难，而无以尹铎为少，无以晋阳为远，必以为归。"及智宣子卒，智襄子为政，与韩康子、魏桓子宴于蓝台。

回顾文首云：

（威烈王）二十三年戊寅，公元前403年。

初命晋大夫魏斯、赵籍、韩虔为诸侯。

赵籍位列三侯，与赵简子有何关系？追问之下，查出一桩冤案，居然是赵简子家世。

前583年，赵庄姬诬告赵氏谋反，栾书、郤锜做证，晋景公召集诸卿大夫攻打赵氏于下宫，族灭赵氏，史称"下宫之难"。此役过后，赵氏地位一落千丈。大宗只剩一名婴儿尚存。幸得韩厥求情接济，晋景公归还赵氏封邑，命赵武续嬴姓嗣，赵氏才得以保留最后一丝血脉。

赵武既立，赵氏衰微，退出政坛长达十年之久。前573年，栾、郤之乱，晋厉公被弑，晋悼公立。悼公以赵武贤，任之为卿，赵氏复兴。前548年，赵武执政，赵氏崛起。

前541年，年轻的赵武死后，其子赵成继立，是为赵景子。赵成初立，受其父阴德及正卿韩起相助，为中军佐，怎奈又年轻早亡。

然而，不幸中的大幸，赵成为赵氏家族留下一位优秀的子嗣，他就是春秋后期叱咤风云长达半个多世纪的一代雄主——赵鞅。

赵鞅即赵简子，又名志父，亦称赵孟，晋国六卿之一。赵简子初登政坛便显露出非凡的胆识与才华：

晋顷公九年（前517年），他会合诸侯，护送周敬王入朝，平息了周王室的内乱；晋顷公十三年（前513年），他与荀寅占领汝滨，铸造刑书于铁鼎，公布晋国的第一部成文法典，法制的理念开始撼动"刑不上大夫，礼不下庶人"的森严宗法……不久，晋国六卿几近疯狂地瓜分公室的土地、人口。他们在自己的封地内各显其能，施行改革，以图迅速壮大，力挫群雄，夺取晋国的统治权。雄才大略的赵简子哪里甘居人后？政治上，他礼贤下士，擢拔英杰，重用董安于、尹铎、周舍、史黯、窦犨诸贤，革故鼎新，奋发图强；经济上，他更新亩制，减轻赋税，受到百姓拥戴；军事上，他奖励军功，以功释奴，大大激发了军队的战斗力。

赵简子积攒了祖父、父亲两代人脉，再加上他励精图治，达到了"挟天子以令诸侯"的地步。从公元前493年起，赵鞅对晋国开始长达17年的独裁，司马迁在《史记·赵世家》道："赵名晋卿，实专晋权！"世人耳熟能详《中山狼》的故事，其素材来源就是赵简子收服"中山狼人"的事件。

赵简子与赵籍是否一脉，无文献可考。然而，赵简子家世显赫，身出名门，有迹可循。

赵氏是一个非常古老的家族。赵之先为五帝之一：少昊。颛顼的孙女女修，嫁给少昊的曾孙生了大业。大业娶少典氏之女为妻，其裔伯翳为舜帝蓄鸟兽，又辅大禹治水，舜帝赐姓其"嬴"。

次子仲甄（疑其袭父之爵）；三子季封于偃，为偃姓之祖（亦有一说"嬴""偃"本为异形字）。

伯翳之后，正式称嬴姓。伯翳之子若木为舜帝封于徐城，为徐国之祖。夏商之际，嬴姓之族费昌辅商代夏，世代为殷商贵胄，多有分封。又有钟离国、运奄国、阮国、姑幕国、黄国、郯国、飞廉国……共同拱卫殷商政权。

商周之际，武王伐纣，嬴姓蜚廉、恶来父子效忠商纣被杀，嬴姓中衰。

直至西周中期，恶来之弟季胜一系的造父擅御戎，为周穆王所幸。周穆王十七年，徐偃王作乱，造父驾车一日千里，为周王室平乱立下大功，周穆王因此次战功封造父于赵城（今山西洪洞赵城镇），造父族于是为赵氏。造父得幸，其旁系家族连带受宠。周孝王时期，造父侄孙非子被安置于汧、渭之间管理马匹，马畜蕃息，周孝王封非子于秦，作为周朝的附庸，继续嬴姓的祭祀，号曰秦嬴。

造父之后世代出入周室，为周王亲信，后逐步位列卿士行列，赵氏日强。周孝王之后，周室走向衰微，周厉王无道，国人暴动，厉王奔彘，入赵氏封地。前789年，周宣王与姜氏之戎大战于千亩，周军惨败。宣王得奄父之力方才免于难。宣王之子周幽王昏庸，奄父子叔带屡谏不从，叔带携族入晋，侍奉晋文侯。

叔带入晋为大夫，至赵衰受晋文公器重，位列世卿，其后世代为晋国六卿，功勋卓著，家族显赫。后赵盾执政，赵氏一门力压诸卿，权倾晋国。赵盾死后，赵氏四分五裂。

赵盾之子赵朔早亡，使赵氏陷于危机。后其遗孀赵庄姬与赵婴齐通奸，赵同、赵括驱除赵婴齐，赵氏内讧致使元气大伤。（此事为赵庄姬状告赵氏谋反缘由吧！）

赵简子祖上被封"嬴"姓，以封地晋赵城改姓"赵"。赵简子放生，乃一寓言故事：

邯郸之民，以正月元旦献鸠于简子。简子大悦，厚赏之。客问其故。

简子曰："正旦放生，示有恩也。"客曰："民知君之欲放之，竞而捕之，死者众矣。君如欲生之，不若禁民勿捕。捕而放之，恩过不相补矣。"简子曰："然。"

"正旦放生，示有恩也。"语出《列子·说符篇》。古人放生并非今天宗教意义上的放生善行，放生者非必信徒善士。古人放生，狭义的在于人命，广义的指一切人命与禽兽。不忍是很多人的常情，放生作为零星的事件，在古代各大文明区应该都有。查阅经典，就发现"放生"于先秦中土，并非个例。

西周祭神以陶俑代替活人，相对于商代的习惯，就是对一批人牺的制度性放生。西周时代人文精神的勃兴是东周时期人文精神发展和仁及（高级）生命论的重要前提。《论语》里孔子云"始作俑者，其无后乎"，相对于陶俑制，推进了不忍和推爱。《孔子家语》"五帝德"章云"仁厚及于鸟兽昆虫"，"困誓"章云鸟兽避不义之人。

《晏子春秋》杂（上）第九章云："景公探雀鷇，鷇弱，反之。晏子闻之，不待时而入见景公……再拜而贺曰……君探雀鷇，鷇弱反之，是长幼也。吾君仁爱，曾禽兽之加焉，而况于人乎！此圣王之道也。"

《孟子·梁惠王上》第七章：王坐于堂上，有牵牛而过堂下者，王见之，曰："牛何之？"对曰："将以衅钟。"王曰："舍之。吾不忍其觳觫，若无罪而就死地。"对曰："然则废衅钟与？"曰："何可废也？以羊易之。"觳觫即惊恐发抖。孟子对齐宣王曰："君子之于禽兽也，见其牛，不忍见其死；闻其声，不忍食其肉。是以君子远庖厨也。"并云"恩足以及禽兽""推恩足以保四海"。

由此可见，放生是一种源于古代的仁道式理想文化现象。流行先秦的"大德曰生"，体现了汉文化朴素的思想认知，不仅仅张扬天地对万物的生育，还包含人对人、人对其他生命的生育和保护。"赵简子放生"寓意解决问题不能仅从表面上解决，而应从根本上解决，不应该本末倒置。或揭露只讲形式，不讲效果，沽名钓誉，假仁假义的伪善行为。

那么，为何在两当香泉会有一尊赵简子放生的塑像呢？思之，有如下原因。一是香泉附近有香泉寺，影响周围民众信仰善行善为，不明就里地将"赵简子放生"与宗教放生行为混为一谈。二是施工方主事者略知"赵简子放生"的故事，不假思索、无意而为之。三是可能与山西大槐树移民有关。陇南大多数人认为自己是从大槐树迁移而至的。有说山西大槐树、四川大槐树的，还有说天水大槐树的。追溯"湖广填四川，四川填周边"之前，山西已有大量人员迁徙湖广。当时，迁徙者都会途经大槐树作别，大槐树就成为他们离开故土的心灵印记。四川、天水未必有大槐树，不过是人们内心的寄托，即便有大槐树，那也是思乡树，其根源在于山西。

赵简子主政晋国，与两当相距千里，本来是风马牛不相及的事情。两当既然有了他的塑像，我很自然地想到山西移民的历史，也许香泉人就是山西移居而来的。于是，委托两当文友雷爱红前往香泉了解情况，香泉姓赵的并不多，为数很少，没有足够的证据证明他们从山西迁移至此。是否？留于文史研究工作者考之。

广金散记

曹建国

大阳山

从两当县城到广金去，必须经过早已名闻遐迩的云屏三峡，而广金正如其名，深藏在秦岭的林莽之中，光芒耀耀。时值盛夏，与友人驱车过云屏，穿越西姑峡，一路蜿蜒，爬行了多少道弯，才到海拔 2277 米大阳山之巅。

大阳山是嘉陵江与汉江的分水岭。据《甘肃通志·卷六之山川》记载："阳山，在县南一百里。有大阳、小阳二山。"为何叫大阳山，当地人称这座大山处于太阳之北，故而得名。这样的说法，有一些牵强附会，却也无从考证。但是大阳山之上，阳光普照，微风拂面，驻足于此，人也变得神清气爽。想必很久以前，商旅行人一路走来，林木参天，遮天蔽日，连日阴寒，鞍马劳顿，停留于此，才能感受到久违的阳光，此时此地阳光也就显得愈发宝贵。

大阳山除了阳光，都是起伏不定的绿色，肆无忌惮的郁郁葱葱，山巅的美景也令人惊叹不已。目之所及，可谓是"横看成岭侧成峰，远近高低各不同"。大阳山山之阴，山势嵯峨，崎峻似峭，奇峰耸立，高大雄伟，显得俊美。而山之阳广金方向则是遥山叠翠，沟沟壑壑，尽收眼帘，令人心旷神怡。最让人为之惊奇的还要属大阳山化石遗址，该遗址位于云屏镇西沟峡村和广金坝村之间的大阳山北麓松树拐。此地北邻西沟峡，东接东沟峡。以及在轿顶山，大阳山南麓鹰嘴崖广金公路一号拐处，广金河流域上游三岔河段发源地的海巴（贝壳）沟，贝类化石分布面积约 50 万平方米。该地区的古生物受第四纪冰川形成，地质时代为寒武纪沉积岩地质结构。

它们原本是生长在海水中的一种节肢和软体动物，五亿年前，一次不可名状的巨大震动，把无数的砾石和海洋生物们骤然间压缩到地底，之后历经亿万年的熔铸，才形成了现在这般模样。大阳山是各种化石的聚集地，主要有贝类、鱼类、甲壳类生物及海植物化石。化石的种类更是繁多：有鸭嘴螺化石、贝壳化石、珊瑚虫化石，以及各种古海洋生物化石和沉积岩图案观赏石。化石标本的采集已有40多年历史，为研究两当县这一特有的地质、地貌增添了丰富的实物资料。大阳山化石遗址目前是两当县级文物保护单位。

　　近年来，为了发展地方经济，开山修路，周围的化石也被挖掘出来。尤其适逢大雨山洪过后，大量的海生物化石随水冲刷而出，当地的村民和奇石爱好者便有了更好的机会采集这些石头，再经过后期的打磨，精心雕琢，一块块便成了一件件美丽的艺术佳品。在这琳琅满目的石头艺术品中，最让人心生喜爱的莫过于燕子石。燕子石，因石中图案形似燕子而得名。颜色则主要以深黑、浅黑为主。黑色的石面上，有的形如飞燕穿柳，轻盈多姿；有的似蝴蝶寻芳，翩翩秀美；有的虫体雪白鲜明，全部凝于岩板层面，色泽古雅，石质细腻，资质温润，通透如玉，纹彩特异，富有天趣，活灵活现，抚之如凝脂，叩之有铜声。常令人惊奇不已，感叹造物的神奇。而这些燕子石现已成为记录沧桑巨变的稀世珍宝和大自然馈赠予人们的收藏珍品。

　　大阳山一带，在历史资料和传说故事中也是一个神秘的地方。历史上这里就是一条由甘入川的蜀道之一，曾置"黑水县"。《三国志》记载："朝发褒沔，暮宿黑水。"乾隆版《两当县志·名迹》记载："梁泉县故址南一百里。城郭、庙、署基址尚存，有泉，南流入汉中沔县。土人呼为黑水县，历考诸史，雍州无黑水县名，疑即梁泉也。今则古木参天，密菁匝地，传有山魈迷人，人不敢入。"清朝顺治六年（1649年）徽州知州杨三辰著《江河纪略》记载："起天门山下，乃嘉陵江源。绝壁北向，有石门如城门状，即俗称铁门。后川云山之阳，有黑水县旧迹，四围多大木，船料于此取办焉。"清朝嘉庆十四年（1809年）徽州知府张伯魁《徽县志·古迹》记载："黑水城，东南百里，天门山南。有城基，无居民。相传人不敢入，置设亦无可考。国初，州牧杨三辰造船运饷，船料大木取办于此。"云屏镇西姑峡一个老猎人曾经说，在那深山老林一带见墓地上墓碑林立。按其环境与地址描述，这一处遗址存在于徽县、两当交界处的大阳山原始森林之中，遍布的残垣、断壁、墓碑，这里极有可能就是传说中的黑水古城。

贺家坝与宋家老屋

从大阳山一路而下，汽车经鹰嘴崖，顺贺家坝河，过香炉沟口，穿广金坝，犹如疾速行驶在高速公路上，令人无比痛快惬意。时间不长便到了贺家坝，也就是广金工作站所在地。

广金工作站位于两当县东南端，与陕西略阳、勉县、凤县和云屏、泰山乡相邻。贺家坝曾经是广金乡政府以及现在为工作站所在地，距县城约80公里，为两当县最边远的乡镇。广金地处南秦岭山区，属高山峡谷地带。群山绵延不断，河谷纵横，多悬崖峭壁。据民间流传与史料查阅，有关广金地名的来历，却十分简单。所谓广金，以此地盛产铁、金等矿藏而得其名，当地方言将"铁"矿石称为"广"，因此，广金者，实为铁金合称，因其独特的语言之因，使其地方"广金"之故，话语听之悦耳动听，抑扬顿挫，呢喃细语，如燕语袅袅。其实贺家坝原名为"和家坝"，因为广金人多为"川楚棚民"的后裔，"湖广广"语言的独特性，也就成了现在的贺家坝。而所谓"棚民"，由于清朝乾隆年间土地兼并、租税徭役与灾荒，川楚无地贫民，春天来老林烧荒种地，多半搭棚居住，秋收后即驮运回乡，故称棚民，逐渐亦成常住户。两当县南片云屏、泰山、广金，凤县南部乡镇以及有关部分乡镇被称为"湖广广"由此而来。嘉庆、道光年间户口繁庶近百年时间，川楚及附近县区多投老林垦种，迁徙无定。光绪初年旱荒，山外旷地多，老林地力渐薄，棚民辄外徙，这一带人口大幅度减少。从前广金人房屋覆以木板，用树木栅作垣，猪圈鸡栏错杂其中。他们主要以种地为生，低山种苞谷、黄豆，高山种洋芋、燕麦、苦荞为主，兼种植党参等药材，遇到秋雨连绵则数种无收，生计苟减，同时狩猎，砍伐木材，放箱木（放木排）到铁矿打工。清代诗人王志沂云："山中有客民，乃与造物争利之。所在何轻生，悬崖峭壁事耕耘。有土即可施犁锄，人力所至天无功。"也正如严如煜《黑河吟》所云："棚居杂吴语，板屋半楚咻。气寒地硗确，稻黍种不收。苦荞紫洋芋，清风望有秋。以此侨徒人，不尽力田畴……"生动逼真精辟，高度形象概括了南片山民在自然环境中劳作的真实情景。之前，我在云屏镇元山村一位姓宋的人家看到一本《宋氏家谱》，该家谱记载清代乾隆年间以来的广金贺家坝宋氏家族的迁移情况。家谱保存还算完整，楷体书写，书法精美。主人说他们家族曾经是贺家坝的大户人家，后来不知何年何月落败。《宋氏家谱》记载的是"和家坝"，同时我还看到了"人行唯鸟道，乡语杂蛮音"的诗句，诗歌经查阅为清朝诗人王志沂所作。王志沂生活于道光年间，是一位善写山水的诗人，尤善栈道纪行诗，当时曾在陕西名盛一时，并得到了"关西获领袖"的赞誉。他在《南星遇雨》中诗云："自入连云栈，云山处处深。人行唯鸟道，乡语杂蛮音。雾里衣常湿，岩高昼易阴。此游多胜赏，何必谓秋霖。"诗人把位于凤县南部和广金一带的风土人情描写得淋漓尽致，不过今天这里的山区道路发生了翻天覆地的变化，如果你去的话，那里的美景定会让你流连忘返。

　　近年来，去广金的次数虽是不多，但是它给予我的印象却是深刻的。贺家坝人口虽少，但让我领略到她的原始、纯粹、质朴，感觉到她的宁静自然，颇为清新，以及生活的简约。在这里最引人注目的王家老屋，是惊喜，是惊艳。多年来我一直对两当南部山区的这些老屋心怀喜爱，就像东坡吃肉，李白喝酒酣畅，真是一种不可名状的愉悦。王家老屋由上院、下院、石家院构成的古建筑。整体是由五柱、七檩的木排山做骨架，后墙、山墙是土坯砌成，门面全是板壁装饰，木门的楣和通顶的窗户造型精美，窗棂配以浮雕，使用木材全是清一色的蒲松，柱顶石上雕刻着精美的图案，古色古香，清晰可见，不仅仅是炫耀昔日主人财富，也透露着文化的厚重。据说贺家坝一带都是贺家的产业，后来贺家败落，一切又落入宋家。宋家最早居住在凤县庄房坝和两当境内的龙王庙、道江寺一带，后宋家败落了房子又为王家所有。确切地讲该是宋家老屋吧，因为最早修建房屋的主人是贺家坝河谷的宋家人。曾经有人偶然从残缺发黄，毛笔书写，建造三座老屋时遗留下来的一本伙食账簿上看到过这样的记载：历时三年六个月完工；花费白银 500 余两；猪肉 308 头。可见当时在建造过程中耗费之巨大，时间之长。如今在贺家坝一带流传着关于宋氏家族财富原始积累来历的传说。宋氏家人于清朝乾隆五十七年（1792 年）从江西迁居"和家坝"，在贺家坝地带挽草为界，插站为业，繁衍生息，开垦荒地，烧火地，种植党参和苦荞，宋氏家族逐渐发展壮大起来。传说在当湾，也就是现在广金学校附近，一帮四川人在此处"扎挡木"（放箱木）。大概在嘉庆或者道光年间，某年暴雨连天，贺家坝河水泛滥，把宋家人的土地冲毁坏了，而造成这一切的直接原因是四川人"扎挡木"，在河边堆积的木头。宋家三兄弟仗势人多，就扣下四川人砍伐下的木头，一边建造房屋，建成了上下院，一边和四川人打官司，最终四川人输了，折了木头，赔了银子。从此，宋家人就发迹了，如此一来，宋家老屋如此显赫气派也是自然而然的事情。不过，宋家人也罢，王家人也罢，总归成为过眼云烟，而只有这处老屋，在这一带依然最为古朴凝重，独具魅力。典型的陕南民居风格，凝聚着巴楚文化特色。它不仅洋溢着昔日主人在这河谷地带的兴旺辉煌，也见证着那里的历史风云。

广金不仅有厚重而独特的人文历史，而且还有浓厚的红色气息。1946 年 8 月，八路军 120 师 359 旅的"南下支队"由中原返回延安途中，在副旅长徐国贤的率领下，进入陕南，由凤县的南星乡进入两当县的广金乡，在将军石住宿一夜后，翻越大阳山，经徽县之严家坪、黄沙河等地，跨过嘉陵江进至两当县显龙乡的鱼滩、梁垭等村，于 9 月抵达庆阳与主力会师。南下支队走后留下来的受伤战士，得到了当地山民的保护。1949 年后，有 4 名战士在两当参加了革命工作，为两当的社会主义建设做出了贡献。

千佛洞与娃娃鱼

千佛洞位于云屏镇广金工作站炉坪村，贺家坝河边以北一千多米的半山腰，垂直距离高度为百米，东临贺家坝河和公路，周围都是原始森林，分布面积为六百多平方米。

从贺家坝河畔由北向南一路而下，水泥路绕山沮水，二里路许，一会儿便到了千佛洞。隔河相望，只见一峰突兀，形象奇特，峭拔耸峙，雄峻恢宏，悬石如危卵，峭壁如刀削，硬生生直切入河谷，让河水拐了一个大弯，周围的其他山峦与之相比，则相形见绌了，虽不知其发端，却也让人赞不绝口。

机缘巧合，这一天正值千佛洞庙会。深山峡谷间，摊位林立，邀请来的宝鸡秦腔剧团演唱秦腔，卖吃食的，卖服装的，卖蔬菜的，还有方圆百里来赶庙会的人们，好不热闹，给这平日幽静的山间峡谷带来了久违的喧闹。隔河相望，对面山峰下一道气势雄伟山门映入眼帘。随后，脚踩着临时搭建的木头桥，过了河，沿着崎岖山路而上，只见树木葱茏，一棵棵不知名的大树上，苔藓缠绕，一群群蚂蚁沿着树干，向上爬行，忙忙碌碌不亦乐乎。我们也沿着曲曲折折的山路，蹒跚上行来到了千佛洞。

要说千佛洞，不得不说千佛洞石窟，名虽称窟其实不是窟，而是一处坐落在天然溶岩洞穴中的清代佛家寺庙。石窟皆因受了天地造化，虽高悬于绝壁之上，可外形恰似穹庐直通峰顶，仰望显其高远，而这恰恰成就了千佛洞石窟独有的魅力。千佛洞石窟有三层建筑，分别坐落在三层台地上，第一层建筑坐落在第一层台地上，内有五座建筑，其中大殿五间还未完工。第二层建筑坐落第二层台地上，洞窟比较宽敞，洞深十多米，高十多米。第三层洞窟一直可以通上山顶，左上角窄小。洞内没有泥塑的痕迹，洞壁上有无数个拳头大小的圆孔，老千佛洞会首老赵说：那些小孔以前都是泥塑的小佛像。由此推断，洞内原来定是有一千尊小影塑，千佛洞之名自然来源于此。只不过小影塑不知何年何月全毁了，留下了空洞痕迹。这种洞窟，专业术语叫"檐窟"，因为形似房檐之故。在第二层台地门口存有一通功德碑，碑文尾题大清乾隆五十二年。洞内尚保存有残佛头像，残佛像及壁画。《两当县乡土讲义》记载："千佛洞在贺家坝，有神像七八十尊，洞亦曲折有致。"从千佛洞边的一棵巨大红豆杉，虽然曾经遭过火灾，但也能看见千佛洞昔日的葱茏繁荣。从"万古不朽"修寺石碑上，可知千佛洞在清代曾得到民间数次修葺，那时千佛洞还极为灿烂辉煌，如今千佛洞为县级文保单位。千佛洞因为地处古道，甘陕两省三县交界，清朝中期战乱频发，曾经先后毁焚于白莲教起义和太平天国起义，以及 20 世纪 50 年代的"土改"，后因"文革"这一处文化古迹就此荒芜而破败下来。

在千佛洞下左侧面的河谷边上，有一人工开掘的巨大穿洞，据千佛洞会首老赵所述，那是当年水电站遗留下来的。1981年，时任广金乡党委书记的张理修建的，建成后在试运营时，一场百年不遇的河水将电站毁于一旦，现在只遗留下来一座山洞和一段废弃的河堤。

再下行，在公路两侧边上有一通石碑和一座佛塔，碑文"名垂万古"，尾题皇清嘉庆十三年戊辰年季冬月，为修寺庙的功德碑，这就是倒江寺遗址，老地名叫作"塔院"。根据当地的王姓老人说：寺庙有三间房子，20世纪50年代为学校，他在这里当老师。寺庙曾经有一个大铁钟，直径在两米以上，毁于1958年。如今陈年往事都已灰飞烟灭，唯有石碑和佛塔相互守望，孤零零地诉说昔日倒江寺香火缭绕的繁华景象。

炉坪村是两当南部山区最大的村庄，这个地方最让人感到惊奇的莫过于娃娃鱼养殖。当年广金乡的野生娃娃鱼，在周边地区可谓名气之大。娃娃鱼叫大鲵，是国家二级保护两栖野生动物，产于广金乡贺家坝至炉坪二十里河域，以及两当县境内的河域，肉质鲜嫩，营养价值极高，大者四五十斤，白天栖于水中，晚上出水觅食。近年来人为捕杀严重，现在基本上已经绝迹，人工繁殖的倒是多了起来，是农业产业化和特色农业重点开发及野生动物基因保护品种。前几年市场行情好的时候当地好多人依靠养殖娃娃鱼都发家致富了。不过在精准扶贫、精准脱贫的阳光照耀下，是不会和名气斐然的娃娃鱼村擦肩而过的，随着乡村旅游扶贫工程行动方案的深入实施，充分发挥其得天独厚的优势。而且在你尽情遨游青山绿水之时，观赏叹为观止的娃娃鱼，还可以让你的舌尖感受不同以往的鲜美。

龙王庙与放马坪

沿着贺家坝河畔继续下行，龙王庙则是必经之地。

龙王庙地处贺家坝河谷地带，海拔为1381米，是广金海拔最低的一个村，虽只有七八户人家，但房子坐落在道路两侧，小巧玲珑，依山傍水。龙王庙村是因为建有龙王庙而得名，尽管只见龙潭不见庙，但是路下潭水回旋，清澈碧绿，倒也名副其实。从这里分出了两条路，一条路，顺沟沿着陕西凤县境内的长坪河而上，进入凤县瓦房坝乡境内；另外一条路，则顺贺家坝河流蜿蜒而下到放马坪。

《两当新志》记载："龙王庙，南一百八十里。"龙王庙是陈仓道一个十字路口，它是古代陈仓道的必经之地。陈仓道传为汉高祖明修栈道暗度陈仓，初定三秦之古道。《新修凤县志》记载："按：黑河界连接陕甘，甘之两当、徽县边境，陕则凤、留、沔、略，犬牙相错，林深山峻，其地势、民情有不可不详者。自紫柏山至沮口，与汉江合，盘折山内，纵长五百余里，横四百里。唐宋栈道由凤县、两当、徽县、略阳白水江一路林坝道旁，故名'栈坝老林'。"此道从凤县连云寺，南渡野羊河入陈仓沟南下，到瓦房坝，翻越熊家山到长坪、庄房坝，进入两当县广金龙王庙，下行出放马坪，进入勉县张家河的老庄，继续南行，至张家河出勉县，与连云栈道南线相接。接沮水道抵汉中，或经今略阳境内的陈平道，至大安驿接金牛道入四川。在岁月的长河中，它曾经流淌着惊艳的落花，只不过时光流逝，生活之树的荒废，变迁凋谢。如今龙王庙村也被列入全国乡村旅游扶贫重点村，通过这次难得旅游扶贫发展的机遇，这颗镶嵌在千年陈仓古道上的明珠，在不久的将来，必将焕然一新，光彩夺目。

多年前，我路过放马坪。在路边的树丛中，就见过"轿顶坟"。一座岳仕崇墓，石雕构建的轿顶形墓碑，原墓封土已平，应该早已被"摸金校尉"盗取。岳仕崇墓碑，碑亭高两米多，宽一米多，为长方形，碑亭四根石柱有刻文字，石对联，碑亭中间立有一块石碑，额首无任何图案，中间有一竖行楷字，"皇清待赠之谥，醇谨裕岳公讳仕崇，老大人一位之墓"。碑文为墓志文，记载了墓主人岳仕崇的生平事迹及后人对其的评价，尾题清嘉庆二十五年。"轿顶坟"的墓碑是竖在一个石制的四根方柱中间，上下有用整石雕琢成的四方碑帽和四方形碑座。碑帽造型别致，正方形四角上翘，顶尖球形似轿顶外方内圆，四角有隼固定在石柱上。有的两边镶有石栏板，均有浮雕或阴雕的山水花鸟图案。最讲究的轿顶石料是用青石经打磨抛光后，精雕细琢而成，石雕艺术风格带有浓郁的西南格调。2005年，岳仕崇墓碑搬迁到两当县城广香苑，现在看来不失为古墓建筑的一种必要保护。岳仕崇墓碑为县级文保单位。

放马坪组距县城九十五公里，地处甘陕两省交界，与陕西省凤县勉县两省三县交界处，有五户村民。从贺家坝河谷地带一路下来，放马坪地势显得特别宽广平坦，几座房舍，零零星星，掩映在深山峡谷之间。两山相夹地带上，土地肥沃，宽敞平整的台地上，到处种植着菩提树、红豆杉、松树等经济林，生机勃勃。玉米长势喜人，温暖的阳光在翠翠的树木和挂满玉米棒子的玉米上闪动，一阵阵轻风吹来，发出一阵阵沙沙的声响，仿佛有"两当号子"从山谷间飘上高高的山岗："苞谷苗苗像把刀，三月种上四月薅，花花开在尖尖上，娃娃背在半中腰。"多么形象生动啊！此时来，正是"娃娃背在半中腰"的时候，别有一番景致。正如《苞谷苗苗像把刀》中歌词一样，山民是把满满的希望与收获种植在土地里。广金的贺家坝、炉坪村、龙王庙等地是"两当号子"主要流行地，传唱更为普及。特别是20世纪50年代这里曾经流传《箱夫子歌》《太阳落坡四山黄》《花开花谢花又红》《山歌好唱难排头》等许许多多的号子和山歌。十多年前，我在这里还采访过一个叫曾万成的老人，他给我们一行人唱了"两当号子"，可遗憾的是老人已离世。一位张姓老太太说他们是本地人，祖上来自湖北巴东，还指着她家前面突兀的山岗说，听老辈人说那里以前驻守过士兵，现在还有砌石垒墙的遗迹呢。如今在这里的人们耕种劳作，淡定安然，与世无争，让人不禁联想到陶渊明笔下的世外桃源。

历史总在变迁，社会总是在发展，而路则是最好的记录者，承载着社会的兴衰，见证着一个地方的发展。一个城镇的变迁与发展，实际是一条道路开拓与毁弃的过程。路到那里，这个地方自然就会发展和兴盛。以前广金交通十分不便，仅有一条县乡公路，经常塌方，通行困难。路对于放马坪的变化是跨越时代的，放马坪自古有："鸡鸣两省，一脚踏三县"之说，在十多年前我就来过，曾在这里感受"脚踏三县"的感觉，而现在到放马坪可谓是"路上可奔驰"了。有心者可能会发现在郁郁葱葱的树木掩映的草丛里，矗立着一个水泥碑。"上通秦陇，下达蜀汉。历代行人，裹足不前。两地民众，筹资九万。千年夙愿，月余告竣。志铭友谊，造福后世。"这是二十年前广金乡与勉县张家河乡的百姓共同修建道路志铭，虽粗糙简单，但忠实记录了昔日荒废坎坷难行的古道，重新焕发生机活力夙愿的缩影。放马坪，是驿站或是要塞，究其地名，由此推知这一带是一处有驻军把守的关隘所在地，曾经也是一个小型军马场，与当时发生的多次军事行动有关。现在修建的山门颇有影视剧《三国演义》中山门的味道，仿佛让人的记忆回到了战火纷飞、金戈铁马、刀光剑影的波澜壮阔的年代。近年来两当交通建设可谓是突飞猛进，变化是日新月异，地处南部山区的距离最远的云广公路，已经延伸到两当县与勉县交界处的放马坪。畅游其中，公路似网，四通八达，山如绿海，路似飘带，把整个山山水水缭绕其中，而神奇的风景让人欲罢不能，诱惑着你，催促着你想要深入深山老林中一探究竟。驻足路边的山峦上向南瞭望，贺家坝河隐藏在崇山峻岭之下，一座座房屋掩映在起伏的绵绵绿色之中，一条土路弯弯曲曲延伸远方……

"在昔山田未辟时，处处烟峦皆奇幻。山林笑我来何迟，我笑山林较我痴。神力不如人力好，对景徘徊空叹息。"广金之行，我的眼睛并没有看够它的魅力，只是走马观花；我的拙笔更是描绘不尽它的秀美，只是轻描淡写而已。广金之行，意犹未尽，倘若你来，吟唱着古代山水诗人的诗歌去体验！去行走！

东河印象

白露后的第一天，我再次前往广金东河村。

汽车穿贺家坝，过龙王庙，沿着新修的水泥路盘桓而上。山岭逐渐高耸陡峭，穿行观音崖，脚下是深不见底的火地沟，驶上一道山垭或一处又一处山峰。极目之间，虽说是初秋，纯净的天幕下，群山莽莽，依然是绿意浓浓。一路下山，偶尔间有一树树红叶，一下子竟惹得深居省城闹市的人纷纷下车拍照，随后下山便到了东河村。

四年前，我初次来到东河村。那时开车走陕西的凤县，入留坝县，从张良庙山后的沟里进去，再经勉县张家河，逆行冷峪河谷，古木荫翳，遮天蔽日，再进入东河口，狭窄难行，崎岖不平，阴湿泥泞，汽车慢悠悠地行驶了六个小时才到达东河村。这一条路也是从东河村走张家河至勉县的唯一古道，如今随着广金龙王庙村至东河村道路的开通，从两当县城出发，两个多小时便到东河村。东河村，这个广金最偏僻的地方，如今人们出行方便快捷多了。

东河村地处谷地，地势平坦，视野开阔，东西宽广，南北纵长。东河水由南向北流入冷峪河，再汇入张家河，然后入汉江。东河是广金比较大的村子，三四十户人家，零零散散地撒落在东河的谷地或山坡上，隐藏在深山老林之中，给人以远离尘嚣、与世隔绝的安逸。

雨，说下就下，时断时续。虽说是初秋了，景色还是不错的，树木葳蕤，重峦叠嶂，山霭氤氲。一座座崭新的房舍，独门独户，掩映在河谷树木丛中。在房舍屋后，一群群土鸡，悠闲自在地刨食；每家每户都饲养着一两头大肥猪，吃饱喝足了在圈舍里酣睡；一棵棵核桃树，果实累累；一片片苞谷地，郁郁葱葱；一株株苞谷秆上都背满两三个棒子；遍地的黄豆，澄金饱满，东河水在悄无声息流淌……

午饭是在东河村黎书记家吃的。黎书记是一个好客的实诚人，知道今天要来客人，饭菜准备得极为丰盛。东河的农家饭，我已在那一年吃过，是非常地道的。炒腊肉片、夹沙腊肉、蜜汁腊肉，色如琥珀，晶莹剔透，入口也不腻，香得咂舌；木耳炒鸡蛋，金黄金黄的，入口柔软，腊肉、鸡蛋、木耳、黄豆是自家产的，各种野菜是从山上采摘的；所有的饭菜也没有什么调料，无非是食盐、花椒面、生姜，吃个原汁原味。还有腊肉炖水芹菜。野生的水芹菜，据说能够预防高血压；特别是一道凉菜，叫"观音豆腐"，颜色碧绿，入口微苦，很是好吃，是从山上叫"观音树"或"观音梢"的灌木上采摘的嫩叶，加工成"观音粉"，或做成"观音皮"，像豆腐。有关"观音豆腐"的来历，在当地还有一个美丽伤感的传说：很久以前，人间发生饥荒，难民无数，尸横遍野。观世音菩萨不忍，玉手挥杨柳枝，尽洒甘露于人间。甘露所到之处，长出了一簇簇绿树。饥民摘叶取其汁加灰做成了"豆腐"，食用充饥，挨过了饥荒。"观音树""观音豆腐"之名因此而来。在两当南部山区云屏、泰山、广金一带，当客人来了，一定要用菜豆腐招待你。以前，加工菜豆腐，家家户户都是手磨(现在都用豆浆机)。

头天晚上将黄豆用凉水浸泡，第二天，把泡黄豆的盆子放在方便顺手处，一只手推着转圈，一只手在磨眼灌下黄豆，经过磨扇的较量，牛奶一般的豆汁就从磨缝里融融地流了下来。豆浆磨出后，滤去豆渣，把豆浆倒进锅里煮，架柴烧火，待熬到沸腾就开始扬浆，豆浆冒起时，隔两三分钟要用马勺从缸里加一次浆水汤，倒进锅里，扬了扬，豆腐花就飘了起来，慢慢地就形成了菊花状的豆花，看到豆花成团了被菜叶裹住，直到最后豆花与水彻底分离，软软的嫩嫩的菜豆腐就做成了。吃时再配以油泼辣子、蒜泥、花椒、葱韭、香菜等拌成的佐菜，也可以和面条、苞谷面节节、大米搭配做成各种风味不同的食品，食之口感细腻、鲜嫩爽口，解饥解渴，营养丰富。吃一顿菜豆腐，舒服一日，余香不去。还有洋芋搅团，也是一些最好不过的特色主食，比起农家乐的饭菜，地地道道，独具风味。有肉必有酒，酒肉不分家，当然也少不了自酿的"明馏子"。"明馏子"酒作坊主要分布在云屏、广金、泰山等乡镇。以玉米、高粱、小麦、荞麦为原料，天然泉水高温熏蒸、自然发酵、蒸馏酿制而成的酒为"明馏子"。明馏子为原汁酒，加热后喝起来口感清香，醇正甘甜，温和细腻。我自己也弄不清楚是喜好"明馏子酒"这一口，还是面情软，经不住主人的热情，才次次把酒对酌，开怀畅饮。大快朵颐后，这丰食厚饮萦绕唇齿，回味无穷，回到县城还要给朋友们念叨好几天呢。

我早已从清代《两当县志》上知道东河村有一座寺庙，打听到了存有很早以前的碑刻，饭后便要去。好在东河村村主任是个热心人，能说会道，见多识广，就领我们驱车顺着东河驱车下行。一路上，树木葱茏而蔽日，乔木矗耸而撑天，便到了金华山。

秋天的东河，阴沉沉的。一天到晚始终弥漫着雨意，湿漉漉的，说下雨就立刻下了，星星雨点飘落，一缕缕清凉潮湿的气息缠绕在林中。玉皇庙，就隐藏在金华山密林之中，二十多年前，东河人在遗址上修建的寺庙也已破烂不堪，而真正能够见证过去的是一个香炉和三通石碑。香炉雕刻图案简单，为嘉庆壬申年信士所敬奉。石碑分别是道光四年的"万古不朽"碑和道光十二年孟夏月二十日吉日的"同人兴善"碑，大清咸丰元年丙辰仲秋的"永垂万古"碑。这三通石碑，都是参与寺庙修建者的功德碑。一通碑文上铭刻二三百人，一通碑文，按一户一个人为代表捐款的话，也就是二三百户人家，按每一户四五人计算，时年少说也有千八百人。

细雨蒙蒙中，回到黎书记家门口。回头眺望远山，云雾缭绕，深山老林都在绿意郁葱之中……

东河口古修路碑

我和东河村村主任渐渐地熟悉了，他也清楚了我此行的目的，用他满嘴"湖广广腔"与我交谈。忽然说东河口有一个修路碑，一下子提起了我的兴致。黎书记马上让村主任领着我们，过东河寺，便到了七八公里外的东河口。

在悬崖道路边上，一块石碑，醒目地靠倚在崖窠下，碑朝大路，碑石刻面，比较光滑，基本清楚，整体规则的长方形，以圆形内单独阳刻楷书"永垂万古"字为碑额，行文依照常规碑刻，自上而下，自右而左，字体为阴刻正楷书，碑文是："盖闻天地之间，'积善之家，必有余庆，积不善之家，必有余殃'。有甘龙硐□□□之所，路道碥岵，河水紧急，今总领、会首募化功果，修崎岖之路，造往来善缘，但愿家人□□，户户发达，是以为序。总领孙学禄，会首陈世坤人等（后人名略）。同治六年岁次丁卯六月□□日。"这块碑刻于公元1867年，距今一百五十余年，主要记载了当地百姓自发组织整修古道，积善行德，必有好报，方便于民的史实。碑文中语句："积善之家，必有余庆，积不善之家，必有余殃。"出自《周易》第二卦：坤卦。意思是说，积累善行善德的家庭，或者这个家族的福报不会断绝，后代也会承受福报，一定会有多到自己享用不了，还能留给子孙享用的福德；常常不做善行的家庭，或者不积累善之事的家族，则会有多到自己遭受不完灾祸，甚至还能留给子孙遭受的祸患。正所谓"德不配位，必有灾殃"。而在那个年代，募资筑路正是修大功之德，民众捐款的心愿十分虔诚而踊跃，不仅仅自己出行方便，而且会给捐修或募钱倡修者、筑路者带来极大的经济收益。

走在古道，一棵棵莎萝树，树叶茂盛，叶片的形状好像人的手掌；一棵棵山核桃树上，果实不时地坠落下来，捡拾上一颗把玩把玩；红红的五味子，宛如一串串玉坠，玲珑剔透，挂满藤蔓；一株株毛栗子毛茸茸的，还没有成熟，好似一颗颗绿色的绣球；偶尔一只可爱的小松鼠，突然从路上穿过，隐入树丛，把你的视线引向了灌木丛中。只见藤蔓上悬挂的一个个八月瓜。八月瓜又名八月炸，因八月果熟开裂而得名。两当的山麓谷地、林缘灌木丛中野生植物资源特别丰富。记得我年少时，在山坡上采猪草时，八月瓜也没有少吃。八月瓜果形似香蕉，有"土香蕉"之称，为上乘野果。前几天我还从微信上看到八月瓜和一起成熟的一种直立灌木，果实名叫"猫儿屎"合成嫁接后，开发成新型水果，一年要挣几百万呢。

一路走来，路边上一道白练似的流水似乎是从山腹中挤压出来的，树丛岩石上，渐渐流下，晶莹剔透，这就是当地人称的干龙洞。干龙洞是一个溶洞，一年四季长流，冬天不结冰，曾经有人进入洞内，说里面有天然的纯净水呢。

在返回东河的路上，路下清流湍急，曾经有古栈道岩孔，很早以前修路时都埋没在路基下。随后又去观看了姚姓人家的族谱。姚姓人家的祖上来自湖南长沙，还是苗族。族谱记载："大清国湖南直隶澧州永定县第十都阳和坪，祖籍吴兴郡虞舜苗裔姚姓谱系。"东河这一带深山老林里，凡是以前有人生活过的河谷、山坡到处都是废弃的屋基、古墓。据说南北山坡上屋基众多，残垣断壁，坟墓遍布，洋芋窖多，曾经生存着四五千人。这里有个地名叫店子，因有过往商旅歇脚而得名。商贾行旅，马帮驮队，人欢马叫，熙熙攘攘，可见其热闹非凡；很久以前东河村还有戏楼，东河剧团方圆百里很有名气，唱大戏，还有两三个名角，经常到毗邻的勉县、略阳一带演出，场面火爆，热闹非凡。

秋夜，万籁俱寂。我们住在黎书记家里，也是难得享受一片安宁。或许因为今天收获多多，丝毫没有睡意，辗转反侧，聆听屋外虫鸣风声，潺潺的流水声，如一曲曲泠泠七弦琴，诉说着岁月深处旅人寂寞而又孤独的故事。

天渐明，六时半，鸡鸣起床。黎书记知道我要去查看道路碑，就提出陪我去看看。随后，他便骑上摩托车带着我，过了两三道河沟，颠簸行驶了有一公里多，便到了黑潭子。

路边的麻柳树下，一堆堆石头环绕着一泓绿潭，清澈见底，一条条鱼儿自由自在游弋。开阔平坦道路边的岩石上，竖立着一座石碑。碑虽然不大，却比较醒目，碑上部横写"修路碑记"，正中竖写"大清道光十一年三月初二日吉日"，下部左右为落款，字迹难认，模糊不清，共三十九个字。清代道光十一年是 1831 年，距今一百九十余年。

黎书记言语不多，在我的询问下，他说这条大路以东河村为中心，北上出东河村，过黑潭子，上韩家坪，左手翻越摩天岭到下西河子，从广金坝的将军石出来，连接云广路，入宝藏沟，翻燕麦坪，下东沟，入西姑峡，到云屏；另外一条路右手翻越吊沟梁到广金的炉坪村，走二十公里路，进入凤县长坪村；向南出东河口，进入常家河，入冷峪河，走勉县张家河，也就进入汉中了，这条大道历经众人多次维修，一直延续，至今还在使用。

黑潭子犹如一个关隘，许多年前，曾经陕西省地质队开采金矿遗留下的活动板房，静静地矗立在眼前。再往上望去，韩家坪三面环山，开阔平坦，草木茂盛，郁郁葱葱，是难得的一个天然牧场，放养百十头牛都不成问题。秋末冬初，草木枯萎，当地人放牛，就把牛打入沟壑，四五个月都不用管，等到需要耕地时，才进去找寻牛，回来时兴许还会有不知何时出生的一二头小牛犊子呢。东河村属于广金的八个贫困村之一，东河人赶上精准扶贫的大好机遇，扶贫脱贫力度越来越大了，省县帮扶单位的进驻，支持和实施适合当地发展的养牛和种植猪苓，相信不久的将来，东河会有翻天覆地的变化。

雨，淅淅沥沥。我收获了东河的过去，暂时告别了东河，我知道我还会再来，有太多太多的神秘在吸引着我、诱惑着我……

寿仙岩古路碑

十月的最后一天，随着走访，了解到东河村还有一通古道路碑。我便随县政协副主席胡天成一行又去了一趟东河村。

去年以来，多次到这个镶嵌在青山绿水之间的村落，每去一次，都有不一样的感受，不一样的收获。在这高寒阴湿之地，感觉冬天来得比其他地方要早，秋风萧瑟，寒意渐浓。季节清寂出一陇寒烟，一草一木盛放着明朗，高远、空旷、叠翠出天地辽阔。虽在深秋的阳光下，满山遍野已是"北风往复几寒凉，疏木摇空半绿黄"。一块块原本很少的土地，一垛垛收割后的玉米秆堆积，一颗颗大白菜、一行行蒜苗，翠绿绿地还趴在地里，刚刚掘挖的一大堆萝卜堆积在地边，一个大的萝卜少说有二三斤重，不仅给人展示金秋的收获，也留下秋天最后一些丰润。午饭时，一个桌子上，就这萝卜吃起来甘甜爽口，从省城来的人要了七八盘呢。大萝卜、大白菜、蒜苗，是冬天时山民最为普遍食用的菜蔬，窖藏起来以备过冬食用。

我听说东河还有一块道路碑，为去年九月未能发现而遗憾，也为今天有这个发现而欣慰。就乘着帮扶工作队慰问农户的汽车，一路下来，过了东河水，一条水泥路直通一座粉刷一新房子。在向导的带领下，来到了店子组月亮坪。

"寿仙岩古路碑"位于东河村店子组月亮坪，当地人称修行崖。道路碑就仁立在当地人称的修行崖下。这块石碑青石质地，字迹清楚，书法娴熟。碑额阳刻，从左向右有"寿仙岩古路碑记"。"寿"为圆形，一字；"古路碑记"为圆形，中有方孔，铜钱形状。边框两边阳刻有龙图案。碑文为"常闻天地之大德，自古父母抚育之恩，其重为山，子罪口口口庶士等情因，上堂严父黄翁讳进权，慈母黄门田老安人，双福同享六旬。因母身得杂唧之病，卧床久羁，吃药可惠，饮食不思，弟兄诚心祝告于天，祷众于地，叩修天地之中，皇王江河。诸人往来之路，地名寿仙岩，其路溪回，请匠修造，可通上下往来。自修以后尔沾神光，默佑母病安康，永垂不朽，是为序。嘉庆十五年岁次庚午仲春月吉旦立"。从碑文可知前人修路的善举，以祈母安，以求福报，惠及众人。

最让我欣慰的"寿仙岩古路碑"上的时间，是嘉庆十五年，也就是1810年，比黑潭子"修道路碑"早二十一年，比东河口"募修道路碑"早了五十七年，可见东河古道的开掘修筑时间更为久远，不断地重修，也反映了民间的经贸往来频繁，更为兴盛。

人生天地间，忽如远行客。我抚摸着石碑，由不得浮想联翩，逝者如斯，恍惚昨天，曾经古道上商贾行旅如流，来往似梭，自始至终敌不过时间的"风吹雨打"，而唯有留下的一块冰冷而生硬的石碑，方能见证熙熙攘攘红尘里的繁华或荒芜，这也许就是文化的魅力吧。

从东河村"寿仙岩古路碑""修道路碑"和"募修道路碑"，可以知道这条古道下行出东河口，进入冷峪河，再行就进入勉县境内，至汉中。历史上大道开凿修建，均为当地商户或县内外绅商捐修或募钱倡修，其间不断补修、扩充，一直延续使用到现在，是连接陕南的经济商贸重要通道。当时南来的粮油、茶叶、盐糖、布料，以及多年搭棚居住川楚无地贫民，也就是"棚民"，来南山老林采伐木材，开煤矿铁矿，冶炼金银，制火硝，烧木炭、烧荒种地，种植苞谷、荞麦、洋芋、党参等，秋收后北下驮运回乡，后来这些人逐渐也成为常住户。

此时此刻，我行走在深山老林湿漉漉的古道上，仿佛听到了马蹄声依然回荡在林间，牵引着把我的一缕缕思绪拉回昨天，穿越时空，眼前仿佛一队队商贾行旅，忙忙碌碌，络绎不绝，一番繁忙的景象。同时，感叹古人不畏惧艰难险阻，齐心协力，筚路蓝缕，以启山林，开拓道路的可歌可泣精神。这些募修道路碑刻不仅仅记载的是当地富商或县内外绅士和山民募资开建补修道路事迹，传递着当时山区经济贸易的繁华，更是民间募资筑路的大功之德，广施善行，累仁积德。

"落叶人何在，寒云路几层"。在路边杂乱的枯草中，迎着风霜绽开的野菊花，还保留有一点点傲气，在不遗余力地绚烂。我从不太陡峭的林中，沿着一块块石头铺垫的小道下来，便到了河边。一根根木头搭建的一层层便桥，河道狭隘，清澈见底，游鱼悠然，秋水盈人，在倾其所有地款款深情。

从不长的路程，直观地了解了什么是栈道。栈道是由碥路和偏桥构成。碥路，"多土碥，间有石坡"，"计施煅凿，疏剔土石，令开就平广、万山中，凡石坡石嘴可锤炼者，昔人并已开治，名曰碥路"。偏桥，"崇山拱峙，中夹巨津，断岸悬崖，旁无他径，则缘溪傍麓，架木为桥，名曰偏桥"。前人修建的碥路和偏桥，都是方便于安全出行。

全县精准扶贫工作开展以来，东河为贫困村，可谓发生了天翻覆地的变化。东河村有三四十户人家，几乎都是独门独户，一条条水泥路，每家每户汽车可以直通院落；省检察院兰州铁路分院帮扶东河村，一座座崭新房子是工作队粉刷的；每家每户的太阳能热水器也是工作队购买安装的，还指导养牛养猪、种植药材等，可见帮扶力度之大。当我耳闻目睹这一切，令人不由得浮想联翩，精准扶贫是国家的善举，惠及众人，造福百姓，如一缕缕暖阳，照耀在高寒阴湿、山高路远与偏僻之地。

帮扶工作队慰问农户后，汽车行驶在这秋风萧瑟之中。

响水河轶事

从东河村出来驱车一路上山，前往响水村。

山顶上显得平缓，山梁不大，新开辟的水泥路边，多有一片片弃耕的荒地、一座座废弃的屋基。广金这个地方，地处高寒阴湿地带，好的耕地都在山梁，或者半山腰，土质肥沃，光照时间长，就是山上缺水，村民饮水完全靠人背肩挑。如今，山民都搬迁到河沟地带，虽说耕地土层薄，石头遍地，但地势平缓，生活生产也就方便多了。

从山上向河谷望去，田园风光旖旎，一座座精致崭新的房屋，红瓦、白墙，都散落在响水河地带，这是响水河村前几年新农村建设，让农户集中居住的成果，基本上改变了零散居住的旧貌，让人耳目一新。从响水河一路下来，好像一卷水墨画卷轴慢慢地铺展开来，而你就是这拉开卷轴的行人。如果说崇山峻岭为绿色的海洋，那水泥路就是一缕缕白云似的飘带，一座座屋舍如星辰，连缀在一起，翩翩起舞。

约摸二十分钟的路程，便到响水村。

响水，因河水经一处河谷断崖而形成瀑布，流水声日夜轰鸣作响而得名。徜徉在响水河边，潺潺流水声，一声声鸟鸣声，尘世的一切喧嚣烦忧随之渐渐远去。

响水村，距广金工作站所在地二十一公里，人口不算多，主要种植苞谷、洋芋、黄豆和苦荞等传统农作物。这里的山民是勤劳的，虽是薄土弱地，石头满地，但不管是天晴天阴下雨，他们始终是闲不住的，一路上都能看见他们在地里不停地侍弄着劳作着。只不过因地处偏僻，造成了发展滞后，制约了村民的生活。近年来乡村、村组、入户道路全部硬化，文化广场、太阳能路灯、宽带、移动 4G 网等基础设施建设不断完善，已经实现全部脱贫，特色产业达到全覆盖，发展猪苓、天麻种植，土蜂、黄牛养殖，群众收入大幅上升，日子也越来越好了。

在响水河畔泰山庙附近居住着一户杨姓人家，家中仅有一位年逾七旬的留守老人，头发花白，古铜色的肌肤，略显佝偻的身躯依然坚强地行走，饱经沧桑的脸上无声地诉说着岁月的艰辛。也许是因为生活的重负和长久的孤独，老人不善言谈，问一句说一句。老人喜欢喝自酿的"明馏子"，抽自己栽植烘烤的兰花烟（老旱烟）。几杯"明馏子"下肚后，老人的脸色有了些许的红光，在呛人的兰花烟袅袅烟雾中，老人慢慢打开了心扉，用他那"湖广广腔"，向我们说起了他们一家辛酸而悠远的往事……

杨姓老人说他家祖籍湖北，究竟是麻城还是孝感，因时间太过久远已记不清楚了，明末清初为躲避战乱辗转迁徙流落到广金。老人说他祖上本是骨科世家，代代相传精通中医正骨，尤其擅长治疗粉碎性骨折。老人说他的父亲杨少林把祖上的接骨术继承下来，学得炉火纯青。由于广金、云屏、泰山地处深山老林，山民种地、背负重物、伐木、采药、开矿冶金等均是繁重而危险的重体力劳动，生产劳动中难免不慎失误，造成胳膊、腿脚摔伤砸伤成粉碎性骨折，而在这艰难困苦的环境中，骨科医生显得尤为重要。在那个岁月里，战乱频发、交通不便、信息闭塞、缺医少药，杨少林以精湛的医术救治了很多由于各种原因骨折的病人，遇到受伤极重无法前来救治的危重患者，老人就跋山涉水风餐露宿上门医治。杨少林在他七十八年的人生旅途中足迹遍及两当、徽县、凤县、略阳、勉县一带，救治患者无数，每次只收一点微薄的诊金，遇到实在困难无力支付医药费的患者，他分文不收，还免费送药。说到父亲，老人由于激动面颊再次泛红，略显浑浊的眼睛却显得异常明亮。

老人说自己生性愚笨，不爱学医，但是却无数次目睹父亲救治伤者。他说父亲每次治疗骨折病人时，就让他去河坝边上砍来新鲜柳枝，截取与骨折部位略相等的新鲜柳枝数根备用，然后用甘草水仔细洗净伤口。清洗好伤口后，父亲用自制的中草药麻醉药，为患者外敷伤处。由于常年给父亲打下手，耳濡目染，杨姓老人不假思索就说出了父亲自制的麻药配方，中草药外敷加山沟溪水边的石螺与小螃蟹，根据病情轻重情况酌情调整配比。用时，捣碎后加入高度"明馏子"，掺上自制的接骨丹，一切准备就绪后就开始进行手术。在广金深山溪流内，类似于大鲵样的鱼类，广金人称之为山辣子或接骨丹。它的别名是羌活鱼、杉木鱼、白龙，为小鲵科山溪鲵属。它的功效与作用：行气止痛，接骨。主治肝胃气痛，跌打损伤，骨折。夏秋捕捉后，晒干捣碎后以黄酒炮制备用。

我听完老人的讲述，惊讶不已。这种接骨方法成本之低、治愈之高、副作用之小，几乎颠覆了我的认知。在杨少林治愈的病人中，就有他的大孙子，大概五十出头。当年因为开车运输收割的竹子时，山高路陡，操作不当，车子翻下沟，大小腿粉碎性骨折，用此法救治好了；还有在云屏镇黄崖村，早已经离世的张理也有接骨手艺。1983 年，张理的孙子刘军砍伐木头时，右腿膝盖以下断了三截，粉碎性骨折。张理就在云屏街道上骨科医生李秀清那里配了一些独门秘制"关药面"，用中草药土办法接骨，上山挖来草药，四块桐木小夹板固定，就是用草药小夹板，两个月后彻底治愈。2015 年 11 月，刘军还给我们当向导，上黄崖洞。如今在云屏镇也有精通此接骨术的骨科医生存在。

离开响水河后，我的心情久久无法平静。按照老人的讲述，我请教了几位老中医了解传统接骨术的有关知识。没想到在偏远的广金、云屏竟然存在用柳枝或桐木外固定接骨术。遗憾的是杨少林老人的七个子女（目前在世的仅有三人）都未能学习和继承这珍贵的接骨术，实在是让人扼腕叹息。

说了这么多，还得说一说广金的无烟煤，就产自响水。《两当乡土讲义》记载："矿之属，响水有煤矿金矿，石炭窑窝子所产，质劣量微，大阳村炭煤，种类多而出产广，因距城较远，弃利于地。"记得十几年前，响水煤矿所出产的无烟煤，热量高，燃烧点低，烧起来耐事，曾经远销上海的饭店宾馆。不过当时道路不是太好，一汽车煤从响水煤矿拉到两当县城需要一个星期，遇到天气不好，连阴雨的话，得要十天半个月，可见其艰难程度，真可谓来之不易。

泰山庙

我曾经在广金的地图上看到有一地名叫泰山庙，便兴致盎然而往。

两当县这个地方，甚是奇怪，一县虽是蕞尔之地，竟然有四个叫泰山庙的地名，而且都因建有庙宇而得名。响水河的泰山庙，地处两沟夹一山，近低远高的山峦绵延而来，一座小庙独踞其上。三间屋宇，形制虽小，给人一种冷落的况味。正如唐岱所说："或作萧寺凌云汉，古道天行景象，使观者肃肃然。"泰山庙旁有两条小溪潺湲流下，在庙前汇合成汨汨清流，也就是民间所云"两水戏跗"之处，是穴场过地，民间说法不宜人建宅。在中国古代堪舆上讲是"两水戏铧"的风水宝地，体现着中国传统风水与生态的完美契合，它正是传统文士最喜欢歌吟的野风古貌。我在庙的周围寻找碑刻遗迹之类，领我而来的当地人说早先有石碑，后不知所踪了。

一座小小的泰山庙，只见庙宇雕梁画栋，甚是金碧辉煌，以前破败不堪，十几年前有一个老板开煤矿，曾许愿挣了钱，恢复修葺，后来果真兑现承诺，重修庙宇，再塑金身，现在叫五龙寺。

泰山庙，又称东岳大帝庙，一般来说，泰山庙和其他寺庙不一样，不是随便乱建的。凡是设过小县级以上行政建制的地方，才建泰山庙。泰山就是古人祭祀伟大山鬼的一个场所，道教兴起后，继承了古人的部分泰山崇拜情节和神鬼观，结合道家自身观点和后来的社会需求，建立五岳说，就将泰山逐步演化为五岳之首，泰山鬼也变为泰山神，掌管人间吉凶祸福，主司生死，调节风雨的一个综合职能神祇。后期，又受到《封神演义》影响，黄飞虎成为东岳大帝，配合诸天神佛工作，泰山鬼彻底演化为道家神祇。

两当南部广金、云屏、泰山地区的宗教祭祀活动，就是所谓的"老爷"是山民心目中信奉的神，每个"老爷"有自己的名字，而且各管一方，比如太上老君、九天督都、金华圣母、乐水圣母、白马娘娘、催生娘娘、送子娘娘、杨四将军、五山老爷等，家家户户的正房堂屋几乎都供奉着自己的家神，"老爷"的牌位，或者传承几百年来木头的偶像，在烟熏火燎下，漆黑古老，看起来饱经沧桑。

在这里山民有着古老而又独特的请神仪式"背老爷"，它神秘而难以道破，无论是逢年过节，还是谁家有大事小事都会请它。人们根据各自的需求，迎接请对应的"老爷"，来帮助解决心中疑惑。"请老爷"时负责组织的人叫"会首"。会首，一般都是当地比较内行的人，负责组织各种宗教活动。每逢庙会期间，就会请老爷，一般庙会正会当晚都会请老爷，凡是信奉老爷的人和有事相求的香客都会前来。"请老爷"仪式分为请神、人神互动、送神三个程序。在请老爷之前，会首都会先上香，办（方言打的意思）"卦"，卦分阴阳（卦是用竹根雕刻的对称的饰物，把它扔在地上占卜，以示吉凶）。据说"请老爷"都在晚上十一二点，在一间宽敞的房间里，如是农户家中就在正房堂屋，如是庙宇就在正殿。还有"背老爷"的人，当地人有多种称呼，又称"寄生""脚马""背老儿"等，"老爷"是看不见的，"老爷"在必要时会附在他身上，行使宗教仪式，驱邪除秽，他们就是"老爷"的替身。它依附于"背老爷"的人表达他说的话和要干的事，当"老爷"附体时，这具肉身会行动诞妄，举止癫狂。但当"老爷"退去后，他会瘫软在地，大汗淋漓，几近虚脱，当信众们的疑难问题都解答完之后，"老爷"也就该走了，最后逐渐恢复如常。在信众们的焚香祷告声中，"老爷"脱离了寄生，"背老爷"的人会很疲乏，他自己也不知道当时都发生了些什么，也不知道说了些什么。当地人，甚至有些年轻人给我讲述，当"老爷"附体时，十几米高的悬崖峭壁，几步就蹿上去了；还有的自己砍自己的脑壳都不觉得疼痛，粘贴一张黄裱纸就行了，等等。每到当地人说起这些事情，不得不让人相信神，也就是"老爷"的存在。

其实在民间有许多奇异荒诞的事情无从考证，难以说通，就如遗留在这里的请神"背老爷"一样，人们都信奉并依赖它，而且是根深蒂固的，可是谁也不知道这"老爷"是不是真的存在，既荒诞离奇，又无法用科学来解释，或许是一种心理的慰藉、寄托或是矛盾的转移。然而这些乡村习俗是多年来一直处于原生状态的广金、云屏、泰山和站儿巷一带的传统风俗画，一种根深蒂固的古老文化的存在。当我在了解这些充满唯心与天命色彩的神秘的传统习俗时，大脑满满的疑惑。今天我讲述这些，以惊奇的眼光，并不是宣传和传播封建迷信活动，只不过站在科学的角度，拨开迷信的烟雾，从民俗文化的角度，挖掘尘封已久的民俗文化。

九头树

山路，顺着响水河而下，弯弯曲曲的。聆听着响水河水声，犹如听着古老的"两当号子"，过了饮马河后，便进入常家河地界。

常家河的"常"，当地人的"湖广广腔"为"上家河"，或者"饮马河"，新近立的牌子也叫"常饮河村"。常河民居也与广金、云屏、泰山一样，一座座房屋，零零星星地撒落在沟边，隐藏在山峦之间。"一去二三里，烟村四五家。"构成一幅清丽的田园风光图，行走其中，让人感受到一种闲适淡雅的意境。

当汽车行驶在水泥路上，不时有一只只可爱伶俐的小松鼠从路上一穿而过。偶尔还会有一只青鹿悠闲自在地横穿公路，同行的朋友兴奋地大喊"鹿、鹿、鹿"，只见那山里的动物，惊恐地从前方而过，跳下路坎，穿过河谷，渐渐地消逝在丛林之中。

两当南北山区到处生长着红豆杉，特别进入南部山区后，大小红豆杉随处可见。没有来常河时，县政协胡主席说常河村松坪子组有一棵红豆杉树，是两当最大最古老的红豆杉，一定要去看看。

沿着冷峪河，来到了松坪子组，小地名老庄寨。这里是一个深山峡谷间的小盆地。一大片翠绿的竹林，路边一排整齐的栅栏，一条水泥硬化的小路延伸到一座依山而建的屋舍，房后是苍茫的大山。虽是深秋，一棵棵常青树，还在恣意妄为地碧柔，一座石头堆砌的石板房，孤零零地在平缓荒芜的地里。一条路向下延伸而去，路边生长着一棵巨大的红豆杉树，苍翠挺拔旺盛，冠幅茂密如云朵，形态奇异，主干下部空损，树高十三四米，树冠五十四米左右。仔细观望，红豆杉主干数分九支，当地人也叫九头树。这棵红豆杉的树龄有1200多年，两当县内少有树比它的树龄长。一直以来传说这棵千年红豆杉是从四川移植到老庄寨的，其实广金的深山老林里到处生长着红豆杉。

红豆杉是红豆杉属植物，是世界上公认濒临灭绝的天然珍稀抗癌植物，是经过了第四纪冰川遗留下来的古老孑遗树种，在地球上已有250万年的历史。从红豆杉提炼出来的紫杉醇对癌症疗效突出，被称为"治疗癌症的最后一道防线"。红豆杉木制作的高级保健药枕、茶杯等日用品，具有强身健体、防癌等功效。近年来红豆杉的保健作用可谓是神乎其神，城市的人们趋之若鹜，争相购买红豆杉盆景，以期净化室内空气、防癌抗癌。

仰站在红豆杉树下，点点红豆，晶莹剔透，隐于绿叶中，像娇羞的女子，抑或是点点相拥，像是相思的少女在表达火热的内心。我从一本书上看到有关红豆杉的传说。相传，这世上是没有红豆杉的，红豆杉是一只名叫"爱"的小鸟用它有魔力的泪水浇灌出来的。"爱"因痛失女儿而怀着悲伤之情种下一粒种子并细心呵护，这株植物后来为报恩而努力成长，以至于"爱"死去后，红豆杉依旧告知它的儿女们要世世代代报恩，红豆杉也一直在等待它的"恩人"。所以，人们常说，站在红豆杉树下静静聆听，会听到不一样的声音。

你来吗！站在这棵古老的红豆杉树下聆听天籁，定会听到不一样的声音。

两当号子之箱夫子歌

"铁炉排光火，矿石红于榴。斧斤纵栈坝，材木堆山丘。"这是清代汉中知府严如熤的《黑河吟》中的有关炼铁伐木的诗歌，形象生动地还原了当时劳动的场景。

广金一带，山高岭峻，森林茂盛，不仅有煤矿，而且蕴藏着丰富的铁矿资源，分布很广，呈鸡窝状露天矿，适宜露天开采。《两当乡土讲义》记载："铁在大阳村，属产额至丰。"据说在南宋时期，广金就采掘矿石炼铁。炉坪村因历史上曾炼过铁而得名，至今常河村、大坪村的上厂均有炼铁炉的遗址。炼铁炉都修建在铁矿资源丰富的地方，分散建炉冶炼生产。清代同治年间，徽县的总号"福顺永"铁铺，下辖炼铁和铸造两个厂。炼铁厂就设在常河村，分为黑山、红山和炼铁三个作业组，黑山负责采集矿石，红山负责筹集木炭，冶炼负责炼铁。炼铁分为两个生产环节，先锻矿再炼铁，锻矿在旷野进行。操作流程大体如下：铺一层木柴、一层矿石，铺到三四层点火焚烧。矿石煅熟后，除尽废土、杂石，取出矿石，送到土高炉炼铁。资料记载："民国三十一年十一月，查本县云屏寺铁矿由甘肃省矿业公司开采，每日产量1000斤。"东河村、响水村、常河村、大坪村解放前都有炼铁厂，特别是20世纪50年代钢铁冶炼主要集中在这一带。据老干部史文孝在《回忆大炼钢铁》一文中记述：1958年，在全党、全民大炼钢铁的号召下，广金的炉坪、东河、泰山庙三处是主战场，建有炼铁的"土高炉"。冶炼时，用当地烧制的木炭，当时无电，就用当地制作的大风箱。拉大箱时，时常唱着"箱夫子歌"。"箱夫子歌"就是"拉箱号子"，也就是劳动号子。"拉箱号子"是独具特色的"两当号子"的一种，是在炼铁过程中即兴演唱的。20世纪70年代开始，我的小学老师索象武先生等艺术家深入云屏、泰山、广金等地采集民歌，汇编《两当民歌集成》。其中就有"箱夫子歌"：

新筑堆子丈八高，三道木箍来箍着。

头道木箍箍在马门口！二道木箍箍在半中腰。

只有三箍箍得高，花瓶口上搭阳桥！

张阳桥、李阳桥，白天黑夜把矿挑。

红矿下去化成水，黑炭下去化成灰。

一缕青烟往上飞，左一飞来右一飞。

环一飞来顺一飞，好像老君爷洒海水。"

"风箱圆圆像桶材，古董玩意扯出来。

上扯雪花来盖顶，下扯古树来盘根。

中扯黄龙来慢转身，再扯个童儿拜观音！"

"千买卖，万买卖！劝郎莫在铁厂来！

铁厂有个铁门槛，进厂容易出厂难！

挣钱好比针挑土，使钱好比水推沙！

针挑土，使钱好比水推沙！

针挑土来，你水推砂，劝郎回去做庄稼。

做起庄稼，那栽起田，半年也辛苦哎！

半年的闲来，还有半年陪娇莲！

怀抱孩儿脚蹬妻！夫妻哪团圆在屋里呀！"

"扯箱哥儿"；

"扯箱哥儿跑厂郎，因为扯箱离了乡。

不在北江在南江，不在南江在略阳，不在略阳在铁厂。

太子离了金銮殿，贤妹离了少年郎。

当"箱夫子歌"唱响起来的时候，不仅生动地再现了炼铁的场景，也反映了"箱夫子"的辛苦与劳累。谁能知道当时他们悲催和苦难的生活。过去由于山民居住分散，不是住在山梁上，就是住在半山腰上，掩藏在老林之中，大家有事情需要相互帮忙时，只能靠吆喝声来传递信息，居住偏远的就需要翻山越岭到家去，这样不但费时费力还耽误事情。一家有事，大家帮忙，美食共享，苦难共当。或者，在劳作间吼着号子，当然，也有歌唱自由爱情的浪漫的情歌，也是今天两当人引以为自豪的"两当号子"的重要渊源。"两当号子"是两当民间音乐的"土特产"，主要流传于云屏、广金、站儿巷、泰山等乡镇。两当县南北山区人口增加与清初规模较大的一次移民迁徙活动"湖广填四川"有关，川楚等地移民迁到山大林密、沟壑纵横、奇峰突兀的深山老林，插占为业，结草为庐，结草为庵，架木为屋，称为"棚民"。"棚民"，他们把家乡的生活方式、生产技术、风土人情、礼仪习俗都带到了这里，在生产、生活、商贸、文化和宗教等活动中，衍生、发展和流传下来的一种全新的民间音乐。其曲调高亢，音域宽广，节奏自由，风格粗犷极富变化，演唱方式别致，发声技巧独特，具有浓郁的山野风味。而"两当号子"只有用"棚民"特有的"湖广广腔"来喝唱，才有其地地道道的味道。"两当号子"，1957年，赴京参加全国民族民间文艺汇演。2021年5月，被列入第五批国家级非物质文化遗产代表性项目名录。如今，"两当号子"这朵民间音乐艺术的鲜艳奇葩，在新时代下绽放着无与伦比的芳华。

岁月印痕

"箱夫子歌"的余音，萦绕在广金的山川河谷，毕竟已成久远的过往，还是让我们看看当地人现在的辛苦。广金药材资源非常丰富，生活在这个地方，只要你人勤快，来钱的门路不少。今年常河村的农户几乎都靠山吃山，勤快的农户采挖"灯台七"五百斤左右，晒干后，每斤要卖五百元呢。这里的山民，只要人勤快吃苦能干，日子不富裕才怪呢。

天地一舍逆旅，光阴百代过客。回溪流觞，离开了常家河，如果继续沿水而南下就进入冷峪河了，还是继续沿着两当人引以为自豪的所谓"南二环路"，向右溯大平河而上，进入大坪吧。

大坪往事

从广金地图上浏览，有大坪这个地名，而河水却称大平河。大平河发源于大阳山东南坡的车厂湾，出大坪村汇入常河后，叫作冷峪河。冷峪河经过石板店、东河口，经桃园子，向南流去，全长十六公里，其支流有大平河、常家河、东河。常家河与广金河都是由北向南纵贯乡境，注入汉江。

大坪村，距广金工作站二十八公里，山大沟深，农户居住分散。大坪地处商道的十字路口，向南沿着冷峪河而下，便进入陕西勉县；向西南进入略阳县境内。清代道光《重修略阳县志》记载："金池院在东北百二十里。傍依栈坝林，地极阻深，通徽、两路。五方杂处，棚民入山开箐，多由此进林。近年人颇稠，亦为要地。""栈坝林，在东北二百二十里，由金池院小沟碓窝子至林，与黑河相通。数百里蒙茸蔽天，界连徽、两、凤、留、沔，最易藏奸，稽防不易。"二百年前大平河谷地带要比广金坝河谷地带繁华热闹兴盛得多，这都与"棚民"（清代嘉庆、道光年间户口繁庶，川楚及邻邑多投老林垦种，迁徙无定）开荒种地、开掘铁矿、炼制火药有关。

在两当南部山地移民开发史中，广金这块神秘的地方，沟沟壑壑，山山峁峁，有近百个地名，常以最早的垦荒者命名。一代代的"棚民"没有春去秋回的打算，放弃原籍，进入无主深山之后，秉着先占先得的理念伐林垦田，"携妻提子，世居于此，则俨然土著矣"。后来，地方政府索性在民区建立保甲组织，也就是两当县下南路后川堡重石里六甲地，与本地居民一视同仁。在住房方面，已有人建置永久性房屋。严如煜的《三省山内风土杂识》中描述："画地开垦，伐木支椽，上覆茅草，仅蔽风雨。借杂粮数石作种，数年有收，典当山地，方渐次筑土屋数板。"有人仍然以寮棚为居，那是因为垦种的方式不得法，水土流失很快，每隔三年五年便得换地重垦，无法真正定居，只能采用游耕方式。山区中原有一些生产者，从事开矿、造纸、伐木，现在与入山垦种玉米的"棚民"打成一片，自然零零星星地形成了村落，发展山区经济。常家河、王家坪、丁家梁、刘家梁、寇家湾，肯定与居住人家有关，与其姓氏有关的地名，更是举不胜举，比比皆是。如挖金嘴、赛金坝梁，肯定与金矿以及冶炼有关；钢厂坪、铁厂坝、上厂等，肯定与冶炼铁矿石有关；石板店、店子因有商贾行旅歇脚而得名；学堂坪，则与当时圣贤之士开办学校有关；厚朴坪，又名木莲，木兰，广金盛产中药材厚朴，其皮可入药，则与当地厚朴树有关。地名，是一方水土给人们最直接的展示，承载着历史，传承着文化，既说明当时此处的繁华兴盛，又是地方地域文化承载者，这些老地名背后有许许多多的故事与传奇，读懂一个个地名也就读懂了一个地方。

在大坪场一带，至今还流传着这样的民谣："大坪街道五里长，脚蹬勉县枕略阳"，"东沟的洋芋，西沟的柴，二沟的女娃子，场场来"。从这些民谣中，不难发现大坪当时的繁华，集市兴隆，人头攒动，熙熙攘攘，每个店铺都是忙忙碌碌，伙计们满头大汗买进卖出，满街道都是吆喝买卖的声音。一家挨着一家地排列在以路为集市的两边，形成了大坪的街道，有"五里长街"之称。马帮驮队蜂拥而至，开设商号店肆，杂货铺、山货行、客栈、骡马店、米店等，铁厂打造各种生产、生活用具，行销陕南周边县区以及陇南市县。偶然我从两当县城东山祖师庙上，发现清代咸丰八年"重修祖师庙碑记"记载："大坪，盖泰隆五十两。"五十两应该是银子，重修祖师庙时总计捐银五百余金，而"盖泰隆"是捐银最多的商号，可见其经济实力的雄厚。当时大坪场有二百七十多户人，大南沟曾有过繁华的街市，民间传说大南沟曾有居民一万余人。而且二沟，宽敞，开阔，平坦，土地肥沃，曾经有一百多户人，人多时，一块块地，种洋芋，苞谷，黄豆，苦荞等，如今到处都是弃荒的耕地和废弃的屋基房舍。

以前，大平河流域较广金坝流域人口众多，更为繁华兴盛。不过广金河也罢，大平河也罢，在清代末期同样遭遇匪患兵燹。《秦州直隶州新志·卷之八发匪之乱》记载："同治二年九月，发匪赖云光由略阳入两当南鄙大坪场。近场有穿心石洞，高百仞，乡民倚之避寇。贼无所掠食，小憩数日，即绕云栈由双石铺直捣县城，城再陷，时九月十二日也。"《两当乡土讲义》记载："同治二年九月，发贼复陷两当城。先是发贼赖云光由略阳入两南乡太坪场。近场有穿心石洞，高百仞，乡民皆避寇于此。贼至无所掠食，即绕连云栈由双石铺直捣县城。时官民，先移居堡寨，贼无所得而去，惟四乡牛马被屠殆尽，房屋焚去大半。"当地的老人依稀记得，以前老一辈说是"棒棒客"一把火烧了大坪街，烧了三天三夜呢。让我们还原一下当时的场景：初秋的大坪，凉爽宜人的山峰上还是绿色，山风在大坪河谷一个劲地吹着，太平天国将领赖云光率领起义军大队人马，从略阳县金池院小沟碓窝子入要地栈坝老林，蒙茸蔽天，从大西沟出来，浩浩荡荡，进入大坪。乡民闻声避祸，人去屋空，火光冲天，杀声阵阵，马嘶人叫，几百间店铺和数不清货物，化为灰烬，燃烧了一天两夜，多少人失去土地、财物，流离失所。

另外，还有一副旱荒棚民外流的场景：光绪二十六年旱荒，山外旷地多，老林地力渐薄，"棚民"辄外迁徙，其势使然。1928年至1930年，两当县大旱，秋禾干枯殆尽，夏秋粮无收，民以树皮、草根果腹，幼弱饿死，粮价暴涨，瘟疫流行，人口外流，广金自然未能幸免。后来随着社会逐渐稳定，有些山民逐渐返回原籍，有些走到山外，昔日大平河谷的繁华不再，烟消云散，再也看不到商旅辐辏、熙来攘往的兴旺景象。从此，大坪渐渐地走向衰落，失去了往日兴盛。

化字炉

边走边看，还是从过往的大坪走吧，从历史的点点滴滴中寻找沉淀的惊艳。

在大坪河畔二沟口平坦而开阔的地方，至今还矗立着一座石塔，当地人叫作化字炉，说是专设焚化字纸的专用炉。化字炉石质砌筑，平面呈方形，前檐翘，后檐低，四面整块石板，正面有圆形洞口可放入木炭，塔内还有残留的纸灰，通高一米左右，因历经一百六十多年的风化，字迹已模糊不清，塔身镶嵌的石碑文字依稀可辨，有捐资功德人名。大抵只能看出横额："敬惜字纸"，上联"滥纸捡来炉中化"，下联"残书就此库里焚"。部分捐资者名单、捐款数目和"永顺合、长生源"等一些商号捐资等内容以及建造时间"清咸十年四月吉日立"。过去读书人写错了字的纸是不能随便丢弃的，写错了字都必须拿到"化字炉"里来统一烧毁。古人习俗，敬惜字纸，字和纸都是孔圣人传下的圣物，不可玷污，每年或隔几年要举行隆重典仪，将纸灰放归土地，否则就是对文化的亵渎。化字炉在明清时代是一个村人才辈出的标志，也是古人"敬民惜圣贤文字"的象征，大凡书院、学馆都有"惜字炉"，老师教导学生要爱惜文字与字纸，不容在地上踩踏，要收集起来，火化升天，"字借纸传，纸因字贵"。从化字炉的设置可见，古人对文化的敬畏。字内能存千古事，炉中可化万年书。自古以来读书人最受尊敬，所谓爱屋及乌，连写过字的纸亦被寓以特定的意义，敬惜字纸，追本溯源往往都从儒教和科举崇拜中找依据。清代宣统年间，大坪村的曹姓人家，有功名出身。《民国秦州直隶州新志·卷之八选举·两当贡生》记载：宣统己酉科，岁贡生就有曹尚植、曹尚桢。曹氏后裔叙说，以前曹家大门高大气派，上有金牌，上厂曾经设有类似县府之类的衙门，有曹氏取得功名的人担任，可升堂审案，以明断当地诉讼之事，以及维持地方治安。

我伫立化字炉前，盘桓了许久许久，一再仔细地观看。化字炉，在碧水青山的景致中显得古朴玲珑，绰约多姿，将秀山丽水带入古色古香的文化情节里，更显美丽妖娆。化字炉，让我们见证了大坪的古人对文化人的尊重和对文化的重视，彰显尊师重教之古风。化字炉作为过去的一种特别的建筑，早已沉寂在历史的尘埃中，荒芜冷落，而其对文化的尊重，不得不让今人深思，化字炉不仅仅是历史遗迹，更是人与自然融为一体的媒介，它所见证的是"湖广广"五方杂处的"棚民"，更为确切的是"流民"，在一个苍凉的历史背景和封闭的环境下，对文化与知识的敬畏和追求。

我们还要前行，化字炉依旧孤寂地站在大坪河边，可我依然深深地相信这文化的光芒，历久弥新，恒古不变。

轿顶山

从大坪河谷地带一路上行，在行驶的汽车里，远看一座拔地而起的山峰，突兀崔嵬，巍峨秀美，甚似威严壮观的官帽，又形如庄重端方的轿顶，当地山民称轿顶山。其实轿顶山还有一个名字叫太阳山。从大坪村方向上行，眺望轿顶山，在落日余晖照耀下，金光灿灿，熠熠生辉，可以说称作太阳山，再名副其实不过了。

许多年以前，大坪村出山进入两当县城只有一条翻越轿顶山的便道，且山高路陡，崎岖狭窄，农户出行十分不便，就医看病、上学要走十几里山路。如今，在精准扶贫、脱贫攻坚中，新修的水泥路解决了大坪村以及周边农户出行的困难。

当汽车渐渐地把大坪村甩在了绿色葱茏之中，恍惚感觉与世隔绝，仿佛把一段封闭的历史过往也丢弃。而修建的大坪村至三岔河道路，又把我们拉回今天发展与嬗变中的广金。从大阳山下来后，便到了叫三岔河的地方。大阳山下的三岔河，是所谓"南二环路"的起点，又是终点。去广金工作站，只需从香炉沟下行，沿着广金坝河走就行了。

《两当县乡土讲义》记述："县之四出皆通大道，东之陕西，西之徽成，北之天水，南则入蜀汉之南栈道也。当白水江石路未开之时，蜀汉之人来陇南者，强半莫不由此，故商业颇称繁盛。"以上文字说明了两当地理位置的重要性，也阐释了两当交通发展以及经济兴盛的关联与依存。鲁迅先生说过"世上原本没有路，走的人多了，便成了路"，许多年前，广金乡村的道路，可谓艰难险阻。今天两当交通发生了天翻地覆的变化，而广金乡村的道路修建，具有一定典型性与代表性，而大坪村到云屏镇西沟峡的道路就是最好的写照。一路进入西姑峡，上大崖窠，翻越大阳山，从右侧进入略阳县地界，左侧经大坪，下勉县都是进入汉中的捷径。这条古道从观音峡，过云屏，穿西姑峡，上大崖寨，翻越大阳山，穿石崖，顺大平河，到大坪村，顺冷峪河，进入勉县张家河镇。两当南部山区的道路，无论过去，还是如今，都是行走在"莺啼苍翠里，人在图画间"。商贾行旅，文人骚客"岂是嗟行役，荒荒感岁艰"之喟然长叹的日子，一去不复返了。

小憩伫立轿顶山巅，环顾四周，豁然开朗，但见山峦起伏，群山环抱，青山含黛，云雾缭绕，苍松翠柏，绿竹密布，山花盛开，鸟雀嘤鸣，视野极其宽阔，颇有"会当凌绝顶，一览众山小"之感。南望大坪，山路如带，蜿蜒其间；北眺山岭，高耸嶕峣，群峰争嵯峨。轿顶山一带，在历史资料和传说故事中也是一个神秘的地方，曾置"黑水县"。"黑水县"遗存，就隐藏在轿顶山之南与大阳山莽莽老林之中。

好峰看不尽，流水更潺湲。回首间，广金的沟沟壑壑，山梁峁峁，不仅是大美的风景，还隐藏太多太多故事传说，都已淹没在历史的苍茫之中。时间如一匹白马，绝尘而去，只留下一团烟尘。而我只不过从历史的背影中，挽一缕缕山风，牵一丝丝乡情，摘一片片绿叶，采一朵朵山花，捧一掬掬溪水，还有绵延不尽地采撷乡愁，尽情地赏玩山峦沟壑的清净秀美的同时，透过历史烟云，从人物、战事、遗迹、轶事各个方面来追溯地域的沧桑与变迁，以及先民们生生不息、砥砺前行的故事。

当时光的素手，揭去一页页日历，将过去，还有现在，深藏入往昔，倘若一百年后，有一位文化的苦行者，也从历史的缝隙中寻觅残瓦碎片，除过白墙红瓦、水泥山路，还有他们感兴趣的人和事物吗？

归山深简去，须尽丘陵美。汽车驶上大阳山，一抹抹晚霞在西边的山峰上若隐若现，在夕阳下渐渐驶入云屏山水之间，所有人世间的浮华虚荣都潜入那静谧的世外桃源，被吞没在寂静的绿色林海里，消弭在游子的无尽乡愁中……

四合院的春天

雷爱红

晨风中，细小莹亮的露珠还没来得及隐去轻盈的身影，一声清脆的鸟鸣便从天井前高高的木瓜树梢上突然掉落，打破了四合院的寂静。孩子们背着书包，穿过大门洞，急匆匆地去上学。不多时，大人们开始去上班。脚步声踩碎了四合院里忙碌的光阴。

午后的天井，回家的人们相遇，热情地打过招呼，低头钻进自家的屋檐。不久，又端着饭碗出现在各自的廊檐下，谈笑风生。孩子们扎成堆儿，谈论着作业或者有趣的事情，低年级的同学总是无限仰慕师哥师姐，梦想着时光能够飞逝，幼小的自己瞬间就能走进繁华。

阳光静谧而温暖，给四合院涂满金色的甜蜜。春风仿佛捉迷藏的小宝贝，清新调皮地拨弄着住户屋檐下、窗台上的花草，那些被精心侍弄的植株，活脱脱深闺待嫁的少女，羞涩地吐露嫩芽。春光饱满，白昼渐长，夕阳的余晖洒下最后一丝深情的凝视，合拢这春季里又一天唯美的画面。夜深了，四合院的房屋抱拢了双臂。窗前灯下端正伏案的身影，突然伸起一个懒腰，打出一声响亮的哈欠……

多年来，这一幅幅画面总是潜藏在我的内心，萦萦情愫，挥之不去，拂之即来。

四合院坐落在老城的中心。曾经，这里两排相对的四合院，中间形成一条街道，叫作新街。长方形的院落一座连着一座，规整有序地驻守在时光中。每一座四合院独门独院，结构相似。门道、正房、北厢房及下房的摆布、房屋的开间布置都大同小异，有时不了解地形的人会走错门洞。大门为双扇对开厚重板门，油漆彩绘的额枋、门前有守望的石对狮，还有贡杆石，华丽又庄严。房屋建筑整体为二层土木结构，柱、斗、拱、昂、枋、梁均为上等木料，坚固实用。青砖铺地，飞檐垂花，雕梁画栋。屋门、窗子雕花美观，楹联讲究。特别用心的地方是，紧连的两座四合院，院内水井的位置，恰似太极图结构中的两只鱼眼，阴阳相生，寓意家庭和睦，手足扶助。

四合院走过了繁华的往昔，在四季轮回中完成了一个个封建大家族兴盛的使命，经历了数辈人的兴衰变迁，土改后成为寻常百姓的住所。孩童时代，我们每天出入四合院，环境虽然苍老，但院内干净整洁，院子里居住的人们邻里和睦，其乐融融。

每到春天，天井里的木瓜树开花了，我们就盼望着木瓜成熟后，摘下放在堂前，满屋飘香。六七月间，木瓜树旁的紫薇老枝开花了，一直就开到十月多，院子里多了几分鲜活。邻居谁家做了好吃的饭菜，就会给各家的孩子分一些。谁家老人劈柴、搬蜂窝煤不利索，年轻人就会搭把手。有一年夏天，院子里的玩伴一不小心掉进了门前的老井，各家赶紧凑来壮劳力，想方设法把孩子从井里抱了出来。可是这一井的清泉不能做饭了，怎么办？新街各个四合院都来了人，大家一起把井水淘了一遍，淤泥掏出来一层，铺上石灰和细石子，泉水变得更加清澈甘甜。四合院的老井，在天旱的年头，一到夏天仍然清泉四溢，滋润新街整条街家家户户的心田。

然而，四合院依然是日复一日衰老下去了。我们每日进出于破旧的大门，却从未注视过那斑驳的门扇，那吱呀作响的门轴。走出安静的四合院，在上学的路上，总是经历着各种各样的新鲜事儿。第一家打印部开业了，我们挤在挂着透明门帘的店铺门口看新鲜，忘记了上课铃声，赞叹着手指在键盘上敲打，屏幕上就能显出字来。放学回到四合院，就嗅到了家的味道，不论是东南西北哪一座房屋里飘出来的菜香，都那么纯粹，那么诱人。傍晚时分，大众期待的卡拉OK摊点亮相在十字路口，四周围得水泄不通。我们完成作业就迫不及待地冲出四合院，跑上街道，挤破头皮钻进人群凑热闹。五毛钱唱一首，还得胆大不怕羞才行。夜幕降临，街道昏黄的路灯，将恋恋不舍的我们送回家，母亲就站在四合院的大门前翘首等待。

四合院装着家的温暖，孕育着我们年少的梦。她就像一位饱经沧桑的老人，经历了岁月的风霜雨雪，慈祥地看着我们一茬又一茬的孩子长大成人。然而，随着时代的前行，人们的衣食住行发生了翻天覆地的变化，四合院也渐渐失去了昔日的美丽。

城区扩建后，大多数老住户们搬出了四合院，小城新增的流动人口租住在这豆腐块似的院子里，因各种需要蚕食着这里的空间。下水道堵塞、污水横流、臭气熏天是寻常事情，邻里纷争也不稀罕。四合院已不复昔日的繁盛和安宁。嘈杂和凌乱使她曾经清净整洁的格局和优雅包容的神韵面目全非。

人们忙碌地出入于四合院。古老房屋的前墙，大都贴了各式各样的砖，后墙已开始斑驳脱落，木质的窗格变形断裂，房顶巨大的椽扭曲错位。四合院的春天，越发显得沧桑而落寞，新街街面上时时走过装扮华丽的美女，开过时尚经典的名车，光鲜丰富的色彩，打破了四合院灰头土脸的视觉上的沉闷，但这一幅幅对比鲜明的画面，就像P出来的作品，撞色搭配，古怪抽象。四合院与身边的时代之间拉下了一段极不协调的距离。

四合院为数不多的老住户，闺女们都已出嫁，热闹的迎娶接送场面过后，四合院依然是沉寂的空虚和荒芜的凄凉。走在回娘家的路上，内心想要逃离四合院的愿望一次次更加浓郁，仿佛春风吹过的大地，搅动起无数烦恼，也生长着无限希望。

5·12大地震后，我们带着父母搬进了灾后重建的新房。眼看着饱受创伤的四合院即将退出历史的舞台，应该感到喜悦的我，竟突然间不由得心酸而怀恋。四合院的春风，拂过脸颊，吹进心田，那年复一年伴我每一个脚印，每一回成长的记忆，怎能不深深镌刻在灵魂深处。四合院，就是我的乡土，就是我的乡愁。

信息时代的春风，仿佛就在一夜之间，吹开了小城崭新的容颜。新城统一规划，扩宽的街道，商铺整齐美观，各类富于现代美感的建筑拔地而起，广场、街心公园处处体现出人文理念，滨河大道仿佛两条飞驰的时光隧道，从小城狭窄的过去疾驰奔向开阔的未来。

四合院面临拆迁，我来和她做最后的告别。这里，曾经留下我日日夜夜多少匆忙的脚印，曾经记录我点点滴滴无数喜怒哀乐，在心里，这一切，都是这么亲切，又是那么沉重。风烛残年的老屋老得让人不忍直视。四合院，已经很老了，的确。

天空很蓝，春天很干净，阳光像金子般闪亮，春风温暖柔软。樱花绽放饱满的花朵，用巨大的手笔描绘着最美的四月。花开的时候，我又开始想念四合院的宁静，想念纯净的日子，渴望那一片让身体和灵魂返璞归真的天地。

小城的人们，圆梦的脚步从未停息。但是，无论后来的哪一种梦想，都比不过当初四合院的境况带给我的感受，比不过那一种渴望，那一场奋争，更比不过那一丝无奈和那一份留恋。在梦里，我时常会回到伴我成长的四合院，回到温暖宁静、充满诗情画意的四合院。古老的四合院，就像一幅年代久远而疏于保存的画卷，它隽永的画面早已模糊破损，它俊秀的题字，已不能传达当初的况味。只有在梦里，我一次次看到它悲戚的面孔，一次次凄惶于它苍凉的转身，一次次挣扎于诀别的伤痛……或许，古老的四合院，她的美丽幽深，她的沧桑质朴，她的温暖宁静，将在新的规划中，以大思路，大手笔，大关怀，悄然实现前世今生的涅槃。

两当印象

赵新平

初冬，我们一行五人驱车奔驰在盘旋往复的山路上，向着心仪的两当行驶。绵密的山峦被葱茏的树木覆盖，看不到一丝裸露的泥土，树木有银杏、枫树、翠竹、松树等，品种繁杂，节令使树木的颜色变成黄、红、绿的基调，层层叠叠，相互交织，错综复杂，好似画家笔下恣意的泼墨，一幅幅展开，又一幅幅从我们的眼前向后退去，令人眼花缭乱。能够看到的每一个地方，都是油画般的华丽，弥漫着朦胧诗意的美。沿路两边鲜花盛开，宛如一条条彩带伴随着我们一路前行。大家的兴致被花儿引逗，要下去看一看，原来，路基外凡是可以用围栏圈住的土地全种上了五颜六色的花朵，认得的有太阳花、菊花、灯盏花，花儿们不惧冷，开得精神，绚烂的色彩熠熠生辉——你绝对想不到，这是我们初次踏上两当县城路途的最初印象。

下山，县城即到。山峰向四面散开，仿佛上天的巨掌轻轻地一挥，一片开阔的城池出现了。小城安稳，干净，到处是花草树木，水洗过一样鲜亮，小鸟在树丛间蹁跹，像在找丢失的东西，又像在欣赏一朵花，一点都不怕人。条条街道整洁，布局合理，灰瓦的四合小院和鳞次栉比的高楼臂膀相握，如大地与河流，醇厚，缄默，那些穿行在街道上的人们则像画中的人物，细腻地透露出幸福满足的神情、笑容与期望，似乎在告诉我们，到哪里去寻找天堂？妩媚的两当才是人间仙境呢！我们下车问路，街道上的老人和小孩争着比画，母亲怀里吃奶的孩子被吵醒，眨着眼睛看我们，嘴角还湿漉漉的，不哭，反而笑了。

据史书记载，两当位居通关中、下四川、上秦州的要塞之地，至今已有一千五百多年的历史。境内多山，遍布江河，名胜古迹，青山葱郁，鸟语花香，著名的有黑河森林公园、云屏三峡风景区、灵官峡风景区和闻名遐迩的鹭鸶山"张果登真洞"等，不用说，深居群山腹地的两当是一方山清水秀、居家养人的风水宝地。原本，我们此次出行的目的是参观两当兵变纪念馆，没想到，依旧温暖如春、开满鲜花的两当这么招人喜爱，一下子便勾住了我们的魂儿，情感顷刻间喷涌而出，无法收拾，恨不得想说，若能在这个小城生活，该有多好。

参观完两当兵变纪念馆，我们的心灵再一次被深深地震撼，由衷地感慨两当的历史源远流长，由于特殊地理位置，历来成为兵家相争之地，明末李自成、清末太平军和白莲教起义军都曾占领两当，修整军需，筹集粮草。1932 年 4 月 2 日，在习仲勋、刘林圃等人的领导下，发动了著名的"两当兵变"。1935 年至 1936 年，红军长征两次经过两当，播下红色种子，为后来的抗日爱国运动和陇南地下党的建立、发展打下坚实的思想基础。两当自古钟灵毓秀，名人聚居，八仙之一的张果老最负盛名，还有大诗人杜甫、陆游在两当写下了不朽诗篇，现代著名作家杜鹏程的名篇《夜走灵官峡》，让人们记住了两当，除此之外，王羲之家谱的发现填补了王氏家族一脉西迁的历史空白。两当还有独具特色的"两当号子"等民俗文化和丰富的物产资源，这些丰富多彩的历史文化积淀和自然资源，使这座小巧玲珑的县城如一颗璀璨的明珠，更富人文内涵和历史韵味。

两三天的时间，全部加起来也走不了多少路程，我们跟随心灵的召唤任脚步匆匆，从兵变纪念馆前浮雕群下瞻仰先辈，缅怀历史的心潮澎湃开始，到一点点深入云屏三峡感知山岩挺拔与俊秀，霜叶尽染的炙热与饱满；到寻觅登真洞静看祥云缭绕，千峰竞秀，隐隐松涛的超然物外；到太阳寺虔心祈福太阳鸟，护佑两当人民风调雨顺，五谷丰登；再到如今现代化的家园——绿树成荫、碧水连天的两当县城新貌，两当敞开热切的胸怀欢迎我们，而我们却显得娇羞情怯，仿佛自己还没有做好充分的准备就扑到她的怀里，配不上她母亲般的拥抱和接纳，有种受宠若惊的应接不暇与慌乱。

闲游中，我还发现了一个秘密，那就是小城的女人桃面肤白，泼辣能干，说话声音却很柔顺，而男人们待人太实诚，或许第一次见面都会拿出最好的东西送给你，让你不由得胸怀呼吸起伏，浮想联翩。其实，小城的人格外喜欢大地，喜欢绿树红花，喜欢在没有尘埃的地方过自己恬静的生活。走在大街上，迎面碰到认识的，不认识的，脸对脸的说句话，问候一声，不止温和，还有情意。这就是两当小城和两当人，与自然和谐相处，尊重历史，尊重人，更尊重远方的客人。

多少次，我在心里默默期待着能有机会再去两当，赏未赏的山水人文画卷，赞未赞的天地人间真情，徜徉在风情万种的十里滨河，晨起在西山看日出，夜晚上东山俯瞰小城魔幻般的夜景，细数苍穹的颗颗星辰。或在繁花簇拥的广香苑矜持沉思一会儿，或在熙熙攘攘的日月广场看看十二生肖，或静坐在市政广场的石凳上，用潮湿的眼睛看着你，给你一个浅浅的笑靥，让心湖里的波涛缓缓漫过心田……

两当琐忆

唐 虹

一

第一次去两当是 1996 年还是 1997 年,具体的日期已经忘了,只记得是夏初,是跟一个女同学,她也是我的好友,去她家玩。好友的母亲是一位性格爽朗、待人热情的家庭妇女,体型丰满,说话声音响亮。对她来说,为家人的生活操劳就是她生活中的全部内容。

将一只钢精锅放到小炉子上,熬上绿豆汤后,她开始蒸面皮,并和我讲她的心事:女儿将来的婚事,儿子的学业和工作,以及用老公一个人的工资支持五口之家开销的筹划方式等。她一边手里不停地忙碌着,一边给我讲这些琐碎又絮叨的话,好像我是她的另一个女儿和知音一样,我一边帮忙照看着绿豆汤和灶膛里的火,一边认真地听着她讲话。

午后,好友去上班,她母亲带着我去后边菜园里摘豇豆,长长的豇豆挂满豆架,远看宛如中国结上一缕一缕的长穗子。轻轻地将这些长长的"穗子"一条一条摘下来,放在她拿来的小箩筐里。摘完豇豆,她又开始割韭菜,一边割一边还不忘给我指看另一边的小白菜,讲一些种菜的诀窍和心得,也讲她种这些菜的经历,每一种菜基本都有一个小故事。然后,我们还一棵一棵地看了园子边的那几棵树,每一棵树也有一个故事,这一切,让我觉得那么有趣和欢喜。整个下午时光,就在这充满生机和故事的菜园子里惬意地消磨掉了。

第三天下午,去另一个男同学家玩,男同学的母亲是一位打扮得体、很有气质的中年妇女，我们到时，她已经做了满满一桌子菜，看我们来了之后，她热情地招呼着我们，将最后一道菜端上桌后，她说让男同学陪我们吃饭，然后拉着儒雅的老伴走了，将整个家中的空间留给我们。我们三人一边吃着丰盛的菜肴，一边聊着以往在学校时的一些趣事，也聊一些对未来的想法。当时已经在县教委上班的男同学和我们不一样，他不满足于小县城里这种闲散的生活，说自己打算再出去读书。一年后，他果然考上硕士研究生，二十多年后的现在，他已经是西南一所大学的教授了。

第一次两当之行最后去的地方是张果老洞，那天去的人很多，但在这二十多年后的初秋，明媚的阳光透过玻璃，给窗台上的花草镀上一层暖暖的光辉，我看着这明亮的一切，除了好友外，怎么也记不起来一起爬山的另外那些伙伴的面容了，二十多年的时光，让有些记忆被岁月的风吹得七零八落。

第二次去两当，已经是 2002 年初冬了，好友要结婚，我去祝贺，我去时给好友买了一个很大的毛绒娃娃，下车后又买了很多水果，打算坐出租车去女友家，但半天没有看到出租车的影子，只看到一个"蹦蹦车"，车上也没司机，问了半天，原来司机看下棋的去了。

去女友家路上，"蹦蹦车"司机说，当地没有出租车，"蹦蹦车"也只有他这一辆。"地方小，大家一走就走到了，不用坐车。"他笑着说。

二

2012 年，国家出台了国庆节小长假期间高速公路不收通行费的政策，大家纷纷驾车出游。朝举也热心地组织了两辆车，带大家出游，一路经康县、略阳，到汉中、宁强，接着又游历了阆中、剑门关等地，最后走太白道，经凤县到两当。

去云屏的路上，同行的两当文友李凤琴老师给我们讲解着沿途的景点：站儿巷、骆驼巷、石门开、姊妹峰，每一处景点都有一个美丽的民间传说，美丽的传说丰富了我们的旅途，使它充满文化的气息。

中午，在清澈见底的河水边野炊。

水开了，煮羊肉的味道和着烧烤味，飘散在仲秋的太阳光中，暖和的不只是身躯和胃口，大家懒洋洋地坐在河边，各自以最舒服的姿势坐在河边。

抬头，河对面满山苍翠繁茂；低头，清澈见底的河水就在眼前。

三

2014 年深秋第三次去两当，当时是和单位上的职工一起去参观两当兵变纪念馆，"两当兵变"是第二次国内革命战争时期，中国共产党在西北地区领导的一次武装兵变，也是在甘肃发动较早的一次武装起义。因着这个缘故，这次的两当之行就有了明确而严肃的主题，不再像以前来时那么随意和漫无目的了。纪念馆很大，讲解员都穿着以前革命时期的军装，展厅的柜子里，陈列着革命时期遗留的物品，子弹壳、马灯、帽子等，一组蜡像，生动地再现了当时的人物和场景。

这时的两当县城，也和我多年前来时有了很大的不同：虽然路上行人依旧稀少，但是宽宽的马路，新建的高楼，扩建的县城，已经不是以前人们口中"衙门里打板子，四门都听见"的形象了。

中午吃饭时，旁边有家玩具店，里面摆满了各种毛绒公仔和可爱的布娃娃，我们惊奇之余，各自都高高兴兴地挑选着心仪的玩具，我给女儿买了个梳着两条油黑可爱小辫子，头戴淡蓝色花边软帽，身着淡蓝色裙子，长着一对乌溜溜的大眼睛和一只可爱小翘鼻的布娃娃。

深秋的云屏山，穿着斑斓的彩衣，笑容可掬地欢迎着远来的双眸，收获着我们的赞叹和欣喜，任由我们在红叶丛中拍照，在木条铺就的小径上奔跑，躺在小木屋前的草坪上撒欢。

回家后，掏出布娃娃的瞬间，我成功地收获了女儿的欢呼，她高兴地抱着有她一半身高的布娃娃，舍不得放下，我俩商量了一下，根据布娃娃头戴蓝色花边软帽，身着淡蓝色裙子的特征，给她取名叫蓝妹妹，以后的几年里，蓝妹妹就成了女儿睡觉的伙伴。每晚上床之后，她一定要看着我将她小时候枕过的小枕头与她现在的枕头并排放在一起，让蓝妹妹枕着小枕头和她并肩而眠。

四

车在微雨中疾驰，公路两边的树木在急速后退，树叶全是湿漉漉的。

去年秋天，两徽高速公路初开通，一个周末，送女儿去兴趣班上课之后，胡同志提议去体验一下两徽高速。车到泥阳中寨，叫上文友张筱，一车三人，向两当进发。

半个小时后，已经到了两当城里，再到两当兵变纪念馆时，雨已经停了，纪念馆外边的马路上站着好些等待进去参观的人，考虑到一会儿还要去接上完课的女儿，我们放弃了进馆参观的打算，返回两当城，绕城转了一圈就往回返。

回程的路上，我说起二十多年前到两当的感受和现在两当的变化，不由得感叹两当近几年的发展变化之大，不仅仅面貌焕然一新，县城面积也扩大了好多，就连交通也是如此便利。当年，我从成县去两当，可是坐了整整半天车，现在，一个多小时就一个往返了。

回到成县城里，女儿一个半小时的兴趣课刚结束，我和胡同志刚赶上接女儿，一点也没有耽搁！

怀念 "露天电影"

闫永祥

看露天电影,是我少年时代最高兴不过的事。

那时候还没有电视,看电影是我们唯一的文化娱乐活动。当时,我们村是省上挂了名的"红旗"大队,县上来了新影片,县城里放一次后,第二次就是我们村。我常为我们村能放新电影而感到高兴和自豪。

下午学校放学后,我会匆匆忙忙回家,慌里慌张吃完饭后,就去大队部(因大队部离我家一墙之隔)打问晚上有没有电影,什么影片等,如有电影,便三步并作两步,急忙干完大人交代的农活后,先一步神秘兮兮通知村里要好的伙伴们,告知他们晚上有电影,给他们一个惊喜。夜幕刚降临,我们一群小伙伴就早早地坐在前面的木头上,占好座位,等待着县上的放映员来放电影。那时,村里不通电,放电影要用小型发电机,有时发电机坏了,修到半夜也修不好,伙伴们个个急得像热锅上的蚂蚁,在场里乱转,也有乱喊乱叫的,我们不敢当面或大声骂放映员技术差,修不好发电机,却在心里诅咒放映员,诅咒破发电机,咋不在其他村放电影时坏了,偏偏要在我们村坏呢?在发电机没修好前,夜深了,有些伙伴已睡着了,大人叫他们回去,谁知叫醒后谁也不愿意回去,非等到放映员把发电机放回到大队部后,才死心回家。

在夏秋季节看露天电影,我们觉得凉爽、痛快、好玩,伙伴们拿着自家树上摘的李子、桃、苹果、葡萄、杏等新鲜水果,互相赠送,吃着谝着,用水果驱赶瞌睡虫的侵扰,吃完水果后,有爬上院墙骑在墙上看的,也有爬上大树骑在树杈上看的……无拘无束;春冬季节,我们也看电影,吃着各自拿的柿饼、核桃、炒黄豆、炒玉米花外,还个个提个火笼(废铁皮制的圆筒，下面装灰，上面是柴火，火笼上安有手提铁丝），拿着柴，比看谁的火旺，然后放在自己前面烤火看电影，开始还觉得暖和，到夜深时冻手冻脚，特别是脚冻得如猫抓发痒难受，大家只好脱掉鞋，既烤手又烤脚，坚持着把电影看完。个别只顾看电影的，不是把衣服烧坏了，就是把鞋、袜烧坏了，当晚不知道，翌日大人吵骂时，才知道自己犯了错。

我和伙伴们看电影有瘾，在本村看了后，还要跑七八里甚至十几里山路到别的村去看。有一次，我看着看着，忽然打起盹来，便靠在大场的麦草垛旁睡着了。看完电影后，伙伴们寻不着我以为我先回家了，他们也就回去了，后半夜我醒来后，周围一团漆黑，吓得我浑身发抖，不敢回家，先是小声哭，后是大声哭，约摸半小时后，父亲寻来了，挨了一顿骂后，随父亲回家。从此，我在外村看电影，再也不敢睡着了。

光阴荏苒，如今我已人到中年，多年没有看过露天电影了。家里有两台彩电，孩子们看孩子们爱看的节目，我看我的，夏天一杯清茶，坐在凳子上看；冬天，嗑着瓜子，坐在热炕上看。各人看各人的，各家看各家的，互不干扰，虽说有些清静，但寂寞常使我看不完有些电视节目，而早早关机睡觉。有时，倒常忆起少年时代看露天电影的事来，觉得那个时候，大人、小孩是多么热闹、惬意和快乐！

我记得，那是 20 世纪 70 年代的事。

院前院后

王　侨

　　小时候在四川老家，院子左侧是块一亩多大的园子，里面栽着橘子树、橙子树以及各种我叫不上名字的树木。每年，果实还没成熟，堂弟和妹妹就偷偷爬到树上摘绿果子玩，为此，我时常拿着小棍儿去树上撵他们。等到果子真正成熟后他们却不爬树了，因为果子成熟，枝头也沉了下来，他们站在地上，双手背在身后，动动嘴唇，也能轻而易举享用。橘子和橙子，几乎是我们童年的标配。

　　院子前面是一排桑树，大叶子的那种。蒸馍馍时把桑叶垫在笼屉里，蒸出来的馍馍有一股桑叶的清香，很好闻。用桑叶做皮，里面放嫩玉米泥和嫩南瓜丝做的桑叶盒子也非常好吃。当然，爬到树上摘桑葚也是一件很快乐的事。桑树中间夹着一棵枇杷树，这棵枇杷树是我从外婆家挖的小苗移栽的。后来，它的确结了果子，但我已经随父母来到了甘肃两当。弟弟说，那棵树结的枇杷很甜很甜。

　　院子右侧有一处四五分地大的池塘。因为贪玩，多次栽到池塘里，好在每次身边都有人，拽着我的小腿把我从水里迅速地提上来，但还是会呛到水。为此怕水很多年，直至学会了游泳才克服了这个心理阴影。池塘里种着两种植物，一种是菱角，形状很像两个连在一起的牛角，生吃脆而甜，煮着吃又甜又软；还有一种似鱼非鱼的东西，父亲告诉我叫鱼笋。每年成熟后他都会全部摘下来给我炒肉吃，因为只有一小丛，一年也只能吃那么几天，我非常喜欢。所谓物以稀为贵，这个东西自打我离开老家后再也没有吃到过，每每想起都回味无穷。2018年在上海学习时，却在下榻的酒店里遇到了它，当时开心坏了，连着吃了好多天。昨天在天天鲜超市，路过蔬菜区时，眼前一亮，瞬间我就辨识出来了，虽然它穿着"衣服"。我毫不犹豫地将它放进了购物车，回家的路上也很是雀跃。那天，我做给儿子吃，饭间给他讲那些童年的事，脑海中，仿佛推开了一扇青木色的古门，那些年的点点滴滴都浮现在眼前。

美食，是每个人最深的乡愁。一个人长大后，总有些滋味，会停留在回忆里。无论去过多少地方，吃过多少美味，你最怀念的，还是那时父母做的饭菜。人间草木，最丰富的滋味就是童年时的味道。让我感到庆幸的是，时光将它们深深烙在了我的味蕾上，每每回味，就弥漫出带有乡愁的愉悦。

你可能要问院子后面怎么不说？有什么呢？

院子后面是条六米来宽的乡村马路，马路另一侧是高高的田坎。田坎上面有座老宅，我的奶奶和么爸一家住在老宅里。老宅院子前是一排李子树，后面是片竹林，左侧是一块菜地，菜地里还是栽着各种橘子树和橙子树，还有一棵五六米高的柚子树，每到柚子成熟时，一颗颗明黄的大柚子挂得满树都是，又好看又好吃……

年味儿

王　环

年味儿是不远万里的游子归乡，年味儿是妈妈做的一桌年夜饭，年味儿是集市上的熙熙攘攘，年味儿是空气中氤氲的香甜感，是欢聚，是祝福，是乡愁，是牵挂，是乡味。

杀年猪

过了腊八，渐渐就有了年味儿。在农村，杀年猪是春节前的一件大事，年味儿，也从吃一顿杀猪饭开始。

天麻麻亮，老杨一家子就已经起床了，烧水、做饭、磨刀、备缸等，跑前忙后。不一会儿，村里的壮汉和妇女也都来帮忙了。一起简单地吃过早饭后，就迎来了当天的重头戏——杀年猪。

一番吆喝后，五六个壮劳力开始进圈拉猪。瞅准时机，有的扯耳朵抓尾巴，有的扯后腿，有的用麻绳捆住猪脚，三下五除二，便把一头三百多斤的大肥猪撂倒了。猪捆牢了就被抬到事先准备好的宽条凳上，那猪被牢牢地按在条凳上声嘶力竭。妇女们事先备好了洋瓷盆子打算接猪血做血馍馍。

一切准备就绪，只见老杨左手摁住猪嘴，右手握住一把尖刀，对准猪脖子中间的那个位置斜着一刀捅下去，猪血一下子就飙出来淌到了洋瓷盆子里。很快，那猪在一番歇斯底里的嚎叫与挣扎后便不再动弹，短促地哼哼了几声便沉默了下来。

接着就是刮毛、抬挂、分割。左邻右舍还来了不少围观的人，有的估量那猪有多少斤重，有的讨论那猪的肥瘦，你一言我一语，不时对那猪评头论足。

老杨熟练地分割着猪肉，额头冒着热汗，脸上溢着喜悦；壮汉从裤兜里摸出烟，吧嗒吧嗒地吸起来；妇女们任劳任怨，在厨房洗菜切肉忙着烹饪一桌美味。

老杨的儿子一直在外务工，今年早早回家的他，赶上了这顿一年一次的杀猪饭，他兴奋不已。

北方的冬季，午后阳光暖暖地晒着。随着一声"开饭了"，男女老少一起围坐在大圆桌，老杨拿起珍藏多年的酒，招呼着大家吃肉喝酒。

那热气腾腾的杀猪饭让整个山村弥漫着肉香和温暖的气息。看！屋顶升起的袅袅炊烟，氤氲着年的味道。

赶年集

腊月最后的几天是年的尾巴，抓不住的，稍不留神，就嗖的一下到年底了。新年的脚步声越来越近，大街小巷的年味儿也越来越浓。赶年集是过年不可或缺的一场"约会"，就像是约定俗成的，无论买的东西多少，去年集上转上一转，才算真正地迎接新年。

记得小时候，最盼望的就是过年，不仅会有好吃的，有新衣服，还会去赶年集。尤其是到了赶年集那天，天还没大亮就从炕上爬起来，嚷嚷着早点出发。那时交通条件还没有那么便利，全靠步行。一路上能碰到许多同去赶集的人，背着背篓，有说有笑。腊月的天气清冽而干冷，寒风吹得人脸上生疼，可我根本不在意这些。步行十多里的路，也不觉得累。到了街上，人山人海，我紧紧拉着妈妈的手，淹没在人潮里。

现在长大了，我依然很喜欢赶年集。置身其中，感受着最原始的售卖方式和最接地气的热闹喧嚣。鞭炮春联、锅碗瓢盆、新鲜蔬菜、肉类海鲜、瓜子糖果、各式服装……林林总总，吃的、穿的、用的，在年集上应有尽有，一个挨着一个的摊位沿街道两侧依次摆开，让人眼花缭乱。

"小寒游子要思归，大寒岁末庆团圆"。到了年关，带着对家的深深思念，在外的游子陆续返家。游子归家一定是要享受乡村年集盛宴的。他们大多都自驾着小汽车，一家人热热闹闹地赶年集、办年货。也只有这个时候，车是川流不息的，鸣笛是一声接一声的，甚至连停车位都变得紧张。浓郁的乡音，归家的游子，使得岁末年初的年味愈发浓烈。

赶集人三五成群，停停又走走，叫卖声、吆喝声、嬉笑声，氤氲着幸福，洋溢着快乐，绽放出朵朵幸福温馨的花儿。人们在笑声中送走了旧年，迎来了新年，也迎来了新的希望和憧憬……

小城街灯

李凤琴

　　小城居住的人不多，冬日的小街更显空旷、寂寥。黄昏的暮色里飘起了雪花，冬日如诗。街边的路灯幽幽地散发着橘黄色暖融融的荧光，金色的柔光里朵朵轻盈的雪花在飞舞，浪漫而又雅致，可爱的雪花美丽地飘洒，把人的思绪带进了童话般的世界。

　　风习习，雪飘飘，北方的冬天，呼气成霜，滴水成冰。想一个冷字，全身都有哆嗦感。怕冷又不好动的我，常常是手凉如铁，要耍一点小女人的小聪明，讨得老公高兴好为我暖手。有事要出门时，总要把自己全副武装，厚厚的羽绒服、手套、口罩……只留一双贪婪风景的眼睛感触，小城黄昏与夜相融得柔和与宁静。我像企鹅似的跟随着推自行车前行的老公，走进小城的夜色里，小城的夜如祖母慈祥的怀抱博大、温馨。

　　行不多远，懒惰的我就不想自己走了，脑子里动上了刁难老公的坏主意。老公是个文质彬彬的读书人，总是一副严肃、认真的面容，不善言谈，不苟言笑，内心却是心如明镜、明察秋毫，待人处世宽厚、诚实。对老公说："我听见路灯和雪花在说话。"老公静静地凝望着一盏盏晶莹剔透的路灯，不动声色地反问："说什么了？"我心中暗自窃喜，鱼上勾了。忙开出自己的条件："那你用自行车带上我，就告诉你。"老公抿嘴憨然一笑，用手拍了拍车子后架，我迅速、敏捷、得意地坐了上去。乘上了开往春天的幸福号专车。倚在老公的身后，寒风有人为我抵挡，自己便抵达了一个暖如三月飞花的世界。心中莫大的幸福在涌动，眼睛溢出了按捺不住的微笑，散发着满心的喜悦。对一个女人而言，幸福就是如此的简单，眼前这既平淡又平常的一点一滴生活小事，满足感和幸福感就迷醉了自己，快乐的心儿醉得一塌糊涂。寒风夹杂着丝丝缕缕的温暖和甜蜜，在这个冬日的小街静静流淌。

今生注定，你我风雨同行，携手生命中的每一个季节。记忆将沉浸在冬夜瑞雪飘飘的小街，享受岁月留给我们的甜蜜和浪漫，而我们又把岁月由你我谱写的快乐和幸福珍藏。

我听到路灯对雪花说："今生遇到你，是我最大的幸福……"

千里光

向尧华

"旅客朋友们，我是 6063 次列车的列车长，受降雨影响，列车现在大约晚点 3 小时 25 分。给您造成不便，向您表示诚挚的歉意……"车厢广播里的消息就像平静的水面投下了一粒石子，立刻引起一阵议论和骚动。

"哎，又晚点了。"母亲从口袋掏出一颗糖果塞到我手里，我自然是舍不得吃的，默默地攥在手里。我要把它带给太婆（曾祖母的旧称）。我甚至能想象得到，火车到站后，她见到我和母亲那欣喜的笑脸，该有多高兴。我始终记得，她每次站在大树下，目送我和母亲离开时，拿着手绢一遍一遍擦着眼泪，如果眼泪可成诗，那太婆的佳作早已经有千千万万篇了。

火车暂停的时间刚刚好，恰好出了隧道，映入眼帘的就是嘉陵江上游较大的支流——白水江。那夕雾淡蓝的缎子不足以吸引我，最先拨动我心弦的，是江畔簇拥盛放的千里光。这种可爱的黄色花朵，太婆家院子里、大树下、小溪旁到处都是。

千里光属菊科，为多年生攀缘草本植物，根状茎木质，粗，多分枝，老时变木质，皮淡色。叶片卵状披针形至长三角形，叶脉明显；头状花序有舌状花，舌状花舌片黄色，生长在海拔 50 ~ 3200 米的森林、灌丛中，攀缘于灌木、岩石上或溪边；千里光全草入药，有清热解毒、明目退翳、杀虫止痒之功效。每当看到这种花朵，我就会想起太婆。我对太婆的记忆总是伴随着淡淡的雪花膏的香气。她的旧桌子上，针线笸箩里，都乖乖地躺着一盒雪花膏。她的头发总是梳得那样好（呈环形盘绕的发髻），那银白的发丝根根明晰流畅，像河川一般流动着。太婆总是穿得板板正正，那藏蓝色斜大襟上衣，配上精致的盘扣，往那小凳上一坐，就成了一道美丽的风景……

"旅客朋友们,列车前方到站是略阳站……"广播通知响起的时候,我和母亲早已站起身排队等待下车了。

"女女,来了哦,看太婆来了哦。"亲切的略阳话从太婆的口中说出,更加有了温度。母亲几乎是太婆带大的,所以每逢假期,我也可以经常顺理成章地挤在太婆身边。我给太婆那颗糖果,她笑着剥开,把那一口甜蜜轻轻地塞进我嘴里。那年千里光开得正好,我去小溪摸鱼,手冻得通红,摘了一束给太婆。她瞪着我,双手紧紧捂住我的手,嗔怪道:"这么冷的天,还跑去玩水。""太婆你看,这花儿开得多好啊!""傻女女,你看那大树底下,到处都是。"外婆指着那一簇簇的千里光咯咯笑,仿佛风中摇曳的不是花,是童年的她。

太婆总喜欢向我和母亲灌输她的思想,谈论她的处世之道。母亲总是抱怨太婆那套老旧古板的说辞,还总喜欢拿出来显摆。收下我采来的千里光,她会自言自语地说:"女孩子就和这花一样的,草籽命啊,撒到哪里就在哪里生根。运气好的落在肥沃的土壤里,生根发芽开花,漂亮而招摇。而有的不幸落在悬崖峭壁之上,那薄薄的一层贫瘠的浅土,能让她活下来就不错了。"太婆总是念叨这些老旧的话给我听。好不容易听习惯了,她却走了……

生命总是那么脆弱,上了年纪的人更是经不起折腾的,步履蹒跚的太婆不幸摔了一跤,这一摔,她再也不能站在青石台阶旁的大树下送别我和母亲了。只剩下那几株千里光,在风中摇啊摇,摇啊摇,似乎是在代表太婆为我和母亲送别,在我的泪目中,那一株株千里光变成了太婆的笑靥……

很多年以后我终于明白,生命就是一次艰难的跋涉,一段苦难与幸福交织的旅途,结果也许并不重要,过程才是最精彩、最值得铭记的;死亡不是真正的逝去,遗忘才是永恒的消亡。在太婆离开的很长一段日子里,母亲总是深陷在对太婆永远的怀念中不能自拔,我何尝又不是呢?只要我们记得她,那她永远以另外一种形式活着,活在她的世界里,就像这千里光,在阳光下静静地绽放……

用爱浇出希望之花

苟汝红

参加工作二十余年，说起教育故事似乎很多，多得数也数不清，为孩子们用心付出的点点滴滴，和孩子们相处的分分秒秒，似乎都那么充满生趣，那么充实而快乐。每一个孩子都像一个故事那样让人着迷，让人陶醉而又让人牵肠挂肚！可真要讲都有哪些故事时却又觉得都算不上是故事，而是师生之间相处的日常而已。

刚刚参加工作时，我被分配到两当县显龙学校，看着孩子们一个个朴实纯真的模样和渴求知识的眼眸，我觉得很庆幸我选择了教师这个职业，庆幸自己能够有机会用所学的知识来浇灌这些如饥似渴的"花朵"，把他们培育成祖国的栋梁之材。

记得在我的第一个教师节，有位同学送给我一幅小小的卷轴画，上面是"博爱"两个字。我很喜欢，因为它不仅仅代表了我选择教师职业的初心，也是我对教育事业一个总的理解。我把它挂在办公桌前的墙上每天看看，希望它能时刻警醒我。

高尔基说过"谁不爱孩子，孩子就不爱他，只有爱孩子的人才能教育孩子"。多年来我用真挚无私深沉的爱无微不至地温暖着我的学生。给住家远的孩子提供一份午餐，给刚刚上初中还不能适应的住校学生进行作业辅导，心理疏导。给写字慢赶晚上熄灯写不完作业的同学提供场所，陪伴他们完成作业……或许正是这种真诚的付出与无微不至的关怀让孩子们也都充满爱心，拥有了"爱"的能力，懂得关心身边事，爱护身边的人。

记得显龙那年的冬天特别冷，而且多雪，上一场雪还来不及融化，就又开始第二场雪。那年的雪像是调皮的孩子，如果兴趣来了便洋洋洒洒，悄无声息地铺天盖地而来。那天我给九年级同学上完晚自习，打开门看到漫天飞舞的雪花和满地厚厚的雪被，孩子们早已兴奋地冲进雪地肆意狂欢起来，打雪仗、滑雪……玩得不亦乐乎，而怀孕八个月的我挺着大肚子站到教室门口不知所措。本来溜光的水泥地面上有一层孩子打雪仗撒过来的雪，我尝试往前迈了一步差点滑倒，便再也不敢轻易尝试。只能拖着笨笨的身体在门口徘徊。这时有几个眼尖的女生似乎看出了我的困境，跑过来帮助我，但是由于地面太滑，她们几乎都站不稳。她们拿来笤帚扫了地面的雪，她们试过总算能走稳，才让我一步步往前走，可刚走下教室门口的台阶，又发现操场上，通往宿舍的路面上都已被孩子们连滑带踩，和下面还未完全融化的积雪融合在一起形成了薄冰。这下像我这样的人行走起来更是举步维艰。这时候越来越多在雪地里撒欢的孩子们都跑了过来，大家纷纷想办法。有的拿铲子铲，有的拿扫帚扫，可那冰块像长在地面上一样坚硬牢固，而且铲子发出的声音尖锐刺耳，怕影响小学部住宿生和其他老师们的休息只好作罢。突然有位高个子男生说："老师，不然我们抬着你，把送回宿舍吧！""行，行……"有几个男生随声附和着。"别胡闹了！"女班长怒声呵斥着。"那不然能怎样，又不能背……"男生继续道。"这么滑的地面，我们谁都不能保证走在上面不摔跤，既然连自己都保证不了，怎么保证老师的安全？"女班长一副威风凛凛的样子，大家都沉默了，一个个小脸急得通红。我不忍心地看着同学们笑着说："你们不要争吵，只要扶着我，我自己走就好，我又不是伤员怎么能让你们抬？再说了就我这身板，我还怕把你们累坏了！""对，就这么办！"小机灵鬼站出来，两手叉腰说："我们围着老师，让她走在中间，两边由两个身强力壮的搀扶着，万一老师要倒了，先由他俩扶一把，我们就都先倒下去给你做肉垫！"说着顺势一滑卧倒在地上，嘴上还说着："就像这样！"随后立马起身问："听清楚了吗？"

　　"这个主意好，大家随声附和着。""对，对，老师你要是脚下滑了，一定记着往后倒，我结实，我在后面接着您！"小胖子抢着说，同时站在了我的后面。"我也行，我也行"边说着孩子们已经把我围在了中间。小机灵鬼就像将军审查士兵一样一个个地挑选分配起任务来。本来没了主意的我此刻是又感动又佩服孩子们的勇气。随后我被大伙包围着向前慢慢移动着，小机灵鬼还不忘亲自走在前面探着路，照着亮做起了指挥！只有三四百米的路程我们一步步地挪动着脚步，屏气凝神，似乎连大气都不敢出。终于到达我的宿舍门口，大家都不由得长舒一口气。这大冷的天，孩子们和我都满身满头大汗。我忍不住泪流满面，孩子们却紧张地问："老师你是哪里不舒服吗？"我摆摆手说："有你们真好！这是我度过最温暖的冬天！"孩子们再次围过来给我一个大大的拥抱。

　　春去秋来，迎来送往。从教二十多年来带过初中，又带小学，记不清送走多少届学生，但无论面对怎样的学生，我始终不变"博爱"的教育初心。虽然我不能像伟人那样无私奉献、博爱天下。但我相信在我的小小岗位上，作为一名教师我能够做到：有博大的胸怀，要热爱每一位学生。

一个老兵的寻常一生

麻　晖

"雄赳赳，气昂昂，跨过鸭绿江……"每当耳畔响起那熟悉的旋律时，一位抗美援朝老兵的形象时常在我脑海里浮现，他的举手投足、音容笑貌是那样熟悉与亲切，宛如昨天。

老人名叫雷从风，生于民国元年，即 1912 年。祖籍河南洛阳孟津。家有兄妹八人，祖辈以务农为生。家境特别贫寒。在那个特殊的年代，山河破碎，社会动荡，人民流离失所。他的父母和普天之下所有的老百姓一样，风里来，雨里去，辛勤耕耘在那家乡片贫瘠的黄土地上，依然养活不了一大子家人。十来岁，他便和兄弟姊妹帮父母下地干农活：锄玉米、割麦子、打黄豆……农闲时，和哥哥姐姐上山挖药、捡柴，下河摸鱼、捉泥鳅，以此换钱来贴补家用。即便如此，家里还是入不敷出，一贫如洗。如遇上风调雨顺，家里人无大病灾的年月，田里收获的庄稼除交给地主的那部分外，还稍有点结余，剩余的粮食夹杂着地瓜野菜等也只能解决全家人数月的吃饭问题；如遇上天灾人祸，只能流落异乡，以乞讨为生。更有甚者，卖儿卖女，不然的话，只有等死。

最令他记忆深刻的是每年的冬春两季。特别是深冬季节，屋外天寒地冻，屋内冷如冰窖。尽管房子最大的缝隙被他母亲用干草和破布给堵上了，但冷风依然会争先恐后地从外面钻进来。因为是农闲时节，一天只吃一顿饭。寒夜漫漫，望着从屋顶漏下的点点星光，环顾一贫如洗的家，那种透彻心扉的饥饿感如同室内的寒气一样压得他喘不过气来。

春季，暖暖的风吹醒了豫西北丘陵山区沟沟峁峁上的所有植物，小草发芽，杨柳吐翠，山桃花含苞待放。在这个万物复苏的美好季节，家家户户早已无粮食，无奈之下，人们倾巢而出，上山挖野菜。未成年的他，在那个国力衰竭，烽烟四起，民不聊生的年代，和千千万万个中国普通老百姓的孩子一样，过早地品尝了生活的艰辛。

一年年，贫穷困顿的日子如家乡严冬那凌厉的西北风一样让他不寒而栗。缺吃少穿，饥寒交迫，迫使多少个家庭卖儿卖女，妻离子散。沉重的苛捐杂税，连年的战争，使老百姓家破人亡，苦不堪言。为了活命，十岁左右，他那被贫困生活压弯脊梁的老父亲托人在洛阳城里给他找了份伙计的工作。

虽然只是十岁的孩子，但他牢记临别时父亲的殷殷嘱托，做事勤快麻利，从不偷奸耍滑。小小年纪的他，在饭店里，擦桌子，给客人沏茶倒水，端盘子，洗碗，扫地，任劳任怨。不仅如此，他机灵，活泼，尊老爱幼，老板看在眼里，喜在心上，对他另眼相看。在客人不多或休息时，允许他和自己上过学堂的孩子一起识字。夜深人静，窗外星光闪烁，无论严寒还是酷暑，别的伙计早已酣然入睡，他还在如豆的油灯下学习。短短两年，他的文化程度都达到那时的完小。

几年下来，凭借自己的努力，不仅在洛阳城里立住了脚，而且还常常寄钱接济家里和四邻。无奈那时的中国积贫积弱。在洛阳城里的那些日子，他见惯了太多普通市民被剥削，被压迫，被战争的铁蹄蹂躏。饥饿、贫穷，疾病等如影随形，普通人的生命随时面临威胁。夜深人静，窗外月光如水，他常常夜不能寐，想起一贫如洗的家，想起饥寒交迫的乡亲们，想起那些被卖掉的孩子，想起有病得不到及时医治的老人、孩子，他就潸然泪下，情不能已。冥冥之中，他多么渴望有一支强大的队伍，能救老百姓于苦难中。

日子不紧不慢地过着，伙计的日子紧张而忙碌。战争的阴霾依然笼罩着充满苦难的中国，但共产党领导的中国工农红军进行长征的消息如星星之火，必将在不久的将来燃燎原之势。

1934年12月1日至3日，红二十五军在位于嵩县车村镇的木札岭与敌人展开殊死搏斗，歼敌48人，谱写了一首慷慨悲壮的英雄赞歌，而后进入洛阳。彼时的洛阳锣鼓喧天，老百姓以巨大的热情欢迎红军的到来，

14 岁不到的他，怀着同样的热情欢迎红 25 军的到来。

据他的女儿讲，也许是这次，他加入了红军，一路随革命的军队，转战南北，当过勤务兵，通信兵，喂过马，为战士做过饭，也在战场上与敌人浴血搏杀过，身上也留下了无数的枪伤，直到中华人民共和国的成立。

1950 年 6 月 25 日，抗美援朝战争爆发，他和三哥一起，雄赳赳，气昂昂跨过鸭绿江，投身到战争的硝烟中。三年时间，他和战友在朝鲜的土地上与敌人殊死搏斗，用鲜血和生命谱写了一曲曲英雄的赞歌。三年的时光，有多少年轻战士的生命留在了朝鲜战场上，留在了异国他乡的土地上。巍巍青山埋忠魂，时隔 70 多年的今天，抗美援朝烈士遗骸回国，让永雄的忠魂魂归故里。

从朝鲜战场归来，他积极响应国家号召，支援大西北，来到山高林密、经济落后、交通不便利的甘肃省小陇山林业试验局张家林场，当了一位普通的护林员。

张家林场位于秦岭西端南坡，方圆百十公里林木茂密，沟壑纵横，瘴气弥漫，常常有猛兽出没。他和林场的职工一起，长年累月，爬山涉水，不辞劳苦地奔波在巍巍大秦岭的山山岭岭，用辛勤的汗水护卫着这片土地上的山山水水、一草一木。也就在这个时候，他结识了张家公社下街村的雷姨，雷姨没了丈夫，独自抚养两女一男三个孩子，且家庭出身不好，日子过得特别艰难。

在当时那个以阶级斗争为纲的时代，唯成分论困扰着每个出身不好的家庭，像子女上学、就业，甚至连找对象都很难，他们被孤立在村子的边缘。他非但没有嫌弃雷姨，而且在繁忙的工作之余，常常帮助雷姨照顾三个孩子，用自己微薄的薪水接济他们。通过多半年时间的相处，他觉得雷姨是一个勤劳善良、坚韧刚强的女性。就那样的家庭状况，她还是把三个子女送进学校，一刻也没有耽误孩子的学习。他觉得雷姨是一个有远见卓识的伟大女性，他不顾许多亲朋好友的强烈反对，毫不犹豫地选择了这个困难重重的家庭。从此，他一边上班，一边帮雷姨照顾孩子。雷姨下地回来，虽累得腰酸背痛，但热腾腾的饭菜已经端上桌，一家人在昏暗的油灯下愉快地吃饭，谈笑。那份快乐和满足，使他们暂且忘记了生活中的种种不幸和苦难。

日子就这样不紧不慢地过着。几年下来，他们也有了自己的三个孩子。孩子多了，日子愈发艰难。下班后，人们常常看见他佝偻着腰身，在自留地里挥汗如雨地侍弄着蔬菜和庄稼。日子再难，他也没让老婆前夫留下的孩子辍学。而是一心一意地供养他们，直至他们大学毕业，成为国家的有用人才。

出身富农家庭，雷姨经常是白天参加生产队的劳动，晚上在大队会议室接受贫下中农再教育，记忆中她脖子上挂着牌子，低头弯腰，站在灯火通明的大队会议室里接受教育，或者在学校那个臭气熏天的厕所旁一站就是一整天。他从没有嫌弃她，下班后，打扫屋子，洗衣，做饭，照顾孩子，默默地等她回家。一个人对家人好，那是为人的最根本。对他人好，在力所能及的范围内帮助那些需要帮助的人，那才是伟大。

王婆王爷是村里的五保户，比他小七八岁，他经常去照顾他们，自己出钱为他们买药。巡山的路上，为他们捡拾柴火，还让自己的孩子为他们挑水，磨面，砍柴。

阴雨绵绵的深秋季节，凄风夹杂着透彻骨髓的冷雨让人感觉到异常寒冷。但在王婆家暖烘烘的炕上，他找来明矾和指甲花一起捣成泥状给每个小孩染指甲的情景还历历在目。在那个物资异常贫乏的年代，他常常给村子里的孩子买糖，买饼干和苹果吃。他是孩子们最爱的雷爷爷。

记忆当中，那是个久雨初晴的中午，街上泥泞不堪。阳光灿烂美好，小鸟在枝头叽叽喳喳叫个不停。那时我五六岁，满头生了疥疮，而且双耳流脓，是通耳的那种，父亲带我去卫生院看病。医生给我头上涂满了紫药水，使我看起来特别滑稽可笑。路过他家门口时，被他碰上了。他向父亲询问了我的情况后，把我们领到他家里，给了我们很多药，还有许多好吃的。那时小，不知道是什么药，反正，花花绿绿一大堆，从吃了他给的药后，我的病彻底好了，没有再犯过。

从我记事起，母亲就有严重的胃病。患这种病，不能吃生冷、辛辣、刺激的食物，不能过度劳累，要保持轻松愉悦的心情，还要经常吃药。依我们这样的家庭条件，那是很难做到的。父母结婚十五年后才陆续有了我们姐妹四人，家庭生活的重担全压在父母身上。从记事起，父母总是早出晚归忙得不可开交，即使下雨天也要给生产队的玉米地赶乌鸦。加上父亲脾气暴躁，稍不如意，就搞得家里狼烟四起。母亲在这种情况下，胃病愈来愈严重，痛起来像小孩子那样满炕打滚，惨叫声连连。吃的药渣像小山样堆在廊檐下。那时，我还小，每每听到母亲被病痛折磨的哀号声，我都肝肠寸断，但又无可奈何。每次，雷叔都会来我家，给病重的母亲借钱抓药，或者帮我们熬药，用带着浓重河南腔的话语安慰病重的母亲，逗我们开心。

那年冬天，天寒地冻，特别的冷，母亲的胃病时时发作，听着母亲的惨叫声，我们心里特别害怕，唯恐一不小心，老天就会带走我们的母亲，对母亲的担忧让我寝食难安。一天，一个大雪纷飞的中午，雷叔来到我家。他不知从哪里打听到在陕西凤县留凤关有个老中医特别有名，为此，他专门去了一趟，就我母亲的病情详细咨询了老中医，老中医了解了我母亲的病情后，给出了用胃穿线的方法来治疗，费用大概十五块钱，就这十五块钱，家里也拿不出来，还是他在生产队当出纳的大女儿偷着给我们借的。他领着大姐和他的大女儿去百里以外的留凤关给母亲做了手术。至此，母亲的胃病彻底好了，从来没犯过。

记忆中他家的后院特别大，院子里种满了苹果树、桃树和梨树。春天的时候满院的繁花似锦。他领着我们和他的孩子在院子里玩耍、嬉戏。秋天，果子成熟了，红彤彤的，像一个个小灯笼挂满枝头，空气中都飘着淡淡的果香。他把果子采摘下来，这家一篮，那家一篮，和街坊四邻一起分享收获的喜悦。每年八月十五，他都要给王婆王爷买月饼，我们一群小孩和他在王婆家的后院里一边赏月，一边吃着各种水果和月饼，一边听他讲他所经历的遥远往事。但他从来不讲他当兵打仗的事。别人问起，他也轻描淡写地说两句……

我们很享受和他在一起的日子，他的到来，使寂寞、贫穷、苦难的日子有了些许的光和温暖。他佝偻的矮小的身影，充满笑容的慈祥目光，使每个和他接触过的人心里感到无比的温暖。

他从不在别人面前夸夸其谈。他戎马生涯半辈子，很少提及他和战友们驰骋沙场、奋勇杀敌的故事，很多人只知道他当过兵，上过朝鲜战场，仅此而已。据他的儿女说，"文化大革命"时期，由于母亲的成分问题，父亲多少受到了牵连，红卫兵抄家时，父亲的荣誉证书和军功章遗失了不少，仅存的也不知遗失到哪里去了。

退役后，他选择扎根祖国西北，当了一名默默无闻的护林员。当工人后，他尽其所能地帮助周围的困难群众，尤其是那些无儿无女的孤寡老人。

他对妻子忠诚，爱家爱儿女。他和妻子一起含辛茹苦把六个孩子养大成人，供他们上学，教他们如何做人。他把妻子前夫的三个孩子其中的两个培养成大学生。她自己的三个孩子高中毕业后，只有老大按照国家政策在他退休后接了班，其余两个在家务农，一直过着普通老百姓的平凡日子。就这样一位慈祥的令人爱戴的老人，却在1983年9月4日溘然长逝，离开了亲人，离开了我们。

隔着三四十年的岁月烟尘，想起他的时候，他的音容笑貌依然那么清晰，他出殡那天，全村人都出来为他送行，那种悲伤的场面，我至今难以忘却。时代需要英雄，英雄来自人民。每个向上的民族都需要英雄精神的滋养。这是老人留给我们最为宝贵的精神财富，让我们在他精神的感召下，踏踏实实做人，认认真真干事。

乡村酒席

闫永祥

在乡村，逢到亲朋好友婚丧嫁娶或生日寿辰，不论农活再忙，住得再远，还是刮风下雨，路不好走，只要主家请了，你就得千方百计，想方设法，放下手中的活，或坐车或步行，风雨无阻地备上礼品或礼金，如约去参加主人举办的酒席。在陇南山区，有句俗话：摆席容易请客难。因此，办喜事的人提前请了你，到时候你不去，主家脸上无光，酒席吃不完，还会弄得主家非常尴尬。

我的家乡人办喜事备酒席是很认真的，提前一月就请阴阳先生确定良辰吉日。好日子确定后，一家人晚上坐在灯下，商量请客的事，掐指算客的人数。人数合计好后，该备多少桌酒席已胸中有数。然后，家庭成员有了具体分工，忙前忙后地请客和准备办喜事用的东西。请客也有讲究，必须在半月前请娘舅家和其他长辈，去迟了不礼貌，还会受到长辈和亲朋好友的责备。再者，请长辈和直系亲戚，不能空着手去，得拿一份礼品，这样显得礼貌有加，热情有加。长辈和远亲戚请完后，接着请本庄本村的亲戚和三朋四友，以及到时帮忙的邻居。

客请完后，到了办正事的前一天，左邻右舍的人，男男女女，老老少少不约而同地前来主家帮忙备酒席。来的人大都穿戴一新，手里拿着需用的家具。互相问候，吃些东西后，由主人请来的总管（主事人）按每人的特长一一安排分工，到街上赶集的赶集，借家具的借家具，帮灶火的帮灶火，贴对联的贴对联……同时，每个人的具体分工及谁的总管、副总管，用大纸写了执事单贴在显眼的墙上，一来让你清楚你的具体工作，二来来客看了谁是干啥的，一目了然。谁想在中途偷懒，让你无机可乘。

　　我小的时候，虽说都穷，但办酒席却很讲究，还气派得很。桌子是旧式的八仙方桌，每面坐两个人。凳子是又高又长的板凳，一面一条，坐两个人。婆婆对媳妇有时不满意了，就训媳妇说："你是我高桌子大板凳接来的，你还想咋？"家乡人穷，却乡风文明，不得不令你佩服：坐席时青年人让老年人先，老年人推三让四让长辈先坐上席。除此之外，坐席还有一些忌讳，比如外甥年龄再大也不能在娘舅家门上坐上席，女婿不能在岳父家门上坐上席。客人入座后，凉菜、热菜端上来了，酒也打开了，座上席的说动筷子吃，大家就吃，否则，即使你再饥肠辘辘，馋虫痒痒也不能动筷子。再者，每盘菜不能吃完，多少要留下一点，席旁边站着陪酒的酒官，这些酒官大多是酒量较好、能说会道的人。把酒杯端在手里，先自我介绍一番后，就给上席敬酒，然后依此类推，划拳也罢，砸砂锅也行，非得让你喝得面红耳赤不可。

　　在家乡婆媳妇喝喜酒是最热闹的酒席。主家除了要招待好亲家的客人外，还要招呼自家的客人。婆媳妇那天，礼节较多，虽说耍笑为上，但要礼貌在先，说话办事得温文尔雅、诙谐幽默、有理有节。接客的人都是些上了年纪、常办这些事的经验丰富之人。娘家人把新娘送来，言下之意我们家的妹子算是亲手交给你们家了，你们得善待她。所以送亲人来后，由于山区路远，先吃烟喝水，吃顿干粮（便饭）。然后，一些人陪新娘说话，还有一些人到村里村外转悠，看新娘嫁的地方怎么样？一个时辰后，送亲人入席吃酒席。这时候，行礼节、上菜上饭、劝酒等，要把握好分寸，不能随意。送亲人脾气大，一点不注意就惹得送亲人生气。下午送走送亲人后，酒席就算正式开始了。总管就会高喉咙大嗓门吆喝，请远客先入席，席上人人面露喜气，谈笑风生，鸡鱼海鲜慢慢吃着，喜酒推杯换盏慢慢喝着。猜拳声、喜庆的鞭炮声不绝于耳。

　　乡村的酒席没有开席和散席时间。来客了，就坐在席上招待，来多少人就招待多少人，东西没了再买再做。席上坐的时候长了也无所谓，今天没待完客明天再待，总之要把客待好。

　　这些年来，随着家乡经济的发展，备席方便多了。用桌凳也不再是原来的高桌子大板凳了，而是大圆桌小方凳，每个村都有专门经营酒席用的桌凳、碗碟、锅灶等用具的人，谁家过事，拖拉机一两次就拉来了，不用再去一家一户找寻着借。而圆桌呢，虽说一般不讲究上席，但青年人还是要把老年人和长辈推让到坐北朝南的上席位置；上席动筷子全席都动，敬酒的人给上席敬过了，再给下席人敬。这一点至今没有变，季节换了一茬又一茬，光阴过了一年又一年，乡村的酒席在淳朴、文明的乡风中，越办越丰盛，越办越热闹了。过去，家乡人说，你坐席去也要拿个手帕？意思是拿个手帕吃完了擦嘴。可是，现在乡村的酒席上喝水用的一次性纸杯，擦手擦嘴用的是餐巾纸。酒席的档次越来越接近或差不多和城里一样了。

乡村的酒席啊，传承了乡村的文明，拉近了人与人之间的距离，在充满祥和、喜庆、热情、团结、友爱的气氛中，一个个乡村美丽起来，焕发出无穷无尽的生机和活力。

恰如秋天的一场初遇

李山泉

时光，果然如水。貌似只一眨眼，时间便这般来去匆匆，昨日还在盛夏里煎熬，今朝已在秋风里望远。最近加了一个"站儿巷镇农特产品销售群"，群内气氛活跃，特产应有尽有，销售很是火爆。突然间，有些怀念站儿巷。周末决定去站儿巷"乡村游"。准备就绪，便踏上了去站儿巷的旅程。车窗外，俊秀的青山，碧绿的广香河水，蜿蜒美丽的特色旅游公路，携着微风让人束缚了很久的身心变得轻松愉悦了许多。这条路，虽然每一处我都记忆深刻，但不断变换的山、水、村庄还是让我有种应接不暇的兴奋。情不自禁地会在心里默默念叨这是哪里哪里，马上又将到哪里哪里，不由得感慨万千。就连天空飘浮的云朵，也会随着车轮的移动而变幻多姿。是啊，站儿巷是我刚参加工作的地方，承载了我青年时期诸多快乐和梦想！这里的山山水水对我而言，都有一种无法言喻的情愫，每次去站儿巷或者路过，我都有一种看不够的贪婪，品不够的记忆。

记得上初中的时候，看见宝成线上的火车鸣笛南北往来，只知道火车从我生长的小镇南行的下一站是站儿巷……

但站儿巷是怎样的呢？却一直是想象不出来。上了高中，班里有好多站儿巷的同学，在他们的言语中，我知道站儿巷跟我生长的小镇一样在嘉陵江畔，富饶美丽！大学毕业，通过招考，我被分配到了站儿巷镇。当我从县城坐上去往站儿巷的班车，很是激动，一次又一次地想象站儿巷的模样。经过一路的颠簸，待司机师傅不断问"你们都从哪里下车？前面过不去"，我意识到站儿巷到了。当我拎着行李站在街边，看见街道开挖，大堆小堆的石块泥土，两旁的房屋低矮陈旧……让初来乍到、分不清南北的我不知所措。才发现，现实中的站儿巷和我想象中的完全不一样。后来，从老干部的口中得知，在全县各乡镇中站儿巷镇的村子相对偏远。去村上要么过河爬山，要么走铁路过隧道，有的村太远，不通车路，干部下村要在村上住几天才能回来。农民收入也是仅靠务农、挖草药、割竹子等靠山吃山的副业。领导为了照顾我这个女同志，我驻的村相对较近，但得过河，爬山，有四个村民小组，其中三个组沿坡而上，另外一个组顺嘉陵江而下，要想一天走遍全村四个组也是不可能的，但是晚上可以回来，第二天再去……

今天天气不错，绿水青山、蓝天白云、铁路桥……画面十分美！美丽的景色将我从回忆中拉了回来，不由得掏出手机记录这亲切的画面。在拍视频的间歇，车子来到了站儿巷嘉源山庄的停车场。记忆中，这里是云屏河与嘉陵江交汇地带的河滩，遍布荒草乱石，每次暴雨过后，这里都会留下不忍目睹的颓废场景。如今，在河堤边扶栏而立，身后杨柳依依，秦南蜂业园、荷花池康养度假区与山庄新颖大方的木屋建筑遥相呼应。不远处，在通往我曾经驻村的那条河上一座结实大方的桥梁横跨河面，变化真是太大了，一股欣喜之情油然而生。

在老公去洗车的时间，我有种想四处走走的冲动，便打算领着二宝绕嘉陵江边的公路去镇上的街道看看。不一会儿，就到了刚才看见的那座大桥上。曾经，过河的一幕幕浮现在脑海。那时候，工作中最让我头疼的就是下村要过河，冬天河面上有村民搭的木头便桥，虽然走在上面颤颤巍巍，有些晕水，但不用脱鞋踩水。春天、夏天和秋天水涨了，河面搭不了便桥，下村只能蹚水，早春和晚秋时节的河水，凉得渗骨头，还有硌脚的石头……现在回想起来都会不由得咝嘴吸冷气。不过，有时运气好，到河边能遇到路过的农用车。有一次下村，遇到一辆收核桃的农用车，司机师傅答应将我捎过河，走到河中间由于水深，车厢里喷出几股水柱，瞬间衣服全湿了，深秋季节，那个凉至今难忘……

此时，站在桥头，不时有轿车、卡车、农用车、摩托车及行人路过，看见他们忙碌的身影，就能感觉到乡村在振兴的气息。准备离开时，一辆大卡车停了下来，叫我的名字。惊诧间，原来是村上的老书记。一阵寒暄，说道："现在政策好了，这座桥修建好后，又先后修通了与邻村的路，以及到邻县的旅游路，形成了旅游大环线和小环线。咱们镇党委、镇政府带领各村大力发展以"三养一药""双百千万"为主的特色农业产业，种植业、养殖业一个不落，引进了招商项目，还建起了秦南蜂产业园、冷水鱼基地、荷花池康养旅游度假区，农户办起了农家乐、农家客栈、酒坊，什么金鳟、中华鲟、南美白对虾、羊肚菌，一些以前听都没听过的，在咱们镇都不稀奇了，我就是去送货的……"看着远近隐约可见的村落，我似乎感受到了他们丰收的喜悦。

话别老书记，来到了镇上。或许是太久没有来过，这里美得超乎我的想象。一条笔直的街道横贯南北，远处蓝天白云，青山含黛，近处店铺整齐，街道两旁一株株紫薇花开得姹紫嫣红，与规划统一的楼房相互映衬，宛如一个青山环抱中的宝石，风光无比。漫步于小镇街道，微风带着涟漪，好似行走在画中，让人心旷神怡！在这里，时光是静谧的，如同清风中摇曳的花朵，缓缓流淌。那悠然自得的姿态，那份宁静淡远的心境，亦成为一幅优美温馨的水彩画矣！清淡描写间，显露小镇的别样美。幼儿园、中学、市场、商店、林场、卫生院、客栈、饭馆、广场、安居楼、车站，还有我曾经工作过的地方……听着身边路人的乡音，感受着站儿巷发展的气息，未曾想到，多年后，我来到这里，变化如此大，不由得感慨这天翻地覆的变化，在心底里为生活在小镇的人而高兴！初秋是一个有故事的季节，色彩依旧缤纷，草木万物愈发深情。初秋的站儿巷，恰如一场初遇！

泰山速写

王　环

　　晚风轻轻，溪水潺潺，头顶的云变幻着自己喜欢的姿态，一缕缕夕阳的柔光透过板栗树叶子的缝隙洒在脸上，我缓缓地伸出手想要采撷一缕霞光的红润，霎时，盛夏清澈温暖的炙热蔓延到了心底。

　　今年是我在乡镇工作的第四个年头，我所在的乡叫泰山乡，地处秦岭西段南麓之北，在两当县东南部。四季更迭，泰山的一草一木、一砖一瓦在不知不觉间已和我有了千丝万缕的联系。念念乡土情，看得见的袅袅炊烟，听得到的鸡鸣狗吠，一茬一茬成长的庄稼，便是泰山最美的风景。

　　春雨如油天地新，惠风和畅百花迎。一两场春雨过后，泰山的天气慢慢暖和了起来。不宽不窄的小河也变得喧闹了许多，一些毛茸茸的小草的嫩芽捉迷藏似的探出了头，娇嫩的野桃花打着拍子聆听着和煦春风里的流行歌谣。人勤春来早，土地一改冬日的寂静，老农又开始忙碌了起来，田间地头远远近近都是俯身劳作的身影。

　　"啊哒哒哒哒……"锋利的旋耕机让沉睡了一冬的土地逐渐复苏。负责施肥的小伙子，手抄铁锹，抢在旋耕机折返覆土之前，眼疾手快就近铲起粪堆上腐熟的农家肥，均匀地铺在地里；负责播种的村妇，左胳膊挎着种子筐，右手熟练地抓起一把把苞米粒节奏明快地撒在地里。翻地、施肥、播种，暖暖的春风掀起了一幅春耕热潮的画面，好不热闹。这是春天才有的景致。

　　夏流辉映兮袅袅，云雾缭绕兮澹澹。夏日，泰山云海蔚为壮观。在雨后初晴的清晨，朝霞还未染红东方的天际，老农唱着"号子"已经劳作在田间，山川、村庄、老农在云海雾涛中时隐时现，似真似幻。

　　每年芒种过后，泰山的麦子就陆续成熟了。山塬川岭、田间地头，饱满的麦穗儿压弯了秆儿，一派丰收在望的景象，老农看在眼里，喜在心头。

到了收割的时候，一切都忙碌了起来。谁家的麦子成熟得早就先给谁家收，左邻右舍也都来帮忙。天刚蒙蒙亮，大家就都起床了。简单地吃过早饭，带上镰刀，在约定的地点集合后，便一窝蜂似的朝目的地前进。到了麦田，一字排开，不由分说地都扑向了麦子。老农弯腰、屈腿、背朝天，左胳膊拢住麦子秆，右手挥动着镰刀，割完一刀往前一勾，熟练地重复着……一片片金黄的麦田描绘着一个个丰收的场景。这是夏天才有的感受。

辛勤躬耕粮满仓，秋色如画胜春朝。北方的秋，也是格外招人喜欢。秋分过后，凉意渐浓，山林瞬间换上了秋装，那嫩绿的、浅绿的、墨绿的衣衫被金黄、金红代替。一个个毛茸茸的栗子挂满了枝头，路边那黄的、白的野菊花开放正艳，牵牛花的藤缠缠绕绕地与玉米棒子纠缠在一起，偶尔有蜂儿来过，似乎要告诉你，它正将赴一场秋的盛宴。

深秋的泰山是迷人的，太阳释放着柔软的光和热，有风吹过，焦黄的玉米枝叶随风拂动，飒飒作响。瞧！老农掰起玉米来是那样灵活，他左手撑住玉米的根部，右手用力一掰，"啪"的一声，一个个丰润饱满的玉米棒子就落入手中，随手向后一扔，不偏不倚就到了背篓里。老农简单而飞快地重复着这套动作，随着"啪""啪"的声音，玉米棒子就像跳舞一样蹦到了背篓里。等装满一背篓，再背到路边倒到农用车上。直到下午太阳落山时候，老农才停止了劳作。满满的一车玉米棒子在夕阳下熠熠生辉。秋收时节，挥汗如雨，掬一捧笑容在心间……这是秋天才有的欢喜。

朵朵雪花洁如玉，润入天地聚灵气。群山绵延，凝霜挂雪，冬在不经意间到来了。不承想，刚刚过了立冬节气，泰山居然迎来了这个冬天的第一场雪，洁白的雪花与这个山村悄然邂逅。雪霁天晴，雪地成了孩子们的乐园，堆雪人、掷雪球、打雪仗，嬉笑声给这寂静的冬日增添了不少乐趣。

到了腊月，空气中都弥漫着浓浓的年味，家家户户都忙得不亦乐乎，都在为过年做准备——杀猪杀鸡挂腊肉。最热闹的尤属杀猪的那一天，主家提前请好了村里会杀猪的人，全家人都早早就起来准备热水，邻里乡亲们三三两两都来帮忙，青壮年负责杀猪挂肉，干一些体力活，巧手的妇女们则忙着蒸血馍馍、切臊子，赶在中午饭点烹饪出一桌子的美味。大家伙趁着这个机会聚在一起品着"明馏子"、话着家常，述说着光阴的故事。随着年的临近，大家都盘算着日子，什么时候大扫除，什么时候置办年货……一派过年的新气象。这是冬天才有的盛事。

一张结婚照

石玉林

前几天婶子家儿子结婚，我们一家大大小小都去参加婚礼。虽然婶子家住在乡里，离镇上还有七八公里，但是在家里给儿子办酒席比在城里的酒店还要热闹。迎亲的车子浩浩荡荡，都是路虎、保时捷、奔驰、宝马等名车，还请了司仪主持婚礼，舞狮、歌舞、杂技、魔术等助兴节目安排得满满当当。流水席一轮接一轮，客人一边吃着丰盛的宴席，一边欣赏着节目，每个人的脸上都流露着喜庆的神色。婶子一家更是高兴得合不拢嘴，这排场在全村算是风光无限了，也让她在亲朋好友面前赚足了优越感。

我向来是不喜欢热闹的，听着震耳的音响声，感觉自己的心跳都加速了。于是我躲进耳房，关起门让自己安静一会。我看到立斗柜顶上有一本旧影集，上面落满了灰尘。我轻轻地拿下来，拂去灰尘，一张张翻看起来。突然，一张旧的照片掉了出来，尽管是彩色的，但是已经不那么鲜艳了，照片也很模糊。仔细一看，原来是叔叔和婶子的结婚照。婶子穿着洁白的婚纱，怀里抱着一大束红艳艳的布做的玫瑰花，头纱固定在高高盘起的发髻上，像半个白月亮，斜鬓处插着一串带有"珍珠"的红色塑料花，柳叶眉长长的，腮红晕染得有些夸张，红唇微翘着，一脸幸福的样子。而叔叔的表情就显得有些僵硬了，也许是第一次拍婚纱照有些紧张吧，他脖子上打着红领结，穿着黑色西服，脸上也施了粉，头轻轻向婶子靠近，但目光又是聚精会神看向镜头的，我能想象得出他憋着气不敢眨眼的情景。

我端详着这张婚纱照，下面有一串小小的字，写着"1988.8.20"，我不禁感叹，日子过得真快啊！35 年前婶婶还是新娘子，如今他的儿子结婚了，在同一个院子举办婚礼，但此时此景和 35 年前是无法比拟的，20

世纪 80 年代的婚纱和现在的比起来"老土"了很多，拍照技术也和现在无法比。

掐指一算，婶子结婚的时候不过二十来岁，那时我才五六岁。记得婶子结婚的时候是深秋，村里的几辆手扶拖拉机去西坡接亲，上山的路都是土路，坡陡路窄，要是车技不行根本上不去，搞不好就会跌下沟去。管事的思前想后，找了几个年轻力壮、车技好的安排去接亲，走的时候再三叮嘱要慢点开。大约过了三个小时，接亲队伍终于回来了。头车车厢里坐着新娘子和她的娘家亲人，后面的都是送亲的亲戚，大家都被风吹得一身土。还好一路平安，没有出什么岔子。就在今天给表弟办婚礼的这个院子里，婶子穿一身红呢子衣服，戴一串红色塑料花，穿一双高跟的平绒鞋。被村里手巧的媳妇精心打扮一番，便是最美的新娘。她端着盘子和叔叔两人给客人敬酒，白酒、甜酒各倒两杯，男客大多不用劝就喝了，女客还要扭捏一番，在新人的劝酒声中把两杯甜酒喝干或送到身边迫不及待的娃娃嘴里。

一场热热闹闹的婚礼在酒杯、碟筷的碰撞声中和划拳的吆喝声中推向高潮。穿梭在席棚间的孩子最喜欢的是桌子上的花生米和虾片，一上桌就被三下五除二全部抢完，大人一边制止着自家孩子不要抢，一边又可劲地往碗里夹，好像这花生米和虾片是最好的人间美味，那热热闹闹吃饭的场面让人食欲大增，觉得吃一顿宴席比什么都幸福、满足。

"各位亲朋，各位好友，我们期待已久的婚礼马上就要开始了，让我们一起来倒数十秒，有请我们的二位新人闪亮登场。十、九、八、七……"主持人浑厚的声音打断了我的回忆，我知道外面即将上演一场精彩的婚礼。在鞭炮、礼炮的齐鸣声和众人的欢呼声中，我帅气的表弟和漂亮的弟媳踩着红毯走上了 T 台，新娘、新郎果然是闪亮登场，闪耀得就像舞台上的明星，参加婚礼的来宾纷纷拿出手机拍照、录视频发抖音，记录二位新人的幸福时刻。看到旁边放着的他们的结婚照，人们都赞不绝口，还有那十几条写着"小迷妹忍痛祝福军哥大婚幸福"等诸如此类的横幅，让我这个"80后"都非常惊叹。表弟原来的老总也来参加婚礼，又对表弟这些年创业经历进行了客观评价，对他现在能独立开公司，又买房买车，成家立业表示肯定和祝贺，我也为家族里能有这样靠自己打拼出一番天地的人而感到自豪。

这个时代真的是一个包容、开放、充满活力的时代，它既给人很大的压力，同时也释放出无限机遇，节奏快得不允许你停下来稍作踌躇。我想，表弟能有今天，是新时代给了他更多的创业机会，再加上他聪明，肯干，思维活跃，敢于创新，抓住了机遇，成功也就近在咫尺了，事实证明了"幸福都是奋斗出来的"。

看着眼前幸福美好的场景，让人感慨万千。回想 20 世纪 80 年代，我们的生活真的太贫瘠了，记忆中农村家家户户都是土坯房，屋里也没有几件像样的家具，吃穿更不用说了，情况稍好点的衣服上没有补丁，隔三岔五还能吃上大米、肉、蛋等食物，像我们家底薄的，每个人都穿着有补丁的衣服，一年四季大多数时间吃的都是玉米面，能有白面、肉、蛋吃就只有逢年过节了。再看看今天的农村，家家户户都盖起了新房，屋里装修得不比城里人差，空调、电视、冰箱等家电一应俱全，鸡鸭鱼肉想吃天天都能吃到，大人小孩时兴什么衣服就穿什么衣服。购物更是方便快捷，手机上轻轻一点，早上下的单，下午就配送到家。出行也是非常便利，水泥路都修到了田间地头，村里 70% 的户都买了小汽车。再也不用担心晴天出门一身土，雨天出门一身泥了。

时代就像涌动的潮水，一浪赶着一浪，昔日的弄潮儿变成了满脸褶皱的老人，新生代的舵手又在新时代的潮流中扬帆起航。一代人有一代人的使命担当，但无论在哪个年代，人们对生活的热爱、对美好未来的期待、积极向上的生命追求是一脉相承的。正因为我们每个人都心存梦想，我们才有了伟大的中国梦，个人梦想的实现又促进了伟大中国梦的实现，所以，我深深地体悟到个人前途与国家命运是息息相关的，从一张老照片中感悟家国情怀并不是一种矫情，而是触动了我们被生活麻木掉的神经，唤起了我们内心最柔软的部分。

"唯有坚持走中国特色社会主义道路才是正路。"看似一句政治宣言，其实与我们每一个人的前途命运紧密相连。如果没有一代又一代中国共产党人理想信念的坚持和矢志不渝的奋斗，没有正确的发展道路的引领，没有强大的国家为我们遮风挡雨，那么我们的生命安危、个人财富、老百姓的小日子怎能过得如此安稳？回顾过去，感叹现在，我再一次对"感恩"二字有了更深层次的理解。感恩伟大的中国共产党，感恩我们能生在一个和平的国度，感恩党的一系列惠民政策在农村的接续实施，让昔日贫穷落后、破败不堪的家乡焕然一新，感恩我们赶上了好时代，感恩新时代赋予我们新使命，让我们在最优越的环境中追逐梦想，实现人生价值。

一张结婚照，就是一段历史，它是一个家族从贫穷到富裕的见证，更是一个时代从落后到崛起的印迹。我轻轻将那张结婚照放回原处，默默为我的表弟送上祝福，希望在若干年后，当他的子女看到他们爸爸妈妈当年的结婚照时，也会像今天的我一样，不只看到过去的"老土"，更多的是对逝去的岁月敬以温情地回顾，对现在拥有的一切心存感恩，对未来抱有憧憬和期待。

有关二婆的那些事

王彦青

二婆走了，悄悄地走了，就像是一枚发黄的树叶，不声不响地滑落了。

得到二婆去世的消息是在她老人家离世后的第二天，我和堂弟急匆匆地赶回乡下老家为二婆送行。爷爷弟兄四人，是庄里的大户，子孙满堂，唯独二爷和二婆这一脉比较单薄。随着岁月的流逝，爷爷辈的先人相继谢世，二婆是最后一个离开人世的老人。今年春节前，耳不聋、眼不花的二婆身体还很硬朗，大哥的女儿出嫁，父亲还专门给她端去了一碗热腾腾的红烧肉，二婆吃得很香，一个劲地说"好吃、好吃"。父亲告诉我，二婆在"离开"的前一天还在庄子里到处转悠哩！下院场、碾盘弯弯、公路上，见人还拉家常、唠嗑，又说又笑，没有一点要"走"的迹象和征兆。二婆的灵堂就设在麻池沟边的老屋里，院里聚满了帮忙的村里人，还有很多我认识的亲戚和熟人。

其实我早就想写一点跟二婆有关的文字，但是常常有一些别样的情愫纠结在我的内心深处。每每提笔，总是百感交集，千头万绪，所以一直无法动笔。虽然我知道，苍白的文字对于从未进过学堂，斗大的字一个也不认识的二婆来说，也许根本就没有任何意义。的确，对于一个鲜活的生命来说，文字是那么苍白无力，然而我只能用细小而卑微的文字来记录和述说二婆生命中的点点滴滴，以告慰她老人家的在天之灵，让她沧桑苦难的一生在天国找到一些慰藉和解脱。

人的一生是一个短暂而漫长的过程，就像一艘在汪洋大海里漂泊的船，随时都有被海啸和飓风吞噬的可能，谁也无法预知未来要经历什么，得到什么。人常说："生死路上无老少。"也许就是对生与死最实际、也最无奈的定论。人在自己哇哇的哭声中出生，来到这个多灾多难的世界行走一遭，然后又在别人的哭声中戛然离去。1943年初，父亲刚刚出生不久，二爷就被招去当兵了。当时村里每家轮流派人去当兵，那年正好该爷爷家出人，二爷便被派去支差，走的时候二爷和二婆已经结婚三年了，二婆生过三次娃都夭折了，其中一个长到一岁多生病死了，过后再也没有生养。大字不识一个的二爷走后七八年音讯全无，村里人都说二爷可能回不来了，为这事曾祖母（二爷的母亲）伤心了好长时间，心疼自己的儿子就这么不明不白地没有了。

听父亲说，1949年11月两当快解放了，人心惶惶，到处乱哄哄的。有一天部队来抓人，全家人都躲到山里去了，二爸在老杨沟放羊，把羊打在坡上吃草，人躲进苞谷秆堆里藏身。听说第二天马帮又要来，父亲和二爸、三爷、奶奶等人都爬上村子后面的水泉坡，躲进二郎坪坟地里的树林中不敢出来。七十多岁的爸婆（曾祖母）裹着小脚，三寸金莲，走路一摇一晃，但说话干事干脆利落，底气十足，庄里没人敢惹；爸婆一个人坐在院边的石头上看门，过了一会儿庄里果真来了许多部队，后来爸婆在院边喊叫开了："都回来吧！这次来的部队是好人，还发东西哩！"后来才知道来的是解放军。这年12月的一天，失踪七年多的二爷突然回家了，一家人十分高兴，爸婆见自己日思夜想的儿子回来了，激动得大哭了一场，比爸婆更激动和兴奋的当然是二婆，自己失踪多年的丈夫终于回来了。据说二爷去部队当兵一直是个搞后勤的伙夫，行军时背着一口大锅，部队宿营时他的主要任务就是烧水做饭，不识字，又经常东奔西走也没法给家里来信。后来二爷所在的国民党部队被解放军打散，他加入了解放军，部队过凤县时偷偷跑回了家。

二婆是一个苦命的女人，她始终没有生成一个自己的娃，但却含辛茹苦收养了三个孩子。在那个饥寒交迫、缺吃少穿的年岁里养活一个孩子是多么不容易的事。二婆收养的第一个孩子叫有兰，是四爷家的女儿，当时一则二爷、二婆膝下没有孩子，二则四爷家有五男三女，实在养活不了，便过继给二爷门下抚养，后来招了女婿，与二爷、二婆一起生活，算是顶门立户，传承一门血脉。

二婆收养的第二个孩子是二婆娘家（擂鼓山）的一个堂兄弟的孙子，因家门败落，爷爷、奶奶和父母因病相继早逝，同族门下无人肯养活，二婆便义无反顾地伸手揽下了这事。这娃来时面黄肌瘦，衣不遮体，很少说话，看上去很是可怜，人们都叫他"瓜子"，时间久了倒没有人记得他的大名"冯斤斤"了。瓜子的年龄和我差不多，在村里上学时比我低一级，玩耍时总跟在我们后面跑，一年四季穿一身很破烂的衣服，"老虎下山一张皮"，鼻涕流个不停，全被不自觉地搽到衣服上，久而久之衣服上堆积了厚厚的垢痂，就像一件黑色的皮衣，大家便给他起了一个外号叫"皮卦子"。"皮卦子"因为胆小怕事，穿得也不好，常常受伙伴的欺负，二婆经常跟在后面护架。伙伴做游戏时，"皮卦子"常被当作"战马"骑，背着霸道的伙伴跑来跑去，但善良宽厚的"皮卦子"依然快活地笑开了花，自幼失去的母爱在二婆温暖的怀抱里得到了补偿。只是"皮卦子"上学没上几年就辍学了，长成半大小伙后便回老家擂鼓村了。二婆活着的时候，"皮卦子"还经常来看二婆，他自小就喊二婆"婆"，在他心里二婆就是他最亲的人啊！一次我下乡去擂鼓村，见到"皮卦子"正在耕地，他老远就认出了我，亲热得不行，非要解了牛回家陪我。"皮卦子"辍学后早早地娶了媳妇，生了两个女儿，小日子过得很殷实。当时我有事要忙没能去他家，"皮卦子"指了指公路对面沟边的那座崭新的瓦房说，那就是他家，并叮嘱我下次一定来。他的热情与真诚让我有些内疚和不好意思，因为小时候欺负"皮卦子"的人里面也有我，但他也许早就已经不记得了。

二婆收养的第三个孩子小名叫云儿，是三爷家的女儿。当时三爷一家人从山里迁回村子，没有土地和房子，便在村子西边大坡山脚下伏家坪对面一个叫沙坝地边的地方盖起了简易的房子，种了几亩山坡地为生。三爷家有三儿三女，云儿是三爷的二女儿，当时家里生活非常困难，实在养活不了，便交给二婆收养，直到嫁人。

1999 年 10 月，古历八月二十七，刚过 80 岁的二爷突然离开了这个喧闹的世界，剩下二婆一个人孤零零地生活在世上。后来我在县城工作，回家也总是匆匆忙忙，几乎很少见到二婆，许多关于二婆的事情都是听父亲说的。虽然二婆一生收养过三个孩子，但她的晚年依然是冷清寂寞的。

父亲是一个很懂得感恩的人，虽然不识字，日子过得也很平淡，但对二婆小时候的疼爱与照顾一直记在心里，逢年过节总会给二婆买些茶叶、白糖、糕点之类的东西。在二婆眼里父亲是她最亲近的人，有什么心事总愿意给父亲说道说道，我也因此常常听到二婆的消息。有时和父亲通电话时，我会顺便打听一些二婆的近况，虽然二婆并不知道这些。

二婆生于民国十三年（1924 年）冬月，经历了旧社会和新中国的洗礼和磨难，艰难地走过了八十七个秋冬春夏，在 2011 年 2 月 23 日安然辞世。三天后的 2 月 26 日，二婆被安葬在村子后面的一个叫庙垭岭的地方。送二婆出殡的那天早上七点，天黑黝黝有些瘆人，院子里的帐篷下，来送葬的亲朋和村里人在吃烩菜和馍馍，这是"亡人"送走前的最后一顿饭。此时一阵寒风吹过，阵雨如排山倒海，倾盆而下，气势汹汹，酣畅淋漓，屋顶的瓦片和帐篷发出"噼里啪啦"声响。也许这是老天爷最后为辛劳一生的二婆送行，想让她老人家在去天堂的路上走得悲壮一些，走得隆重一些，走得欣慰一些。

雨渐渐小了，慢条斯理地随意滴落着，不是落在地上，而是落在我凄凉的心坎里。阴阳先生一番听不清道不明的喊叫和收拾过后，二婆连同她那口大红面子、黑色棱角的棺材被众人簇拥着抬出那间土屋，那是二婆住了一辈子的土屋，土屋里的无数个日日夜夜，曾经有过二婆多少欢乐与寂寞啊！院子里跪满了穿着孝衣、戴着孝帽的男男女女，哭声响成一片。我不知道他们的哭声是发自真心，还是在表现，做给在场的人看，但我希望二婆此刻可以站在云端看见这一幕。当所有孝男、孝女和孝孙的哭声渐渐稀疏停止后，有一个人却一直在哭，无论别人怎么劝都没有停止哭泣。那是一个穿着简单，身材矮小，长得很不起眼的女人。从二婆居住的土屋到庙垭岭的墓地大约有两里路，二婆躺在那个被大绳和两根长长的木椽捆着的木头匣子里，被村里人抬着上路了，那个其貌不扬的女人一路都在呜咽地哭泣，泪水不时从脸上滚落。雨还在零敲碎打地下着，时停时下，时大时小。

到墓地后，雨又大了起来，还夹着雪粒子，打在脸上生疼，阴阳先生在那里宣读祭文，那个女人的哭声仍然没有停止，尽管声音已经有些嘶哑了。我猛然想起"皮卦子"没有来，旁边一个亲戚告诉我，"皮卦子"过年时来看过二婆，拉来了一车柴火，外出打工走了没两天，二婆的葬礼他未能赶上，那个一直哭泣的女人就是"皮卦子"的媳妇，一个善良憨厚的农村女人。我心里一震，"皮卦子"的媳妇哭了一路，也许她是真正用泪水为二婆送行的人，此刻她还是虔诚地跪在那里，身上的衣服湿透了，就像是一座石碑，我心里不由得生出一丝敬意和感慨。

二婆被永远地留在了庙垭岭，那是村子后面的一块开阔的高处，站在那儿可以看见村子的每一个角落，这是二婆的最终归宿，一个圆圆的土堆而已。我无法想象二婆这艰难的一生是怎么走完八十七个春秋的，在经历了生活的酸、甜、苦、辣之后，她回到了大地的怀抱，从此她再也没有什么烦恼与牵挂了。我不知道二婆到底是被留在了地下，还是飞上了天堂，但我想她老人家应该是快乐的，这也是我最大的心愿与慰藉。

法律的花园

王靓婧

在我还是个小孩的时候，常常穿梭于我们县城的一条老街——"老南街"。不长不宽的路，恰好放得下整条街的烟火气。早餐店曾在这里开张，棉花加工坊曾在这里落脚，小卖部曾在这里见证孩童的笑闹。老法院，曾坐落于梧桐树排排呼应的街道中段，像威严而温情的老人，见惯了每天的朝霞落日，目送着往来不绝的人流。

老法院的大院里，有厚实砖瓦筑就的平房，有杏花蔼蔼的树木，还有，我最爱的那片花园。当清晨第一抹云光裹着朝阳在天际露出了头，光的纱在掠过温香微沁的杏花树、拂过青苔透生的乌瓦顶时，也一并在生命繁盛的花园中铺展开来。周末闲暇时候，我喜欢绕着花园打转，这里的花草树木搭建起我童年的城堡。

围绕着花园，有几棵不知名的树，我把它们当作守护花园的战士，挺拔苍劲的身姿在徐徐的长风中微微颤动，几片树叶随风打着旋儿落在地上，这便成为自然赠予我的玩具。这些树叶是不同的，受到拉力后会扯出根根细丝，我喜欢将这些落叶放在手心，轻轻揉搓拉扯，苍绿的叶脉便扯出丝丝的网络，聚成连绵不舍的绿团。花园里的玉兰树枝婉转，粉白相伴的花朵在绿叶间绵延，如同古典美人的云罗，风动之间，簌簌翩翩。花园中心有成片的紫茉莉，这些紫红色的花瓣朝各个方向绽开，像是一个个小喇叭，与一旁的凤仙花聚成紫与红的乐园。与这大片的热闹不同，丛生紫荆生长在花园侧面，释放着安静的恬美，将簇簇繁花吐露枝条。在花园外圈的地缝里，有随处可见的酢浆草，有些长着小种子，指尖轻轻点触，这些小种子便像豌豆射手一样四处弹射，带给我无限的乐趣。

后来，随着年岁的增长和学业的繁碌，我渐渐很少去老法院的花园。再后来，法院搬迁新址，那片花园便永远定格在我的青春记忆里。大学时，我选择了法学专业，在法理学的第一节课，就学习了"法"这个字的深刻含义。"灋，刑也，平之如水，从水；廌，所以触不直者去之，从去。"自此，在我的心中，"法"便是公平正义的代名词。在法律影视鉴赏这门课上，电影《马背上的法庭》中的泡菜坛案、罐罐山案，这些看似琐碎的村民纠纷，展现着法官老冯法、理、情交融的高超调解技巧。影片结尾，法官老冯因劳累过度而不慎跌落山崖，只留下一匹马驮着国徽的画面让人无声落泪。在民商事案例分析课上，"王老吉与加多宝案"勾起我浓厚的兴趣，为了更深入了解案件中的法学原理，我流连于学校的图书馆自习室。在知识产权法课上，通过观看"乔丹诉乔丹体育案"最高人民法院终审庭审录像的审理现场，更加吸引我去探索这门课程。四年的法学之旅，让我懂得了法为生民立命的威严与柔情，懂得了法律人必须坚守的使命初心。我就像曾经老法院花园里的那些树，吸收着来自于法学的阳光雨露的滋养。

参加工作后，我成为法院队伍中的一员，初入两当法院立案庭，我向前辈们学习如何立案、接待当事人；跟随办案法官办理案件，庭审准备、记笔录、送达、装订卷宗等；钻研"一站式平台建设"工作，学习各平台操作流程，完成最高人民法院组织的平台演练测试；做好法院专递登记和统计，确保法院专递管理工作井然有序。在日复一日的学习与实践中，我逐渐淬炼出一种叫"坚持"的东西，在法院这个大舞台，我开启了前所未有的突破。2021年，我获得院内举办的演讲比赛一等奖，获得市中院征文稿比赛第二名；2022年，我在院内举办的演讲比赛中获得二等奖，在院内举办的知识竞赛中，与团队一同获得一等奖，随后获得市中院举办的演讲比赛优秀奖，这些全新的体验焕发了我竞逐向上的热情。在不断地工作学习中，我发现踏上实现自我价值的路途是用初心铺就的。守住初心，才能用初心建功；砥砺前行，才有筑梦的勇气。

此时此刻正在写这篇文章的我，脑海中又出现了那个围着花园转圈的小女孩，小小的她笑得恣意盎然。轻风在耳，流云入目，在那些怀抱夕阳的日子里，花园里的生命与她一同被按进岁月的快门。曾经的那片花园，永远盛放璀璨，用同样的泥土生长出生命的精彩，日复一日，迎接着朝霞落日，也迎接着骤雨狂风，春来秋往，为人们送来徐徐花香。像花园一样，法律是有生命的，在法律条文的字词中，记载着对生命的平等保护，每个法律条文的背后，都承载着人世间的斗转星移，记载着与时代偕行的变迁史；像花园一样，法律人用心血浇灌出法律信仰，用埋头苦干收获人生价值，用执着坚守着工作岗位，用真诚维护当事人的合法权益。平凡至简，真水无香。无数个平凡的法律人，用平凡的努力与坚持，在时光的流转中凝结出不凡的果实，在法治事业的建设征途上，用初心与热血接续传承法治理想，生生不息。

曾经那片盛放着繁花碧树的花园，如今已成为摇曳在漫漫时光里的回忆。但是，记忆中的花园，始终承载着法律留给我的最初影像，它跳跃着人世间的勃勃生命力，闪烁着法、理、情的盎然春意，象征着法律人心中那片燃烧着芒芒烁火的初心之境，最终点墨为我青春的时光图景。

如五月清风送来漫山的槐花香气，虽目有所不及，但我心中那片法律的花园，它与花香，四时同在。

村庄琐忆

周明珠

五月的天气，温暖舒适，没有暴雨的狂澜，没有烈日的炙烤，以往五月已至初夏，而今时仍在暮春，为了挽住这最后的春光，决定带上两个孩子回村里过周末，从县城出发，驱车三十分钟就到上滩村口。这是我长大的地方啊，曾经破旧的村子承载了许多年少的记忆。

记得小学时，与同伴在村庄中玩耍，或打玻璃珠，或玩纸牌，或跳皮筋，当时的暑假好像很长，可以做很多开心的事情，快乐也很简单，是村里小店的袋装汽水，是大汗淋漓时的微风，是抓到扯着嗓子高歌的知了，是落日回家时的黑白动画……在零食匮乏的时代，村中偶尔传来卖冰棍和糖葫芦的声音，于我们而言是最好的音符，叫卖声在村中回荡，我总会拉扯着家长去买，一口冰棍下肚，仿佛所有的困意都消失了，阳光好像也更加明媚，冰棍好像是世界上最好吃的东西。不过卖冰棍的小贩却不是每天都来，在等待的每一天我都会很开心，期待了一天又一天，度过一个又一个夏天……

屋后的大山，是我和弟弟最好的玩伴，我们会去捉知了，去挖野菜，也碰到过至今想起来都让人毛骨悚然的蛇，也会站在山顶看更远的地方，去见更亮的光。后来我们都去过很远的地方，见了更亮的光，不过在我心中，永远抵不过家门口的落日余晖。

记忆中，村子的夜晚是忙碌的打麦场，是轻摇的扇子，是茶余饭后的闲聊，是漫天飞舞的萤火虫……夏天的大人们总是很忙，白天顶着烈日在地里收割小麦，把麦子捆成捆，用牛车拉回来，晚上趁着夜色用脱粒机将麦粒打出来，一遍遍地重复着，好像不会累，他们休息闲聊时，我和弟弟便躺在麦垛上开始看星星，争论哪颗星最亮，也会想星星的那边是不是也住着和我们一样的人，也会数着星星进入梦乡。长大后很少再看到满天繁星，不知是匆匆赶路，还是星星都藏了起来，只让那时的我们看到。

后来上了初中、高中，我便成了匆匆赶路的行人，村子中的树好像没什么变化，一切还是熟悉的模样。记忆中傍晚的村庄，和三两个同学走在回家的路上，或嬉戏，或玩笑，或谈论今日的趣事，背着书包的我们，并肩走在旧旧的村庄，落日余晖照出我们青春的影子，当时以为村庄的路很长，因为我们总是走了很久很久，后来发现路好像也没有记忆中那样长。

春去秋来，我们在村子里度过了一段又一段美好时光……后来的我上大学、参加工作、结婚生子，偶尔在回家的路上，偶然看见在路边玩耍的小孩好似小时候的我们。

曾经的人或去了远方，或不会再回来，或见面不识，或永远在记忆中。村庄好像都是原来的样子，依旧有玩耍的小孩、背着书包的学生、闲谈的老人、青葱的大树，但以前斑驳的墙面、杂乱的电线却再也看不见，替换它们的是新气象、新农村，只是主角偷偷换了人。

端午"艾"之悠悠

王朝红

"悠悠艾草香，绵绵粽叶长。一年一端午，一岁一安康。"说起端午节，那香甜软糯的粽子、式样精美的香包、色彩绚丽的五彩绳以及带有浓郁药香味的艾草……都是这个节日里的标配！看着青青的艾草，嗅着幽幽的芳香，思绪飞回到无忧无虑的美好童年。

记忆中，端午节的"仪式感"从五月初四赶集正式拉开帷幕。初四早上，母亲安顿好家里的琐事，便和同村的阿姨们一起去赶集。那时都是以步行为主，母亲她们一路谈笑风生，脚下的步伐似乎也变得轻盈，那四里地的路程，要不了半小时就到了。周边几个乡镇的人们，也都趁着初四逢集采购"过节"的吃食和平时生产生活所需的物资。集市上人群熙熙攘攘，各种商品琳琅满目，叫卖声、讨价还价声不绝于耳……好一派热闹的景象。这天的集市往往开集早，散集却格外晚。赶集的人们，怀揣着对幸福安康生活的感恩，对未来日子更加美好的憧憬，满载而归……

初四下午吃过晚饭，我们就开始着手制作五彩绳。母亲总是让我们先选好丝线的颜色。即便如此，在制作中往往是几缕线已经合在一起了，我们又临时更改配色……就这样做好了拆，拆了又重新做，美好的愿景、欢快的笑声和母亲对我们温暖的爱都随着手中搓动的彩线编织进了五彩绳中。我们把做好的五彩绳放到院子里的葡萄架上，让它盛上露水。第二天清晨，再戴在手腕、脚腕上。传说佩戴五彩绳可以避五毒，祛病强身。系的是彩绳，保的是安康，更是长辈们浓浓的爱意和深深的关怀。

民谚云：清明插柳，端午插艾。端午节是氤氲在艾草香里的节日，家家户户都会把艾草插在自家的门楣上，窗台上。讲究人甚至会在院里角角落落都放上艾草，用以驱蚊虫，辟邪，祈百福。

艾草，是乡村五月最浓情的那抹绿。在临水的田埂地边上，小路旁，到处长满青青的艾草。艾草不似其他草种那样葱绿，它是淡青色的，叶片宽大肥厚，叶子边缘呈不规则的粗锯齿状，茎秆及叶片的背面有密生白色绒毛，摸起来柔软而光滑，嗅起来有药草的清香味。那一株株葱茏茂盛的艾草盛着晶莹的露珠，伫立在夏日清晨的田埂地边上，宛若亭亭玉立的少女，清秀淡雅，温婉脱俗。微风拂过，暗香浮动，摇曳生姿，别有一番诗情画意。

每年端午节，在晨雾朦胧中，祖父就会去采割艾草，我们姊妹几人也总吵闹着紧跟其后。听老年人说，端午的露水打在头发上，头发就会长得又黑又快，我们便虔诚地争抢着把露珠打在头发上，乐此不疲，总弄得头湿漉漉的才肯罢休。在我们嬉笑打闹间，手脚麻利的祖父已经割好了几大捆艾草。晨曦微露，我们已收获满满！

采割回来的艾草，除了应节插在门窗上的，其余晾晒干后，全部做药用。说起"艾叶"这味草药，祖父给我们说得很具有神话色彩。他说端午节当天，药王爷会施药，此时的艾草药性最佳。所以每年端午节当天，很多人都会采割艾草做药用，洗、熏、服皆可。艾草性味苦、辛、温，入脾、肝、肾。《本草纲目》里记载：艾属菊科蒿属，是多年生草本植物，药用其叶，故药材名为艾叶。艾以叶入药，性温、味苦、无毒，纯阳之性，通十二经，具回阳、理气血、逐湿寒、止血安胎等功效，亦常用于针灸。针灸用艾叶，一般越陈越好，故有"七年之病，求三年之艾"的说法。

祖父用"艾叶"在治疗癣疾、过敏等皮肤病和针灸的临床应用过程中，帮助很多患者减轻了病痛，甚至治愈了有些患者多年的顽疾，赢得了很多赞誉，成就了他的医者之心。

"每逢佳节倍思亲"，端午节的晨雾里再也找不到祖父忙碌的身影，老屋檐下的三年陈艾依旧散发着馥郁绵长的香气，一如祖父对我们的谆谆教诲和深深的爱。任时光流转，云卷云舒，永远刻在了记忆的深处。

"岁月不居，时节如流。"又是一年端午至，踩着晨露，父亲早已采割艾草归来。插在门窗上的艾草散发着袅袅清香……慢慢地明白，无论是采艾、插艾、美食、香包、五彩绳，这些不仅仅是特定节日里的内容与形式，它是家的温暖，是爱的传递，更是一种传统文化的传承！

第四辑

心灵乾坤

藏身山林的水

吕敏讷

一些台阶，把人送往高处。一道铁闸，把一些水关在里面。人在低洼之地，目光难能深远；不到达某个高度，必定见不到高处的水。

这一塘水前，来过多次。今又来，隔着草木与水对望，仿佛一切跟旧年一样，但明明已不一样。站在水面前的人还是从前那个人，草木已不是旧年的草木。左面是山，右面是山，前面还是山，山间多树多草，草木层层叠叠，完全遮蔽了山岩肌肤。春去秋临，寒来暑往，枯荣生长。又是五月了，山林一派葱茏，葱茏也是新的。草木的绿意染了水，水的清碧染了草木，山水着色一致，像提前商量好了。山中无他色，唯独绿意，像坚守什么，任由别处姹紫嫣红，争艳斗芳，这里层峦叠翠，有着只做陪衬的镇定。山把水围住，水被山托在掌心。山是水的依靠，水是镶嵌其中的一块碧玉，温润柔情，真是被宠坏了的样子。

林木和草叶在水里投下影子，它们的出现，仿佛注定是要走进水的心里去。

水深几许，不得而知，水里装着整个天空。天有多高，水就有多深。水里藏着山野草木，也藏着一片星空，一轮明月，藏着晨曦晚霞和四季轮转，也藏着少年的梦和远方。水认得沉默的每一块石头，也记得路过的每一只牛羊。水沿高了又低了，低了又高了，记下一道道年轮。

人往高处走，水往低处流，是常理，但世间偏有深藏不露的水，藏身高山密林，却不张扬，不聒噪，沉默不语，内敛平静。翻山越岭而来，走一些上坡路，流一些汗，过一道道关口，才得一睹水的面容。

所说的水塘，名字好听，叫黄石崖，原是一个人工水库。由此想起听过的一首山歌：

> 青石崖，黄石崖，噙的一口凉水来。
>
> 你的凉水我不嫌，只要噙到口边前。
>
> 你的凉水我喝了，三年五年不渴了。

"崖"字，方言念作挨音。"噙"字意为用嘴含，一个字，生动无限。只可惜，这些歌声在黄石崖水边散开的时候，我没有在现场听。

旧年修筑在山间的水库，集山林之溪水，蓄积存储用以灌溉农田。时光流转，有的人家搬走了，有的人家搬来了，水灌溉了爷爷，灌溉了子孙，灌溉了春秋岁月。时日久了，如今，水的现实功用已经失效。荒弃的水库，装了防护网和铁栅栏。水搬不了家，水也没有远走他乡，积攒的一汪水，归于山林，藏身高厚的大坝之中，隐居的水，做回了水自己。潺潺小溪从山林深处汇聚入库，又从坝底细水长流。大坝像一个盆，懂得吸纳也懂得释放。

藏身山林的水，是山的眼睛，这眼睛，清澈，明媚，深情，一眼万年似的照彻人心。历经沧桑的水，不像别的水，熙来攘往，飞溅闹腾，它厌倦了尘世的繁华和热闹，于众多的水中，逃离避开，只做小众的水，做与众不同的水，独自做自己。它把自己藏在荒山大野，心里住满山河岁月，坚守一份孤独大美，只独自拥有最柔软的心，它素朴孤傲的样子，没有媚俗的姿态。在最深的孤独里，自赏自清欢。安宁，平静，不慌不忙，从容悠然。

栖息在远处树尖上的雾，突然迎面而来了，变成了雨；风自水的心里骤然生出，水面开始动荡，水皱起眉头，重重的心事不可言说。一场匆忙赶来的山雨落下时，地上的草叶似在尽享一场哄抢，抢那些从天而降的好东西。人却没有草木的从容，脚步四散，匆忙逃离。乘兴而来，兴尽而归，缘分浅得只剩下一刹那的对望。

也罢，也许有一天，还是在这水边。朝闻溪水声，暮观树头雾。不为别的，只为讨这山间水煮的一杯老茶喝。一杯素茶，一个素心人，不要花团锦簇，只要在月明星稀之夜，有清风拂来，水面微皱，在这最边远的地方，独自空旷辽阔。

草叶在我脚下，水在我眼中，雾在我头顶，风在我耳畔，月在我衣衫，你在我心里。见山见水，是为了遇见自己。万人如海，却只遇见了你。

与君初相识，犹如故人归。

童年的荒唐事

皓　月

　　童年是美好的，有阳光，有雨露，有可爱贪玩的小伙伴，有金子般的回忆。可我的童年是在故乡西和姥姥家度过的，时逢大饥荒的年代，既有欢乐，也有艰辛，发生过许多懵懂而又荒唐的事。现在每每回忆，让人觉得啼笑皆非，发人深省。

　　那是20世纪生活极度困难的1960年，家乡西和人人都面临生存危机，饥饿病亡的事时有发生。偷庄稼、偷粮食已成常态，司空见惯，手段层出不穷。记得有次，大院的邻居王婶领我去生产队的仓库剥苞谷（就是剥苞谷籽，方言为ruá，好像没有这个字），十多个妇女孩子在仓库内剥了一早上，剥了不少苞谷颗子，临收工时，婆娘们就匆匆往内衣的裹囊内偷装苞谷颗。带我的王婶手脚比较麻利，一会儿偷装了不少，又教我将小背心扎在裤腰内也装些，有二三斤，随后跟着她们出大门。谁料大门口置放了一张大晒席，有两个看管的男人很威严，逐个抖衣检查。原来婆娘以为她们都是妇女，看管仓库的男人不便检查她们的内衣。谁知照检不误，通过摸、揣、抖，苞谷颗"唰！唰"地都抖落在晒席上，一个也没有放过。我们几个小伙伴早就被凶煞恶神的保管吓蒙了，主动抖落偷装的苞谷颗，呆呆地站在一边，接受保管员的训斥，知道了这是偷的行为。好在都是婆娘娃娃，没有遭受毒打，没收赃物教训了事。这次偷窃给我幼小的心灵留下了深刻的印象，知道在田野里还可以乘机偷一点，在仓库里绝对不能再偷了，否则就要吃大亏！

　　七岁有幸上了小学，二年级时开始学写大楷，侥幸还获了一次临帖小奖，兴致越来越高。可最便宜的毛笔实在不好使，又不便给含辛茹苦的姥姥提说。那个年代，饥一顿饱一顿，能供你上学就不错了，还能有其他奢求？一天偶然发现附近小姨家的笔筒里有好点的毛笔，笔杆上有字，杆头上还有小挂带。于是就趁她们上班不在家，推开锁着的两扇平房木门，从门槛和门的大缝隙中钻入室内，偷偷拿走了两支心仪的小毛笔。后来得知那毛笔是小姨夫的心爱之物，他们发现失物后自然联想到常去家中的我。在父母严厉训斥和拷问下，我如实招了供。事后家里也觉得训斥和揍一个爱写字的童子有些过分，小姨再三解慰：不怕你拿毛笔，就是担心你给贼引路，让你长长记性。我虽觉得委屈，但也深知此次错误的严重性。这是我童年上学后第一次挨揍，记忆尤深。

　　还有一次偷东西，尽管未挨揍，可比揍还难受。那个年代，小孩儿偷吃果木的法子也是五花八门，有单个偷的，有抱团偷的；有就近树边偷的，有深夜果园偷的。有一次几个邻居小伙伴凑在一起，商议在附近一家果园合伙翻墙上树偷摘。一共四个小伙伴，我们三个稍大能爬树的翻墙后分头上树，另一小子负责站岗放哨，一有动静就学猫叫。谁料上树刚摘了不几个，就有了动静，一声猫叫，我们三个"唰"地溜下树拔腿就跑。人倒是翻墙未被逮着，可一位最大的伙伴溜树时太快，小鸡鸡被树杈擦得痛苦不堪。躲到僻背处借着月光细看，还真擦得不轻，赶紧送回家中让大人查看。听说其父懂点中医，用土办法治疗了两三天就没事了。这如果放到现在，肯定同伙的家长们都得支付治疗费。后来得知没有大碍，伙伴和家长们终于放心了。

　　这些荒唐事至今记忆犹新，始终觉得当时拔腿就跑是上策，否则被逮住非挨一顿打不可。那个年代，偷果木的哪有罚款处治的规定？偷的人多是孩子，一穷二白，罚什么款？只要逮住，最好的教训办法就是挨鞭杆，这次倒是跑得快未挨打，可看到那位伙伴要命处受伤的痛苦状，我们几个内心难受极了。如果那玩意真有个一差二错，岂不又是大祸？

　　还有一次小偷小摸，更是缺德荒唐，至今我仍在忏悔！那是1965年的隆冬，天寒地冻，滴水成冰。家乡西和过冬多用火盆，木炭就成了千家万户用的紧缺物资。可那个年代，能用起木炭的人家是少数，多数用的是柴疙瘩和苞谷芯，只有来了贵客才偶尔用点木炭。我外婆家在城区半耕半读，生活属中等，也用木炭，但非常节省，且城区的木炭多在炭市场去买。为了保证姥姥和姥爷能每天取暖喝上罐罐茶，年幼的我偶尔也去炭市场拾炭。

炭市场坐落在县城东街的电影院旁。每天有七八位挨冻受饿的乡下炭客子在那里等买主卖整背的炭（就是一趟背的百十斤全卖），只有城里的两三位炭贩子卖零星的炭。我们两三个小伙伴名义上是拾炭皮炭渣，实际上是旋来旋去，趁炭客子不注意，偷取一半截小炭用外衣或报纸遮住，然后将"猎取"的小木炭藏在附近的小背斗。小背斗就隐藏在周边大户人家的大门背后。这样往返数次，也能偷获四五斤。这种营生，我一共干过两次，后来觉得不太光彩就再没去过，大人也再没强求。当时感到羞耻，常常受到良心谴责。后来上了初中学了杜甫的《卖炭翁》，良心受到极大的震动，感到这是童年干得最耻辱的一件事。再回想当时的情景：那些穿着破烂、裹着森鞋（当地一种毡做的过冬的简易鞋）、冻得瑟瑟发抖的炭客子，多么像杜甫诗中的"卖炭翁"，不同的是那"卖炭翁"是赶着牛车在长安市场卖炭，而家乡的炭客子是从遥远的林区炭窑背到城里贩卖。他们含辛茹苦，一背炭能赚几个钱？而城里的富户人家买炭时，不是嫌森头（未烧到火候，容易起烟的炭头）多了，就是嫌炭太蓖（方言意为烧得过火了，不耐烧）、炭末子多（一般背斗上捆的是整根的大炭，背斗里装的是小炭和炭末子），挑三拣四，给不上好价钱。后来每每回忆这些情景，就愈加愧疚。尤其是在后来担任县上领导，更感到这是莫大的耻辱和缺德，至今内心都不平静，觉得只有如实坦白，不断忏悔反省，才能洗刷污点，净化心灵。否则还是人民公仆吗？

童年是美好的，也是难忘的，有得也有失。可人们回忆童年时，更多的是回忆美好的时光，回忆童年的苦难，回忆苦壮成长的收获，很少回忆童年的过失和劣迹。我想过失和劣迹也是一个人的财富，没有过失，哪有进步？有劣迹也在所难免，关键是如何认识劣迹，如何转变，如何在后来的成长道路上将劣迹转变为善举和功绩。

我留恋童年，更留恋童年的得与失……

我的村庄

雷爱红

老家的院子边上，有一道水渠，下雨的时候，水渠里积满水，哗哗地流淌，和门前山下那条弯弯曲曲的小溪一样，有着诱人的魔力。

去山下溪谷玩水，是不被允许的。溪水大部分清浅舒缓，但有深不见底的石潭，最令父母们担心。夏天，和小伙伴们一起去溪边玩耍，总是偷偷地去。当然，我们也不止一次像被赶羊群一样赶回家。灰溜溜的我们，有过这样的几次经历后，再也不去冒险，反而加入管理更小孩子的队伍中。

自然，家门口的水渠，就充当了水世界，成了我们童年的乐园。特别是夏季，常常在酷热的白昼尾声，傍晚时分的白雨发过，水渠的水都溢出来了。我们折纸船，让水渠充当运河，下游村庄的孩子就能收到彩色的礼物。有时候，暂时充当玩具的母亲的水桶或者扁担被冲走了，在吓得哇哇大哭过后，晚归的邻居，不防备就会提着空桶或挑着扁担回来。是啊，谁家的鸡啊，狗啊，村里人都是相互认识的，谁家的一只铁桶自然是认识的——那时用木桶的人家还很多。更别提一年冬春之交的一场大雨，我欣喜若狂，将花棉袄脱下，投到水里洗将起来，被过路的大婶，将我裹在怀里送回家。至今还想起大人们对拧着湿透的棉袄，笑得上气不接下气的情景。

跨过水渠，是一条石砂铺就的道路，弯弯曲曲通往南坪的责任田，那是母亲的"原始股"。小路承载着妈妈的脚步，一家人的生计。虽然父亲已经"平反"回到医院上班，但工资不足以维持我们的开销。母亲辛苦种地，父亲背着赤脚医生的药箱，常年走村入户行医，十里八乡各家各户，他闭着眼睛都能找到。但是遇上播种和收割季，父亲的时间是不太靠得住的，全靠乡亲们帮忙。那一年，我还没上学，但跟着姐姐学会了诵读"锄禾日当午，汗滴禾下土"。一个割麦时节，午后，一觉睡醒，家里没人，看见母亲搁在麦柜上的挂完吊针的空玻璃瓶，里面灌满了开水，母亲去地头忘记带了。我找到父亲为我打造的小扁担，挑起瓶口绑好的绳索，跨过门槛，再跨过水渠，沿着砂石路，向南坪的麦地里走去。

烈日下，一只手扶拖拉机，突突喘着气，从斜刺里径直向我冲来。瞬间，我脑袋轰的一下，呆若木鸡般，立在原地，一动都动不了了。我不记得自己哭出来了没有，总之是吓得热血上涌，几乎失去知觉。就在我回过神来时，正被叔叔抱在怀里，擦着额头上的汗水。母亲蹲在一边，舒着气，脸上不知是汗水还是泪水。原来，叔叔情急之下，向外打了一把方向盘，自己一跃跳下车，一把抓起我就跑开了。车子头朝下栽到路边平缓的梯田里，我的水瓶成了碎片，被阳光照得发光刺眼。我哭着，看着自己的心爱之物。叔叔见状，从车头沸腾的水箱里，掏出刚从麦田收到的野鸡蛋，已经熟了，散发着诱人的香气。

从那以后，大人们集体劳作时，村子里总会留着一个大孩子照看各家的小孩子。等一家一家的粮食都收回麦场，再一家一家互相帮着打完麦，颗粒归仓时，金黄的秋风吹来，村里的孩子们，裤腿又短了一截，背着书包走进学校的队伍中，又多了几个幼小的身影，那如春风拂过心田的柔软，使整个村庄笼罩在温暖祥和的光芒中。

去三里地外的学校上学，每天早晨二姐都要送我们。二姐当时只有十七八岁，正是爱睡懒觉的年龄，早晨起床很困难，总有很大的"起床气"。但父亲安排她送我们，即使不情愿，领命后却非常负责任。每天早早带着我出门，房前屋后的孩子们你呼我喊，一时间，等大家聚到一起，我们就出发了。高出我们一半个头的二姐鹤立鸡群，有着领袖的风范。村里从一年级到五年级的孩子都走在一起，二姐安排大孩子走在后面，男生走在边上，中间护着我们这些小孩子，就像一个紧密有序的方队，我们保持着队形，一直走到学校。路上，有时也会因为大家打闹而乱了队形，但闹过后，又会恢复秩序。有时下大雪、大雨，二姐就背着我，她还会安排大孩子背起小孩子。不用说，这后来都成了不成文的规矩。

我们村的孩子们，走到半路，常常会遇到前方村的孩子们，他们从小路上排队上来，和我们会合。大家都手拿着自家做的馍馍，边走边啃，相互交换着吃。有时冬天，冷不丁哪天起得早了，出发时路上一片漆黑，二姐胆小，她咬牙忍着害怕，走在队伍的最后面，像一只老母鸡一样护着我们。她边走边回头，有时路边红砂岩上的柏树丛，有松鼠出没，发出簌簌的声响，她吓得头发都竖了起来，反而是小孩子们安慰她。等到远远看见前村小路上一排身影时，她才能松口气。这时，我们跟着她，大喊着那一排身影中熟悉的名字，对方也响亮地应和起来，这时，气氛一下子变得轻松了，大家怀着胜利会师的喜悦，边走边迎来山头微白的曙光。

看着我们一个个走进校门，二姐才如释重负，舒一口气，打个哈欠，走进与学校一墙之隔的卫生院大门。那时她已经是个学徒，跟着父亲炮制中药、扎吊针、管理库房，打扫卫生，还要给我和父亲做中午饭。她越喊累，父亲给她的活儿就越多，所以她一声不吭，仔细干好每一件事情。冬天早上，开门第一件事情，便是生炉火，烧水，煮茶；夏天早上，她会扛着大扫帚，把房前屋后的院子打扫得干干净净，让那些园中盛开的月季花儿，看起来又清爽又艳丽。这些事情做完，她会洗漱一把，赶紧补个觉。父亲很快就到达卫生院上班了，他会给二姐留点儿时间睡一会，然后再准时叫醒她。

父亲在医院和学校中间院墙上，开了一道小门，给周围群众和老师提供了方便，我也每天从这个小门出入。有一年夏天，二姐从正门目送我进了学校大门，还不到一节课的工夫，我就被老师从小门给抱回来了。老师吓得脸色煞白，怀里横抱着浑身湿透、还在不停滴水的我，惊慌失措地跑进卫生院，边跑边喊我父亲。二姐被惊醒了，父亲刚刚进到院子，及时从老师手中接过我，试了一下鼻子，摸了一把手腕，紧张的神情放松下来。老师紧盯着行医多年、经验丰富又极其令人信赖的父亲的表情，也放松了下来。

事发突然。上完早操，课间十分钟，轮到我值日。我和同学去水池打水。水池又大又高，人长得太小，我就爬上水池，站在窄窄的池子边，准备打水。水桶太沉，旁边跑来两个打闹的同学，来不及刹车，撞到我腿上，"扑通"一声，我就掉进去了。一瞬间，我感到能站立起来，就用力扑腾了几下，可是水池里的水没过了我的头，没几下，我就露不出脸了。同学在池边拉我，也够不着，急得喊了起来。我感觉那声音像隔着厚厚的玻璃，遥不可及。紧接着，我连喝了几口水，感到意识模糊起来。就在这时，我觉到一双手抓住我，用力一拽，就把我给拽出了水面，我用力睁开眼睛，看见是我家路边地坎下邻居家的姐姐。她刚才还在教室后面的那一排高大的白杨树下打扫卫生呢，她的位置刚好能看见这个高处的水池。她从水里将我抱出来，肘边还斜靠着那把新鲜金竹大扫把。这时，我的班主任赶来了，年轻漂亮的班主任，穿着好看的连衣裙，平时很爱干净爱美的她，一点都不顾忌我满身的脏水，一把接过我，喊着我的名字，飞奔着跑向中间的那个小门。穿过小门，就见到了我的父亲。

我吓蒙了，只能睁开眼睛，一句话也说不出来，也可能是被水呛住了，他们问我什么，我都没有反应。我已不记得父亲是怎样"抢救"我的了，只是记得，当时父亲给我扎了吊针，周围的邻居给我借了他们家儿子的衣裤，但我已经上小学了，那是男生的衣服，硬是不情愿穿……

年少时光，像一幅幅水彩，描摹在乡土底色上。如今，许多往事变成了记忆中的黑白照片。小路还是那条小路，弯弯曲曲，村庄还是那个村庄，朴素、明亮。每每回忆，让我不得不对这个温暖的世间更爱上几分。

神秘泰山

王彦青

　　泰山，那是深藏于两当南部千山万壑之中的世外桃源，一个让人心动和流连的地方。它不是人们熟知的东岳泰山，但它绝不比山东的泰山逊色，它的秀美与神奇甚至远远超过了东岳泰山。一条由南向北静静流淌的泰山河经年不息，在四季中潺潺流淌，用心灵的谚语诉说着山里的人、山里的事、山里的沧桑过去、山里的繁盛兴衰，见证着岁月的年轮和脚印……

　　汽车穿过琵琶洲，沿着顺河向前伸展的公路行进，大山站在石拱桥的那边挡住了去路。公路变成了两只长长的弯弯曲曲的手臂，一条伸向左边的山脚，和陈仓水并驾齐驱，一同隐没在山的深处；另一条向右一拐与泰山河（吴郁水）形影不离地沿山脚钻进大山旮旯里，继续前行便是泰山乡，一个只有千把人的偏僻林区乡村。此去到乡政府所在地双河村不到二十里的路程，昔日，这是一条破旧的乡村公路，砂石土铺成的路面，晴天还好说，雨天泥泞难走，几里路也难见到一户人家。如今已成了光洁平整的水泥路面，犹如一条蜿蜒穿行在山间的"巨蟒"，若要真切感受一番泰山的神韵与魅力，你最好步行，漫步在"巨蟒"的背上，两边的山狭窄悠长，自然而然形成一个长长的峡谷。林中的鸟儿叽叽喳喳，上蹿下跳，仿佛在审视这些山外来的"不速之客"。泰山河的涓涓溪流滑过鹅卵石发出的潺潺之音，充斥着你的耳膜，如同天籁。那水声就像阿爸阿妈的唠叨，在诉说着陈年往事，此时，你只能听到流水声，那跳动的音符是世间绝无仅有的最美妙的韵律……

　　泰山是山的世界，山的海洋。这里的山层层叠叠，纵横交错，连绵不断，处处彰显山的刚毅、坚强、壮美和雄伟。这些山是有灵性的，每一座山都有一个神秘离奇的故事，每一座山都有一个让人魂牵梦绕、情醉神迷的名字。皇凤山、凤凰山南北对峙，含情默默地守望一种真爱和赤诚，把千年神话一遍遍诉说；鲁家山、天台山遥相呼应，傲然挺立，沐浴着四季风雨和霜雪酷暑，依然坚如磐石，刚直不阿；中山庙、泰山庙错落有致，古朴森然，别有洞天；马踏石、白马洞幽静怡然，碧潭翠鸟，仿佛世外桃源，天上人间两重天；鹰嘴崖、老崖高耸入云，傲立山巅，俯瞰山山水水。

春夏的泰山，漫山遍野的绿和随意开放的花朵把这里装点得分外娇媚艳丽，行走在那山山水水之间，仿佛漫步在绿色的海洋里；那碧绿的山峦，万紫千红的山花，静静流淌的小溪，如同徜徉在陶渊明的"桃花源"里。秋意绵绵时，泰山更是独具魅力，满山的红叶映红了那山山峁峁，恰似少妇路遇生人娇羞的红晕，那一树树核桃、板栗如醉汉一般东倒西歪，滚落一地；八月瓜咧开大嘴在"嗤嗤"地偷笑，层层叠叠的山俨然是一幅山水写意画卷，都被涂上了金黄、橘黄和浅黄……

冬天的泰山，虽没有春天的妩媚，夏天的清爽，秋天的妖艳，却另有一番情趣。那撩人心魄的飞雪，飘飘洒洒、纷纷扬扬，像春天的柳絮一样，不停地飞舞着，放肆地亲吻着山峦，亲吻着溪水，亲吻着你的脸庞。银装素裹、玉树冰花，把你带入洁白而高雅的世界，使你忘却了世外的纷争、无谓的烦恼，净化你的纯洁而卑微的心灵。

隔窗听雨

李凤琴

伫立窗前，凝望天边一轮将满的月，月色如水，夜色如墨，月的清辉轻柔，朦胧渲染着如墨的夜色，夜是如此清美、恬静。微风拂过面颊，舞动发丝，清风盈袖带来丝丝凉意！独自莫凭栏。放下朵朵玫瑰花的窗幔，又开始了只属于我的夜晚。

夜有一个温柔、博大的怀抱，静谧、安详、深邃。把家里打扫干净整洁，自己可以赤足漫步，像幽灵似的在每个房间里飘荡，或静静地蜷在沙发里，让夜色一点一点把我吞噬、融化。思绪便漫无目的地自由飘游，天马行空，无所不能，入了云端，去了小溪；也可以甜滋滋地思念，不论远近的人，只要是爱自己或自己爱的人；也可以打开自己裹着千层包装的心事，给藏在心底的思绪，生一双自由的双翅，在夜的世界里纷飞。

独坐书房，一壶淡淡的绿茶，茶杯里飘散着袅袅茶烟。读几本自己喜欢的书，一个我便是一个世界，自得其乐。夜，迷离思绪；人，美幻记忆；书，充实生命；感，完美时间。细细地品味，慢慢地咀嚼一句好诗、一段美散文或一本小说。将自己遗忘，不必知道自己是谁，随书中的主人欢喜着他的欢喜，悲伤着他的悲伤。一叶兰舟，载满唐诗宋词的娇羞，轻波荡漾在古人绝美的文字里。慢品清茶一盏，轻沾玉齿，淡淡的芬芳，一缕蕊香，彻骨的清澈。悠然气闲，心中滋生起了惬意、极致的幸福感，满屋子的舒心和快乐荡漾、飘散。哦，室内的书香、茶香，也能醉人，一个我就痴醉于文字的海阔天空里遨游。

如果是个雨夜，那就别有一番情趣，隔窗聆听雨打屋檐的点滴声，便不自觉地轻吟李清照的词，"满地黄花堆积，憔悴损，如今有谁堪摘？守着窗儿，独自怎生得黑！梧桐更兼细雨，到黄昏、点点滴滴。者次第，怎一个愁字了得！"这雨在优美、文雅、高贵的女诗人耳里，一声声愁字滴到了天明。这雨因绝美的词，一美就是千年，凄清的雨遗留万古。可以看见李清照坐在窗前，在雨声中，捧着一本书随意地翻读。

雨夜的我可以打开电脑，敲敲打打，胡言乱语地写一点自己的心情文字；觉得累了，懒惰的我或者干脆什么也不做，怔怔地发呆，舒适地躺在大床上，静静地听雨，让生命处在一种自然状态。端上一杯沏开的绿茶，和着雨声一同啜饮而下，那五脏六腑就都涌进了轻盈、柔美的雨声。如此清美的雨夜不用支付现金，是大自然恩赐予人们最豪华、奢侈的礼物。

每逢雨天，人，悠闲、轻松，心中便暗暗期求，盼望多年的故友能突然来临，知心的话儿和着雨声滴到天亮。也许人生是适宜雨天来品读的，就这样憧憬，于某一年某一天的某个小屋，风雨潇潇，挚友对面而坐，品茶畅谈不计昼夜。那份彼此的相知和明了，那份心态的坦然和相悦，是何等惬意，又是何等温馨！

雨声是宁静的，我想它是一种超然的静。真正的雨声并非人人都听得懂，学会倾听，其实也是一种悟性，一种情趣，一种才能，一种修养。人一旦听懂了雨声，就可洗涤自身心灵的尘埃，使浮躁的心会变得淡然、平和，一切的痛苦和烦恼也就被漂白和淡化了。

心如优美的歌，梦如三月的花，思如缥缈的烟、感如早春的雨、情如和煦的风，又有谁懂得每个夜幕下的静夜是如此奢侈的享受。一个人，听雨打芭蕉的乐府，感知雨扣窗棂的亲切，静数雨滴屋檐的寂寥，自我沉醉在，只属于自己，夜的世界里——痴人说梦。

花开四季

苟汝红

每年到樱花开放的季节，我都喜欢早早地起床步行上班，穿过日月广场，先欣赏广场边的一排樱花树，然后在滨河大道各色樱花的相伴下哼着小曲一路向前，欢快地来到单位，衣袖留香，神清气爽。

樱花从小小的花苞到含苞待放，再到全然怒放，从来都不会让你等待太久，她们一天一个样，每天都有全新的面貌。似乎知道人们都在见证着它们的成长，争先恐后努力地变换着姿态，热烈绽放。我每天上下班在这条充满花香的路上反复走着，总让我有一种错觉：既像蹚着广香河水顺流而下，又像沿着花梯款款而上，有河流的伴奏，有花香的浸润，还有温暖的阳光照在身上，暖进心底，真是如痴如醉，如梦如幻，幸福感爆棚，且能量满满！觉得一整天都是精力充沛的。

清晨樱花像刚睡醒美容觉的少女，容光焕发，温柔的阳光照射在上面，显得格外娇艳妖娆。练拳的，舞剑的，耍刀的，跳广场舞的也都转移阵地，来到樱花大道，想趁着花期，让倩影与花枝辉映成趣，让音乐共蜂蝶协奏一曲。

到了中午阳光照得起劲，花儿开得愈加精神，引得游人如织，热闹非凡。人们都争分夺秒想把樱花季最美的样子留下，生怕一场突如其来的大雨或者狂风会将这一切美好打破。夜晚的樱花在灯光的照射下，更像戴着头纱的新娘，含羞而娇媚。

和许多人一样，我也常常叹息樱花花期太短，也会惋惜一场如此盛大的花事最终落得满地落樱，随着春风消逝而去。然而今年樱花季发生的一件事让我转变了以往的想法。原来一场盛大的樱花盛宴带来的强大能量不仅让人赏心悦目，更重要的是能沁人心脾，升华灵魂，芳香四季。

　　那天下班，我照常漫步在滨河路的樱花大道上，远远看见一个头发花白，背有点佝偻的老人迈着蹒跚的步子走走停停，时不时用手遮着额头抬头看看樱花，走到跟前我认出那是和我很要好的一位同学的妈妈，以前我常去她家里玩，阿姨还做可口的饭菜给我们吃。我们已经很久没有见过了，我热情地上前打招呼，一顿自我介绍加嘘寒问暖，她一脸茫然地打量着我，看得很仔细。然后缓缓地说："唉，乖女子，看你笑得和这花儿一样美，跟花儿一样年轻，真好。我认不出你了，你还记得我，我现在老不中用了，连我自己的女子在我跟前我都分不清了。"我连忙说："阿姨年纪大了都这样，您身体可好？"她拉住我的手笑着说："乖乖，我都八十多了，人老了身体再不敢说多好了，这不是花又开了吗，你看我又能走出来活动了。每年外面樱花开得正好的时候我能走出来，我就觉得我又活了，今年一年可能又赚了，又能再活一年喽。你看这花开得精神的，我觉得我整个人都精神了好多，一个冬天圈在家里，瓶瓶罐罐吃了好多药。这春暖花开了，人也就像这花一样又活过来了，旺旺儿地再活一年，给娃娃们长精神。"我连忙说："就是就是。有妈在，家就在，娃娃们走到哪里心里都觉得是踏实的。"

　　和阿姨聊完天，继续走着，我内心泛着波澜，一直以来我以为只有像我这样的中年人能从樱花中获取能量，清晨让我元气满满去上班，夜晚让我卸去一身疲累。工作中我也了解到孩子们是最敏感的，他们能最早接受到春的讯息，积极活泼的样子像极了争先恐后开放的花朵，把春的消息到处散播，他们本身就是开放在校园里的花。可我一直没有了解过它会给老年人也带来这么大能量，可以说带来的是重生的希望。

　　我再次驻足端详这花，满眼敬意。花儿挨挨挤挤，一簇簇一团团，尽情地绽放着，散发着无穷的魅力和无限的能量。我顿时觉得我自己是坐井观天。每天忙忙碌碌却只看到自己看到的，只体会了自己体会到的，从来没有想过，花儿和阳光一样是无私的，它们把能量释放出来，一切愿意接受能量的人和物都是受益者。以前是我误解太深，那些络绎不绝来到樱花树下观赏、拍照的人们，还有天天来樱花树下锻炼的人们，甚至一天光顾櫻花好几回的人，我原以为他们都只是"好色之徒"，都只为樱花的芬芳美丽，俏丽多姿而来，为凑热闹而来。却不曾想过，美丽的樱花它虽然只在春天开放，但它却常年四季开放在人们的心里。开放在心中的花，它依然陶冶着人们的情操，清除着人们心底的尘埃，驱散内心的阴霾，照亮前进的道路，给予人们无限的能量。这能量激励人们对抗一切艰难险阻。这能量也是人们追求一年幸福生活和一切美好的动力，直到来年春天迎来另外一场樱花盛宴。

或许这才是樱花本来的品质吧？花开有力量，或许不仅仅是樱花，春天盛开的所有的花，甚至一年四季开放的花朵都具有这样的能量。

守 心

黄根娥

一

最近我常会刷到这样一句话："不管你愿不愿意，人的一生总是在告别中，包括最美的年华，最好的遇见。"是的，从这个角度讲，没有什么东西会永远属于你：你所追求的功名、财富，包括爱情。每个人从一丝不挂地呱呱坠地到一分不带地离开，最后都将归于尘土。上天是公平的，给了每个人一颗心，一条命，那么请把命照看好，请把心守好，你的人生即是圆满。

总会听到身边有人抱怨生活的不公平，别人为什么命那么好，有房有车有好老公有好工作。我相信这个世界上所有的拥有都是努力换来的，只是别人看不到而已，而那些不劳而获的东西终归会失去。当然也有特例，比如富二代、官二代，但那也是上一辈努力打下的江山，如果你自己不努力，这些财富地位一样最终会离你而去。与其抱怨，不如行动，不攀比不计较，做自己该做的事，做自己想做的事。

"好看的皮囊千篇一律，有趣的灵魂万里挑一。"人的一生，物质财富或许能提高你的生活品质，但不一定能丰富你的灵魂。一个人把许多精力给了物质，就没有什么闲心来照看自己的生命和心灵了。腹有诗书气自华，空闲时多学习多读书，支撑我们前行的除了责任，还有内心的繁花似锦。

二

  这个世界上只有适合自己的才是最好的。在自己能力范围之内，从容地去追求去享受自己喜欢的。对于滴酒不沾的我来说，在青岛莱西学习交流的三个月里，多少次最新鲜的原浆青啤摆在面前，任朋友怎么劝，我也不为所动。在别人为我遗憾不懂享受美酒的时候，我内心却是淡定的，因为我知道，滴酒不沾的我，一杯下胃不仅体会不到琼浆的美，还会尴尬地醉。和美酒相比，一杯新鲜的果汁更适合我。就像有人喜欢龙虾鲍鱼，而我只钟情于那一碗清淡爽口的片儿汤一样，吃在胃里，暖在心里。

  人生旅途中，有时不妨放慢脚步，静下心来去欣赏沿途的风景。我了解山东人，初于《水浒》，深于"青春"，青春人如其名，为人热情大方，对工作对生活永远洋溢着青春的激情，身兼数职的他，是医务科副科长，也是骨科知名医师，既要忙于行政事务，又要管理病员，且天天主刀手术不断，有"拼命三郎"之称。而他身居眼科主任的爱人对工作的热爱也毫不逊于他，是莱西市人民医院有名的"主任之家"。早晨醒来我总会看见他很晚发过来的信息："姐：刚忙完，准备回家"；"姐：刚下手术，好累啊"。和常常熬夜加班的老弟相比，顿感自己好幸福，可以每晚肆意做梦到天亮。或许每个人的追求不同，有些人喜欢悠闲放松，比如我；有些人习惯忙碌的生活，比如青春，ICU 的张护士长、刘主任、急诊的红红护士长，应该是累并快乐着吧。忙碌成为生活的常态后，偶尔歇歇陪陪家人，管理好患者健康的同时，也能兼顾好自己身体，这是最好的状态。而卢姐、王姐优雅从容的生活状态也是我想要努力达到的。

  约束好自己的情绪和管理好身材一样重要，年轻时为赋新词强说愁，中年后明白人生的小烦恼是不值得说的，而大烦恼又是不可说的。如果一定想发泄那就说点别的，学辛弃疾道："天凉好个秋。"我们有时会被莫名的情绪左右，挥之不去，那就静心听一段音乐，方便的话看一看大海，抑或爬一座小山。实在不行去医院急诊科看看，你会释然很多。人生除了生死，没有过不去的坎。再大的事多年过后都是往事，过好当下每一天，做好每一件事，善待身边每一个人。在 ICU 病房里，我在为一位 26 岁颈椎骨折术后的病人采动脉血后，听到这个刚清醒不久、气管切开戴着呼吸机的小帅哥嘴里发出微弱的声音，我以为他有什么不适，耳朵贴近才听到他艰难地又说了一遍："你扎针一点都不疼。"我瞬间鼻子一酸，泪花盈眶，对于一个高位截瘫的人，他的手臂对疼痛有多少感觉呢？他还来安慰我这个初学动脉采血的人。我倒是希望他能感受到疼，那么他预后会乐观很多。他离开重症回普通病房后，我常常会想起并默默祝福他：愿他在康复的道路上越走越顺畅。

三

人生的两大快乐，一是生命的快乐，例如健康，平安，与自然的交融，这是生命本身的需要得到满足的快乐。另一种是精神的快乐，包括智慧，情感和信仰的快乐。有人说物欲是社会刺激出来的，不是生命本身带来的，其满足也是一种快乐，但是与生命的快乐相比它太浅，与精神的快乐相比，它太低。

人一定要存感恩之心，无论亲情、友情、爱情。所谓滴水之恩当涌泉相报。只有懂得珍惜和感恩，情谊才能走得更远。在有幸到莱西学习的这段时光里，一起的同事有焦急盼归期的，而我觉得这是我这些年来度过的最幸福的时光，轻松而惬意。当然这与莱西兄弟姐妹们贴心照顾密不可分。生活上，卢姐、王姐、张护士长、刘主任、红红护士长、青春、舞护士长以及到过两当的朋友们，把各种水果小吃和日用品源源不断送来。有时挤出他们仅有的休息日，带我们品尝当地特色美食，欣赏独特美景。在工作中，针对差距给予精心指导，令我受益匪浅。

时光如白驹过隙，从秋阳高照到寒风潇潇，三个月也只是一转身之际。但友谊会长存，时光会铭记……希望并祝福我们每一个人能把自己照看好，保护好生命的单纯，珍惜平凡的生活；把心安顿好，积累灵魂的财富，注重内在的生活，轻松面对每一天！在纪念那段特殊学习时光的同时，也祝福莱西和两当人民友谊长存，在携手促发展的路上越走越畅！

山间卧榻如笼

吕敏讷

人是万物之灵长，人类似乎比其他生灵聪明，但人不得不向动物鸟兽自然界学习。

自然界是人类重大技术思想的源泉。鱼儿在水中自由来去，人类模仿其形体造出了船。鸟儿在空中展翅飞翔，人类仿制鸟儿双翼造出了"钢铁巨鸟"飞向云端。人类仿照苍蝇复眼，制造出航空照相机。科学家依照萤火虫发光原理，人工合成生物光源充当电灯，它不会引爆瓦斯。东汉末名医华佗总结了前人模仿鸟兽动作以锻炼身体的传统做法，以虎、鹿、熊、猿、鸟的动作和姿态创立了一套保健体操五禽戏。人类从未停止向自然万物的学习。

鸟儿栖居山林，自由自在，倦时归巢。人向往鸟儿的自由，模仿鸟儿，但人类一定住不惯天然的鸟窝，嫌太简陋太不高档，就仿照鸟笼，在山林间建起鸟笼民宿。一个个巨型的鸟笼房，在绿树丛中站立。那些鸟笼，别出心裁，随意站在树荫深草里，站在石头边上，站在蓝天白云下，站在溪水旁。颇有几分田园诗意。

鸟儿将窝搭在树枝上，以鸟喙编织柴棒、泥土、羽毛，造出的房子坚固、耐用、美观。在树枝上风雨飘摇，旷野的风吹着，日头晒着，它们欢唱着，安家，恋爱，孵卵，育雏，并生老病死。鸟窝的建筑材料都是纯天然材质，没有人工合成和甲醛，符合环保生态理念。简陋，土里土气，却毫不影响鸟儿飞翔的开心快乐。

人类在钢筋水泥的森林当中，也都拥有一个坚固、耐用、美观的钢筋鸟笼，还用钢铁的防盗门做配饰输入指纹、人脸、密码，以层层加固安全系数。内部结构完善,现代化的家电一应俱全,电子化,自动化,人工智能化,解放人的双手,揣摩人的心思,满足人的喜好。物质极大丰富繁华,但是,住在里面的人还夜夜失眠,日日烦躁,担心失去,担心得不到,担心得到了又要失去。人不见得开心,仍然不够快乐。商家设计了鸟笼意象的民宿房,是对人类向往自然心理的投其所好,把卧榻搬进山林草木间,让人借自然一用,借宿鸟屋,拯救人类的睡眠,追求鸟儿般的自由快乐,这是另一种意义上的仿生学。让人学习鸟儿的简单,像鸟儿一样吃饭睡觉。

这些民宿,是镶嵌着蓝玻璃的圆柱形,外观简单,顶部有挂钩形状的装饰,细微的点缀都彰显鸟笼形状的设计,内部还是一个小二层结构,卧榻在上,生活区在下。一个鸟笼,关起一个独立的世界,是为现代人打造的别样空间。夜幕时分,林间灯火氤氲而起,鸟笼昏黄,浮动在山间野树丛中,如梦似幻。住在里面的人,体验着做鸟儿的自由和快乐。真正的鸟儿,有在旷野和山林飞行的能力,拥有飞翔的自由快乐。这一点上,鸟儿一直被模仿,却从未被超越。

家财万贯,一日不过三餐;广厦万千,夜眠仅需三尺。睡在哪里才能快乐呢?得大自在,则像鸟儿一样,睡在哪里都是睡在风里;若放不下,就像蜗牛,走在哪里都是走在笼子里。

几人能得大自在?人人都是爬行的蜗牛,一生都背着沉重的房子。

夜色起,风微凉,大家收拾行囊,从山中抽身离开,把山林的安宁归还山林,把山林的夜色归还夜色。匆忙回城。彼时,霓虹耀眼,车水马龙,车在街面上排着长长的队,蜗牛般朝不同的方向奔赴,人归还各自钢铁的鸟笼。

樱花微语

朱小霞

我家住三楼，透过阳台玻璃窗望下去，只见后院里一片粉红。我起得还是像往常一样早。因为我爱黎明，晨曦像一首美的诗章，曙光像一支抒情的乐曲，我，愿做一个迎接黎明的使者，从楼上走向院子。我的心灵舒畅得像一只鸥鸟在缓缓飞翔，我要摘一颗凝在碧叶上的露珠，吸一口甘泉般清冽的朝气。我知道这是多么珍贵的时间，当火红的太阳一下把热气熏满人间，这清新而柔美的黎明，即将逝去。

工作的原因，我每天都很早出门。虽然步履匆匆，但从不忘在樱花树下停留。今天是周末，不用赶时间。吸一口甘泉般清冽的朝气，看麻雀摆动着尖尖的尾巴落在树枝上，忽而又离开。东山山坳里太阳的光芒照得人睁不开眼，半眯着眼睛只看到东边半个天都明晃晃的，以至于看不到太阳只见万丈光芒。不知不觉，已经到了广场。

忽地，被眼前一树樱花挡住了去路。记得特别清楚，去年，这里明明是一棵白樱花啊，我还和朋友专门数了花瓣的层数呢，怎么今天成了这样？那颜色，说白又绿，说绿又带点黄，如果只是这一色系倒也罢了，坏就坏在，她的花瓣上，像是被谁家两三岁的孩子胡乱地涂上了粉色，有一笔，没一笔，深一下，浅一下……我呆呆地望着这树樱花，半晌，像是在飘满红油和蒜苗的牛肉面里发现了一只蚊子，仔细地取出来，叫来老板给她看。我也像观察蚊子那样，仔细研究那树樱花，这时候，这个花色再配上绿中带红的叶子，别提多么难看了，这简直就是个怪胎，我脱口而出。站在樱花树下，我怅然了，好像失去了什么。

我失去了什么呢？我失去了那一片纯粹的粉红。

那是十几年前，我第一次看到樱花时，我的心就被她纯粹的粉攫取了。那是一片怎样的粉红啊，铺天盖地，毫不掩饰，一览无余，夸张热烈，大胆纯粹。每一片花瓣都竭尽所能，将生命中所有的粉全部展示出来，像参加王母娘娘寿辰的七仙女的腮红那样匀称，像大阳山的春雪那样纯粹，像早晨的朝阳那样光芒万丈。每个枝头，每个花朵，每个花瓣，都被那粉包围着，裹挟着，连空气都是粉色的，是周岁宴上那粉嘟嘟的笑脸，是飞天袖间粉萌萌的花瓣，我愿永远住在那粉色的世界，写一首粉色的诗，做一个粉色的梦……

我喜欢纯粹。站在聂家湾的大路上望见的谢家坪大块小块金灿灿的油菜花，去张掖的火车上看到的大片大片绿油油的玉米苗（据说是专门喂牛羊的），青海湖那与天相接的湖蓝色湖水，都给我留下不可磨灭的印象。我喜欢纯粹。纯粹的颜色，纯粹的关系。

可这两天，这樱花，这不知道该叫什么名字的樱花，却使我感到苦恼，我觉得它们破坏了粉的意境，艺术美的完整是最高的要求，无论是雕塑、音乐、诗歌，都把美融合在一种单纯的完整的美的意境之内，难道大自然的美就这样庞杂吗？

不，我失去的我终于获得了。一天又我去了滨河路的樱花园。去得特别早，晨曦乍上，晓露未干，当我置身樱花大道时，我又为这粉红所笼罩。而且令我非常意外、非常欣喜的是晓露浇出的一种香气，这香气是那样清幽，但又那样浓烈。我四处寻觅，这儿没有别的花，别的蕊，一下，我恍然大悟了，这就是樱花的芳香。几千年来，樱花不择地方，不畏春寒，生生不息；完成使命，零落成泥，唯香如故；默默无闻，装点人间，不与百花争春，自有她的高风亮节。如果说这是樱花的风格，那么，今天我闻到的沁人肺腑的芳香，正是这有着崇高风格的樱花，从它心灵中发出的轻柔的絮语。

这一天的晨曦多么美呀！我望着樱花，心头充满爱，大自然的芳香，如此深湛，如此淳朴。大自然的奥秘，充满诗意。晨曦渐成朝霞，晨风吹拂，樱花微语，我十珍重地望着这灿然粉红，我希望露珠永远不干，芳香浓烈。

晒灰菜

冬　阳

一

"灰菜多少钱一斤？"目光停在一堆灰菜上，话也随口跟着出来了。低头啃饼的摊主，慌忙将掉渣的干饼，放进皱成一团的塑料袋里。青筋暴起的双手在胸前的衣襟蹭了又蹭，然后又不放心地在两侧腰际的衣服上使劲擦了擦。"两块钱，你要几斤？"抬起头的当儿，话音也落了下来。不知道因为什么，上扬的后音却让我的心犹如被电击一般，不由自主地抽了一下。有些凌乱的刘海贴在布满皱纹的额头上，眼睛像被春雨细细擦过一般干净。"3斤！"没过脑子的话脱口而出。

卖灰菜的婶子看年龄大概七十来岁，将一个崭新的白塑料袋底角拉平整，然后小心翼翼地将灰菜一捧一捧地往里装，嘴角一直上翘，眼角的鱼尾纹挤得更紧了。旁边两个拎着菜的大姐走过，双双瞅瞅我买的灰菜和旁边摊上更为鲜嫩的灰菜，交换了一下不可思议的眼神。"3斤1两，多了1两给她算了。"旁边摊上，帮忙看称的红衣服女摊主，笑着说。"不用了，我买的已经够多了。她掐菜也不容易。"看到卖菜的大婶有些局促的表情，我边说边伸手帮忙往出拿。"我这儿也有灰菜，要不再买我的2斤？"红衣服女摊主笑容比刚才暖心了许多。"不了，我这些已经太多了，天气不好没有办法晒，吃不完会烂掉。"笑着回了一句，不由自主瞟了一眼，那堆与我无缘的鲜嫩的灰菜。

拖着两大包菜，自己也感觉有些不可思议。院子里有一块菜地，春雨后，韭菜、青菜、莴苣、荠菜等破土而出，每一片叶子都嫩得能滴出水来。

去年深秋时节撒的灰菜种子，也顶着镶了红褐色边的绿帽子密密匝匝地探出了头，春天的菜跟风长，三五天就可以吃了，原本只是借周末的早晨，享受享受一下春日菜场的烟火气。却买得没有办法提。

一点一点往公交车站挪，那张消瘦的脸颊，不知道被汗水还是雨水打湿了，贴在额头上的刘海，以及有些局促的动作不断在眼前闪现。心猛然间又狠狠地被揪了一下，瞬间回到了童年，看见了母亲汗流浃背、疲惫不堪的种种画面。

二

记忆中，母亲的样子永远是身着满是汗渍、油渍、泥土的衣服，额头上的发丝永远湿漉漉地贴着，从来没有干爽过。我只能竭力做一些自己力所能及的事情，并在心底暗暗对自己说，快一点长大。每年五月底，母亲锄玉米地里的草回家时，背上的背篼里是山一般高的猪草，手上的篮子里，总是满满一篮子灰菜。

最早掐回来的灰菜，母亲是舍不得给我们做菜的。放在簸箕里，摊开后搬一个凳子站上去，放在厨房屋顶的瓦上晾晒，晒干以后用袋子小心地装了。等晒够一定的量，后掐回来的灰菜母亲才会做菜给我们吃。一次吵着要母亲做给我们吃，母亲将放在簸箕里的灰菜往厨房端了几步，又回头放在厨房的瓦顶上，眼睛里闪过一些湿润，不解中心里生出一些忐忑和愧疚。

长大后，上田里帮父母干农活，头总是低着的。眼睛四下里瞄，进入我视线的灰菜都逃不出我的手。也形成了一种习惯，晒的干灰菜越多，心里越踏实也越开心。敞开了吃灰菜是在夏收季节。那时候，每一家种的小麦少者十几亩，多者二三十亩。白天忙着上田里收割，晚上加班脱粒。一台脱粒机响起来，全是壮劳力最少也得六七个人，还要看草垛堆的地方，距离远，少说得十来个人。没有谁家不需要人帮忙的，村里临时随机组成几个互助组。

需要的人手多，所有人的速度都跟着脱粒机的运转速度。脚下不停地快步小跑，手上无论是抱麦把，还是往脱粒机里喂麦把，或者挑麦草。速率都如脱粒机将麦草喷出去的节律一般，"嘭嘭嘭"一声比一声有力。一口气脱粒几个小时，机器热得不能工作，人也又累又饿。主家张罗饭菜，啤酒和果啤，以及西瓜。帮忙的人有的厨房里帮忙，有的麦场上帮忙。

饭菜好了，麦场拾掇得也差不多了。在院子里的树荫下，放上大桌子，或者双人的床板找干净的窗帘或者报纸、塑料纸铺了，就成了大餐桌。十几个人围成一圈，又说又笑。主食基本是现炸的油饼，大多都是四个菜，一盆肉片炒土豆，一盆腊肉炒干豆角，一盆酸菜炒粉条，一盆凉拌灰菜。有人喝啤酒，有人喝茶，有人喝醪糟。夏收时节，村里大多数人家都会算时间做醪糟。有的用米，有的用新麦子做醪糟。不同人家的菜会有所不同，但凉拌灰菜几乎家家都有。

无论在谁家，其他菜都会剩下，灰菜每家都会早早地盆底朝天。不是张三拨开了李四的筷子，就是王五嘲笑张三没有吃过灰菜。一个人独坐会累得瘫在地上，山珍海味看着都没有胃口。一群人在一起就会满眼放光，一盆灰菜你争我抢，个个笑得前仰后合。我不知道灰菜的香，是不是就这样抢出来的。

离开村子近二十多年，在县城生活，最初几年，六月麦子熟了的时候，回家帮父母收麦子，虽然条件比以往好了许多，很多人家会到县城买一些新鲜的蔬菜或者肉之类，但灰菜是永远不变的主菜。后来父母老了，地种不动出租了，村子里的中青年有的外出打工，有的考取了公务员或者老师离开了村子。种麦子的人家越来越少，再后来，既是种了麦子的，也不再人工收割、脱粒。小型收割机到田里，一次性收了。

三

脱粒机的轰鸣声在村子里消失后，村子安静得像一位失语的老人，听不到说话声，鸡鸣狗叫声也很是少见。一次看见以前的老邻居拎着一大袋子鸡蛋坐公交回家，感觉很是诧异。和父亲聊起来，父亲说，他和母亲到县城来之前，村子里很多人都没有种地了，鸡狗之类的自然也很少有人养了。偶尔回家看看村子里锁着门的老房子，看见房屋前后，道路旁边，疯长的灰菜，鼻子、眼睛里就会不由自主地涌上一些酸楚来。特别是前年母亲病逝，以后的凉拌灰菜，即便味道不变，但少了儿时母亲微笑的眼，就会哀由心生。

去年无意间发现菜园里有一小丛灰菜，犹如见到了久违的亲人，小心地呵护，吃的时候掐点叶子和旁边的小枝，守候着中间主枝结籽后抖落在地里。从今年起，每年的四五月间，餐桌上都会有一盘绿油油的凉拌灰菜。守着灰菜生长的土地，哪怕只有一平方米，也就守住了我的根，我的童年乐土。

回到家，阴沉沉的天竟然放晴了。大大小小找了六七个蒸屉晾灰菜，还是有些厚。索性找抹布将大理石台阶仔细擦了，一台台地从上往下撒。全部摊开后，无论从上往下，还是从下往上看，都很有气势。不由得乐了，自己就此成了排兵布阵的将军。母亲走了，但母亲对土地和土地上生长的植物的挚爱一丝不差地传给了我，每一个平淡无奇的日子里都能吃出春天特有的味道。

万木仰面于雨

吕敏讷

雨是从树叶上走来。

雨耐心地走过树梢，来到地面，汇聚，继续朝前走。雨有自己的方向。每一滴雨都是在找一个人。人如城市峡谷中的蝼蚁，财富的盆地中习惯仰面于高楼，而草木喜欢仰面于雨。雨落下来，草木过节似的高兴，集体出动，身着新衣，鼓掌庆贺，并肩歌舞，这是一场盛大的欢迎仪式。草木打着手势，窃窃私语，既肃穆又快活，感恩之心写在每一片叶子的眉眼。与草木不同，人总要跟雨赛跑，被雨追赶，极力逃离。人最终跑不过雨，让雨抓住，先抓住头发，再抓住后背，然后，膝盖裤脚，最后，拖住鞋，人难以自拔。人被雨包裹，束手就擒，乖乖认输，一副落败样。

空中布满电线，难能找一片健全的蓝天。心中跑马，难能找一处安宁的角落。山间手机无信号，现代文明的杂乱信息漫溢不到，真好。正好听雨。林中有木屋，三三两两，不规则摆放，错落在树荫下。木屋在水泥墩子上，底座圆形，木质框架，镶嵌落地蓝玻璃，以茅草盖顶，是现代风格，又有几分古意。人围坐在木屋中，雨进不了屋，急得雨敲打着木屋顶，或在木屋周围徘徊着。雨滴在茅草上站不稳，集体跳下来，像滑滑梯的孩子，一拨一拨，滑下来，又滑下来，不知道滑了多少个回合。却不厌倦，没有要停下来的意思，把一整天都耗在滑梯上，不紧不慢不慌不忙的样子。

木屋群，有一个名字，叫博雅苑。每一个木屋，又单独起名，诸如：文雅斋、百雅居、雅居阁……

山野自有天成大雅，大雅不需言雅，不必强调，何须一定提雅字。我是俗人，愿意让木屋回归自然，叫它们听雨轩、观云楼、望月阁、吟风台、闻香苑、钓雪榭、独坐亭……大明湖有与谁同坐轩，与谁同坐？明月，清风，我。意境多美。

俗人难免多俗意，但我还是喜欢，它们更接近自然风物，不矫揉造作，有着原生的美，重重面具和化妆下的现代人，更需要自然些的东西。如此甚好，观云起云落，云来云往，云聚云散，流云如沙，人生万事，过眼云烟，神马都是浮云。望月落月升，月圆月缺，月半月满，对影成三。今人不见古时月，今月曾经照古人。江月年年望相似，不知江月待何人？千里共月，只愿人长久。吟春风之暖，吟秋风之肃，吟寒风之凛冽，来自远古的风，来自四海八荒的风，吹过你的风，大风起兮云飞扬，任尔东西南北风，哪一种风不值得吟唱。闻香识人，闻香识花，闻香识字。四野山花烂漫，不留姓字，各式各样的香，免费给你送来。衣襟带香，一路携香，红袖添香。更有墨香四起，笔落生香，有多少香，香得过墨？一人独钓，不必披蓑戴笠，钓天地之间的白，钓江雪，钓人生百味，什么也无须钓，依然钓，钓世间的大安宁。一人独坐，有什么不好，天地之间，谁陪着你？只有你自己。孤独真好，只需要应付自己一个人。孤独是美的，是无可言说不能分享的大美。

扯远了，还是听雨吧。姑且让听雨轩做这间木屋临时的名字。听雨的人，暂借一用可否。少年听雨歌楼上，壮年听雨客舟中，而今听雨僧庐里。听冷雨，听暴雨，听细雨，听春夜喜雨。雨是唐朝的雨。是李商隐的君问归期未有期，巴山夜雨涨秋池。是王建的骑马傍闲坊，新衣着雨香。是王维的空山新雨，是韩愈的天街小雨，是刘禹锡的西边雨，是杜甫的好雨。雨是宋朝的雨。是苏轼一蓑烟雨任平生，也无风雨也无晴。是柳永对潇潇暮雨洒江天，是李清照梧桐更兼细雨。是黄庭坚的桃李春风一杯酒，江湖夜雨十年灯。是范成大的连雨不知春去，一晴方觉夏深。是晏殊的满目山河空念远，落花风雨更伤春。是晏几道的落花人独立，微雨燕双飞。

有闲情听雨的人，才对得起那些雨啊。做个闲人，读书写字种花草，听雨观云品酒茶。我问青山何时老，青山问我几时闲。几时才得有闲啊？

这烟火人间，事事遗憾，事事值得。还好，还好，有一个地方，没有信号，适合听雨。雨千里万里地跑来，千年万年地赶来，雨在歌里，在箫管里，在琴里，在诗里，在听雨人的心里。雨在山林里。万山伫立，万物息声。仿佛世界停滞，万木仰面于雨。

　　是日端午，一切归位，大地安康。风吹进风里，花香住进花香里，人坐在人群里，雨落在雨里。只剩下雨声，端午的雨落在大地草木上，落在端午的艾叶上。

玉皇观寻幽

王彦青

清秀的两当县城就像一个长颈漏斗，东西二山就是两个并拢的手掌，俨然就是漏斗的半圆形内壁，呵护着靓丽的小城。峡口有一个弯弯的石拱桥如天马腾空，把东西两岸连为一体，春夏之际，站在桥上凉风习习，顿感神清气爽，心旷神怡，宛如仙界，人称"神仙桥"。顺着南面的峡口往下是一道长长的峡谷，活像漏斗长长的颈管伸向末端，一条公路与广香河结伴而行钻进峡里。

夏日的早晨，我和文友相约去下峡，沐浴着金色的朝阳，前往凉爽幽静的玉皇观散心，以躲避城里的喧嚣和烦躁，享受玉皇观独有的山光水色和幽静，心中很是惬意。漫步在山间小道，弯弯曲曲的路盘山沿坡而上，路边的玉米和烤烟郁郁葱葱，一派生机盎然。遍岭青竹，漫山奇树，苍翠欲滴；野花点染其间，胜过画图。山下曙光辉映，河流波光粼粼，就像一面明镜镶嵌于山间。清晨，如雪似的白云像条条银带绕于山腰，群山苍苍、峻岭重重，韵致生动，令人叹为观止。不一会儿，峡谷底的公路和小河被远远抛在身后。皇观乃地名，因玉皇观而得名。康熙二十七年（1688年），知县武国栋编纂的《两当县志》中就有玉皇观和灵应泉的记载："灵应泉，在县南七里，泉出山下石眼中，旱涝祈祷辄应，俗名旱涝泉。宋元丰年间（即公元1078年，距今934年），建有碑记，光荣可以照物，右有玉皇殿。"据民间传说，"玉皇大帝"不但授命于天子，统辖人间，而且也统辖儒、道、释三教和其他诸神仙，以及天神、地祇、人鬼都归其管辖，天神就是属于天上所有自然物的神化者，包括日、月、星辰、风伯、雨师、司命、三官大帝、五显大帝等，而玉皇大帝也属天神之一，地祇就是属于地面上所有自然物的神化者，包含土地神、社稷神、山岳、河海、五祀神，以及百物之神，人鬼就是历史上的人物死后神化的，包括先祖、先师、功臣，以及其他历史人物。玉皇大帝统领天、地、人三界神灵之外，对于天地、宇宙万物的兴隆衰败、吉凶祸福都得管，属下有管理学务的文昌帝君，管理商务的关圣帝君，管理工务的巧圣先师，管理农务的神农先帝，管理地方的有东岳大帝、青山王、城隍爷、境主公、土地公、地基主，管理阴间的有酆都大帝和十殿阎王，而玉皇大帝为神中之神，神中至尊。隋唐以前，玉皇大帝是玉清境界元始天尊属下之神。唐代以后，玉皇大帝已成为总管三界十方的最高天神，从此华夏大洲府县境内都建有玉皇观。玉皇大帝的诞生祭祀，远较一般诸神更为隆重及庄严，因为百姓都深信天公是至高无上，最具权威的神，无"相"足以显示，因此不敢随意雕塑他的神像，而以"天公炉"及"天公座"来象征。一般庙宇都有一座天公炉安置于庙前，祭拜时要先向外朝天膜拜，这是烧香的起码礼仪。据说，玉皇观当年香火旺盛，善男信女和香客不断，十分繁盛热闹。"文革"后逐渐冷落下来，现在的玉皇观在半山腰，一幢破旧的庙宇似乎已被历史尘封了，黑底黄漆的"玉皇观"牌匾上斜挂着几绺褪色的红绸布标志着玉皇观的存在，后面是一栋新修的玉皇观，是两层高耸的木楼，但至今还未启用，四周杂草丛生，一片冷清和落寂。观前是通往山顶的"之"字形的小路，一棵老槐树和柿子树就像两个忠诚的卫士永久站立在观前的路边，似乎在述说着玉皇观几百年的沧桑历史，又像是在等待和坚守着什么……

沿着蜿蜒的山路再往上走，大家兴奋得就像出笼的小鸟，欢快地说笑着，古今中外，海阔天空，陈年旧事，家长里短，旁征博引，侃侃而谈，不知不觉谷底的公路和河流变得越来越细，最后再也看不见了。一抬头，对面的山顶已尽收眼底，山梁上的田地和树木相间而就，五颜六色，斑斑驳驳，绿的是庄稼和树木，黄的是油菜，俨然一幅色彩绚丽的山水画。微风吹来，空气中飘着一股淡淡的花香，一时间醉人肺腑，仿佛漫步在陶渊明的桃花源里。太阳也悄悄爬上了山顶的天空，却感觉不出热，青山绿水沐浴在金黄色的光波中，宛若仙境。走着走着，一排足足十几丈高的黑黝黝的山崖横在眼前，山石就像刀削斧劈一般，山石上青苔一溜溜，一簇簇，斑斑驳驳，犹如一幅幅不规则的地图，石缝间有零星的松树和柏树傲然挺立，显示着植物强大的生命力。

山崖下是一片平阔的草滩，绿草茵茵，几棵柳树随意地站立在草坪上，东倒西歪，枝条低垂，随着微风摇曳，仿佛在与小草窃窃私语。据当地老年人讲，玉皇观的道观最早就在山顶，具体的位置就是眼前这个肥沃的草坪，中间有一湾清澈的水潭，常年水源充足，水清冽甘甜，或许这就是传说中的"灵应泉"。至于后来玉皇观为何被迁移到半山腰，至今无人知晓。草坪的右面尽头是一幢坐东朝西的房子，背靠濯濯青山，红砖灰瓦，水泥浇筑的院子干净而整洁，门前有一片青翠而茂盛的竹林，几棵硕大的洋槐树、核桃树伸展着枝叶，为小院遮挡着火辣辣的骄阳，让人不由得想起了宋代诗人苏舜钦"树阴满地日当午，梦觉流莺时一声"的佳句。房子的主人是文友的同学，一对热情憨厚的夫妇，坐在清净别致的农家小院，一杯茶，一支烟，探寻着玉皇观久远的历史和传说，享受着农人才有的快乐与惬意。

院子的一边是一条曲折的小径，因为平时走的人少，杂草恣意蔓延，小路细如羊肠。顺着羊肠小路往前走，是一条水沟，远远地便可以听见潺潺的流水声，走近了才知道是涓涓溪流，水并不大，但从草丛间流下之后，在布满青苔的石头上划过，悠然流到一个水潭里。潭边有一个块直立的巨石，足足有八九米高，远远看去，犹如一个站立着的威猛武士，四周刀削斧砍一般，石头的顶部长满杂草，还有一棵松树。文友的同学告诉大家，这块石头有两个名字，一个名字叫"一盏灯"，另外一个名字叫"磨刀石"。传说当年玉皇大帝下届云游，见世间一片黑暗，便化成一个白发老者，手持一盏油灯，为路人照明，久而久之就变成了这块石头；另一种传说是，当年玉皇大帝见人世间妖魔横行，便命二郎神前去清除妖魔，二郎神在天宫打磨斩妖除魔神刀，一时性起，抢起斩妖除魔神刀将磨刀石拦腰砍断，一块石头不慎跌落人间，在玉皇观旁的溪边扎根。神奇的故事把大家带进了遥远的远古时代，仿佛此刻我们就身处美妙的仙界，生命变得悲壮而伟大，坚强而美丽。站在潭边，一股清凉之气入骨，劳累和烦躁逃遁而去，顿时有一种神清气爽的感觉弥漫全身。潭里的水清澈透明，阳光透过树阴的缝隙，闪出耀眼的光波和各种形态各异的图案，一群虾米在潭底慢悠悠地爬动，浑然不知这群陌生的不速之客此刻在干什么，在想什么。在辽阔的宇宙间，生命原本就是一个了不起的奇迹，人如此，虾亦如此。

　　落日西沉，暮色中玉皇观幽静而肃穆，倦鸟归林，虫兽入穴，整个山梁顿时归于寂静，只有暮归的几只老黄牛在路上悠然地"哞、哞"叫着，下山的路依然弯弯曲曲，大家开始与夕阳赛跑，峰回路转，再回首，玉皇观早已被淹没在树丛和暮色中，但玉皇观的一草一木、山山水水却在心里更加明晰而清澈……

初心不渝

王 环

　　我们常说，"不忘初心，砥砺前行"。何谓初心？《华严经》有记，初心，又称"初发心"。白居易在《画弥勒上生帧记》有写道："所以表不忘初心，而必果本愿也。"初心很宝贵，是"人生若只如初见"的纯洁美好，是"士不可以不弘毅，任重而道远"的远大志向，是"安能摧眉折腰事权贵，使我不得开心颜"的黜邪崇正，是"路漫漫其修远兮，吾将上下而求索"的砥砺奋斗，是"长风破浪会有时，直挂云帆济沧海"的弘毅致远……抑或是习近平总书记在党的十九大报告中指出："中国共产党人的初心和使命，就是为中国人民谋幸福，为中华民族谋复兴。"

　　路在脚下，心系远方。无论你走到哪里，只有坚守本心，才能德行圆满。初心即本心，是真、是善、是美。

　　人生漫漫征程，会有很多的出发，很多的选择，但终点只有一个。正如纪伯伦所说："我们已经走得太远，以至于忘记了为什么出发。"勿忘初心，才能到达梦想的彼岸。初心难能可贵，贵在坚守，一以贯之，唯有不忘初心，方可一往无前，善作善成。

　　初心是最初的梦想和信仰。2018年我满载着服务家乡、建设家乡的热情成为一名乡镇干部。我深感使命在肩！上班报到前一晚，几乎一夜无眠。"如何与村民拉近距离、心贴心？""要如何做好驻村工作？""如何在岗位上发光发热？"无数问题困扰着我。临行前，父亲叮嘱我凡事用心、无愧于心。我想，最好的相处方式就是和他们一样接地气，腿脚沾泥。

　　和大多数的基层工作人员一样，这几年，风雨无阻下村入户成了我的"必修课"。我走遍全村，与群众聊家常、谈农事、话发展。在随身携带的笔记本上记录下他们的家庭人口、生产生活情况和急需解决的困难。入户宣传惠民政策时，我得心应手地用泰山土话将"理论观点"变成"朴实道理"。工作之余，我用相机定格下美的瞬间，用文字记录乡愁，记录美丽乡村的蝶变，记录勤劳朴实的泰山人民的生生不息……时间煮雨，在万家烟火里，我坚定了"致广大而尽精微"的初心。

清晨，一轮旭日从东方冉冉升起，六点一刻，清脆的闹钟声将我从睡梦中叫醒。这是多少次早起？记不清了。群里通知七点半之前都要下村开展工作。老百姓下地早，去迟了找不到人。吃过早饭后，大家陆续准备完毕，整装出发。

今天，我们要去凰凤山下队。凰凤山属于同心村同心组，是泰山乡海拔最高的地方，同时也是拍摄云海日出的最佳地点。车子从去往乡政府的岔路口向左驶入，顺着水泥路蜿蜒而上。山路弯弯，两山夹道，车子在林中穿行着，偶尔从树丛的缝隙间露出几户房屋的轮廓，白墙黛瓦。越朝前开，山势也越来越陡，盘山公路仿佛可以直达云霄。车子开到山顶一处农家院落方才停下。前边还有一段砂石路，只有农用车可以通行，我们只能步行前进。我们从车上取下看望五保老人的东西和要发放的夏季衣物、鞋子，手拎肩扛，步行二十多分钟后，终于到了。

我们的到来，打破了山村的宁静。棕毛的小土狗在院边踱来踱去，看见生人到来，龇牙咧嘴地宣示着自己的主权，狗吠声声传遍沟谷。老李见状立即放下手中的农活，从墙角顺手拿起小木棍，一路小跑着将小狗驱赶呵斥到一边。而后老李满眼带笑向我们走来，连连招呼我们进屋坐下。房子虽然不大，却收拾得干净整洁。瓜子、水果、茶水，一时间摆满整个方桌。老李的热情让我们一时不知如何是好。

稍作休息后，我们便和老李一起去看望五保老人。老李作为监护人，他告诉我们老人今年86岁了，腿脚虽有不便，但身体还算硬朗。谈话间，我了解到老李和五保老人不是亲属，更没有血缘关系。只因他们是相处了多年的邻居，这位昔日的邻居凭着自己的一颗善心和对邻居的感情，竭尽全力地承担着照顾老人的责任。无论春夏秋冬，还是严寒酷暑，每天至少三趟。一日三餐老李夫妇做好了都会给送过去，换下的衣服、鞋袜，日常的洗澡、理发老李夫妇一应包揽了……这些虽然都是些平常琐碎的小事，但几十年如一日地照顾，在平凡的生活中创造了不平凡，深深感动了我，敬佩之情油然而生。那一刻，我便在心底暗暗发誓：要做一个善良且心中有光的女子，初心不渝，勇敢地在为民办实事的路上阔步前行。

"别担心，我来照顾你！"一句承诺，20余年，9000多天，每天的重复、每天的繁琐、每天的辛劳、每天的无怨无悔，老李夫妇用自己的行动践行了自己的矢志初心，书写着人性的真善美。

正是由于老李夫妇的悉心照料，五保老人的晚年生活过得很好。

"六月天，娃娃的脸"说变就变，中午时分，乌云翻滚着从天边汹涌而来，树木在风中摇曳。快要下雨了。我们不能再逗留，只能和老刘道别。老刘坚持将我们送到路口，目视着我们离去。临走，我和老李互留联系方式，反复嘱咐他在照顾好老人生活起居的同时，也照顾好自己。有任何困难，随时联系我们。

时逢盛夏，走在回去的路上，我心里却滋生出一片阴凉。许是根生土长的我，骨子里对农村生活的热爱。许是老李大山一样的个性与淳朴，让我对驻村生活多了一份特殊情感。许是广袤深情的土地潜伏绿染的希望，还有生命的怒放！这一切已悄悄渗入我的血液，融入我的思想，注射进我的骨子里，抵达我的心扉。走得再远、走到再光辉的未来，也不能忘记走过的路，不能忘记为什么而出发。"靡不有初，鲜克有终。"初心，来自人民，是真、是善、是美，我的梦想，从这里发芽……

莲洁廉正

高金红

　　莲花的高洁，莲花的纤尘不染，是我心中的风景，也是我的工作守则和行为准则。这是我去广香苑公园赏莲后写的一首小诗。我想，凡是看过莲花的人，无论他会不会写诗，也无论诗写得如何，他的灵魂深处一定会荡起一种诗一般的心境，诗一般的情怀和诗一般的浪漫色彩。自从广香苑公园里栽种了莲花，小城的人们便对观赏莲花有了期待。

　　七月初的一个星期六中午，妻子像听到了什么喜讯似的，边吃饭边对我说，听说广香公园的莲花开了，一会儿咱们看莲花去。人们为什么对莲花情有独钟呢？难道公园里就只有这一种花吗？不是的。泛绿的树丛间、草丛里，自然生长的各色野花随处可见，人工培植的五颜六色的花坛也有好多处，不过，人们每每走到那里，往往都是漫不经心。可是对待莲花人们的态度就不同了。进入广香苑公园你就会发现，围观者最多的是莲花池，驻足时间最长的也是莲花池，流连忘返最多的更是莲花池，总也看不够，好像多看一会儿，多看几回就能多一分收获，多一点心得似的。带相机的，一定要在莲花池边照张相，留下难得的瞬间和温馨的回忆。

　　我想，人们之所以偏爱和倾心于莲花，一定会有一种可贵的、心心相通的呼唤在吸引着他们的眼睛和心灵。人们喜欢莲花，爱莲花，因为莲花挺拔、洁净、善良、淳朴而又不张扬，人们爱的是莲花那种高尚的品质以及人们一看到她就油然而生的廉洁之心。

　　难道莲花真的具有那么高贵的形象和品质吗？是人们思想感情和想象力的熏陶、感染赋予莲花以美好的品质和形象，还是莲花所固有的美好形象熏陶和感染着人们，使人们的思想感情和精神境界得到升华呢？不言而喻，人们对莲花的赞赏，其实是一种思想感情和精神的寄托和期盼，从而可以判定人心的驱动和走向。人们多么希望生活在廉洁而又和谐的社会里，人们多么希望组成社会的每个成员都富有一颗廉洁之心啊，尤其是称之为公仆的人们，人们多么希望这些公仆们用一颗廉洁的心，用仆人的态度和行动，一心一意为人民服务啊。

时代在发展，社会在进步，人民的事业在前进，这是势不可挡的历史潮流。随着这发展，这进步，这前进，人们正在逐步地改善各自的生活状态和环境，这已经是不争的社会现实。可是，令人遗憾的是有些公仆的形象、服务态度、服务质量并没有与时俱进。甚至可以说他们在人民群众中的形象、信誉和威望，没有以前那么好了，那么高了。有时会出现这样的情景，若谈起腐败，谈起以权谋私，人们往往谈得眉飞色舞，有鼻子有眼的，还带着手势，好像他们自己就是亲历者和当事人，讲得有声有色。若要谈起领导处事公正，工作务实，任人唯贤，政绩突出，作风廉洁的话题，人们往往或摇头或沉默。有的甚至不加掩饰地直白道：现在没有这样的领导。

谈到廉洁，心中自然而然地就想到了莲花，"莲"乃花中君子，"廉"为人之正品，莲花之"莲"与廉洁之"廉"既有谐音，又有同义，古人常以"一品清莲"表达对清官的赞誉。有这么一首诗更道出了莲花与廉洁的深刻内涵："高洁青莲若为官，光风霁月伴清廉。世人都学莲花品，官自公允民自安。"自古也有对莲花品格的总结："内敛而不事张扬，奉献而不求索取，浊世中不随波逐流，默默地延续着自己的根本，执着着自己的追求，在纷纷扰扰中坚定自己的方向，于浮浮沉沉中恪守自己的誓言。"若我们都能具有莲花这样的品格，就会做到"看庭前花开花落宠辱不惊；任天上云卷云舒去留无意"的崇高境界。

如今社会腐败、行贿、贪污、利欲熏心，如此勾当不在少数。这绝不是空穴来风，所谓新闻纪实，某某市长因贪污受贿遭到拘押；某某职位人员，利用职务方便，中饱私囊。诸如此类新闻事件屡见不鲜。对于此等现象，甚至有人引用巴尔扎克的"信仰崩溃、道德沦丧、人欲横流"来概括，不管是否有吹大夸张之意，都应提起人们的重视，引以为戒。但是我们不能因为这种负面的现象而忘记了"廉政"的中华美德，古往今来，流传至今也有过很多鼓舞人心的事例。东汉杨震，暮夜有人馈送十斤黄金，说道："暮夜无人知。"杨震回曰："天知、神知、我知、子知，何谓无知？"斥退那人。这句话万古流传，以至于许多姓杨的人家门楣曰"四知堂杨"。廉洁的"关西夫子"使得他家族后人引以为傲，脸上沾光。汉末有一位太守陆绩，罢官之后泛舟回家乡，两袖清风，身无长物，恐舟翻覆，于是载了一块巨石镇重。到了家乡，将巨石弃置城门外，日久埋于土中。直到明朝，破土动工时才出土，于是为其建了一座亭子，题其楣曰"廉石"。为官清廉，连一块顽石也得到了美誉。

诸如此类的廉洁事例数不胜数，现代社会的好官也不乏少数，像焦裕禄、孔繁森、郭秀明这些好官、清官，被人民赞赏、敬仰，也将会载入史册，千古流传。那么，究竟为什么原本以民为本，廉洁的官场、商场，扭曲了原本应该有的表现。在我看来，源于竞争，源于对权利和待遇的追求。官场带来了权利，也带来了荣耀以及人所需要的物质需求和心理需求，这不仅仅改变了自己的一生，而且庇佑了后代。于是就应该坚守自己原有的，去争取自己本没有的，而这过程免不了权谋以及手段。于是乎，官场的性质随着权利渐渐改变，那是竞争夺权的世界，争权夺利。不同级别享有不同的待遇，越来越无法满足的物质需求，使得人们对待遇的需求越来越高。

当我们在不顾一切追求权力和利益的时候，或许我们更应该停下自己前进的脚步，审视一下自己，欣赏一下这一池的莲花："予独爱莲之出淤泥而不染，濯清涟而不妖，中通外直，不蔓不枝，香远益清，亭亭静植，可远观而不可亵玩焉。予谓菊，花之隐逸者也；牡丹，花之富贵者也；莲，花之君子者也。……"周敦颐的一首《爱莲说》将莲花之美，莲花之魂描写得栩栩如生。我们在欣赏的同时，是不是更要静下心来好好思考一下？"不为名利失心、不为权欲熏心"，就要有力排一切干扰的能力，不为外物所动，不为利益所惑，时刻以"君子检身，常若有过"的诚实态度，经常反躬自省，时刻用纪律约束自己，要忍得住艰苦，抗得住诱惑，顶得住歪理，把得住小节。权力对于公而言，既可造福百姓，也可破坏事业；权力对于个人而言，既可以建功立业、青史留名，也可腐化堕落、遗臭万年。

清正廉洁、公正廉明是为官的基本准则，面对各种考验和诱惑，必须树立正确的权力观。要像莲一样无私奉献，出淤泥而不染。要脚踏实地、任劳任怨、埋头苦干。

"陆上百花竞芬芳，碧水潭泮默默香。不与桃李争春风，七月流火送清凉。"从古至今，赞美莲花的诗句数不胜数。从这一首首、一句句中我们都可以体会出莲的美丽和独特，更应该体会出莲的思想、品格和精神，更要以莲的品格洗涤心灵的尘埃，以莲的精神演绎人生的真谛，让"莲"洁之花盛开在我们每个人的心中。

雨落金洞

韩 扬

金洞乡在两当县城东郊,她处在城镇与乡村的接合部,金洞的素美需要一场晚春的雨来描绘;乡村的恬静需要一场舒缓的雨来点缀;忙碌过后的闲情需要一场丰盈的雨来渲染。

春日里,这块美丽的绿色福地,最怕的就是干旱,于是每一次降雨近乎成了一次节日。即便绵绵不绝的连阴雨也不被认为是苦雨。经过雨水的浇灌,庄稼的籽粒才会更饱满。风调雨顺的年头,丰收总是和省心省劲结伴而来。

一场暮春的雨,乘夜而来,没有风来相送,不要雷电造势,只有让人心醉的沙沙声,经清晨,过正午,到暮色降临,不做间歇,密密如织,温文尔雅,润物无声。褪去料峭的寒气,给春夏之交的骤暖平添一丝舒爽的凉意,让急于迈入夏天的节气步伐缓下来。

雨丝如织,雨的温润愉悦了情绪,雨的丰盈开阔了心胸,雨的从容舒缓了时常绷紧的肌腱和神经,让人心旷神怡。暮春落花飘扬,伴雨共舞,平添了雨的妖冶,更让人浮想联翩。

隔窗而望,村庄里的杨树柳树,优雅地在雨中梳洗,每一片叶子都洗涤得翠绿油亮,沉甸甸地静享着雨的馈赠。那一树树开满花的憨梧桐竟成了青灰色天幕下一团团亮眼的紫云朵,芬芳浸润着微凉,穿越玻璃窗的隔挡,充盈着房间的角角落落。

下雨的日子是庄稼人的公休日。无论农事多紧,一旦下雨,大家便不得不停下劳作。天公作美,男人可以无牵无挂地在屋里休息,聆听着房檐上垂下的叮叮淙淙的清音,迷迷瞪瞪睡去,做个白日梦。女人则会把积攒多日的家务收拾一遍。农人们素不得闲，大多数日子里都得赶农活，伙食上难免寡淡了些，逢个雨日恰好改善一下。于是举一把伞，携了小镰刀，踩着雨水到小园里割下几绺春韭，在橱下细细地切了，调成馅儿，包饺子。不信吧！逢雨的日子可到乡村造访，中午或傍晚时分，在雨雾朦胧、袅袅炊烟中，我们一定能遇到农家腊酒的浑厚与甜美。

下雨的日子，暮色也会早早降临。烟、雨、雾与暮色交融，昏黄的灯火点点，犬静鸡宁，房檐上未休的雨水滴答滴答，缱绻着金洞乡深邃的素美、恬静与闲情。

听 雨

段亚宁

在读三毛的文章时，他这样写道"春天，像一篇巨制的骈俪文；而夏天，像一首绝句"。现如今忽而已夏，似乎可以听得到蝉鸣，闻得了荷香，更有蛙声一片的丰年稻香，夏季的傍晚沉寂的池塘顿时热闹起来，最容易让人遐想的是下雨天吧。站窗户边看雨看得出奇，我把童年的回忆也带进了雨中。

童年的雨是磅礴，或许是生活在乡村，风声、雨声，夹带着树枝摇摆的声音，下得久一点还有沟壑水流冲刷岩石的撞击声；童年的雨是泥泞，和所有的乡村一样，晴天一身土，雨天两腿泥，每每下雨总想找个逃学的借口。虽然那时候有过逃学的杂念，可看着大小同学结队而行地从自家门口走过的时候，我总是第一时间把烤在火堆边的鞋子三下五除二抢到脚上，颠哒颠哒地往学校去了。童年的我很淘气，总喜欢雨天踩水，走在水里，跑在雨里，放学回家免不了母亲一顿唠叨。

我的思绪如雨，滴滴洒落大地。洋洋洒洒，慵慵懒懒，随风而去，随遇而安。雨滴飘在田野，落在打麦场，下在通往学校读书的路上，如同一个刻录的光盘装满了时光机，就这样已找不回过去的时光。每当雨越下越大，看着眼前雨点纷纷，心里总也涌起关于记忆的碎片，渐渐走向时光深处，一场雨像一场青春的舞曲成了回忆题。此刻的我，许是只在草地上的鸟雀，不急于归巢，又像一只真正希望能展翅高飞的蝴蝶，又好像是游子走到哪里忘却不了童年世界的影子，他是去往了更宽广地方，但心里有一处是游子永远的岸，最终回到生命来源的地方。

偶尔站在窗户旁听雨来，看风起，云散去，也会联想到我是不是在这个地方生活得太久，很久没有出去兜兜转转，给这片土地带来新鲜事物的乐趣，难道是对这片土地没有留恋了吗？曾经童年里蹦跶的马路，时时割除的还可以疯长的野草，已然没有了那些年掩膝生长的气势，现在的马路都是条条水泥四通八达，道路上面却很少有真正的脚步，分不清楚是游子回不去的土地，还是道路早就忘记了属于某一时代的脚印。事实上我也很久没有徒步行走了，当然徒步属于一个时代的印记，可以说是印在骨髓里的东西，他是可以和血液一起流淌的，如同阳光不论是阴天还是雨天，以不同的高度存在，照射在大地，只是阳光在云层里隐藏得太深了些。

下雨，能让你回想起什么？小时候听风看雨，想的是山里面住的有没有神仙，现在听见下雨，既有久旱逢甘霖的小欢喜，也有暴雨如注带来的些许担忧。我并非杞人忧天，思虑过多，只是基层待久了，见得多听得多，让我在今天有了不同的感触。

雨总是在想象中飘飘洒洒，有时是晴空霹雳，有时如大珠小珠落玉盘的清脆，有时电闪雷鸣、风雨急骤，小时候浮想联翩到现在的不太敢多想。这时突然想起汪曾祺说的"往事回首如细雨，旧书重读似春潮"，看着云，听着雨，一种被雨水冲刷过的洗涤，仿佛心中变得透彻明亮，却未曾有过汪老先生的境界。

听一场久违的雨，让自己回想起童年时候身边拥有不同梦想的人儿，她们在奋进的新时代里让成长如同音符，跳跃着、闪动着迎接每一个生活的渴望，所有人努力洗尽一身疲惫，寻找心中温暖的光，眼眸里憧憬着那份美好的曙光。

那又麻又香的家乡味道

胡樊莹

我的家乡位于陕甘交界的一个小山村，这里的花椒在每年阳历的七八月就成熟了，花椒成熟的季节，远望农家的房前屋后、山坡、田埂，红彤彤一片，这是家乡这个季节最鲜艳的色彩。

小的时候，家里有很多棵花椒树，每年到了花椒成熟的季节，便是我们全家出动的时刻。天刚蒙蒙亮，妈妈就会起床准备早饭，勤劳的爸爸也不闲着，忙前忙后地准备竹笼、钩子、镰刀、背篓等工具，奶奶则会一遍一遍地叫我和弟弟们起床，睡眼蒙眬的我们从炕上爬起来，吃着妈妈准备好的鸡蛋汤和麻辣油馍，这便是至今我最怀念的美味。

早饭过后，全家人带着食物和水，拿着工具，翻过几里山路来到花椒地，一到地里，爸妈便马不停蹄地开始行动，想趁着天凉多摘点，而我和弟弟们会在地边休息打闹一番，奶奶通常是最后一个到达目的地的。俗话说，樱桃好吃树难栽，花椒味美果难摘。摘花椒的时节正值酷暑，最热不过三伏天，头戴斗笠汗透衫。汗流浃背不足以形容那种难耐的酷热，湿透了的衣服一直干不了，额头的汗珠流到眼角不敢用手去擦，一旦用手碰了眼睛就会泪如雨下，饥了渴了吃点东西喝口水嘴都是麻的，要是不小心胳膊、腿上、身上、脸上被花椒刺划过，那种又麻又辣的感觉真是痛苦不堪！我和弟弟们摘花椒的热情通常不会超过一个小时，其他时间都会以手麻、眼辣为理由，在地边打闹嬉戏。而爸妈、奶奶除了偶尔喝水的时间，一直在摘花椒。所以，在我童年的记忆中，大人们似乎永远不会疼、不会累。

到了中午十二点左右，奶奶就会带着我和弟弟们，拿着已经摘好的花椒回家晾晒，爸妈则留在地里继续摘花椒。一到家里，奶奶也顾不上歇一口气，拿着扫帚把晒场打扫得干干净净，将摘来的花椒均匀地洒在晒场上，鲜花椒在太阳光的强烈照射下，表皮逐渐萎缩炸裂，渐渐地露出了白色的椒瓢和乌黑油亮的椒籽，而此时花椒的麻味也变得更加浓郁醇厚。等到下午爸妈回来的时候，用竹竿轻轻将其敲打，椒籽便全部脱落，用手轻轻地将已晒得半干的花椒收在竹筐里，等到下一个阳光明媚的日子拿出来再次晾晒，揉搓、过筛，这便是花椒最后的模样了。

晒好的干花椒，除留给自家食用外，会给县城的姑姑们送去，也会给远在北京的姨婆邮寄，剩余花椒就用于出售，每年也会卖个千八百元，在童年的那个时代里，这可是一笔不小的收入！

后来我上了高中，爸妈担心影响我的学习，每年花椒采摘的时候，便不让我再下地帮忙了，再后来我上了大学，每个暑假，我和已经年迈的奶奶就承担起了晾晒花椒、为全家准备饭菜的任务了，直到大学毕业参加工作，我再也没有去摘过花椒。

前几年，国家在农村实施土地流转政策，我的老家也不例外，听二弟说他要利用土地流转政策发展一项致富产业，由于之前的我一直在乡镇工作，周末、假期都留给了年幼的孩子，对于老家的事情关心过问得很少，对于二弟所说的致富产业早已忘得九霄云外，直到前几天再次回到老家，二弟说他的花椒园今年开园了，在好奇心的驱使下，我迫不及待地来到花椒园，只见偌大的椒园里几十个妇女正在采摘花椒，场面极为震撼，不承想在短短的几年时间里，二弟流转的几十亩荒地，如今已发展成为有模有样的花椒产业园了。二弟说像这种规模的花椒园在全村有十几个，每年村里的妇女们都会来采摘花椒，特别在花椒盛产期，本地摘花椒的人员根本不够用，就会吸引汉中、广元等周边地区的妇女前来采摘花椒，这些妇女们动手快的每天能有近 300 元的收入，慢一点的也有 100 多元的收入，花椒采摘季结束，平均每人能有 6000 元的收入。我不禁为二弟的成绩感叹，也想起了小时候全家人一起摘花椒的场景，如果说童年的摘花椒是为了生计，那么现在的摘花椒更像是在圆梦，圆一个农村少年的"致富梦"。

记忆中家乡的花椒香味依旧浓郁辛香，那些混合着汗水的日子，虽然有些苦，却早已被家乡如今的繁荣景象变得快乐悠长起来……

此生步履不停

张小静

去过很多城市，看过上海的外滩和弄堂，踏过黄土高原的黄土，接受过西藏圣洁纳木错的洗礼，感受过云南如诗如画的风景、天安门的庄严、青海湖之上的云翻云涌、南京的行道梧桐、苏杭的花景园林、重庆的上山下坡、成都的火锅串串、清明上河园的市井韵味、济南的大明湖畔，还有青岛的红瓦白墙、碧海蓝天……这些无一不让我流连。

踏遍千山万水本想寻得第二故乡，没承想故土难离，故人亦难离。

对往事抱有深刻执念的人，对自己的内心有着强而有力的抑制，看似阳光直正的外表下包藏着灰暗的、见不到光的希冀，这种尘封的希冀，于人是一种尊重，于己自然是一种捆绑。

你打碎了一个旧花瓶，之后你重新买了一个新的更漂亮的，你眼里还会有那个碎花瓶吗？你以前特别喜欢吃麻辣烫，但有一天你发现鱼翅燕窝似乎更有营养价值，且每天都吃得到，很轻松就能实现"奢侈品"自由，你还会记得麻辣烫的味道吗？你看，其实对于很多事情，我们从来都不担心失去，只是担心没有更好的替代罢了，对吗？

情感太过浓烈和丰富的人，不适宜与人产生过深的情感，那种倾尽全力的付出和对所爱之人不计任何回报的关心体贴，都会变成反向生长的利刺，刺向那些一味付出，不计回报的人。

学不会对往事说再见的人，永远都像个拾荒者，自我疗愈，无人怜悯。

很多事情其实做起来并不难，难的只是去下定决心。你仍抱有幻想和希冀，殊不知，正是这种无意义无结果的希冀成为了你的蒙眼布，让你看不清未来也回不到曾经。

你的过去组成了你的现在，但更重要的永远是未来，而你的现在又决定了你的未来。

删掉过往云烟，不畏将来是一种魄力，亦是一种自我期待，念即可成。不念过去才是门槛，真正踏过往时即是成长之时。

这个时候呢，决定顺势去散散心，即使眼前有重要的事耽搁不得，可我依然执拗地上了高铁，去向一个未知的小城。

这个时间，经过的城市已经灯火通明，玻璃窗倒映出各个形色不一的脸庞，外面似乎有风，行道树在风中凌乱，人们裹紧了自己身上的外衣。我旁边坐了位怀旧的男士，iPad 里播放着是枝裕和的《步履不停》，在我斜着眼看向他的平板两分钟后，他没有说什么，径直递给我一只耳机，我也没说什么，微笑示意后，与他一同看起了这部记不清几年前看过但却印象深刻的电影。

他到站了，电影并未播放结束，我们微笑示意分别，我回想了电影的结局，这时已经不再想继续写些什么了，我收起 iPad，身边的乘客也换成了一位带小孩的年轻妈妈，外面的风没有要停下来的意思。

挥别2022

杨　帆

　　光阴似箭，日月如梭，花开花落，悄然无声。不知不觉又走到了一年的末尾，节气依序更迭，四季安排井然。三百六十五个日日夜夜，十二个月的阴晴圆缺，春的温柔，夏的热烈，秋的静美，都在这个内敛的冬天里沉淀。蓦然回首，时间竟被吞噬得如此迅疾，生命的长河在一边渐渐失去，也在一边慢慢成熟。十二月倏忽到了最后一天，2022年再见，不论心中有多少不舍和留恋，过去的一年终将成为历史的云烟。往事可清零，万事都可期。回首2022，有多少感动在流泪；翻阅2022，有多少故事在上演……

　　2022年，也许你错过了阳光雨露，但你要相信，天空中还有星辰；2022年，也许你遭遇到了失败，但你要相信，失败乃成功之母，在哪跌倒就在哪爬起来；2022年，也许你过得不快乐，但你要相信，人生不如意常有八九，看淡看轻终将会释怀；2022年，也许你吹过最寒冷的风，淋过最冷的雨，但你要相信，没有天生的智者，只有山重水复的豁然。一月元旦开启了新的序幕，2023年你好！特别喜欢每个月的第一天，好像一切都可以重新开始。透过新年的窗口，望见春天的脚步。展望2023，有多少憧憬在酝酿；期待2023，有多少希冀在燃烧。新的一年，新的气象，新的希望，岁月增添了一道年轮，人间烟火依旧得继续，用温暖，用热情，用信心，用努力迎接崭新的一天，灿烂的明天。天之大，芸芸众生，卿本平凡，要以谦卑的心感悟生命的力量，要以细腻的心感受生活的磨炼，要以平常的心看待事物的悲喜，要以博大的心抚慰遭遇的变迁。淡定，从容，我笃信；宠辱不惊，去留无意，我欣赏。

2023 年，愿时光微步，忙而有度，闲而有趣，在平淡的日子里以自己喜欢的方式取悦自己；2023 年，愿岁月静缓，故人不散，往后余生，和良人相伴，和最好的自己碰面；2023 年，愿所行皆坦途，所遇皆所求，勇敢地向前奔跑，去见那些未曾见过的风景；2023 年，愿所有的期待都能开花结果，所有的汗水都不白流，所有的奋斗都不被辜负。站在山之巅，向 2022 挥手告别，尽管有喜有悲，有聚有散，有得有失，有苦有甜，但却丰富了光阴的故事。

立 心

林 丹

　　我的故乡秀丽、温和，充满了烟火气；故乡的人们可爱、淳朴，有满满的人情味。大学毕业后，我曾犹豫是否要回到这个我长大的地方来工作、生活。在当时的我看来，这里偏僻落后，发展缓慢，远没有大城市的繁华和便捷更得我心。

　　因此，当我回到这里来谋生时，我深感青春将要蹉跎，极不情愿。唯一值得高兴的是，我在事业编考试中"上岸"了。但这高兴的来源却十分浅薄，当时的我并未认真思考过这份工作的意义，只是有些得意自己能通过考试，并得到了一份"稳定"的工作。

　　我开始认真思考该怎样对待这份工作时，是在岗前培训中的一堂课上，这堂课讲的是"敬业"。在百度词条中，对敬业的解释是：一个人对自己所从事的工作及学习负责的态度。而党员干部敬业的意义则更沉重些，因为我们的工作与群众的生活息息相关且具有继承性，我们继承了先辈们的成绩，而更要继承的是先辈们的初心。

　　1925 年，毛泽东同志在《政治周报》发刊词中写下"为了使中华民族得到解放，为了实现人民的统治，为了使人民得到经济的幸福"。在十九大报告中，习近平总书记开宗明义，强调了共产党人的初心和使命——"为中国人民谋幸福，为中华民族谋复兴"。

　　带着对"初心"的思考，我投入了工作，开始体会到"为人民谋幸福"不是一句口号，而是一步步丈量的村道，一次次用心的倾听，一个个待决的难题……

　　在一次组织辖区内老年人做生存认证的过程中，我接触到了许多的空巢老人，这些老人的子女常年外出务工，他们自己又不会使用智能手机，我们就上门为他们服务。对于我们的到来，他们显得那么热情和高兴。"我经常自己一个人在家，你们来，不光帮我解决了生存认证的问题，还能陪我说说话，关心我吃得好不好，穿得暖不暖，我真的很高兴，也很感动。"村里的老人常常这样说。

在我驻村的群众中，还有几位五保老人，他们都还有自己照顾自己的能力，只是住得偏远，生活物资方面需要我们送到家里去。其中有一位矮小的老奶奶让我印象很深，这位老人一辈子节俭，很多时候我们送去的衣服鞋袜她都舍不得穿，总是盖一床很旧的被子，却把新被子攒起来，我们常常劝她不要如此节俭。但就是这样一位有些"抠搜"的老人，对待我们却十分大方，总是要拿出一些东西来招待我们，有时是时令水果，有时是她自己捡的核桃、板栗，我们不吃时，她就会热情地把这些东西塞到我们手里。

还有一位身体还硬朗的五保老爷爷，他虽然住在山上，但喜欢赶集，背着背篓走下山，再坐班车到附近的镇上，往返需要大半天的时间，才能为自己买一些喜欢的食品、水果或者生活物资。就是这样辛苦买回来的食物他也从不吝啬拿出来招待我们，我们又总是偷偷地放回他的背篓里。

当我见到这些老人时，他们的脸上总是淳朴而灿烂地笑着，当我意识到自己的工作可以让他们感到幸福，得到实惠时，我才真正了解到"为人民谋幸福"这一初心是这样的平凡而伟大。

我是乡村干部，也是乡村群众，只有将自己置身于群众之间，才能了解他们的需求。而要赢得群众的信任与支持，就要能为群众解决实际的问题，树立责任意识，勇于担当，对群众的问题事事回应，件件落实。

乡村基层工作是最贴近乡村群众生活的工作，乡村基层干部是最贴近乡村群众的干部，我们所做的每一件工作都与群众的利益息息相关。低保家庭是否得到相应的照顾，五保老人生活物资是否充足，残疾人是否得到相应的补贴……每一个问题都与群众有着直接利益关系，每一个问题都是重中之重。

在工作的过程中，我渐渐以党的初心使命为自己立心，乡村基层工作不仅仅是一份工作，更是一项事业，是众多基层工作者，是全党共同的事业。我们在坚守初心的同时，也正在用一个个扎实的脚步为新时代民族复兴添砖加瓦。

我为我的工作感到骄傲，也为自己能在民族复兴事业中做一枚小小的螺丝钉感到荣幸，乡村基层干部是乡村振兴战略的重要力量，肩负着推动农村改革发展的重任。我将坚定地以中国共产党的初心与使命为自己立心，将"为中国人民谋幸福，为中华民族谋复兴"这一主题继承发扬，在乡村工作中努力学习，认真负责，敢于担当。

我的家乡秀丽、温和，充满了烟火气；故乡的人们可爱、淳朴，有满满的人情味。而我将扎根在这片土地上，与故土相互滋养，让她繁荣，让我成长。

用灵魂照耀一片星河

苏　蕾

　　清明将至，潇潇雨落。雨滴连成线顺着玻璃划过，远处霓虹透过窗户像湿润的双眸微微泛着光圈。儿子清亮的嗓音说出"清明时节雨纷纷，路上行人欲断魂。借问酒家何处有，牧童遥指杏花村"。那凄迷纷乱、耐人寻味的意境。我顺手端起一杯热茶，灯光时明时暗，思绪不停翻页。儿时，我也曾在葡萄架下背诗给爷爷听。还不解地问"为什么要断魂呀""为什么诗人要借问酒家"？爷爷轻轻叹了口气说："那是特别思念亲人的一种凄凉感，表现出来就是神情凄迷、烦闷不乐，走路的时候神魂散乱。为了转变这种伤感心境，诗人就想喝点酒，一来暖和被雨打湿的身体，二来大概是想借酒浇愁。"当时的我，只能捋顺诗里前后交错的感情线，却还不能体会天人永别和永远无法再见的"永恒"。

　　清明时节，追思悠悠。那年，爷爷走了。回想起来，我从病床到送走，为什么一直都是默默流泪，以至现在想起都是眼泪瞬间涌出，嘴巴却紧紧不能张开。从记事起，我就喜欢黏着他。不是因为有糖吃，也不是因为他是爷爷。现在想来原因很明了，因为他很伟岸，很优秀，是个可信任的大好人。从我工作的角度分析，他就是一位为民干事、为民服务、为民解忧的好党员、好干部、好领导。从小看在眼里、听在耳里、印在心里的见闻故事，家长里短，一丝一缕，一桩一件紧锣密鼓，严严实实编织成现在指引我工作、生活、处事的旗帜。这种"现场教学""以身作则""生动实践"使我在人生中的拔节孕穗期就牢固地根植了家国情怀，厚植了爱党爱国之情。

　　"妈妈"儿子在旁边轻声呼唤我，手里的热茶还冒着热气。我眨了眨眼，一颗晶莹的泪珠落到手背上。"妈妈怎么像诗里人一样'欲断魂'呢？"儿子面带一丝笑意又夹杂一丝不解轻轻地问我。我站起身望向泛着光圈的窗外，略带一些调皮回答他："因为你背的诗实在太好了，我不禁进入诗的意境里。"儿子骄傲地大声说："那当然了，我很认真的，你看！我不是来给你背诵来了。"说着就流利地背完了。他又问我："妈妈刚才是不是有伤心事？"我转过身去小声地说道："有个亲人我很想念。"

他看我心情低落，便主动和我分享近日感兴趣的事情。从课间葫芦丝集训到积极准备科技节作品，什么"太空学校""火山岩浆发电站""水下能源世界""太空赛道比赛""消防机器人""智能配餐机"等科幻画，犹如一只神奇的手把你从现实拉到炫彩多姿、天马行空的世界。这个世界是属于未来的，是未来科技主导的世界。孩子们对科学的好奇心和想象力，通过一张张科幻作品展现出来，不仅有吸引力，而且还是一种创作性的学习方式，更是探索科学的形式。看到儿子眉飞色舞的表情，我倍感欣慰。社会在发展时代在进步，"滚铁环打面包"的时代已悄然退场，如今是信息化、数字化、全球化的时代。眺望 2035 年，现在在校学习的青少年是否能成为那时的栋梁之材。科技节犹如小火苗，既点燃了孩子们的科学梦，又催促着我们迫切思考。

作为一名母亲同时也是教育战线上的一名工作人员，我深知"科教兴国"的重要性，今年是学习贯彻落实党的二十大精神的开局之年，我不禁感叹，在甘肃偏远的小县城，科技再也不是遥远星空上一颗闪亮的星。新时代的孩子们今后要面对、生活的是我们这代人无法想象的世界，未来手机、电脑、无人机可能都会淘汰，人类的手脚可能被解放、人工智能不断延展到我们生活的角角落落，从当下思考，是不是传统的知识和常规的认知已然过时，如果不转变教育模式，那时候的他们是否能顺利地面对科技催生、信息爆炸的未来？这值得深思。置身"新时代"，我们每个人既是参与者也是见证者，感受着时代的脉搏，聆听着历史的律动，增添着时代的荣光，创造着历史的精彩，正逢其时、不可辜负。我想以党的二十大精神为指引，立足岗位、发挥作用，本着对党的教育事业奋斗终身的初心，重新思考"培养什么人""怎样培养人"这一重要命题，学习研究"怎样的教育才能适应未来社会的挑战"这一棘手问题，为强国建设、民族复兴做出应有的贡献。

　　谈起工作，多少离不开经验与想法。说起想法，又远远不止眼前种种。"80 后"的我们这代人，回想自己的成长阶段大多都会被无形灌输了什么该学，什么不该学的思想，即使对书本外的知识表现出一点儿兴趣来，恐怕也没有深入地了解学习，最后导致萌发的好奇心一点点熄灭，伴随的后果就是几乎没有提问题的能力，只会教什么学什么，多么机械！然而时代不同了，教育的形式也变得多样化。无论线上线下、媒体冲浪你都会发现"好奇心"仿佛被繁殖了，孩子们获得信息的渠道被拓宽了，科普科幻类产品、书籍使用全身解数想跳入我们的视野，挤进我们的生活。这可以看成时代在向我们摇旗呐喊吗？是否意味着今后数字化、信息化将与我们共同呼吸。为了变强大我们必须多学多看，而科普阅读是孩子们探索世界、学会思考的最好选择。从小培养他们的科普科幻教育对其一生的成长大有裨益。孩子在努力适应时代，家长们更不能闲着，在"双减"政策实施的大环境下，家长更需要反思教育的目的到底是什么。人生不同阶段有不同角色，我们刚刚脱掉"被教育者"的外衣，现在又不得不戴上"教育者"的帽子。大多数家长会重蹈覆辙，延续自己经历或希望经历的种种运用到孩子身上。这样的教育，幻想着有"经验"加持，会少走好些弯路，可事实却狭窄得只剩"训练"与"分数"，当他们需要面对人生各种挑战的时候，那些教育就会显得苍白无力。所以家长也同样需要学习与成长，加强自身建设，不断修炼"内功"，以便更好地从"被教育者"转变为"教育者"，才能促进学生全面健康发展，与时俱进从容面对挑战。疫情期间，我们目睹且经历了全国线上教育大规模应用和实践过程，不禁感叹传统的教育模式已然不能适应社会发展的需要，信息时代教的模式需要彻底变革，我们需要教师跳出"老师讲、学生听、教师问、学生答"的传统教学模式，教师由传统的"先生"变为学生求知过程中的"引路人""合伙人"，使学生成为教学活动中的主体，学生的地位由被动转为主动，一切教学活动都是围绕着学生的需求展开。这样，我们把学习过程还给学生，指导学生去钻研教材、发现问题、提出问题，让学生能自主地提出高阶的问题并进行自主学习研究。逐渐沉淀下发展的核心素养，使学生成为教学活动中自主探索和自我发展的主体。当下，步入教育信息化 2.0 时代的我们，教师更迫切地需要用好教育信息化这个服务平台，在"用"上出细活出好活，以便在未来课堂，教师在设计学习情景、参与学生体验、领导学生学习、评估学习结果等方面发挥更为重要的作用。将来教师要偏重读懂学生、辨识行为、引导情绪、创造学习等方面的具体实践，只有这样，课堂上以学为中心才能真正展开，教师也将在个别化和差异化的指导中获得职业的价值感和幸福感，做内心丰盈的"引路人""知心人"。

"十年树木，百年树人"，一代人有一代人的使命，一代人有一代人的责任，在之后的生活中，我循"爷爷"之举，尽己之力，敢为善为。一句话、一次活动、一份报告、一次募捐……力虽小，聚是一团火，散作满河星。

用平凡书写青春

李建辉

广阔天地，大有作为，18 岁的我在走出家乡时对自己如是说。

第一次听到"广阔天地，大有作为"这八个字，是在我上高中的时候。学生时代，埋首于书山学海中的少年对外面的世界、城市的生活充斥在脑海中的是向往，满怀在内心中的是期待，狭隘地认为大城市就是广阔天地，是承载梦想的起点和终点。直到岁月流逝，当我不断在学习中充实、不断在实践中磨炼，我才发现少时的认知多么单薄。

高考是人生的分水岭。曾在三伏酷暑挑灯夜读、三九严冬勤学苦练的努力终于通过高考开花结果，有幸被四川大学录取，自此踏上去往成都的新开始、新旅程。在本科的四年时光里，我努力学习专业知识，因课业繁杂，我在成都留下的足迹并不多，尽管如此，我还是在这样的日子中，感受到了都市生活的便利和舒适。然而，对舒适和安逸的追求，就真的是自己梦之所达、心之所向吗？我还没有找到明确的答案，但有两次经历，给我留下了深刻的印象。

第一次是在一节形教课上，辅导员给我们播放了两段视频，是《那年那兔那些事儿》的选集，这是一部动漫形式的历史纪实，课上播放的是"两弹一星"和"抗美援朝"，感人至深的故事加上别具一格的配乐虽然讲述的故事都是早已熟知的历史，但新颖的形式还是让我被深深吸引，以至于课后自己又去网上搜索，看完了全集。在这过程中，我数次被革命先辈们不怕牺牲、勇于奉献的精神所打动，印象特别深刻的是有次在午饭时间争分夺秒观看《那年那兔那些事儿》，心潮澎湃之际以至于热泪盈眶，又因为年轻人的羞涩害怕被旁边的同学发现异样，我赶紧低下头默默无语、食不知味。

第二次则是在网络上看到张维为教授的一段演讲，主题是"中国人你要自信"。彼时，十九大刚刚顺利召开，中国经济已由高速增长阶段转向高质量发展阶段，我国科技创新蓬勃发展，科研成果百花齐放、竞相出现。对于那年的我而言，第一次听到张维为教授提出"要抬起头来平视西方"这样的话语，无疑是非常认可、非常有感触的。从那以后，我开始主动关心国际社会和国际政治，开始深入认识当前世界格局。张维为教授的演讲视频我反复看了很多次，其思想的闪光点令我常听常思常新。也就在这个时候，我开始认真地思索，作为一个希望实现价值的青年，我该做些什么，才能无愧生我养我的祖国，才能为国家建设贡献自己的绵薄力量。但碍于阅历的限制，虽然在苦苦思索之后有了些想法，却还不能锚定坐标、找准方向。

时间如白驹过隙，转眼间就将我推到毕业抉择的面前。身边的同学朋友都在忙着制作简历、准备面试，就业的焦虑就这样猝不及防地铺陈在眼前。曾经向往的都市生活仿佛已经唾手可得，但认真思考许久，还是决定，既然尚未找到去拼搏、去奋斗的原动力，与其在人海中随波逐流，不如继续通过学习充实自己。2019 年，通过选拔考试，我如愿成为一名四川大学研究生，继续在母校开始为期三年的学习生活。如今回头去看，无比庆幸当初做出了正确的决定，因为正是在研究生阶段，我通过母校的教育培养，不仅精研了专业知识，也提升了思想认知，真正找到了人生的努力方向。

研究生阶段，我的思想在母校的培养和导师的引导下开始走上正轨。一方面，通过"青年大学习"，每周收听一座城市中发生的革命故事，日积月累，我得以系统感受神州大地上的红色血脉。另一方面，在日常时间里，我开始观看多名教授、学者的讲座视频，包括阎学通、金灿荣、金一南、沈逸等，透过他们对社会经济的分析、对国际形势的解读，广泛学习国际政治、历史发展、社会形态等方面的知识。在这个时候，我的思想仿佛熔炉一般，将所接收到的知识一次次反复熔炼，也真正开始对国家发展、服务人民有了切实的思考。

研究生顺利毕业后，一次偶然的机会，踏上了上海之旅。意外得到的半天的空闲时间，同行的好友问我，接下来去哪里？我抬头望去，中共一大会址的指路牌就这样不期然地撞入眼底，我顿感心潮澎湃，当机立断跟着指引一路前行。漫步在纪念馆内，一张张图片惊心动魄地讲述着当年的故事，一段段文字铭心刻骨地记录着不朽的精神。我仔仔细细地看过去，被共产党人坚持真理、坚守理想，践行初心、担当使命，不怕牺牲、英勇斗争、对党忠诚、不负人民的精神所深深打动。直到我来到入党宣言的展览墙前，我一遍遍在心里默读，每读一遍，内心的抉择就清晰一分；每读一遍，奋斗的目标就清晰一分！参观后，回荡在脑海里的，是"计利当计天下利"的历史回响；振奋在心坎上的，是"共产党员跟我上"的时代强音。我茅塞顿开，不忘初心，方得始终，什么才是我的"初心"？为祖国的建设做出贡献便是我的初心！哪里才是理想抱负的"落脚点"？听从总书记的号召，到家乡去、到基层去、到祖国需要我奉献的地方去，那里便是实现自我价值的落脚点！什么才是实现"大有作为"的"指南针"？胸怀"国之大者"，锚定党中央擘画的宏伟蓝图，观大势、谋全局，坚持底线思维，保持战略定力，站稳人民立场，勇于担当作为，紧密团结在以习近平同志为核心的党中央周围便是做好基层工作的指南针！

　　广阔天地，大有作为。26岁的我在回到家乡时对自己再次说。

　　如今，当我再次站在这片红色的热土，我愿用实干担当来践行自己的所思所想，用勇毅前行来实现自己的所学所悟。在自己平凡的岗位上，将个人的奋斗与家乡的发展紧密联系在一起，用勤奋、诚恳、奉献来为青春写下生动的注脚。

文学作品集

缅怀守初心 建功新时代

故道印记 下

诗词卷

中共两当县委宣传部 编

敦煌文艺出版社

辑 一

初心印痕

西北的路标（组诗）

雷爱红

最亮眼的光

枪声密集，覆盖老南街、窑沟渠，两当河岸
一瞬间，万物惊醒。此刻，有人披衣而起
眺望，夜空之上布满了闪亮的星星

那是从双石铺出发的士兵，映照在
故道水、红崖河、广香河之上最亮眼的光
从一支队伍里拉出来的另一支队伍
仿佛民房的屋檐滴下来的水，聚集

却沿河而上，灯盏般被点燃
路标般指向西北，在凌晨的风中
重复着古老而永恒的跳动
等待被阳光带到天空，照亮人间

我的小城

我的小城很小，如一粒尘埃，轻落在人间
在这里，岁月很小，刚好装下恬淡的静谧

街道很小，刚好盛下一双双脚印

炊烟也很小，刚好飘出晨昏的乡愁

楼房很小，住得下一家家的欢乐，装得下一本本难念的经

服装店很小、理发店很小、超市也很小……

刚好拎起了几万人的衣食住行

那日夜不息的嘉陵水，很小，刚好穿过了小城千年的春秋

乡亲们的心啊，每一颗小小的心

都刚好装着一粒红色的种子

从1932年4月的春天生根、发芽

从此，我的小小的城，开着火红的花朵

鞠躬致敬

弯下腰去，抵达九十度的平行

伸出双手，整理大地永恒的绶带

抬头仰望，铮铮铁骨嵌入蔚蓝天幕

五星红旗飘扬，享用着和平盛世

广场上剩余的阳光，收也收不完

在两当兵变的路线中走一回

我们一会儿开成四月的油菜花

一会儿口含狼牙蜜的香甜

几只贴着河面飞翔的白鹭，俯视影子的时候

像极了对着广香河鞠躬致敬

当年"七十二道脚不干"的水声

穿过耳膜，一直引领着我们的视线

泥土颂

一支兵变队伍，行走在泥泞的大地
脚掌沾满泥土，从河谷到山川，艰难跋涉
是啊，农人的脚掌沾满泥土，挖出来的土豆、花生沾满泥土
干净的种子洒在泥土里，稻秧插进泥土
房屋建在泥土之上，我们的祖辈埋在泥土中
一方水土养育一方人，谁离得开泥和土
泥土中生出来平凡之物，也长出不平凡之事

一支兵变队伍行走在漆黑的夜里，泥土筑路
攻城拔寨，在泥土筑起的战壕中搏命
后来，许多双脚步，爬雪山，过草地，在泥淖中扑腾
大槐树在村口等待，常常是母亲等待儿女
一次次，也是乡亲等待部队
在树下，泥土筑灶，慰藉饥肠辘辘
改编、整装，从人间烟火中出发，奔赴理想
大槐树的根，深深地扎进泥土

在两当兵变纪念馆

一座纪念馆，安静地坐在城中
夜色中，她通体透明
一再把灯火挑亮
这些聚起来的1932年的火光，熊熊燃烧
照亮了无数条奔赴而来的路

从那些暗结在兵运中的蛛丝马迹

深入土地革命时期的群众路线
一声声按捺不住的呐喊
在料峭的春风中剑拔弩张

一段誓言，在风中嘹亮
风尘仆仆，送达
一拨又一拨如炬的目光
他们紧盯着前方的那一只手臂
阵阵洪流涌过百年风华

广香河的波纹，是千丝万缕的触角
如今，七座铜像铮铮铁骨
从黑夜走向黎明
东山上，升起来最早的星星
点亮一颗又一颗散在天幕上

人间正道

1932年4月，春寒中包藏着水分和热量
只等某一刻：像枪声撕破夜空，而后爆发
惊醒的夜是无眠的，响过的枪声从此消失

春天的雨水，像血液一样珍贵
阳光手持返青的麦苗、野花
握着镰刀和锤头的犁铧，从大地深处
翻开脚印：把这些种子一次次播进我们心中

九十多年来，风调雨顺。一茬茬庄稼

从群山中破土，在新中国、红旗下
相互辨识。幸福好像是重复的

又好像不是。那柔软的晚风和花香
鸟叫、虫鸣和流水声，一年和一年有所不同
但这都是：人间正道

红色两当（组诗）

张文军

大事件：两当兵变

从凤县到徽县，从陕西到甘肃
山浪突然升高。一种叫作狼牙刺的植物
认真关注天色，关注着步履踉跄的云朵。
故乡突然开始发烫。被风羁绊的草木
几经拐弯，陷入持续崎岖的山路，陷入
青黄不接、相生相克的季节。
往事和未来，逐步退回心脏。
忧伤在骨头中铮铮作响。
响雷和闪电来临之前，必须要有人
至少要有一个人，为这些散落的星辰
描红，点痣，重新勾勒轮廓

时间被赋予最后的属性。
广香河畔，东山梁上。一棵松树
一棵被夜色追踪和扫描的松树，肩负起
灯塔和探照灯的使命。

1932年4月2日，凌晨。这个时光甚好。
黑暗被锁定。烛火不再潜伏。

栖身城墙之内和城墙之外的枪炮声
沿着预定轨道，既不与黑夜和解
也不同时光恋战，他们用年轻和速度
在山城两当书写了一个大事件……

群山揭幕。陇原大地，狼牙刺花那么小
狼牙刺花那么香。

太阳寺整编

太阳寺最大的秘密
据说与太阳神贮藏太阳籽种有关
再黑的夜晚，途经太阳寺
都要歇歇脚，与黎明交换衣冠——
负重前行的兵变部队
亲手翻开了这个传说
除了火种，语言和服装
都要重新填写履历——
年轻的长官宣布完激动人心的决定
脚下的大碾盘，吱吱转动
头顶的大槐树，成千上万根手指
齐齐指向陕北

两当兵变旧址

在老街，最有发言权的
除了年龄，还有耕读相传的张家大院

有身披红妆、雕书镂剑的绣楼

有擦拭方言的当铺和银行

有碎步踏来的隐秘和阵痛

——这都是口口相传的事物

我对它们不能说熟悉，也不能说不熟悉

身披新装的青石板上

一些思绪朝我奔来，一些思绪弃我而去

我能够从目光中提取的

仅仅是一颗热血沸腾的心脏

仅仅是，一块刻有殷红文字的石头——

它们，将古典和现代缝缀一体

精确标注着，老街的湿度和温度……

杨店·驿站

杨左河川，水肥，土沃

古往今来的传说，长势良好

一些夕阳穿行其中

它们一次次贴近大地，一次次

给这片土地，贴上命运告示——

风暴即将来临。最强的风暴

隐藏在故道旁的驿站里

一群降低身影、脚步很轻的年轻人

他们校正了一下怀表

低声交谈了几句

又乘着夜色，匆匆赶路

红色的记忆（组诗）

驰　子

沿两当河而上

一缕阳光，追随着1932年4月2日
深夜的火把。阳光中渗透着
火把噗呲呲，急促的喘息声

沿两当河而上，一坡山花
在阳光中追赶着阳光
追赶着一群寻魂之人澎湃的脚步

想起那个急行军的夜
这一坡山花，就是那夜牺牲的他们
留给两当河的英灵

铺满阳光的两当河，划过夜空的
那一颗子弹。两当挺起了胸膛
启明星照亮了甘肃大地
那面"陕甘游击队第五支队"的旗帜
在天空深处，高扬

红军街的红石头

在一滴雨的怀抱中，红石头
列队在这条街上

红石头，用谁的鲜血
警醒我。红色的声音
旗帜般高扬在天空之上

精疲力竭的兄弟，把信念植入脚下
把火把举在头顶

高大的身姿，铿锵的声音
在太阳寺就是早春的一场甘霖

红石头，在一滴水的怀抱中
踩着红红的水花

眼前是名叫红军街的红石头
身后是名叫红军街的红石头

槐树

太阳寺，被一棵等待你的槐树
和你重新栽植的槐树
高高举起

长途跋涉，在等待的槐树下

脱下旧军装换上新军装的你们
是人民心中枝繁叶茂的大树

踏平"七十二道脚不干"的你们
成为种子，成为庄稼
喂养饥寒交迫的天空

太阳寺，两棵槐树撑起的天空
所有的土地，只有一个颜色
所有的风，只有一个颜色

轻轻摇摆的槐树枝
是太阳寺红色的神经

两当兵变简史（组诗）

亮 子

两当兵变简史

1930年的春天

在陕西省委的指示下

赴长武县开展兵运工作

这是西北革命的契机

如果你面对着一群群战士雕塑

你应该能听到身旁的风声

这号角一样的队伍

将要踏过我们热爱的土地

是谁？将他们带领？

是谁？将他们改变？

又是谁？给他们新的番号？

大地之上黎明的跫音接连不断

我们要再次叩响光明和希望

无数的党员同志同胞们为此前赴后继

1932年的4月

又是一个春天

将要诞生一支新的力量

4月2日零时

两当城，车马店，鸣枪为号

换防为机

这是我们自己的队伍

是中国共产党领导

是中国工农红军陕甘游击队第五支队

我们要遵循胜利的音符

哪怕失败

再一次失败

脚下的河流依然高唱着革命赞歌

车马店

本是一个世人流动之所

我们聚集在一起召开秘密会议

全营党员干部参加

决定兵变大事

1932年4月2日零时

以鸣枪为号

两当这座小城

将以革命的身份出现

那间车马店

拉开了革命的洪闸

太阳村

这里是红军一条街

青石板铺就的街道干净整洁

大槐树依旧苍翠挺拔

石碾子，广香河，槐花香
像当初一样未曾改变
只是少了队伍当初集结修整改编
和步入陕北的场面
但街道两旁五星红旗迎风招展
太阳光辉熠熠闪耀
革命先辈的夙愿依然真实再现

太阳寺的红军路 （外一首）

金 勇

一条路是1932年4月走过的
另一条路是1935年8月走过的
然后是两支队伍
在党旗的指引下
将两条路走成一条路
后来的路，越走越远
他们走出了一个崭新的国家
走出了一个共和国的春天

他们

他们从很远的鄂豫皖大地而来
他们是一支衣衫褴褛的队伍
他们是一支正义之师
他们的名字，叫红二十五军

他们是一把榔头，一把镰刀
一面鲜血染红的旗帜
他们打开双十铺的城池
再打开故道的山河。他们
把革命的火种播向陇南

山这边·山那边（组诗）

南山牛

两当兵变纪念馆

一座浮雕
知道那是当年的一群士兵
和将军的骨头与精神
雕成的一场伟大的革命

于是共产党员佩戴党徽
面对一段庄严
神圣而伟大的历史
齐刷刷举起拳头

举起一个共产党员
铿锵的义务神圣的责任
和义不容辞的担当

一个农民
站在党徽的身后
轻轻脱去头上的草帽
默默地低下了他
一粒庄稼样的头颅

山这边，山那边

镇长用手势回答我
山那边是凤县

好啊沿凤县一路过去
是宝鸡是陕西
是咸阳是长安是延安
是立过十三个王朝的风水宝地

宝地上有十三年的油灯点亮的窑洞
有一个政党睡过的土炕吃过的小米
有解放区的军民："呼儿嗨""呼儿嗨"
肥沃了的杨家岭枣园 南泥湾
……想你们啊亲爱的

一个家在甘肃的农民诗人
能站在省与省的界线上就好

可以看看省的这边
可以想想省的那边
还可以用我浪漫的抒情赞美
赞美如此多娇的祖国

而省的那边遥看这边
我就像20世纪六七十年代的
一张旧黑白照片

黑白的颜色贴在甘肃的山腰

那打问两当与省外情况时
高高举起的臂膀
好像也在
指点江山的高度上

走两当

出访两当之前
就有十几个
想着都要走走的计划
没想到全都落了空

没有落空的是天上的雨
淅淅沥沥点点滴滴
落在一盆篝火上

像携手围火联欢的一群
男男女女的舞啊蹈啊
跳啊唱啊歌啊笑啊的音频
颤动着同一个节奏

……返回驻地的路上
走进一个古意深深的雨巷
心里七上八下琢磨
手和手拉起来的温度时

节奏分明的雨脚咚咚咚
心跳样踩在她和我
头顶上的一片
油纸伞上

两当号子

"依呀嗨哟""嗨哟依呀"——
声声高亢激昂的呼吼
如诗如歌如浪如涛
如茫茫沧海如滔滔江河
如十万山中的中国两当

如两当一条历史的红街
如街旁一座红艳艳的太阳寺
如寺旁一棵为革命
遮过风挡过雨的大槐树

如树边农家乐的几盅盅
甜蜜蜜的地方特产
滴酒不沾的我终于忍不住
吃了一杯……又一杯

现在已回家三天了
晕晕忽忽的耳边
依然响着两当
一群着民族服装的弟妹们
——"哥哥啊喝一杯杯

哎哟哟　哎嗨呀哟"——

一个颤悠悠的尾音
又唤醒了我几多
不眠的梦

两当，那一抹红即光是影 _{（组诗）}

李 玥

大槐树下

秦岭横卧，头颅
穿透薄雾依然高昂
凝重的目光
深情地环视着壮美两当
广香河悠悠，清澈的
眸子里，两岸翠绿欲滴
松涛如潮，绿枝掩映
只闻鸟鸣不见鸟影

初夏，阳光触摸着太阳寺
古老的大槐树遮阴蔽日
别出声，微风正在倾诉着
那一段近百年的传奇故事
如此激荡　清晰
仿佛就在刚刚发生

听，那位老大娘智救女红军
化险为夷，死里逃生的佳话
听，红军入甘的铿锵步伐

足音响彻在莽莽秦岭

听，打土豪分田地的呐喊

人民当家作主一片欢腾

听，枪林弹雨划破夜空

惊飞山雀，点亮黎明

太阳石

一块磨盘大小的太阳石

像一位沧桑的老人

端坐在太阳寺广场

目光如炬，心事千钧

太阳石清晰的纹理

如熊熊燃烧的火焰

那未曾熄灭的信念

依旧蕴藏于坚实的内心

太阳石被黑夜抚摸

灵魂始终保持着永恒的光芒

它是上苍赐予人间的一枚勋章

牢牢别在大地的胸膛上

梦里的人目送它驾云西去

梦醒时分，它依然在东方升腾

夜色中提灯行走的人

夜朦胧，钉在天空的星
被一片漆黑吞没
广香河边，领路人
手提一盏如心跳的灯
在河水与天空行走

灯光如冉冉晨曦
照彻着前仆后继的人们
穿越那些丛林　山脉　河流
黑夜渐渐被抛在身后

提灯行走的人
坚毅的目光锁住前方
踏破尘世的坎坷
每一脚都把黎明踩痛

两当，那一抹红即光是影

心徜徉在两当
所有思绪随风徘徊
耳闻英雄留下的传奇
目睹鲜血染红的土地
澎湃的心底
擎起铺天盖地的一面旌旗
它是永不倒下的精神和象征
在炮火硝烟里叱咤风云

那是英雄风采的历史见证
高扬在两当兵变的长河中

那一抹旭日般的红
铺天盖地映照两当山水
猎猎作响，风雨
雷电之间，即光是影

红叶草，珍藏英雄的灵魂

两当的风，掀开早春
薄雾般的裙裾
露出漫山遍野的红叶草
郁郁葱葱，自由地抬起头
阳光发出脆响
红叶草站立成一株锋芒
英雄鲜血润泽过的土地上
一丛丛红叶草的肌肤
叶脉清晰，似曲张的血管
热血仿若沸腾的体温
如风，穿过躯体

遥想1932年春天的夜晚
灯光下，一群意气风发的背影
密谋策划兵变
字眼似雷电汹涌的火光
燃烧着，照亮北上的晨曦

第一声枪响惊落暮色

势如破竹，举旗砥砺前行

倒在血泊里的英雄

红叶草珍藏起他们的灵魂

年轻的生命

宛如星光熠熠

年年岁岁，冬去春来

依然在春风中永生

去太阳寺的路上（组诗）

陈文宗

去太阳寺的路上

在广香河里找石子，不要太大
要圆。最好是鹅卵石，能填饱二百多条步枪
因饥饿而躁动的胃。越多越好，多了的
放进布口袋里，别在腰间，当作一种装饰

让班长，或者排长，连长，走在前面
去太阳寺的路，我不熟悉。就只管
跟着兄弟们，呼哧呼哧地走
你听，这么多呼哧声
像不像，峡谷里涌动的雷声
正四蹄翻滚着，朝太阳升起的草甸奔去

如果，碰见敌人，最好弯下腰，压得越低越好
还要放缓脚步，屏住呼吸。雨再大，也不能
迷失在去往终点的途中。夜里，在山中
最好不要举火把，容易暴露行踪

等到黎明来了，山顶会有一轮红日
它会照亮我们接下来要走的路

对一条河的叮嘱

到了太阳寺，就把装在布袋里
别在腰间的广香河，拿出来
让它带着西秦岭的怒吼，穿过
开满鲜花的草甸，流下去。流进嘉陵江
流进长江。流过四川盆地的时候
记得，一定要，带上巴蜀人的怒吼

在长江中下游平原，不要停留太久
不要让这里的千里沃土，慢滞
你前进的脚步。你不应该是
灌溉渠里叮咚流淌的游丝，而应该是
大海中的一朵浪花。是无数浪花里
来自陇南山区的那一朵。是从二百多名
铁骨铮铮的汉子身上，锻造出来。最终

随着太阳，风，以及积雨云
撒向陇南大地，润物细无声的那颗雨滴

灵官峡

山是站着的。站着的山
让嘉陵江改变了方向
让飞鸟望而胆寒，敛翅悲鸣

站着的山，有时会露出它白森森的骨骼
水就是从里面流出来的
从骨骼里挤出来的树，被风吹得
一会儿向东，一会儿向西
好像风也是从这里刮起来的

我们来迟了，错过了灵官峡太多的故事

其实，我们来得正是时候。刚好
在这个秋天，见证满峡的草木
如何揭竿而起，改变世界的颜色

为一棵树而写

在灵官峡，有人说云雾
是一匹奔腾的白马。有人说
山高谷深，寒从胆边生
也有人，说合欢老了
收不起自己的羽翼
留不住美人的巧笑

而在一棵叫不出名字的树前
众人却都面露庄严

好像他们从五湖四海赶来
就是为了看一看这棵树
站在嘉陵江边，举着火把的样子

云屏

云屏不是云做的，而是
一座又一座的山做的
这些山托着云
托得很高很高，于是就有了云屏

就像我们的生活，是被一群人举起来的
虽然，我不能一一叫出他们的名字
但我能感觉得到他们的存在

所以，此刻在云屏
风在吹，暖意却正从脚底慢慢升腾

两当号子

在草甸上奔跑着
在民宿里捉迷藏
在莲花石上打坐、参禅
在撩拨人们的情思

是的！在它的粗朴里，我醉了！

是的，在它的高亢和柔美中
人心跌宕起伏，山川渐渐辽阔

太阳石 (组诗)

河苇鸿

两当

我并不知道
时间会以什么方式留驻在一棵树里
但一只沿着树枝树干觅食的蚂蚁
肯定能回到这棵树里的20世纪30年代

就像我在两当街头行走时
这几位已经住进石头里的人
会突然朝我走来
他们头发乌黑
仿佛从这台木质圆顶座钟里刚走出来

在这个正午
我站在一棵古老而茂盛的国槐树下
推算它的树龄它的前世今生
想象它如何在雷霆和闪电下狂奔

此刻
恰有一只蚂蚁
仔细辨认着它的每一根细小的枝条

犹如辨认着八十八年前
两当的街道

一只蚂蚁抬起头
和太阳对视了足足八十八秒钟
是在校准钟表呢
还是由于他体内全部的黑铁
又听见了从一颗恒星上传来的打铁声

太阳石

太阳说：来，朝前走。
　　　　　——昌耀《太阳》

太阳的语言
石头能懂
太阳寺里一块车轮状的红石头图案神异
一定与太阳神的语言体系冥冥相通
读不懂
但他的形状和色泽
显然与太阳滚动和燃烧的神性有关

数千年以下
活在阴历中的民族
乃有朝着太阳奔走的灵魂
在夸父之后
前仆后继

太阳神的门今天紧闭着

但神谕早已有人领受

先被三爪乌鸦四处传播

后来被寺里一只青瓷太阳纹大罐宣示

一盏大秦岭深处的马灯听见了

一盏铜油灯听见了

一把黄铜号角也听见了

接下来

二百支起义的火把领命

一夜朝太阳寺方向疾行三十多公里

多灾多难的土地正在匆匆前进的脚步下醒来

就连一把老土枪也不再沉默

喷出胸腔中的惊雷

而太阳像一颗永远年轻的心脏

仍给众多子民的血管中分配着血液

在太阳寺

你见到了自己的姓氏

见到这个姓氏里的灯火

与刀锋

风雨千年

辉煌与屈辱都写满了家族宗谱

而寺外一棵又一棵被秋风点燃的板栗树

那满树燃烧的黄金必然来源于太阳的炼金炉

过灵官峡

灵官峡
有一列我中学时代的火车穿过群山而去
有人感到了山体深部的错位移动

多年后
火车改道
有人站在峡口指指点点
满山的黄栌红了，像又一茬山火
而嘉陵江正在徐徐转身
波澜不惊
搬运着江水里的天空
与一身火焰的倒影
而水里一只逆江而上的敞篷船上
有四五个穿红色救生衣的人
像另一种火焰迎风而动
岸上的游人朝他们喊了一声
立马有人察觉到
他们与江面上的人其实处在两种不同的时间中
这不易察觉的错位
让喊声也成了另一片黄栌叶子
挂在此刻的嘉陵江畔

一切如此熟悉
是因为我来过此地吗
前生
还是梦中
但这一刻是确定无疑的

空中的燕子还在忙碌着搬运此刻
或者别的什么
丝毫不为岸上或江中的人所动

时间的雕塑

在两当
一个住进石头里的人
成了时间的雕像
一群人也是
而两当河继续流淌

历史化成了石头
一批又一批人来到两当街上
向石头问路
与石头中的人交换不同年代的目光

水闸把两当河水汇聚在此处
大声喧哗
犹如这些石头
把20世纪30年代的一群青年士兵
留在纪念馆里
仍在呐喊
或讨论黎明前的行军路线

篝火的激情

一根
两根
三根四根
……
二百多根木柴火光冲天
在铁色的夜晚
驱赶着仲春的寒冷

那火焰来自一粒火种的信念
来自草木的本性

我见过这火焰
我认得并相信这暖色的光
比血的温度更高
在群山之中
在夜色的重重围剿之中
无数火星蜂拥而上冲向夜空

是的
我认得这篝火
也认得这灰烬中诞生的黎明

一颗射穿夜晚的子弹

两柄步枪
在两当兵变纪念馆

锈迹斑斑
但仍秉持着枪的本性
火药的沉默被子弹深深地压进枪膛里

两柄步枪会在夜深人静时谈论什么
是谈论屠刀和热血
还是身后的爷娘妻子和多灾多难的土地

两柄步枪
再加一粒小米
就是一个在欺凌中挣扎着站起来的家国
小米是家
步枪便是国

但小米生长骨血
步枪生长朴素的真理
侧过耳朵去听吧
你听当年射出的子弹
还在路上

纪念馆里的红军服

你真的应该试着穿一下那身军装
试着穿一个陈旧时代
连同那个时代倾斜而下的风雨
如果你还能试着在豺狼逼近的深夜里
放上两枪
你就能在自家篱笆前看月亮升起

月亮很圆很高
但你会发现自己一整夜根本没有睡意
因为那月亮不是月亮
是地主家的银圆
常常逼得你眼仁仁回老家

一盏红军用过的马灯

一枚火柴说：是时候了
一盏马灯说：上路

在两当的崇山峻岭中向北移动的
一盏马灯照见1932年春天的泥泞
还很深很深

一盏马灯像来到地上的星星
在一寸一寸地挪动着旧中国的夜空

行走两当（组诗）

提秀莲

在灵官村的陈家沟

在灵官村的陈家沟，我仰望一棵树
一枚连着一枚，采食
自然定律的果柄上，结挂的
紫黑樱果，然后
沉浸在先苦后甜的思绪里

在灵官村的陈家沟，我乘着觥筹交错
一盘连着一盘，朵颐
乡愁亲情烹制的能量，再拉满弓
射穿命运里暗藏的麻烦，应和
奋斗领空的电闪雷鸣

在灵官村的陈家沟，我愿围着那篝火
一圈连着一圈，欢舞
抖落身心的沉重与雪霜，再用
两当号子里长出的稻米、腊肉、烤酒、爱情
把清冷的日子烧得红红火火

在灵官村的陈家沟，我要端起果老酒

一杯连着一杯，畅饮

张果老储存的飘逸和洒脱，再倒骑毛驴

看古今往事，校验

坚毅与尊严行走的方向

两当兵变感怀

站在群雕前，我们必须

以松柏、花篮、国歌，向

几位钢打铁铸的人

表达最深情的敬意，洗礼

历史深处的电闪雷鸣

再竭力想象：

那些行走在刀尖上的共产党人

是如何在国民党县政府和监狱前

播种红色的思想

凤州民宅里那盏老式马灯

是如何溯着寒风

在国民党黑暗的军营里

点燃士兵心中的信仰

那支装有革命决心的短枪

又是如何神定气足

以一种泰然自若的姿势

击毙反动头目

来到大槐树下，我们必须

以星光、月亮、太阳，向

中国工农红军陕甘游击支队

表达最深情的问候，回听
勇士们出发前的震天吼声
再竭力想象：
他们走在布满冰霜危险的山道上
是怎样的坚毅、铿锵
他们走在兵荒马乱的旧河山里
又是怎样，用草鞋踏平
革命路上的坎坷崎岖
用生命，为我辈铺设出康庄大道

如今，两当盛开的花儿
每一朵都是黎明前那些提灯人
栽植的憧憬
如今，两当沸腾的群山
每一岭都是黎明前那些提灯人的
一波冲锋

今天回望一盏马灯下，酝酿的
一场惊心动魄的革命
今天回看一群挺身而出的思想，为贫苦人
撑开的明净天空
住在这片土地上，我们必须
学习先烈，把幸福
种满华夏神州

千亩花椒园

在两当县的石马坪，一棵花椒领着万棵花椒

先是攻进一条沟，又占了几面坡
为椒农打下梦想的江山，再蘸着时光
书写，麻辣芳香的诗句

一生一世，这园花椒树
不羡慕杨树钻天，不争玫瑰的青睐
只和桀骜对峙，只和卑微相悦
当阳光递来一句情话，她们就让
无以计数的圆豆豆女儿，穿上大红袍
出嫁

千春万秋，这园花椒树
不做扎势的惊堂木，不做旁观的镇尺
用自身的呼吸，为人世兑换氧气
以子女受油炸水煮之痛，为人世消滞除腥
而所有肆意妄为地葱茏，就是
让深山的椒农，都能
富甲一方

照片（外二首）

曹建国

我已无数次凝视，眼前这张黑白照片
凝视刻录在时间底片上的火焰
让许多沧桑故事燃烧

那是一个个光般的身影
有着威武的面孔
为了信仰与初心
义结金兰，歃血为盟

在秦岭深处，嘉陵江畔
一粒粒红色的种子
落地、发芽，生生不息

丰禾山

丰禾山是收割后的麦垛
抑或堆积的苞谷
它孕育着一群年轻的播火者

在微弱的油灯下，热血

凝聚在暗夜，把星宿洒在凤城
仿佛热血燃烧和汇聚

照亮了嘉陵江
如喷泉升腾
如我的祖国……

一盏灯火

一盏灯火
它前行，它寻找光明
让第一颗子弹穿越两当的子夜

现在，硝烟已失，黑夜已去
那些流血者已逝去

但丰禾山的古柏
像他们的理想与信仰一样
依然葳蕤

故乡两当（组诗）

周仲娥

那年，我二十，故乡已过不惑
如今，我已不惑
故乡却变回了十八
是重生了吗？

我问岁月的长者
他不语
我问路过的行人
他说：我也很好奇
我问四季的风
风轻轻地摇了摇头

故乡戳一戳我的额头
你这半老徐娘啊！
我只不过换了装，化了妆
才没你说得那么夸张

寿桥

一座寿桥
拉近了城市的距离
却让通往天堂的路更远
桥面八字形来回盘绕
是要磨平人的心性?
不然，浮躁和急性子
怎能渡远生命的船

手撑油纸伞的江南女
或许她们自己也不知道
自那天从此经过
小城又多了一个传说——
谁来寿桥上面走一走
此生活过九十九

福桥

福字，顺着写，倒着写
都满载人间最美好的祝愿
真情筑成一座桥
怎能不荡起心中的涟漪

桥底投射水中的花影
是生活的缩写
简单也好，繁琐也罢
最终成为别人眼中的风景

站在百福相依的桥上
你若把心放空
就会看见不同模样的福
携手走进万家灯火中

燃烧的火炬，用希望和力量
带着中华儿女的梦腾飞
他的脚下
幸福和使命无限延伸……

日月广场喷泉

你是山间的清泉
清冽而甘甜
你是林间的晨雾
轻盈缭绕，升腾弥漫

你又何止甘心做一汪清泉
你要以小溪河流
甚至湖泊海洋的胸怀
浇透一座座干涸的沙漠

你是青春的舞者
常常一个箭步，直冲云天
再以仙女散花的飘逸
撒下朵朵银花

你汲取日月之精华

练就百般舞艺

最后彻底地决绝，投身大地的怀抱

给地表带来清凉，给人间带来欢笑

滨河路新景

临水而居的故乡人

内心深情地呼唤

盼来一条崭新的路

汉白玉的护栏，琳琅满目的花纹

把故乡昔日的痛刻进历史

花园错落有致

盆栽锦上添花

菱形图案的灯光设计

如一个时空的隧道

进时月半弯，出已月满盈

多情的石头，怀抱几棵参天大树

诉说着神秘的故事

河岸的风，性子好动

不时掀起柳帘

瞄一眼外面的世界

呵！桃花开了，杏花红了

白鹭扇一扇翅膀，打开夜的霓虹灯

姑娘媳妇跳起了广场舞

往日的沉寂早已不见踪影

站在半悬空的观景台上
放眼望去，广香河碧波潋滟
这看似普通的休闲场所
白昼挑起人间烟火
夜晚通往世事繁华

两当写意 （组诗）

张文军

广金坝之恋

广金坝的大山，排着队列走向汉中
最前面的那座，甚至
望见了张良庙中的拐拐竹

我曾经三次到过这里：

第一次，鸟鸣将我们四处题赠
方言指导着大鲵变成了娃娃鱼

第二次，松涛主持着山风的会议
潭水与断崖的讲稿中，提到了初恋和生死恋

第三次，月亮携着星星入住
我摊开万千寂静
走出了千军万马的气势

这一次，八个人抬着红叶的轿辇
我们商定：要把那些黄栌、石楠和枫树
迎娶到百里之外

兴化的油菜花

碧口的油菜花开败了

汉中的油菜花开败了

兴化的油菜花紧急救场

我们抵达时

春天早早为我们预留了五个席位

辛勤的蜜蜂，忙前忙后为我们讲解

娇艳的蝴蝶，抢着为我们指路

只有急着出山的风

让盛满光线的兴化梁

突然感受到了花朵之重

我坚信，有那么一瞬

春天是侧翻在兴化梁上的

龙潭仙境

跟随元山多年，龙潭

已成元山的心腹和干将

元山让它驻扎在幽深的峡谷

让它维持着，山与水的原始秩序

老乡们讲，龙潭是神仙小聚的地方

这样想想，我们并未扑空

我们中的一部分人，用体温煮沸了眼睛

一部分人，用潭水缚住了灵魂

他们都是远道而来的神仙——

眨眼前，离我很近
眨眼后，离我很远

蜂蜜加工厂

透过车间玻璃，我看到
山谷妊娠纹上的那些花蕊
被几只蜜蜂独占，仿佛
只有它们才有资格
保护春天，只有它们
才有能力押运花香
而太阳始终被钉在最高处
从上午到下午，它没有派出风声
设卡刁难，也没有派出乌云
恶意骚扰，它只是一个摆子打过来
那些琳琅满目的花香
部分碎在了匣子里，部分洒在了山坡上
剩余的，养蜂人把它交到了蜂蜜加工厂
我用嗅觉过滤了一部分
味觉提纯了一部分——

现在，我娇弱的躯体中，花香荟萃
远方的你，当择日来取

山野菜

与人工种植不同
她们以情窦初开的方式
参与着现代都市生活
她们漂亮、单纯、专一
间或自怜或自闭
她们一茬一茬地，相继被人娶走
无人敢娶的那些
被太阳和雪峰共同照耀
她们
让大山活得更加长久

凤凰山

弹奏高山流水的白皮松
是凤凰山的村民
它们准备了青石铺就的古栈道
准备了野生的羊肚菌和早熟的羊奶子
甚至，准备了枯黄的松针和松果
迎接偶尔跃出林隙的我们
我们把自己安放在凤凰山顶
恰似那只展翅欲飞的铜凤凰
一翅一桨，一桨一曲

就这样，我们一起乘上了前往天穹的白木舟

王家沟之变

王家沟的芝樱多么开放
那么多陌生人，她们不躲藏

酝酿情绪的月季
正在向柔软的灵魂靠拢

即将上市的芦笋
为我的寡闻提供了新的证据

——在日历中睡得太沉了
乱石、荒草、荒沟
江湖的故事，已经有了雪花的味道

栗子坪村

面对磁铁般吸附在河畔的栗子坪
我对自己的过去
产生了千般警觉
它离县城这么近
我却不认识
它的泡桐、栗子和楸树
不知晓它的民宿、辘轳和古井……

此刻，白牡丹即将凋零
我只能和尚未成熟的五味子和猕猴桃
热吻，并且，表示足够的歉意

驻村札记 （组诗）

聂 丹

等雨停

我所能做的不过是

等雨停，等雨停后去摘桑椹

也不过，只摘得到近处的一枝

放进碗底有铝片补丁的洋瓷

杨四娘夜色中抓起鸡崽

将嗉子空空的那些扔向

拌着草麸的食盆

我所能做的不过是

给昏眼的鸡崽打起手电

让它们在夜色中能看得清

生死无隔

压住身体中奔突的火焰

又在枝头生出新芽来

村子里都是这样的老人

看守天色：微暗中饮茶，走进山谷

为命中薄棺

向洁净的木头举起刀斧

也牢牢看守节气

等待布谷鸣叫

不错过清明前的栽种

带女儿驻村

被雨滴打断的呼噜声

日出时成了簸箕中的碎布头

给她缝过冬的棉褂，针剪窸窣

在她耳边吃苹果，清脆咀嚼

收听广播，嬉笑和整点钟声的报时

以上都不能吵醒她的深睡

细小蚊虫叮咬，触角搭在她

更为细小的汗毛之上

我试图比蚊虫饱腹后

更加轻盈地起身，未成

似乎只要动一动离开的念头

她就会醒

蓝色突围

时间给它天空和大海都给不了的

永恒的蓝色，是为了让它

在世上盛行过又消失的命运之间突围

手机时代，钉打在乡村商店门口这块
"IP电话超市"，它的蓝色
不是宝蓝藏蓝湖蓝，更不是
克莱因蓝矢车菊蓝蒂芙尼蓝普鲁士蓝
它是孩子向远方喊，妈妈！你听得见吗？
那些天空的蓝
是老人以发颤的双手紧握话筒
久久不舍得放下
泪水中的蓝

此心安处是吾乡（组诗）

秦福强

认识

初到任河
是在冬末的下午
阳光明朗，空气中夹杂着一丝干冷
村口的第一幢小房子
是我在这里的家

车子在活动室前停下
广场很干净，贴着瓷砖，栽着崭新的篮球架
屋顶的党旗，在明媚的阳光下分外鲜红
放下被褥行李
驻村生活正式开始了

值班

驻村后的第一项工作
是在河口值班
早起做饭
匆忙吃完，锅碗来不及洗刷

赶去替换夜班的同志

哪怕地处偏僻，来往的人车不多
也要守好门，把好关
在桥上，看着干活归来的爷爷背着柴火
温柔的广香河缓缓汇入嘉陵江
心里暗暗发狠
决不许病毒破坏安静的村庄

大雨

一声巨响从头顶传来，顶灯摇晃
冲出屋外
是屋后的核桃树倒了
附近的邻居慌忙跑来了

我们在雨里，彼此安慰
打趣老邹没打伞，老李穿拖鞋
和第一书记在活动室坐了一夜
暴雨放晴后的好天气
正好用来清理路面的沙土

深夜

时常在火车经过后，无法入眠
开始沉思
这两年，村里的变化的确很大

可是，这都是党的好政策的功劳

我只干了一些力气活
和爷爷奶奶聊了很多家常
为在外奔波、在家思念的亲人
用手机承载起牵肠挂肚的问候
可是这些，都远远不够
他们那么热情善良
怎么忍心辜负伟大辛劳的乡亲们

在两当遇见革命队伍（组诗）

亮　子

1932年4月的一个夜晚

凌晨的枪声

击碎了大地的阒静

在这闪电般的时刻

我们的队伍冒着枪林弹雨

突出重围

沿着广香河溯游而上

在太阳村我们集结

我们改编

我们为了新中国的革命

头顶星星的光芒

热泪盈眶

在太阳工作站的红军街

我们听大槐树下的故事

习仲勋等老一辈革命家

在这里兵变

街道两旁的国旗在风中飘飞

青石板路折射着光芒

我们坐在大槐树底下

手持国旗，然后高唱

没有共产党就没有新中国

唱着唱着

就不由得热泪盈眶

正如阳光把手足伸进广香河

温暖的心荡漾着涟漪

庄严宣誓

在两当兵变纪念馆前

我们排好队整理好着装

佩戴好党徽

准备进馆瞻仰参观

此刻我们又一次肃静下来

我们庄严宣誓

除了宣誓的声音以外

我还听到另一个声音在不断地召唤我

那就是来自心底的召唤

让我言行一致

表里如一

杨店古村落

这里有古建筑群

有参天国槐

有一排排的骡马店

向西而落的太阳
不停地在这些屋顶上
寻找停留的居所
何以才能停歇
何以才能拥有明亮的内心
跟着革命的队伍继续前进吧
前进　前进　向前进
终会留下嘹亮的歌声

陈家沟之夜

让熊熊燃烧的火焰
再热烈些吧
让天空中的雨丝再凌乱些吧
我们一起围着篝火
跳起来，唱起来
我们的内心交给新落成的
农家民宿
我们的笑容留给亲人
在哗剥作响的火焰中
在狂欢之余的角落里
黑夜之足轻声落地
那寂静中的一声停顿
让我无比欢喜
让我爱上了陈家沟

红色记忆 (外一首)

沈　旭

一些名字在闪闪发光
一些记忆将被铭记

血液在体内流淌
有人用血液染红了旗帜
用生命换来了盛世
镰刀加铁锤
在鲜艳的红色里充满了力量
他们坚信他们的信仰
共产主义能解救这个国家
历史也证明了一切

记忆的画卷里总有一面旗帜
旗帜下的中华儿女
昂首挺胸走在光辉大道
鲜红的党旗和伟大的梦想光芒万丈

两当的枪声

那声枪响，宛如一声惊雷

惊醒了整个两当
阴暗的天空撕开了一条缝隙
300多名革命先烈怀揣信仰
在枪林弹雨里洒下了红色的种子

是他们叫醒了沉睡的陇南儿女
是他们把人民当家作主的思想
传播在了辽阔的陇原大地

如今党的光辉润泽中华大地
他们的故事被写成书、演成剧
世人不会忘记他们的壮举

是他们把社会主义的伟大思想
带进了陇原大地
就像燃烧起一把火照亮了整个陇南

有座边城叫两当

雏　燕

地图上找不到的山沟，摇曳

黎明的火焰，广香河怒号

呐喊着反抗的浪花，撞疼了

黑暗的苍穹，迎来了曙光

挣脱枷锁的红马，踏碎黑暗

奔驰在太阳寺的山路上，万物噤声

黑暗无法再黑暗，黎明终将来临

如火的红旗，擦亮了庶民的眼睛

石磨坊旁的树上，满满喜鹊和阳光

向北斗的方向，去陕北淬火成钢

黄透地边的油菜花，双手举起太阳

扛着红旗的队伍，刺刀刃锋闪亮

那个季节的蚂蚱，开始失措惊慌

猫头鹰的叫声里，有了哀嚎

嘹亮的歌声染红了，万水千山

边城的枪声，撕裂了黑夜的胸膛

一身赤胆，肩扛钢枪，经历淬炼

在一座叫两当的边城，红旗飘飘

余生只做一件事

王 红

六月的惊雷

在晴空炸响

戍边的将士再无归期

即将出生的儿子

一生都等不来

父亲的亲吻

哪个孩子不会伤痛得撕心裂肺

承诺相伴一生的人

再也没有机会　牵手

哪个女人不会哭得肝肠寸断

做好的饭菜

再也等不到她的爱子　举起的筷子

哪位母亲的心

不像被石磨碾了又碾

有人擦拭眼角的泪说

"儿子太优秀，就成了祖国的儿子！"

听到的人无不点头

"他们成了大家的儿子！"

朋友圈细数消息的人

都想有他们亲人一样的眼

懂他们多一些再多一些

离他们近一点更近一点

我含着泪

捧着晚饭　刷屏

划一条消息　吃一粒米

不停地告诫自己　安安心心地吃饭

戍边战士　用生命诠释的爱

怎可浪费　怎敢亵渎

一小碗米饭

从晚餐吃成第二天的早餐

去了不到三分之一

每一粒米的每一次移动

都似重锤坠落

点点千斤重　粒粒万斤沉

浓缩了一生的爱就用一生

细细地嚼　慢慢地咽

余生只做一件事——

消化和践行"清澈的爱，只为中国"

两当　两当

段亚宁

两当　两当
一场星火的洗礼
在广香河畔的风霜雨雪
傲然屹立
是这片土地人们的骄傲
是生命里血脉流动的魂
透过岁月的痕迹
迸发烈焰的土地
依然是红色基因的星河

走进两当
我看到峥嵘岁月留下的斑驳
那一代人壮歌里的铸魂
斜阳里，我可以看到
广香河畔旖旎的火炬
炊烟里的人来人往
一路风雨兼行的征程
青春浩气是千山万水的旋律
是炫舞浪漫里的篇章

走进两当

春天，是你的芬芳

吹落在广香河闪亮动人

波影簌簌的春水

用温暖的手掌抚慰

那留下的惊世容颜

是土地春雨时的呐喊

挥舞的镰刀锤头是腾飞的翅膀

两当　两当

每一个初醒

将你的身影种在诗歌里

就像每一个撒播的种子

等待着秋天

在春天的希望中花开

秋天收获丰盈的果实

那条流淌的广香河

在开满芬芳馥郁的两岸

走进两当

蜂飞蝶舞结伴而行

吮吸晨光和微露

发芽　生长

不觉酷暑严寒

不惧长夜漫漫

老南街的足迹依然清晰

月光中的七里香

留住点点滴滴柔情温馨

走进两当

听到了广香河冲锋的声音
听到了星火燎原的搏击
听到了时代与文明的脚步
那远去的号角
那冲破黑夜的光亮
是春潮无法想象的延续
是无数点亮小城的星辰
烙印在奋进的土地上

故道两当，我魂牵梦绕的家乡

王 瀚

这是一个山清水秀的地方
是一个承载着悠久历史文化的沃土
这里有一群坚强不屈的人们
这里有积厚流光的红色资源
这就是我的家乡
生我养我的故道两当

巍峨的华表，镌刻着你的沧桑
舞动的红旗，挥洒着你的骄傲
涓涓汇集的嘉陵江，是你飘逸的长发
绵延峻拔的秦岭山，是你硬朗的脊梁
这就是我成长的土地
风采迷人的故道两当

曾经的我们，经历了无数风雨
曾经的我们，从未向困难低头
从地震袭来到灾后重建
从抵御天灾到宜居宜业
从产业发展到富民增收
从精准脱贫到乡村振兴
一代代的两当儿女

团结奋斗、砥砺前行
用他们飒爽的英姿
谱写着两当人民的灿烂生活

如今的两当
有雄伟壮观的兵变旧址
有令人神往的云屏三峡
有风情万种的滨河大道
有拍照打卡的网红仙桥

如今的两当
处处披上新装　个个喜气洋洋
百姓丰衣足食　人民幸福安康

两当
正在以肉眼可见的速度
迈入建设中国特色社会主义现代化强国的新征程
必将迎着"十四五"规划的号角
在百舸争流的发展大潮中奋楫扬帆远航

追寻红色

贾炜祺

两当是一片红色热土
红色的底蕴悠悠流淌在两当的山水之间
红色的信仰深深镌刻在两当的人民心间
我迫不及待踏上这片土地
去追寻那一抹红色

去追那一抹红色
用手掌轻轻抚过大槐树被岁月雕琢的树衣
耳畔隐隐传来那让人为之心潮澎湃的号音
我看到这一抹红色
从嘉兴南湖那一叶小小红船而来
化为万千姿态
它是革命先烈不惧牺牲的热血之红
它是共产党员坚定信仰的赤诚之红
它是各族同胞团结友爱的温暖之红
始终给予中华民族以力量

去寻那一抹红色
为驻村帮扶的两当青年轻拭去额角的汗珠
看他们用行动践行为人民服务的铮铮誓言
我明白这一抹红色

早已成为两当命运脉络的最重要一部分
积聚一股力量
变成浇筑在两当儿女骨子里信仰的红
变成流淌在两当儿女血液里奋斗的红
变成点缀在两当儿女眼眸里希望的红
始终照亮迈向未来的方向

两当是一片红色的热土
两当的儿女有着红色的信仰
红色的信仰点亮航灯
引领两当儿女在新征程上
不忘初心、始终向上

武警赞歌

梁忠强

我说

你是一株小草

一株生长在两当军营的小草

任凭风霜雪雨的洗礼

你就像营房外、溪水边

那株顽强的小草

默默无闻、不争春色、奉献新绿

迎着太阳你昂起倔犟的头

阳光下警徽闪烁

映照两当平安大道!

我说

你是一棵大树

一棵扎根在红色福地的大树

日复一日,年复一年

不畏严寒、不惧酷暑

摸爬滚打、挥汗如雨

接到命令时

你义无反顾,勇往直前

晨曦中、夕阳下的军营里

到处都回荡着你们愉快的歌声……

我说你呀
是一只小船
十七八岁离开父母和故乡的岸
扬帆启航在人生的海洋
停泊在两当
这里就是你的第二故乡
停泊在两当
这里就有了一道橄榄绿的风景
只要离岸，你永远忘不了
那军旗下的誓言！

我还说
你是一座大山
坚挺着腰板
屹立成祖国山河的脊梁
多年来依山生活的两当百姓
都亲切把你们叫"靠山"
而你们
也深情地依恋着两当的山山水水
把驻地当故乡
把百姓当亲人！
记得，那是一个乍暖还寒的日子
你们野营拉练重走红军路
五十多公里的山路上
到处都留下了洒满汗水的脚印
当来到一个叫"火神庙"的地方
你们精疲力尽，坐在路边
这时，一位慈祥的大娘打开房门

端茶倒水、生火做饭

并亲切地说：

"孩子们，你们保护着两当百姓的安宁

我们永远不会忘记"

铮铮汉子，顿时流下了感动的泪水……

还记得，两当兵变纪念馆的广场

一个令人肃然起敬的地方

在这里你们似乎听见

1932年4月2日凌晨那清脆的枪声……

今天，你们用青春的臂膀

肩负着人民的重托

把一个个庄重的花篮敬献在雕像前

缅怀所有为两当解放献出宝贵生命的革命先辈

最后，一个标准的军礼

告慰英烈在天之灵！

记得，无数次两当的重大节假日

你们巡逻在大街小巷

无论是烈日炎炎的盛夏

还是寒风刺骨的严冬

你们严格按照三个第一时间到达现场的要求

处置突发事件

维护两当平安稳定

保障人民安居乐业

烈日晒黑了你们的脸庞

严寒冻伤了你们的手脚

可小城两当更加祥和安宁

人民群众更加和谐幸福！

记得，在庆祝中华人民共和国成立六十周年文艺晚会上
你们身着迷彩登上了舞台
表演擒拿倒功、一招制敌、应急班战斗
雄姿矫健的身影
引得台下惊叹不已！
记得，两当县第一届全民运动会
当你们护送中华人民共和国国旗
和第一届全民运动会会旗进入赛场时
全场群情振奋、掌声雷动
田径、篮球、投掷等比赛项目频频夺冠
领奖台上你们高举奖杯欢呼雀跃

记得，多少次指导员找你们
促膝谈心、交流思想
拉家常、解烦忧，化矛盾、促和谐
情真意切，字字句句暖人心田！
记得多少次队长带你们汗洒操场
亲自示范，悉心教导
军姿、队列、战术
样样精益求精！
记得一年一度的老兵退伍
在告别熟悉的军营、亲爱的战友时
一个个七尺男儿都流下惜别的泪水
相约来生再做兄弟……

武警战士啊
我拿什么来赞美你
你们用短短的几年

奉献着人生的精彩

听党指挥、能打胜仗、作风优良

澎湃着你们伟大的强军梦！

传承红色基因、担当保两当平安重任

热血男儿红心永向党！

两当大地

洒下了你们辛勤付出的汗水

广香河畔

留下了你们不可磨灭的足迹……

祖国望着你

百姓念着你

你们肩负着神圣的职责

你们承载着共圆中国梦的希望

你们是真正的军人

你们是祖国的骄傲

故道山川不会忘记

两当百姓永远铭记！

光荣啊

可亲可敬的武警官兵

赞美你啊

平凡伟大的武警兄弟！

初遇两当

唐 凯

陕甘川交界的秦岭山区

神秘而令人憧憬

沿着弯弯的山路

进入一个小盆地

映入眼帘的是逶迤的广香河

鸟儿在头顶滑翔

风儿迎面吹来

蝉噪虫鸣，绿林清雅

杨柳依依，碧水荡漾

欣赏路过的每一处风景

空气中弥漫着草木特有的清香

踏上花香满径古道

细细品味这诗意的画卷

落日与晚风最相宜

坐在突起的石头上

看繁星点缀的夜景

喧嚣与浮躁缓缓消失

尽情感受这慢城的洗礼

故道颂歌

王 琪

青山相对而望，绿水蜿蜒流淌
迎来虫鸣鸟唱，送走蜂舞花香
清晨和煦的朝阳，映照先烈的脊梁
广场舞曲，欢乐悠扬回响
太极拳式，健康源远流长
天然氧吧，呼吸泥土清香

云屏三峡，观赏山水风光
果老登真，石鼓声声传唱
英雄之地，荣耀照映四方
这里是两当，红色美丽家乡
脱贫攻坚战场，我们成就辉煌
共赴小康路上，我们斗志昂扬
东西帮扶的力量，助推时代的航向

鸡豚牛羊，提升生活质量
良田沃土，收获未来希望
空中有蜂，酿造甜蜜飘香
棚中有菇，撑起致富梦想
四季有花，缤纷色彩绽放
村中有客，笑声阵阵回荡
这里是两当，福地养生天堂

故道新颂

邓　威

一声惊雷划破了乌云

红色的火种

将沉寂的色彩褪去

彻夜的交响

把迷茫的战士唤醒

向死而生

承载的是人民的意志

两当河裹挟着一腔热血

向东南奔流

那是英雄的怒吼

是不息的激流

太阳寺的石鼓

无声地歌颂革命

枝繁叶茂的老槐树

依旧巍然挺立

沉默的老南街

用灯火将黑暗清洗

神采奕奕的青石板

书写着红色的记忆

晨曦洒满了东山
为两当县城穿上霞帔
故道水映媚晚霞
低吟着蓬勃的诗句

"新的时代已然扬帆起航
新的征程昂首大步迈进"
这是时代的赞歌
是人民的希冀

怀念与前行

董明霞

翻越乱石嶙岣的雪山
蹚过激流滔滔的冰河
扎进莽莽群山
挺立冰封雪谷
风餐露宿，夜不能寐
英雄的精神，坚守祖国边防一线

大好河山　寸土不让
被刻在年轻的胸膛里
他们用热血和青春筑起巍峨界碑
赤胆忠诚皆为祖国
英雄从未离去
他们从人间路过
让这世界繁花似锦
祖国不会忘记

两当儿女的脚步奋勇向前
从未忘却心中的信念
赤诚忠魂，薪火相传
而今，踏着英雄的脚步
两当儿女用奋勇争先、建功立业
书写新的壮美画卷

赓 续

李原红

燃，伴着第一声枪响的烈火
划破凌晨的夜空
每一次怒吼
都在震碎陈旧的山河
引无数志士，斗争，在这片热忱的土地上
在万万民众的心尖

变，根植于红色沃土的思想浪潮
激扬满怀壮志的青春
每一次踔厉奋发
都将开新局，创新高
与万千群众，开拓，在这片希望的原野之上
在悬于脸挂于心的汗水中

行，沉淀在脚下泥土的岁月
丈量历史的厚重
每一次前行，都承载了勇毅与坚守
与盛世中国
前进，在每一股红色血脉中，赓续

两当新征程

张丽媛

在新时代的光芒照耀下，两当儿女肩负使命担当。
缅怀先辈，传承红色基因，用初心之光点亮未来的航程。

历史的长河中流淌着血脉，英雄事迹永远铭记心间。
革命先辈为我们树立榜样，为祖国献身的精神永恒。

在实践中书写着华章，两当儿女展现责任担当。
以人民为中心，服务伟大，为民谋福祉是使命的昭然。

党的二十大精神指引前行，中国特色社会主义道路坚定。
奋斗不止，携手同行，共筑美好明天的壮丽篇章。

展望新征程，礼赞新时代，两当儿女勇敢向前迈。
以创新驱动发展进步，让人民幸福在新时代绽放。

中国梦彰显力量无穷，两当儿女心怀希望与梦想。
团结奋进谱华章，共筑中国特色社会主义梦。

两当的高度（组诗）

路志宽

两当的高度，是大美生态的高度

在两当，每一棵大树和每一株小草
还有那每一朵鲜花，都是这两当大美生态的功臣
在这里，数不清的花草树木都能对这两当大地
爱得如此深沉，一动不动地守望
一生一世地不离不弃

将一望无际的绿色，在这两当的1408平方公里的大地上
以倾泻而下的方式，不断地泼墨
目光里的绿水青山，就是它最美丽最雄壮的书写与描绘
看得见山，望得见水，记得住乡愁
大美的生态，留存住这两当人民内心最柔软的念想

在两当，幸福的高度
不只是那些高楼大厦的高度，还有这花草树木的高度
他们聚在一起，以生态文明的名义
在习近平生态文明思想指引下
以"两山"理论实践的最美演绎
以诗情画意存住
风雅和吟哦着一截这两当人民的幸福时光

两当的高度，是担当精神的高度

没有担当精神的人，是低矮的
没有担当精神的城市，是冰冷的
在两当，一个个共产党人
一个个干部，都以担当的精神
诠释着一座城市一个地域的幸福高度

为了城市的复兴，为了乡村的振兴
他们泥巴裹满裤腿，他们汗水湿透衣背
他们把自己的身影和青春年华
都刻印在了那崛起的蓝图上

在无数个担当中，实现了两当的涅槃
日新月异的蝶变里，闪烁着无尽的担当精神之光
在这种光芒的照射下，一个地域必将会迎来
更加灿烂辉煌的未来
从此，你们的形象啊，不管是站着，还是倒下
都是一座座伟岸的山峰

两当的高度，是两当人民幸福的高度

飞速发展的经济，大美良好的生态
清明清风的政治，昌盛繁荣的文化
公平公正的社会，一起填充两当人民的幸福日子

目光里的两当啊，一直在不断拔节

那飞升的高度啊，随着一幢幢拔地而起的高楼大厦攀升

随着一项项经济指标的数字在攀升

随着一张张落地的蓝图在攀升

这两当的高度啊，其实就是两当人民幸福的高度

而对这种幸福的解读里，不仅仅有着千千万万个两当儿女心
中的甜蜜

更有着一颗共产党人的初心

在两当，聆听它疯狂拔节的天籁与时代交响

（一）

遇见这疯狂拔节的两当

就连那高高在上的天空

也心甘情愿用自己的蔚蓝

作为两当的最美陪衬

就连那高傲的白云

也心甘情愿地交出自己珍存的洁白

就连那不羁的风

也心甘情愿地在这里驻足脚步徘徊不前

一旦遇到美好

无情的草木

也不可能再无动于衷

（二）

梦想的种子，遇见这镰刀的大地

一定会毫不犹豫地选择落地生根

之后的时光里，是一次次的蓬勃

一次次的郁郁葱葱

两当1408平方千米的大地上

那不断拔节的声音

汹涌澎湃成最诗意的音浪

在人心深处制造出一截截最美的最心潮澎湃的诗意时光

遇见两当

梦想就能开花结果

（三）

一座高楼与一座高楼试比高

一家企业与一家企业并肩行

在两当，不断疯长的高楼大厦

和那如同雨后春笋般的企业

不就是这两当拔高后的样子吗

在两当，一条条前进的道路

都学会了平铺直叙，一步一个脚印儿

踏踏实实前进的步伐，多么稳重与铿锵

（四）

川流不息的车流

熙熙攘攘的人流

飞驰的追梦的脚步

风驰电掣的速度

和日新月异的蝶变

两当啊

一片梦想的热土，在这里

你才能真正明白和理解什么才是真正的

一日千里与蒸蒸日上

（五）

两当以自己独特的魅力

吸引着四面八方的人才

人才的汇聚，让两当的发展与蝶变

生生不息，当人才遇见这两当

创业的激情就会被点燃

一腔的热血就会沸腾

在两当，是鹰你就要展翅翱翔

在两当，是龙你就要跃于苍穹

（六）

在两当

我沉醉和痴迷于这种天籁般的拔节之音

在红色两当的每一寸土地上

万物都在疯长，梦想都在拔节

一次次的聆听与陶醉中

这被梦想和智慧汗水一起充盈的两当大地

在党的二十大精神激励下

必将又会是一片生机勃勃

辑 二

————— ❦ —————

山 水 秘 境

两当：山水册页 (组诗)

王 琪

山路上

进入心驰神往的西秦岭南坡
有时，并不需要太多的云彩与暖阳
和我一路相随
可这里似乎一直都有
盘山公路上，甚至还出奇得多

河谷对面，灌木丛托举着
各色小花与返青的叶片
像长笛发出的明媚音符，回荡野外
它们大多从车窗外一晃而过
但留给更迭有序的时光
是满目的葳蕤与峭拔的山姿
是自然界最为钟情的信物

阳光那么干净、清澈
林间散发的味道又如此甘洌、香甜
假若十里春风能破解这方山水的秘密
我们经过的每一处山林，都必然富含负氧离子
掌心上的每一寸新绿，都饱蘸三月殷切的期待

为了奔赴一个名曰云屏的山间小镇
我们一行六人沿着弯弯山路
一会儿向上攀援，一会儿又跌入峡谷
虽然此行的衣袖盛满花香和鸟鸣
可我并不忍心把她们
全部贪婪地带走

夜行广香西路

沉寂的夜晚，能安静，就再安静些
我们前行的步履，能慢点，就再慢点
——即使华灯绽放，行人稀少的马路上流光溢彩
经过小城的两当河水哗哗作响

春天疯长的欲念从未熄灭
热烈交谈的话题亦无终结的可能
被群山怀抱，为灯辉抚摸
一颗粗糙的内心，会因之变得柔软而温良

月亮挂在对面山顶
氤氲出的一团光晕像蜜汁，更像一幅油画
我相信，即使隔着遥远的天际
她也能向人间，无声地
传递出一帘清幽之梦

两当小城，我从不曾想过能来这里
也不承想，能在春天的夜晚

与心爱之人沉浸于炫丽的夜色
当额头上的光斑渐次增多
我仿佛触摸到了旧年的痕迹
又似乎体察到鲜亮的光泽，闪耀头顶

夜深了，广香西路寂无人声
我空荡荡的身体像被什么掏空
又像被什么填充
我愿意一个人，慢慢地走着，看着
看着，走着……

深谷里

深谷有鸟鸣，也有蜂群嗡嗡
深谷有江河奔流，也有风吹草动
春天的深谷，凡是向阳而生的事物
都有些任性，都愿意将挺拔的身姿高过山崖与峰顶

当正午的阳光直射过来，峭壁上一个虚无的影子
赶着另一个虚无的影子向前兀自俯冲
朝着谷底大喊一声无人应答
但见遍地的油菜花，在西坡镇周边开得异常热烈

青砖碧瓦，修葺一新的村落星罗棋布
几头耕牛的悠然之态增加了时光古朴的意味
多年不登高山，不临深谷，在两当，我不为所求
把所有喜欢的事物，都想认真地看一看，听一听，摸一摸

致云屏

恰如一个古老的时针回转
亦如一种幻觉浮现
当我登上高高的观景台
我坚硬与孤傲之心，为前方凸显的
一道翠绿的天然屏障猛然击碎

青云与薄雾缭绕山腰
一幅丹青的背景是村舍，是河滩
如果这不为人知的大峡谷沉睡数千年
今日重新炫耀于世
我愿在层峦叠嶂与花团锦簇间
一次次俯瞰如此绚烂的人间胜景
被谁恰到好处地，镶嵌在延绵不绝的西秦岭南坡

草甸与天池在这里不足为谈
瀑布与溶洞随处可见
我更喜欢独自一人，徘徊于寺庙内的古树下
或在一炷炷燃烧的香火中
参悟生活的哲学与美学

想等到夕阳西沉，星月满天
想读懂一座山的沉默坦荡
而神在远处一次次召唤，请我不要离去
不要轻易转身
万物与岁月相互消融，彼此依托
持久的欢乐和愉悦
在云屏，我随时都会获取和拥有

一棵树的力量

一棵树，可能结满核桃、板栗与花椒
也可能长满松针、白玉兰或红海棠
平和的心境，不管遇到哪一棵
都有明亮的字词跳出原野

在两当，树见得越多
眼眶越容易染成各种褪不掉的色彩
在一棵树下，或一处树林密集的山坡上
鸟声一阵儿接着一阵儿
而忽明忽暗的光线下，一条通往山巅的
羊肠小道正崎岖向上

活成一棵树的样子，需要多大勇气
我多次试想过
就像遍布两当深山的每一棵树
扎根泥土，岿然不动
一边历尽人世沧桑，一边奔赴星辰大海

如果有来世，请上苍将我
最好变成一棵树，一棵两当的树
让我把人间的真善美，爱一遍
再爱一遍

太阳村的晌午

整个晌午，我都喜欢徜徉在太阳村
光线明晃晃的，有些刺眼
遍地起伏的野草蓬勃而旺盛
不远处，群鸟欢唱
花枝上几只粉蝶飞来飞去
蜿蜒而去的乡村小路上
青木芬芳，花香沁人

后来，我独自来到一棵古槐树下
一度雀跃的思想陡然凝固
这棵古槐经历过的无常岁月
被刻在一块木板上
字迹虽模糊不清，但读起来有些悲壮

我因之放弃低头冥想的念头
而把脖子伸直，眼眶里
注满了无比坚毅的忠诚与信念

春风吹来吹去
运送着山间的温暖和明媚
引来了林中的水汽、薄光与轻翅
在时间披露的真相面前
一幅波澜壮阔的画卷，正在太阳村徐徐展开

——这令我一再抬头仰望
太阳村的这棵古槐
不言不语，枝繁叶茂

快要遮挡住了整个两当的半边天

小城醉

时光有些短浅、薄情

也不乏悠长、深厚

十七年已然在不经意间远逝

清脆的哨音，令一场漫长的期待如约而至

广香河缩短了这个春天的脚步

西秦岭佐证着年轻时俱不衰老的情怀

当我们谈到落英缤纷、芳草鲜美

再谈到日子庸常、倦意滋生

这个偏离闹市的小城之夜

不再如想象的那般寂寥与漫长

看到灯光下略有皱纹的面额

还能忆起多少如歌的往事？

"闲云潭影日悠悠，物换星移几度秋。"

就像开遍山野的那些花草树木

开了，让它恣意去开

败了，任它随风而败

经年如斯，我们不再说纸短情长

更无意于患得患失

就在我们仰头饮尽美酒的那一瞬

时远时近的山风，与溶溶月色

已浑然不觉地，从临街的窗口汹涌而入

连翘花开了

春风浩荡，催开显龙乡
王堡村一带的连翘花
她金灿灿的模样，像大自然赋予人类
一道亘古而新鲜的命题

旷野上，她有时是一簇
有时是一丛
但无不在热烈奔放中
托举着三月的曦光和薄雾
此时，我似乎听见某种神秘的呼唤
从原野深处隐约发出，从条条川道隐约发出
令旺盛的生命越来越多

那么多鸟儿和蜂群穿梭其中
逼人的香味，使它们暂且
停止了歌唱和飞舞
当我剔除积存体内的疲惫与伤感
在千亩花田中央停了下来
尘世上所有关于美的赞歌与爱的颂词
在两当山水间，怒放出这个春天
无与伦比的绚烂和惊艳

两当：秘境之上 （组诗）

杨 波

秘境之上

群山定居在这里

人类才是过客

通过袅绕的炊烟

安抚云朵之上的神灵

广香河有诸多不可言说的秘密

福桥庄重，寿桥多姿

只有白鹭能推开几道波纹

抛出天人合一的秘境

张果老应有所悟

道法自然，静水流深

该沉下去的，只有自己

然后才能化身为蜂、为蝶

为骄傲的核桃和铁门的大锁

享用尘世的幸福

沿着一天时光，从太阳到云屏

绿色海洋会同流水细语

记录彼此新的历程

而我，常站在东山顶上

眺望这白云悠悠，这静谧小城

这秘境之上的流水人间

小城生活

清晨，时光发出白银的声响
我爱去体育场，在浓重的负氧离子中
装模作样，打一段太极
也爱去菜市场，席地而坐的菜农
已从生活的黎明处，挑来
各种新鲜的篮子，筐子，担子……
人们宛若洄游的鱼群，在此聚集
新鲜蔬菜，带着泥土和露水的味道
闪着自由朴素之光
使我透彻于"治大国如烹小鲜"
恰如一碗地道的热米皮
油泼辣子，在热气腾腾上自由漂浮
方言悦动，拨响一日生活的时钟
粉色樱花打开时令的背景
旁边的广香河依旧静谧
水草、白鹭和不需解释的自然之道
世界虽大，但菜市场里的故乡
只有一个，有时她露出残缺的邮戳
远山如黛，雾气有时会混淆现实
但山水秘境与简单生活
声声回响，一一对称

荷花池

群山亦有心灵的花园

在这水草丰茂之地

放几块优雅的石头

任灵动的溪水

一遍遍敲打

时间发出清澈的鸣响

蜜蜂钟情于此

采集一些春天的音符

就可酿出涌动的火焰

夜晚命运安卧

雾气蒸腾

月光折叠影子

人与星空的距离

前所未有得近

琵琶崖写意

从高处往下看

草木繁盛，山塘幽静

宽阔的嘉陵江送来奇美与壮丽

从低处往上看

延绵的群山近乎深蓝

石壁上缀满婉约的惆怅

据说秋天最美
绿色枝蔓上面片片红色叶子
编织出一条锦绣围巾
清风送来鸡啼和狗吠
落日端出水声和虫鸣
讲述琵琶秋水动人的爱情传说

山河壮美，人间繁盛
当看到山的厚重，水的辽阔
我何尝不能领受明月的圆缺

立春日的乔河

沸腾的年味裹挟浓郁的乡愁
让乔河村一片欢腾
迎面就是十二生肖广场
庄严中透着俏皮

孩童们在整齐的木栈道上奔跑
在每个转弯处，总有意外所见
像人生之路的曲线回旋
七彩风车墙，呼啦啦转动
托起每个人欢快的情绪

夜色一降临，大家就架起了木柴
点亮了篝火，喝酒、唱歌、跳舞
直到群星也悄悄加入
这是我的乡亲，像泥土一样的普通人

这是属于他们的节日

正是他们的勤劳
把生活给予的磨难
雕刻成鳞次栉比的风景
比如眼前的乔河
这只涅槃之后五彩斑斓的锦鸡

硕大的耕牛默默看着这一切
可以创造，还可以寄托
更多是致敬
只因，深爱着我们的山水家园

广香河畔（组诗）

何泊云

广香河畔

我站在广香河畔的时候
秋天来了
一群白鹭也来了，它们
看见我，没有飞走
停在河滩之上也看水

一只绿色的蝴蝶
起起伏伏地
飞出了对面群山的形状

我不知道，它
给流水说了什么，一瞬间
它敲着石头的一面面鼓
褪去了半山腰的一团雾

这时候，白鹭开始起飞
我也跟着飞，先是眼睛
然后是心灵，从尘世到尘世之外

迷醉的黑蝴蝶

让云屏的明溜子酒流出来
我有话对它说，听我
说完南山的龙腾，再说东山的虎啸

我用尽半生行走，总算
见到了比我想象中更大的黑蝴蝶
它飞到草上，花朵上，树枝之间
都是一朵盛开的彩色花纹的花

它一定是偷喝了这酒
不论飞到哪里，都会飘香
把人间的一些梦和苦难事飞得那么逼真

草甸之上

草甸之上，坐过星辉没有
住过月光没有，我不知道
但此刻，躺着几个一身阳光的人
他们眼里的云朵被山顶在头上
也许只有这样顶着，才能
顶出一山的高度。而他们其中一个人
就因为这么一躺，却意外丢失了
自己的房卡，山之上的一扇门
被无意打开，那里藏满了
无法描述的事物，对你来说很轻

对我来说已很重，就像山女子
背在身上的一个神志不清的娃
她不停倒腾着手机，为自己
在群山中劈开了一个缺口

伊尔伊牛肉面

不大的面馆，摆着四张生活的桌子
上有蒜、醋、辣子和盐，像一个人
活着的味道，都会有酸甜苦辣

一个人负责拉光阴的面，这手势
我有些眼熟，宛如幼年时用白绳子
改的每一个绞绞。一生二，二生四
四生八……像是我长着长着，就多了的心事

另一个人负责抓菜、添肉、舀汤、放辣子
他娴熟的动作胜过我抽烟的动作
把一碗清香的面端给我时，广场外的鸟鸣
钻进来，停在碗中央，我一同入肚

吃完这碗面，我必须要回故乡
怎么走，导航已设定，如同
我的余生，应该还是一清二白

收割竹子的人

在驱车的路上，我看到一丛丛翠竹
像一个个人坚强地站着，安宁而幸福
为所看到的一幕幕，我惊奇地喊出声

你说，祖上也是地道的静宁人
因为被饥饿驱赶出了家园，一路南下
步行到此，靠着收割竹子才活下来
你说话时，嘉陵江的水清，山也秀
我不想叫你指认收割过竹子的地方

那些伤口已抚平，已消失
消失了的还有吃人的狼，它们摇身
变成了狼牙刺，喂养了数以万计的蜜蜂

你说，现在山里蛇多，但很少伤人
对一个靠山吃山，靠水吃水的人
这里的一切都充满智慧，神圣得不可亵渎
只是这次，多了几个用眼睛收割竹子的人

时间的碑刻 （组诗）

雷爱红

石匠

入深山，采石。
青苔如织，披挂上阵
循流水之声，澄清坚硬
以耳语和自己熟知。叮当之音
脆玉天籁。时有晨昏天光
明暗应和。也照石之心
在碰撞中温柔

在深山凿石。凿水的纹路
地衣的经脉，四时过渡
也凿尘肺、糙手和弥漫在岁月深处的
皱纹。有人说石头不开花
除了磨平、刻字
一生的孤独，只让石匠见识

刻在碑上

身后之事，只有石头能够记住。

庙碑、修路碑、记事碑、墓碑……
是天地间便携记事本

蝼蚁般，一笔一画凿刻
在风雨中磨平难以描述的
坚硬。尝到了苦，便活在世上
便刻在碑上

在拇指和食指间，缩放
一块石头的前生后世
好似在旷古的大风中，匆匆
继承石头的嘱托

读碑

炊烟，也充当着烽火
一条迁徙之路，必然是一条
血脉长城

路，在地名之间中转
连缀。碑文的脉络沿着"江西填湖广"
"湖广填四川"的大潮起伏

一片明末的落叶
正落半圆在碑顶——"万古千秋"
四个醒目的大字之上

河流或山脉，仿佛刚从大移民时代迁徙到

石头的刻痕中
把故乡拴在起点
也建在终点

砂锅窑

最后一次起窑，已记不清
高岭土和焦炭按比例和就，剩余在
触及真相之前

一些风，睡在窑火舔舐过的洞窟
有时会吹出一些尘埃。有时
旋成龙卷风，冲向高空

父亲已故，兄弟外出。
下地回来，他夹克后背漏了针脚
好像一座身体的窑洞，千疮百孔
又鼓满了长风

老酒作坊

所有的工序都可以忽略
除了汇集在石缸的原浆，顺着竹槽
滴落。除了父亲劳作的手

铁锅煮出来的玉米、小麦和高粱
遇见他，总是被相互感化

而酒糟，像一场对现实的祭奠

我的父亲，用最原始的手艺
为我封存了一坛老酒

木雕根艺

削筋去肉之后，没有人
会记得那些伤口
在呈现之外

这些年，他也是这样
在生活的刀刃上
反复地走来走去
像一个朝圣者，更像木雕
隐于尘寰

向烈火索取釉色

砂锅窑，藏着王师傅体内的秘密
粗糙而细腻，是一种像高岭土的秘密
另一种叫焦炭的秘密

他的秘密，从前额抬起头来
左手和右手，相依为命
是模具的样子

我和他一样，也有秘密在窑场
一样摔泥、拉坯、烧火、起窑……
是星辰，在银河滋养

我知道，我是向烈火索取釉色
在土与火的对峙中
使自己经得起珍重和筛选

踩高跷

仿佛时针在大地移动
双脚开合之处，含着试探
踩点，触及坚守和疼痛
一支高跷队伍，努力保持着队形
前进，又努力升高尺寸和难度
劈叉、扭秧歌、舞剑、旋转……
看似如履平地。好像
我们从不轻易将
内心的隐秘示人

艾柏制香

作为一场郑重承诺
山野要走完全程
像一场送别，抑或膜拜
艾蒿要失去水分，柏叶要阴干
榆树皮要斩挖、炒干、磨粉、浸泡

然后粉碎、过筛、蘸檽水、敷香面……
晒透后，会死心塌地等待火焰
以袅袅香气，敬畏天地

篾匠

坐在秋天的院子里，破篾条
天竺黄雪片般飞起来
像一幅旧画。经纬交织的命运
完工后，他又砍来新的竹子
插好篱笆。既是画笔又是画框

遗憾的是父亲去了
儿子还不能用刀锋
剖开生活的切面

看门人

最后一批参观者
还在逗留
看门人眼中的忍耐
落下山头

门，半掩着
关帝庙突然就像一片净土
消散了铜铁之味和人心浮躁

嘈杂被阻止，没有人打扰
那时，我们谈论院中的一棵古槐
和墙根的一通古碑
更加忘记了与钱财无关的路途

泰山庙的画匠

画匠的头，从正殿的门后探了出来
犹如瓦片下
一棵草芽起身，环顾

木门雕花。窗棂、廊柱
刻尽倾覆。落尘之下
朝代消逝了气血

画匠，从门缝跻身而出
一座庙宇醒来，手足无措

推远，五里之外
高处的风，何曾忘记
守护的城池和百姓

在春天，黄飞虎举起大旗
风猎猎。
檐阶下，一丛芍药
顾自盛开

泰山庙的壁画

构图，富丽堂皇
场景，剪辑如梦
横断，喋喋不休的盛世行踪

一面墙，胁迫于"文革"时那把荒唐的锄头
完成了一次顶礼膜拜
一个大字不识一筐的五保户
替天逆行
一面墙，与朱砂、石青、铜绿、铁黑、云母
共荣辱

藏于地层深处，或者裸露于岩崖
用来粉身碎骨的本质
是匠人手下的配比
矿物，生来的技法和成色
是孪生兄妹
那一刻，他们抱团死守

而用来一代代传下去
永不褪色的丹青
是执着与清贫编织的渔网
只有不断长大
才能给自己束缚。甘愿
与庙宇为伍
不求重生，方得永恒

泰山庙的残碑

残碑，龙纹祥云
犹在
锋利的錾石声，依稀
横卧在地，尘泥委身
表面横竖撇捺，一一被世事磨平

三月二十八，香火袅袅
栓马桩，悄悄牵住羁绊
钟鼓楼，塌陷四方祈祷之声

遥望，城门洞开
红装，远影
一面紧靠古驿，一面流水
恰如，无字

残碑，泰山庙
与历史相互搀扶
春风拂来，檐角古槐吐绿
殿外桃花，笑而不语

两当八景（组诗）

张文军

乳洞飞雨

说过好多次了
要到二郎坝去看看乳洞飞雨
看看洞内的钟乳石
看看钟乳石上倒挂的雨水

想法都生锈了，眼睛依然未动身
类似我这种身体不受大脑指挥的人
头脑深处还有封建残余

我怕进洞之后，许下不切实际的
心愿
更怕洞内有求必应的传说
那样我将为未来的自己设置重重关卡
将与现在的自己，形成鲜明的对立

鸑鷟仙山

作为祥瑞的一部分

鹭鹭山，与对面的凤凰山

同样好客。它们让眼睛的精灵

神秘地下凡，让传说中的张果先生

登真成仙。借助沿途的碑刻和古典诗词

我们一步一步登上山顶

在山顶，我们不再是拜谒神灵的俗人

云朵那么白，林花那么红

我们被汗水洗涤得那么通透、那么干净

天门锁云

上苍怜悯众生

打开的肯定不止一扇门

如果上苍一直不肯打开一扇门

想必自有深意

或许它要把危害人世的云朵锁起来

或许，它要保持某种神秘

那些手无寸铁之人

那些正在爬山的族群

杜撰了两种打开大门的可能

一种是把眼睛做成门环

一种是爬上门楣，翻墙进入

同我一样，他们都有偷窥不明之物的

灰暗动机和坚定决心

窑渠柳浪

窑沟渠的柳树多有名？
它们的江湖生涯
足以承载一条河渠的半部人生
它们曾裁剪过二月的春风
曾经将一条瀑布悬挂在古城额头
它们活着的时候
每年，都要创编几部爱情故事
并乘着黄昏和夜色汇报演出
如今，它们的根须依然扎在历史中
但它们把灵魂浓缩成了一枚
四处飘荡的柳絮
那吸附着我的秘密的柳絮
满怀忧患，无中生有地，孤寂地
环游世界

故道松涛

大江大河会改道
峡谷中的松涛不会
松涛秉有千年的颜值和自信
它用晨钟暮鼓的和声
转移着人与钢筋水泥的矛盾
很多次，我把它同宗教联系起来
我相信何仙姑胭脂染林的传说
相信张果老在这里干过大事
但我从未想过

它会同我分食半倾白云
未想过，它动用一点点微澜
就能把眼睛和耳朵收拾得服服切切
而它的低声部，正弯弯曲曲地
指向我

嘉陵晚渡

嘉陵江被群山引领到三渡水时
水位不高不低
恰好撑得起一艘渔船
渔船上，比暮色略显年长的艄公
用苍老而沙哑的船歌
小心翼翼地把粼粼波光
从岸这头迁到岸另一头
远处的山峦恍惚在眼前，恍惚不在
万物固定在画卷中
画卷固定在数百年前
数百年前，嘉陵江水面的一艘渔船
有意无意撑出了整个江南

香泉映月

水，一汪泉水
月亮一下子就活了过来
我依稀记得，在香泉古寺
活得最旺的，除了四棵百年古柏

两块太湖石，一棵紫荆树
就数泉水中的月亮了
泉水从殿下涌出，缓缓出寺
村民们用它浣衣洗菜，分食烟火
而殿中的菩萨不动
它在村民心中一立就是百年千年
月亮也不动，云影飘过来
恰好把它的光芒一分为二

镜峰捧日

尽管我知道真相
我还是被真相所震慑
山峰就是梳妆镜架
朝阳就是梳妆镜
它们拼接得如此完美
一定出自天国巧匠之手
我不知晓，谁家闺女
每天在此化妆
但我知晓，她对镜揽形
胸中肯定乾坤浩荡，热血沸腾

广香河（组诗）

蝈 蝈

一

出行即逃避。

去往一座慢城，人与物俱清凉的那种

草树跟随某种缓慢的节奏生长

我放下僵持的表情

于山水间，做一回面带笑容的疏桐

被深夜的更漏催眠

其实我生活的地方是另一座慢城

只是自己野蛮生长得快了些

以至于枝杈上，结满了流逝的伤疤

二

早起。

沿着某条街道行走

途经：三色堇，几个路人，一块告示牌

这条街道因此成为

小城的侧脸，会在数年后被逐帧回放

三

正值百花盛开
它们替老人们发出召唤：
远行的人，回来吧
对接这干净的土地，朴素的心肠
让自己读懂故乡
以及何为幸福。当我看到你的空旷
我多想把自己植于此地
像热烈绽放的金鸡菊
露出久违的牙齿

四

就会看见一条名字带香的河流
它安静极了，仿佛大地襟袍里的石镜
就会看见一座庄严的纪念馆
让厚重且英勇无畏的一段历史撼动心房
我们围着广场舞蹈，天空折射静谧
为什么美会蔓延？牢记硝烟中冲锋的人
就会看见，一切与美有关的事情
正在百花簇拥下悄然律动

五

百花的笑意在蔓延

它们是幸福的，开在叫作云的屏上

我悄悄隐于其间，试图确认

大地的香味能否永驻

那些高耸入云的山峰是否仍会眷顾我

我可能是最老实的那一株马莲

只会努力向上生长

开出与晴空一色的花朵

六

那一晚，

我们游荡在广香河畔

细嗅灯火，开放在初春的夜幕里

那一晚，

我们忘却自己曾是平凡的星子

借着醉意，向河里扔出心底的碎石

那一晚，

我们仿佛随风拍手的青杨

无由喟叹，在这块安静的角落写下心事

那一晚，

我们一直和脚下的影子一起徘徊

无问西东，任由它们忽长忽短，忽明忽暗

那一晚，

我们把半生积攒的落魄丢进夜空

放出胸中猛虎

在黑黢黢的画布上留下斑纹

走进两当 （组诗）

蒲黎生

一

走进两当
就走进了绿水青山
凝望一树花开
满城都是怒放的樱花
广香河是巨大的梳妆台
打扮着两当春天的模样

约会一场花季
春天伴随在身边
冬天，我在认真地低头走路
夏天，我忙于收割庄稼
秋天，我打点着自己的粮食
只有春天，我仰望天空
在两当兵变纪念馆
我找到了前进的方向

二

并不是每一声枪响

都能石破天惊

并不是每一盏马灯

都能照亮前行的道路

1932年4月的凌晨

一声枪响唤醒了两当的黎明

提灯看路

黑夜里亮起了前进的明灯

两当兵变

中国共产党打响了西北革命的第一枪

燎原之火

都源于微不足道的火种

不忘初心

才能更好地砥砺前行

记住那些革命者的名字

他们是刘林圃、习仲勋

三

太阳寺

属于太阳神的住所

人们期盼

太阳神给人间温暖

但世间并没有救世主

穷人翻身只能靠自己

那棵生长了700年的老槐树

见证了世间的阴晴冷暖

太阳石做的碾盘上

回荡着历史的呐喊

两当兵变后

工农红军游击队第五支队

成了穷人的部队

从太阳寺出发走向光明

"习仲勋是从群众中

走出来的群众领袖

人民的利益在上"

毛泽东主席曾如此评价

四

芝樱花开放的地方

就有蝴蝶飞翔

蝴蝶飞舞的时候

就有俊男靓女徜徉

春天的颜色呈现嫩绿鹅黄

春天的姿态是枝叶向上、面朝阳光

春天让蜜蜂忙碌起来

花朵被酿成了蜜浆

人们走向田野

在解冻的土地里播种希望

春风一律平等地对待万物

让世间的一切肆意生长

五

七里香
是一种蔷薇科的野花
生长在两当的山坡
春天美丽乡村的气息
同七里香一起芬芳

在草长莺飞的时节
七里香给两当加冕
夜晚的天灯亮了
广香河载满了一河的星辉
那是劳动者的汗水
凝结而成的珍珠

六

紫色的梧桐花开
春天长成了伟岸的男子
把梦想写在树上
让逶迤的山变成葱茏的样子
绽放几代人紫色的梦
慢生活从两当开始
不必走向远方
诗意的栖居就在此山中
梦想并不遥远
就在每个人的奋斗当中

七

走出陈家沟
那是很多年前的事
那时的懵懂少年
在不起眼的山岗上
用书声唤醒乡村的黎明
用自己的双脚丈量
乡村走向城市的路程

折返陈家沟时
已在三十八年之后
羊肠小道只在记忆里停泊
村民服务中心宣誓古今变迁
烟熏火燎的厅堂
火坑之上的吊锅
微弱的煤油灯
成了一种挥之不去的乡愁

电灯电话、电视网络
给民宿客栈插上了翅膀
苗木育种、乡村旅游
新型合作社让农户获得红利
精准扶贫让陈家沟脱胎换骨
乡村振兴改变了陈家沟的模样
望着村子里鲜红的党旗
不禁使人眼含热泪

山水的秘境（组诗）

杨 波

一

来到两当正是春光四月
樱花盛放，满目嫣红
整个城市就是诗意现场
嘉陵江清澈慈爱
通过灵官峡俏丽的蜿蜒
为这个城市输送流水和诗歌

在两当，山唤出山的挚友
水流出水的知音
天空浩瀚，群星闪耀
我在东山灯塔拨弄云雾
于遐思灵秀前采撷薇草
得以浸染诗歌的炫彩与灵性

二

我写两当，直面就是山水美景
绿色神秘婉约，修辞不用研磨

信手拈来都是自然馈赠的佳句

秦岭绵延至此
巍峨中多了几分平和
浩浩汤汤的嘉陵江，也画了
大大一个休止符，豢养着
天鹅和诸多通灵的物种
陪伴张果老悟道的艰苦岁月

白皮松和红豆杉都在悟道
古往今来的人也都在悟道
自然是灵魂最好的修辞
不需要言语诗章
就可显露山水的风流与自得

三

眺望两当，绿水青山包裹着奋进的密钥
我走进去，以一个见证者的身份
在两当的山水里，翻阅家国历史
被红色的火焰吸引
兵变故事就是一枚最耀眼的词牌

我不知道清脆的枪声
是否惊醒了沉睡的麋鹿
但这个城市绝对醒了
从此在光明的道路上阔步前行

远行的汉字，行走在唐诗中复活
两当的江山，寄予在通透的历史中
红色让两当的风骨瑰丽无比
从而让我们见证
一个新时代造访的安居与幸福

四

这是多少人的梦境？
烟雨朦胧，青山红楼
精致的楼宇次第坐落
倒映在广香河像一幅磅礴的山水画卷

多少人形容两当，以清润飞翔的字词
致以赞美。有些美恣意翩跹
只好以树木铺路
华灯填词
古韵挽起现代的锦绣

立体的、现代的两当
凝结成一泓清溪，又被诗画的笔推开
伸进大地的深处
瑰丽的云彩，点缀时尚的苍穹
浮现人间桃源的境况

锦绣出尘，大地安详，奔腾的江水
在每一块石头上，刻上繁华两个字
现代的两当突兀在诗意的缭绕里

住着源远流长的日子
大美两当，美得磅礴与卷帙
以山水钟灵的慷慨
在今夕绽放千古惊鸿的精美

五

在两当，适合养生
也适合写诗
养生可如张果老，在山上修一座木屋
收集朝露，放飞白云
呼吸最珍贵的氧气
从万千山峰中探寻简单
从一树鸟鸣中邂逅寂静

写诗是简单的，入目就是青绿的诗意
写诗又是困难的，山水的高度
浸养出诗歌的骨架
我不得不一次次攀登
又一次次下潜

我躲在一枚羽毛上
清风明月间，看见山水的深邃
爱上遇到的一切
然后，一醉方休

六

诗意的两当，红色的两当
被自然托起又眷顾的两当
被花椒与核桃供奉为家乡

万物在两当都能找到依托与陪衬
我渴望是，被这山水弹落的一粒修辞
成为古韵清辉里
一个依依惜别的镜像

云屏琐记（组诗）

刘彦林

展开的画轴

骆驼峰驮来生活的盐

飞瀑流泉送来清凉的弦韵

火地的古典木桥承载风烟的足迹

房舍静谧的表情传递着

人间仙境的味道

土地爷的悲悯的拐杖

早已化作绿遍山野的白皮松

观音大士拯救的清露

已是弹奏琴曲的广香河

西沟公主点燃的枫叶

如火、如画、如诗、如梦

酿成醉心的果老仙酒

草，碧绿水的眼波

树，揭示岩石扎根的理由

香气暗含的河测出石头固有的体温

绕不开的云，裹住远游的依恋

来不及遗忘，彩釉烙印的陶器上

接纳江山的多娇与妖娆

云屏的云

村前的小河洗濯过
双乳峰的乳汁浆染过
千年的银杏高擎过
云屏寺的梵音感化过
高耸的烛台和香烛峰仰望过
长寿村的百岁老人
赞叹并铭记着
碧草绿树牵绊着
飞鸟的尖喙雕琢着
湛蓝的天幕映衬着
果老酒的余味陶醉着
朴素的村姑的呼吸托举着
挪不动远行的思绪
拒绝风吹，不怕雨逐
剔除杂色，坚守轻盈
巨大的棉铃亮出白皙的胴体
冗长的银线纺成波浪
紧搂山的脖颈，说些
只有月亮星星听懂的私语

西沟峡马场

辽阔，有形。宽广，无边
高巅为界，层林作栏
矮草成簇，紧贴泥土
几株绿柳可以拴马

几条山溪可供给马匹解渴

打坐的山石，瞭望的云朵

茂盛了冒昧而生的想象

没有马匹，没有马厩，没有马嘶

陷在淤泥中的马蹄印

时光之风蚕食无迹

种草喂马，体格健壮

狂奔和追敌的景象

可曾收编在兵变的史册

今生为草，只为养马

只为扭转世态风云，只为拉动

时光的马车

而草，宽容我理解了

对千军万马驰骋疆场的

渴想与景仰

归乡的棚民（组诗）

雷爱红

归乡

牧归的羊群，涌动着奔向故乡
暴风雪来临
散落外地的后代
急匆匆赶回家门

"都回来了吗？"
苍老的祖母问。
"回来了！"
这是世间最令人放心的一句答语

暴雪肆虐，弱小佝偻的身子
轻飘飘落下地面
这是故居九十年来下得最大的一场雪

香纸蜡烛，明明灭灭
半夜里，祖母一日日擦净的巢窠
——炕头的火坑
灰烬越堆越高，后辈们越围越紧

四十岁的孙子，起身
续香焚纸
揭开灵堂的糊纸
粗大的手掌抚摸祖母干枯的脸庞
这抚摸过万物的手掌
爱戴引领人世的主角

信仰

挂过无头尸体的牛圈
偷牛的人
早已成为传说
牛圈的土墙
曾为背靠取暖的祖母用力

最小的孙女
抱着祖母刚刚抽离人世柔软的躯体
回到暮色最深处
风浓起来
脚步声由各处响起

入教手迹
藏在箱底的宝贝
一次次嘱托
让这些尘世的灰烬同去
揣在心窝
去见田埂上一排排有头的，无头的
坟墓。有主的无主的

信仰。他们要相聚

印记

面无血色，发无光泽
相框中肿胀的眼袋
最像生前的样子
又一代棚民
在一场雪中循着足迹
再次回到大山深处，大地深处

竹林、竹竿、竹炭、竹笼、竹席
那些竹笋沿着大山地下的脉络
走出老林
竹笆上挂着腊肉
熏了三年
祖母已去
暗绿的活菌依然结在表皮

火坑上方，垂钓而下的铁链
挂着乌黑的吊锅
没人记得它打造于哪一年
出自谁手，炖过多少次腊肉土鸡
多少回山野菜根树皮
锅里盛过多少滴祖母的眼泪
遗留下多少人世的印记

谁更幸运

红纸糊好了棺材的内里
铅灰的天色，更暗了
向阳的空地上，卸下棉衣的人
挥镐流汗。借用大地的伤痕
掩盖人世残留的悲痛

听到消息，儿子毫不避讳
比了比短长
一个百天，一个二十岁
在这两个生命节点离开爷爷
谁更幸运
活着的人和离世的人
谁更幸运
"妈妈，如果我害怕
以后我们埋在同一个墓地"

雪与帐篷

大片的雪落下了
天空，对大地举行葬礼
多少次，搭起拆了
拆了又搭起
篷布上方
雪落的声音愈加响亮
下方，大堆燃烧的蜂窝煤
已经老去的，褪色为肌肤的黄

发着蓝色红色火焰

保持着幽冥的呼吸

经了多少次用场

一块读懂生死的篷布

用散发的热力

把黑夜向高空顶了又顶

把雪向上推了又推

好在人间多留一些埋藏之地

后山的竹林

后山的竹林，起风了

风声，随着雪花飞来

雪，一层一层白起来

风不停留，它只来抚一抚

落雪的屋檐，那片瓦松的青脊

檐前流过的清泉

不知流了多少个日夜

风再吹，她也不会像冰一样坚硬起来

也不会像瀑布一样倾泻而来

只会像老屋的儿孙们憋在心里的泪一样

涓涓地流出来

招来的女婿

改姓更名，招女婿
到老到死，一辈子活在外人家里

一把老土枪，解决过熊瞎子
两块磨刀石，跟后山的老林较上了劲
一窝儿女，摔着跟头向远方走去
一罐子老茶，熬干了出力的肠胃

牛圈空空
荒了几年的坡地种上了猪苓
一根脊梁骨
背着西风直不起腰身

孙子说，我爷是招到家里的女婿
儿子说，我爸到死心里总不舒坦

招来的女婿
咽了多少心头烙熟的句子
刨开的窠臼
发了多少籽种的芽苗
严寒一来就发紧的气管
噎住了多少上不上下不下的窘迫
最后一把尸骨
被春风强扭着
埋进了外姓的坟地

两当组诗

聂 丹

风把他的帽子都吹旧了

杜甫写两当县吴十侍御江上宅
我在白纸上描画这位乡人的宅子
和它的秋天：寒城朝烟澹
唐朝的江水早已东流入海，我拖回纸面的是蒸发和环流
它们并不清楚，浪花弯曲怎样的弧度才能在漩涡中托举
一座失意人的宅邸
我执笔惶惑，只能画出自己在江边长久站立
对岸有一个人站立更久，白鹭收拢双翅
栖落头顶，风把他的帽子都吹旧了

斯是陋室

刘禹锡写我言秋日胜春朝的
那个秋天，长江下游的陋室中
一定还发生过什么特别的事情
光河穿越银杏叶脉
落在唐朝地砖上的枯败并不是真的
速朽之阴影如何遮蔽永恒的躯干？

世人以口沫编织的罪名也不足成枷

万物为天地刍狗又哪来真正的权贵呢

能降罪于他的只有他自己的内心

能让他开怀大笑，弹素琴阅金经

又岂止那声鹤鸣

一定发生过什么特别的事情

在皖东北岸的陋室里

云中鸟鸣

鸟鸣慢慢低过脚尖

攀爬的时候她在想什么？

总是想到一半，鸟鸣声便退远

塔吊员爬到顶层，弯身嵌进一方印章

小小密室正好拓在日出的右下方

践行一个契约？无人知晓

塔吊员坐下来起重和降落

重复木与钢的乏味山水

塔吊员是个美人

多年来独坐云端

云屏短歌

（一）

眼前的云

过去那么多年没有用旧的迹象

先民躲避战乱的云和火塘上空

经年熏炙的云

如何辨认它们？在众多云朵中

时间向万物提交答案

有时也交出空白卷

（二）

在密林间搜寻

花朵打开各自的手提包

小河清点两岸收集的倒影

鸟群闻讯赶来，斗笠挂满露珠

山谷居民给出一致的口供

同样洁白

同样无辜的还有

从那遥远……遥远年代

海洋风暴的漩涡中升起的云

（三）

茫茫大世界

有这样一个小地方，云来云往

独自登石梯，崖边有停云相候

你来了……带着旅行指南

和寻隐者的期待

你来了，向你自己

心灵的秘境探去

（四）

多么寂静！这酒液清凉

在陶罐里呼吸

良宵被醉人的气息穿引

谷类作物回归种子神性
如此温柔的耳语
即便轻如云朵也无法悬停
像说出什么，像什么都没有说
果子成熟
微微晕眩的坠落就已经足够
在痛饮之前
人和人之间未语先笑就已经足够
世间的美酒不一定用来品尝

（五）
在这里没有天壤之别
泥土的歌声和云朵的歌声
最终在远游人无意的哼唱中相融
最终在日光下安静

沉默不语的星图 (组诗)

张文军

暗夜

对岸人烟稠密
而灯光只有零星几盏

其实
我喜欢这明明暗暗的生活
有灯亮着，哪怕只有一盏
我就不会孤单
我就不会
过早地被生活抛弃——
我又优雅地度过了一个夜晚

夏日黄昏

偏色的夕阳照耀着清冽的河水
迟迟不愿入睡的鱼们，跃起又落下
偶尔漂来几根水草
把暮色驮到水的中央

河底的倒影，一圈一圈
扩散着，拥抱到一起

每个夏天，我都要把这些镜头
复制粘贴一次。它们
一部分是沉默不语的星图
一部分是我生生世世的依靠

超现实行走

我常常以车辆的形式参与生活
年轻时马力十足
上山过滩游刃有余。现在
车身锈迹斑斑
如果你们长时间听不到马达声
请相信，要么我停在某处
要么我正在维修或者充电
最坏的结果，我已抵达某个渡口

——那里，与你看见的星球
有着很大的区别

断想

倘若不是夜晚急着转换身份
心想峰就不会下达逐客令
太阳依然会替白昼办事

我会依然坐在对面的山上
把傍晚的光阴坐成永恒的星系
坐成星系其实也不错
漫天星星眨巴眼睛
这样的夜晚，肯定价值不菲

画

我的肖像，就是一幅抽象画
眼睛是远方的起点
耳朵是远方的终点
鼻子裸露在十万大山当中
它一生的修为就是与嘴巴相依相伴
少不更事，画中旭日生辉，星光闪闪
年少老成，画中千沟万壑，杂草丛生
及青衫白发，它立盹行眠，解散河山
仿佛，它只是对着这个世界
按了一下快门
仿佛，这个世界被它藏了起来

两当号子与酪馏子酒（组诗）

曹建国

一

两当号子

是云屏烟雨　恍然如梦

是云屏的蓝天白云　高远与纯净

是云屏的高山草甸　绵延与深邃

是云屏的峡谷飞瀑　跌宕起伏

是云屏　远古的长风

一曲氤氲　流年似水

多少烟雨韶华在其中

二

酪馏子酒呵酪馏子①

云天之外的佳酿

黄崖洞　赐福的圣水

朝阳洞　潺潺不竭的天坑之水

与大阳山之火

一半冰凉　一半燃烧

碰撞　交融

酒神的召唤

清风邀明月

"引壶觞以自酌"

歌声悠扬动听　闪动的每一个面庞

质朴与明亮之美

幽居　朝阳洞的酒神

赐予

三

两当号子喝②起来

喝起来"湖广广腔"的两当号子

喝得黄疙瘩的山路弯了又弯

喝得莲花石开花了

喝得太阳落在天门山后了

喝得黄崖洞的苞谷叶子像刀子

喝得元山滩的荞麦开花了

喝得云屏河水流欢了

喝得日子红红火火了

四

两当号子

喝啊喝　巧夺天工

喝啊喝　软语呢喃

一支古老的情歌

歌声从天门山来

飒爽似林涛

歌声从龙洞来

犹如咆哮的江河

龙吟高亢

歌声从风洞来　吼唱千年万年

歌喉激昂

穿透悬崖峭壁

天门山与黄崖洞　和声对唱

歌声从朝阳洞的天坑来

空灵悦耳

歌声　如云屏河一样清澈

又似蓝天一样纯净通透

乡恋乡愁的遗韵　从幽深的黑水城

先民　踏歌而来

又踏歌而去

五

观音峡边一丛丛百日菊

秋日　五彩斑斓的火焰

我看见一双双黑蝴蝶　轻盈翩翩

远方的诗人啊

捕捉的是蝴蝶　还是菊花

离开了花丛飞向了空中

双乳峰　犹抱琵琶半遮面

风韵犹存　轻抚薄纱

姊妹峰下　唱号子云屏女子的歌声

缠缠绵绵　情不自禁

望夫石　半世情缘还是那样的痴情

期盼着　远征的士兵

载誉归来……

六

两当号子嘹亮

"鸡公号子"一唱破晓　百鸡合鸣

"万年花"绽放绚丽的果实

春正暖　花正开

两当号子嘹亮

"长路吟"没有了离开家乡

漫漫长路的惆怅与无奈

两当号子嘹亮

我看见了秋天的阳光依然炽烈

我听见一垄垄苞谷拔节的音阶

我闻到了一缕缕荞麦花的芬芳

号子嘹亮

看见了酡红的面颊

每一个人

如花灿烂　每一个朝霞的早晨

陶醉　两当号子嘹亮

看见了众生万物

循环往复……

七

两当号子嘹亮

我看见了一位头戴着黑巾

骑着白马的神秘人

马蹄声声　从黑水城

云屏古道

穿越西姑峡　观音峡　土地峡

蓦然　一声清脆的枪响

鸣叫声中　一只老鹰从峡谷中惊掠

盘旋着　凄厉的嘶叫

这声音与惊悚的飞鹰

仿佛成了　这世界唯一的声音

瞬间　白马消失在茫茫的群山之中

唯有河水流淌

传奇今古的歌谣

八

云屏烟雨

茫茫的黑森林

对饮"湖广广腔"的两当号子

与酩馏子酒

一样都不能缺少

行者　你来或他来了

"南腔北调"让你恍恍惚惚

两当号子听了

会让你有不一样的感觉

酩馏子酒　喝了

一半是冰雪　另一半是烈火

酒醉狂欢　号子狂放

这是深山老林沉寂已久的压抑

让你面颊滚烫

肉体燃烧　血液火样地燃烧

激情荡漾　沦陷在诗神与酒神的混沌里⋯⋯

九

喝啊喝　把两当号子吙喝起来

喝啊喝　哎哟嗬

唱了一曲又一曲

听了一遍又一遍

酩馏子喝起来

酒啊　一杯接一杯

我们把酩馏子喝好了

喝了一杯又一杯

哎哟嗬　把酩馏子喝好了

不知是酩馏子　喝醉了

还是两当号子　听醉了

哎哟嗬　沉醉不知归路

哎哟嗬　哎哟嗬

喝啊喝　唱得酩馏子喝起来

喝啊喝　两当号子吙喝起来

喝啊喝　喝得好日子红火了

注释：①"酩馏子"，即"明馏子"。

　　　②喝，音同"火"，吙喝的意思。棚民方言。

张家，我可爱的故乡

胥慧军

美丽的张家

山清水秀　鸟语花香

走近你　我可爱的故乡

跨过两当桥

走进张家庄

太渠就在黑河旁

二郎坝　兴隆场

党的富民政策使你改变了模样

看

那一条条宽阔的公路

一座座美丽的村庄

一张张甜美的笑脸

一排排漂亮的民房

袅袅炊烟、小河流淌

山环水绕、绿荫成行

这是一个民风淳朴人杰地灵的地方

瞧

巍巍的透马驹啊

我仰望你的高度

你就像那鲜艳的五星红旗
迎着改革发展的春风
高高飘扬

听
奔流不息的黑河水
日夜静静流淌
诉说着时代的变迁
把白莲花的故事久久传唱

或许我该有一双慧眼
去欣赏二郎坝村的雪雨风霜
那滑落在人间
绚烂多彩的流星
成就了乳洞飞雨
好似人间天上
或许我该有一双翅膀
传递苹果花椒的清香

看
那些石头
以质的嬗变续写着金润玉石业的辉煌
食用菌　养殖场
精准扶贫、产业发展
鼓起了老百姓的钱囊
乡村振兴
同步小康
处处呈现出新的希望
这　就是张家

这　就是我可爱的故乡

走近你
张家，我可爱的故乡
你用母亲的身姿
抚养儿女们在这片热土上成长
我曾是您养育的子民
多想在这里谱写芳华
在温润的黑河水中徜徉
我愿呼唤您一声
母亲，我的故乡

今天
我为祖国的繁荣昌盛而放声歌唱
我为家乡的巨大变化而热泪盈眶
祝福祖国　感谢党
为中国人民谋幸福
为中华民族谋复兴
是一辈辈共产党人的梦想
让我们红心向党
把责任扛在肩上
把人民对美好生活的向往
作为目标和工作的主战场
新时代　新气象
让我们一起扬帆起航！

站在这片热土上
我心潮澎湃
充满力量

深深地爱着你

张家，我可爱的故乡

深深地祝福你

红色福地　美丽两当

砥砺前行　奋发图强

高举习近平新时代中国特色社会主义思想的旗帜

齐心协力

去建设我们的家乡

共同奋斗

去抒写两当华丽新篇章……

在春光与墨斗之间（组诗）

何泊云

两当号子

顶着一朵白云的山
它翠绿旋起的风衣上
缀满红野果的宝石
此刻，雏鸟拍打翅膀
流水中，石头击响石头
一只红隼猛地朝山顶冲去
而它比号子声慢一点
正好是唢呐一扬起的工夫
喊号子的人，无需登山
已喊白一山律动的狼牙花
我意识到号子声里有蜜时
一只蜜蜂刚好从头顶飞过

无题

稳在山毛桃树上鸣叫的鸟
是不是去年的那只
我不敢肯定

但它的模样，喑哑的声音
以及摇摇晃晃的动作
同我去年见到的那只
没什么两样
如果是
它看我时正好相反
它已学会用春天
打透亮的记号

在春光与墨斗之间

拉长猫影的光
也正在拉长一把生锈的锯子
一截掉了皮的榆木，断柄的斧头
或一只满是灰尘的墨斗
此刻，没有人会注意到光的安静
我的专注，这些工具的静寂
印象中，它们的主人进了房子

从麻灰色的猫身上，以及它留在
榆木深浅不一的爪印上
还是没有找到答案

而当我拿起锯子，锯下半截榆木
为斧头换手柄时，另一只
金黄色的猫回来了
它不会把我私藏墨斗的事告诉任何人

坐夜

他被夜纠缠至郊外
三棵碗口粗的柏树前时
刚好月光把一截骨头垂下来
他坐下，把先前说给神灵的话
尝试说给柏树和月亮
他的语调平缓，没有喜悦和悲伤
就像是月光和柏枝给他说话
而这一切，似乎无人知晓
抑或不被人察觉
安静的房子里铺满白羽毛

观石记

坐在一块黑白相间的石头上
看另一块石头，久了
会忽视它们之间的存在
就像看星辰忘记黑夜那样
久了，石头也是人
也会是潮水、时间和影子
它们似乎存在于另一个
虚空的世界里，很少被人记住
很少会发出声响——
声音在多年前就已惊雷般响了
而此刻，它又在哪里
我坐在一块石头上，寻找
另一块石头遗失的声音

太阳寺葵花正在盛开（外二首）

刘彦林

有一棵大槐树
证明着时间足够苍老，茂盛不减当年

有一块大碾盘
证明着生活粮仓的富裕，常装满金粒

有一条红军街
证明着精神的高地，总是太阳红的色泽

有上百亩的葵花
证明着太阳的光芒
就是十万株葵花的盛开

生活已经亮出圆圆的笑脸
又把珍藏的金眉毛
悬挂在秋天绿灿灿的翅膀上

以云为屏的地方

山以云为屏

风以寺庙的翘檐为座椅

邀约云朵歇脚，以千年银杏为路标

领航云朵的夜伏昼出

云朵喜欢偷着摸

姊妹峰的俏脸蛋，又乘机吻过

双乳峰上茂盛的翠绿

还顺势牵走了蓝天下

那几头调皮贪玩的大绵羊

土地沉默，观音峡知者不言

西沟峡逆行的流水

擅长弹琴弄弦，常把嫦娥惹哭

白云悠然，就是随手递来的

一条纸巾

登真洞

在灵官峡的起点

对一座山的敬仰突然开花

雄踞的鸳鸯，是一只水鸟回眸的模样

苍翠的松，它碧绿的羽翎

是这个正午最好的一剂清凉

顺着陡峭的石阶，寻访接近的

是迷幻丛生的神话，或者离奇的传说

倒骑毛驴的张果，在登真洞中

修行、打坐、参禅、彻悟

破解成仙的天机，那座两千多年后的
渡仙桥，是否弄懂了其中深藏的奥秘

狭窄的洞内，静卧的果老
慈祥的笑容一定隐含着深意
而悬空阁上，并不存在的星光
和几许沧桑，又代表着什么意义
那块青苔造访的无字碑上
匆忙的目光，一次次又掏挖出了
怎样的岁月之伤
人生冷暖，或者世态炎凉

一个人在山头吼号子（组诗）

雷爱红

一条大江的节选

比起三河口，我更喜欢另一个名字
三渡水。就像三位故人
翻山越岭，风尘仆仆赴约
在平坦的沙洲聚首、叙旧
但不停歇。携手远去

一叶扁舟，在晚霞中化为时光的剪影
一幅嘉陵晚渡，流传在夕阳下
千百年。已不见舟楫去来

琵琶洲，保留着河道在天地间的显影
那些斩龙垭、望娘滩、龙回头的传说
在细流中流淌

一条大江在季节中涨落
倒映着山花，倾覆落叶，消融于白雪
日月其迈，岁律更新
这些段落，构成了一条大江的人生

一个人在山头吼号子

一个人在山头吼号子
大山迟愣一瞬，紧跟着吼一声
山路蹙起了眉头，小跑到山顶
端起酒碗的人，双手顿了顿

一声悠长的号子，扯开了山头的云雾
绕在山腰，像一个人抱紧另一个
松柏、青冈和红桦连声回应
风声飒飒，似叹息，似耳语

吼完了"长路吟"，再吼"万年花"
吼起号子，就吼起了棚民祖祖辈辈的
光阴。一步步来到深山，又一步步
走出故乡的炊烟和河流

一声悠长的号子，跌进了暮色
溅起河水的皱纹。山头
吼号子的人不见踪影
早就住进了另一个人的心

回到两当号子里面

赶在端阳之前，回到云屏
回到艾蒿溢香的嘉陵江边
回到秦岭深山蜿蜒的小路

回到密林深处青石的桥面
回到"两当号子"的曲调里面

"郎骑白马过高桥，风吹得马尾乱绕绕；
贤妹碰着打抿抿笑；掸花的哥哥又来了！"

从广阔中国回到熟悉的陇南
从小小故乡回到原始的音域和节奏
从粗糙的生活回到心中的思念

粗犷、明快的咆哮，掀起飒爽的林涛
山挡不住云彩，树挡不住风
山雨欲来，那个在云屏河水中
采摘水芹的人
掩饰不住波涛一样的内心

春的声音

立春，河水中有些韵律
隐隐从山谷传来。柳树的倒影
开始往水面上生长
越冬的水鸟们伸开翅膀
落在上面，倾听着
鱼腥草，野生的腥味
在沙土下扦插、筑篱

我们和冻土都松开了手脚
闭紧嘴巴，缓缓地呼吸

将释怀的绿意，轻吐出来
在风的树上，河堤上，消融的冰雪上
沉积之物开始萌动

那将是杏核、桃核和李核一类的事物
它们已放下坚硬
准备一口气探出头来
微笑。就像不久后
春天会让我们吐出
杏核、桃核、李核……去消化
生活酿出来的千滋百味

取一个缤纷的名字

阳光将天空打扫得静谧而蓝
春风，轻轻拍打着漂浮的
尘埃
数着一圈圈年轮
那么多的粉红或白色
揉和着明亮的光芒
从清晨到夜晚，频繁地迸发
像一段段憋不住的心事

一树樱花站着，另一树也站着
一条路沿着河流的心事
铺开那些善于抒情的长短句
静谧又热烈的字句
酝酿着一座小城的情绪

浓墨重彩，泼辣纷繁，
夸张浓烈——

一座城的春天
多么盼望取一个缤纷的
名字

旅人

暮色，钻进密集的雨阵
擦去白昼的脚印
风尘仆仆的人
品尝了两当的颜色
破解了一些水和食物的秘方
又从清新的泥土气息中
再次嗅到一抹老区的乡愁
现在，是时候回到暮色里
和小城两当说声珍重！

黄昏的愁绪像雨水冲刷着街道
冲刷着他们内心搏动的鲜红和满眼的翠绿
在伞下并肩而行的旅人
重走了一趟红军路
枪林弹雨中的火把
将他们一生的滚滚浓烟和泥沙
照亮、稀释

广香河畔，洒落了一些细碎的疲倦

旅人的神色被波光粼粼的水面柔和
夜风，揭开山头的雾霭
点亮东山的灯塔
广香河的浪花，不舍昼夜翻滚着前去

云屏鼻梁村

青峰的眉黛之下
两面山坡阴阳毗邻
小小村落，恰如美人痣一颗

匍匐在鼻梁两翼
一年又一年陡峭的人间
落雪、封山、又消融
所有的嗅觉，来自于花香、清风、鸟鸣
和山外传来的消息

鼻梁村的女子，向上仰望
清澈的眼，映照蓝天白云
屋顶金色的炊烟
袅袅升起人世的欢娱
鼻梁村，多少新娘远嫁
多少代祖辈，从尘世走向另一面

大山低下令人眩晕的峭壁
一座挺直的鼻梁
究竟活了多少年

山头古寺

古寺伫立山头，以五彩的门廊迎世
陡峭的山阶待人
青砖铺地，古树参天
一进连着一进的院落
形似迷宫，植以修竹、紫薇
草堂简朴，昔日的泉水仍在北流

十一月寒风，绕道后山
夕照余晖，一小段凝视
唐槐汉柏，消解了一些旧日子
那些数不尽的殿、楼、院、祠
历朝历代，目送了多少人
临行时，朔风微起

一座古寺，扛着故事在山头行走
仰视之人，望袅袅香火步梯登云
多么渺小啊，有那么多的夙愿
要焚香轻念，虔诚低首
我自恨不能成为一棵古槐
黛色参天，虬枝冲霄
一经站立，便不再倾诉

雪落广金 (外六首)

赵志文

雪落广金

日落之前，雪落了下来
落在门口新采的香菇上，堆放的柴垛上
轻飏飏
自然驯养的黄昏覆盖山野
我们在一枚松针里凝视匍匐的时光与潮冷的寂静
冬日渐远

封山之前，有人带着口信进城
他们谈论今年小麦的收成和窖藏的蜂蜜
遍及山野的芨芨草被描绘为辽阔
零度之上，水缓慢地流着

雪落大阳山，广金是一块撒了盐的菜豆腐
任岁月分食
冷峪河岸，一个归家的蜂农拢紧袖口
抻了一下，心头的寒风

冬日绝句

（一）

整个午后一直静坐

太阳把我们从一条线照成一个点

再照成一条线

反复折叠又拆合

某些私密就藏不住了

例如，臂弯里隐匿的寒冷的白

（二）

风一吹，陇东就更薄了

我隔着窗给你们讲故事

猜不透的结尾往往更有吸引力

这里的每一天我过得很贪婪

我会恋上一株野菊，也会爱上一枚红山果

偶尔，痴情于未落的一场大雪

深秋

异地的香甜来自一颗板栗

红色的太阳下

我们在果酒里舔舐对方

放下一切时，山坡上的树开始落叶

走过的曲径也不再深藏

捡起一片山枫

那颗熟悉的栗子

开始绯红

你说：我是个庸俗的人
横亘在灵魂里的深秋
让二十岁的我有了迟暮之感

怀想

多少年后，你还是爱着芦苇
爱着石川河岸的雪
山坡上有人反复喊你
声音低沉，微弱
就像积压在深冬下的尘世
轻得如此明显

遥远的冬天
你在雪地写下自己的名字
那些模糊的脚印
踩着春天之前疲惫的伤口
缓缓走来

春雪

你走的时候
冰面消融，河水漫上了石岸
寂静是一个人的
黄昏未落时那些相撞的破碎
声音脆亮
我从未讲起你在冰面上跳舞

清澈的身体在雪花中旋转，跳跃

天鹅
穿着白纱的天鹅
在手心翩然起舞的白天鹅
有人走过水面
雪再也没有落下来

你生活的城市，我来过

虽然，你讲了好多故事
但我还是心存芥蒂
我不止一次地写过你的名字
截至目前，我身体的每一部分，陈旧如初

冷风从山坡吹起
这个三月稍多了一点雨
踏上你生活的城市，暖风习习
我将身体的潮湿抽出曝晒
就在昨夜
一辆绿皮火车穿过我的胸膛

石窟之上，秋水之秋

山色开始显现，太阳
撒在供奉了十万万佛的石窟寺

河水漫上堤坝

一只粉色的蝴蝶绕佛指飞动

金色从茹水里缓缓溢出，直至银杏叶的末端

才全部外露

寺院广场上的白杨伸向天际

在北方，他的词典里造不出生寒的字

我知道你曾在这里出现，那次

稍欠了一座山的距离，你便不再谈起往事

石窟寺之上

风吹着秋水涌动

手心泛出温柔（组诗）

周仲娥

春的爱恋

春的爱恋，系在枝头
从一朵花到另一朵花
缀满三月
梅花还未香消
迎春晕染开来
接连桃李、杏梨……

野鸭在河面上嬉戏
游进群山的倒影
岸边的野草伸长脖子
见证满城樱花的雍容

素手捻春光，灿若烟花
岁月的馨香
化作春风抚过的花瓣雨
——散落
待草长莺飞，守望相助

诗与远方

被季节的牵念，扯得生疼
在满园春色的梦里
低头细语。一株野百合读懂我
剥开我的伤痛

夏的颜色

看，那绿
爬过密不透风的墙
湿漉漉的血液
和目光交织在一起
力量在凝聚

很多时候
我在黑夜里沉思
是春的枝头太过招摇
还是苍翠的绿太有占有欲
不然季节的更替
怎会如此的分明

阳光跟着起哄
把大地烤得火辣
蓝色的天空高远
云朵织成美丽的嫁衣

一只蝴蝶飞过田间
唤起童年的回忆
这时，爬在树梢的蝉

按捺不住内心的狂热
把夏天的颜色，声声叫响

秋的温柔

总是火热，又在冷艳的边缘
或许温度的落差
造就了你的非凡
素雅是你一身傲骨
多彩是你满心柔情
当岁月洗净铅华
你便成了我眼中的初见

美是初见
燃起爱慕的火焰
那日，你托秋风捎来信物
如果时间的圣水
可以守候曾经的誓言
我愿借你双手
染红漫山遍野的相思

那日，我把思念制成标本
你就躺进我的眉心
只轻轻一弹
弹过半生浮沉
山川和河流
山风伸了一个懒腰
吹醒路人的乡愁

寒霜中，手心泛出温柔
人间的冷暖从此分离

冬雪邀约

昨夜那场花事
开启心灵的窗口
听，满树花儿吟唱
是你用万般的柔情
许我由衷地欣喜

清晨，你落在世界的枝头
若与你相拥
世界就布满我的影子
任你炽热的双眸
融我在每个角落

阡陌红尘，你用圣洁的灵魂
解开我凝结梦中的谜题
撕一片银装素裹
写一串爱的密码
这最深的季节
一场相约，温暖了守候

光阴的故事
载满深与浅、悲与喜的印痕
唯你，纯美的使者
为相约写上序曲

给思念留下空白

四季成诗

是泪，打破了夜的宁静
那驰向彼岸的心船
圆了一场诗与远方的旧梦
内心的虔诚
敲响朝圣的钟声
我在四季的轮回里打坐
等待一朵莲

青春的光华
在漫长的等待里消磨殆尽
只为守护，莲开的瞬间
生命的信仰，燃起永恒的烛火
我在岁月的轮回里行走
风过四季，九九归一

想起，来路的欢愉
突然掌声一片
看那穿越历史的沧海
细数流年的潮汐
起起落落
模糊又清晰
在生命的轮回里修行
四季皆成诗

走进你，美丽的两当

李山泉

让我快一些，再快一些走进你
走进你的神奇和妩媚里

穿越时空隧道的亘古
以朝圣者的虔诚
走进你，我的两当
我愿成为你历史长河中的一朵浪花
给你的千年绮丽添一点色彩
我多想是你奇山胜水中的一株小草
在你的秀美里留下我的一缕绿意
我真想成为你生命的基因
义无反顾地去创造奇迹

走进你，就走进了历史的神奇
从水沟口新石器遗址
祖先的繁衍
留下一段段悠扬的古老文化的传奇
从鹫鹫山郁郁葱葱的苍松翠柏里
张果老登真洞印证着千年来的厚重文化
从两当兵变的精神中
印记着当年的炽热

红色革命斗争的光辉历程
鼓励我奋进新征程

走进你，就走进艺术殿堂的奇葩瑰丽
书圣族谱在这里珍藏
彰显出丰厚的文化内涵
千古传诵的《两当县吴十侍御江上宅》
是那样肝肠寸断，回肠荡气
倚着琵琶崖邀一轮皓月
品味夜走灵官峡劳动者的赞歌
那蛇行秦岭而来的钢铁巨龙
傲然崛起在这片土地

走进你，就走进浩瀚无边的美丽
品一碗香醇的明馏子
尝一口甜美的狼牙蜜
在云屏感受大自然的神奇
在窑渠柳浪里静听香泉寺的晨钟暮鼓
在嘉陵江上泛舟
在广香河漫步
当红日从镜架峰冉冉升起
我美丽的两当啊
你就是巍然屹立的雄鸡

走进你，我就是你轻柔的呼吸
让我们耍一段社火
为你的坚韧刚毅
让我们喊一曲纯朴的号子
为你的自强不息

悠悠广香河，浩浩嘉陵江

百舸争流，只争朝夕

我愿是云屏三峡中一棵永不凋零的红豆杉

任凭沧海桑田斗转星移

我也要

和你一起沐春风朝霞

和你一起披星光月辉

和你一起将鲜艳的旗帜高高举起

去开创更加灿烂辉煌的新天地

美丽两当（组诗）

严　娜

两当的夜

夜晚，群星闪耀
五彩缤纷的灯
召集了很多精灵
一个接着一个
汇聚一堂演奏着
不同凡响的曲调

东山的灯塔
像前辈的手
指引着城市发展的方向
也留下一曲古色古香
似曾遇见执笔的翩翩少年

若隐若现的人影
似梦如幻的街景
仿若一面镜子横挂中央
湖水波澜起伏，趁微风荡漾
惊起一层难以掩饰的红晕

有人醉了，有人脚步近了
在百转千回的灯火中流连忘返
在弥漫着年味的红色明灯里
无声无息地把旧日足迹掩埋
洗去了路人风尘仆仆的面容

夜，两当的夜，锦绣未央
少了牵挂，多了温情
在不醉不归的夜色里
山水环绕的风景里
是绵绵无绝期的约定

美丽陈沟

湛蓝的天空，缓缓的河流，
连绵起伏的鹭鸶山脉，
灵官峡里的十里松涛，
果老登真洞里的传说，
古道绵绵的世外桃源。

村文化广场阵阵歌声，
夜幕下的篝火晚会，
一幕幕跃动的旋律。
多少个日日夜夜中，
站立在一角的白玉雕像
——他倒骑毛驴的姿态
令来来往往的行人神往！

白墙黛瓦的簇新小院，

热情好客的农家客栈，

记忆中儿时的家常菜，

简约不乏典雅的书屋，

归田山居后的留恋，

络绎不绝的文化风采，

在一幅山水泼墨画里恣意点染！

凤凰山下

群山环绕，鸟鸣更幽

层层起伏，波澜不惊。

山亲吻着山脉，

树紧挨着树林，

田野上劳作的农户，

笑颜从脸上溢出，

阳光从头顶射下，

每一处都是生活的风景。

天空湛蓝透亮，

云朵常寄出遥思，

盼望远方的归人。

即使没有马蹄，

也该有回乡的消息。

家门口已挂满太多

太多无法透支的思念，

其中，是否有游子想要的答案。

怡然客栈早已新门换旧窗，
故道广场常欢声笑语，
人来人往的街道马路边，
泛着绿色波涛的美丽陈沟，
难掩粉红回忆的樱花园，
倒映在篱笆外的小小村落，
和着众多深情的曲调，
谱写了令人沉醉的乐章！

秋

街上人影零落，
只剩下几个斑驳的背影，
像被挂在树梢上摇晃。

金灿灿的柿子，
一个紧挨着一个，
仿佛是热闹的一家人。

触手可掬的菊花，
开在谁家园里，
浑身长满了心事。

云屏之恋（组诗）

李 璇

云屏谣

在云屏，我看到了秋的火焰
所有落叶是真心的
一树树染红天空，然后红遍大地
或一片片躺着，盖住木质的小路
更多的，簇拥在一起，点燃秋的热情

在云屏，需要你的脚步慢下来，内心慢下来
慢到能听见云屏的呼吸为宜
如果足够仔细，你可以和鸟鸣融合
栖息在秋的开阔地，让秋色围着你
逆风的日子，养出一颗热爱之心

在云屏，落叶的红斑驳了秋的色彩
而秋的火焰又斑驳了时光的辽阔

在云屏，我们应该大彻大悟
让尘世的眼睑
流出一行行秋的天堂

秋日云屏

一朵云，躺在那里
秋天便打开了秘密

阳光摇荡着牛铃铛
号子里喊出辽阔

莲花石上卧着神仙的灵气
一条路，走出天堂的惊讶

带剪刀的秋风，对群峰而言
剪下了落叶，却突兀了他们的万仞

对我而言，我的渺小不能相提并论
但我深信，无论何时，我都和他们一起向上

我觉得，如果你登上了云屏
就等于登上了万物之巅

万物的心有多高
你的心，也就有多高

给云屏

我爱你寓意深刻的峡谷
爱你一刻不停的水流

爱你绵延绿色的山峰
那飘动的云雾，沿着亘古
一直攀上双乳峰的乳晕
一个劲儿地舒展
我爱你身材苗条的河段

我更爱你暖意融融的晨曦
新鲜的爱，一浪接着一浪
拍击我长长的岸
我爱你清脆婉转的鸟鸣

我爱你广袤的草地
爱你遥相呼应的小木屋
积攒的美，顺着幸福
一直伸向天际

我愿做云屏的一株植物

我愿做云屏的一株植物
和云屏的绿并列　辽远与宁静
在微风的峡谷中撒落

我愿做云屏的一株植物
此时的赞誉，与陶醉有关
还有阡陌桑田，绿树人家
在飘动的云雾中升腾

我愿做云屏的一株植物

渗透在云屏的每一个细节
把暖阳引进来，低处的光阴
随着春天的吟诵，逐渐温润

我愿做云屏的一株植物
风雨兼程，追赶云屏的美
我还会放下塞满尘世的杂念
在云屏的气息中次第纯净

我们共同爱着两当

我们共同爱着西秦岭，这么多美
绿色波涛的峡谷，承载着幸福
在一片蔚蓝中慢慢展开
细微的水流，弥漫着浓浓的平静

我们共同爱着两当，这么多碧玉
满春天都是，绵延亘古的山峰
在快乐营造的云雾中飘动
分开的红唇，捕捉四月瞬间的轻盈

我们共同爱着太阳寺，这么多阳光
把歌声枕进你的臂弯
让微笑开满你的生命
让1932年的春雷，在你宏伟的韵律中奏响

在两当，在云屏

王学斌

一

山，有俊秀之美

水，有曲折柔情

天，有蓝色秘密

石，有皲裂之心

风，有高亢之声

在云屏，夜晚潜入你梦的是青青花海

在云屏，横跨的石桥做了流水的琴弦

我从人间来

惊叹于，这陇上沟壑纵横间如此妖娆别致的景

二

左肩搭白云

右肩搭蓝天

在这里相爱吧

我们的情话变成了黄疙瘩的云烟

快来，我们在云屏成仙

三

"山不见我，我自去见山"
山水是自然变幻的另一种身段
知道吗，这些年心事重重的花草
隔岸浅笑
即使我懂
也不与你说
在云屏，山水团团紧抱
蝴蝶成群相拥
我怎么突然间就伤感了
原谅我折断的每一枚绿叶
原谅这一脚脚踩下去深深浅浅的疼！

四

朋友们在喝酒
我在喝水
我和他们一起干杯
天空微暗
他们挥动的指尖
有酒的香味
在两当，广香河有深不见底的透明
在云屏，用山泉稀释生活的辛辣
对于它来说那是分分秒秒的事情

五

在两当，

每一朵云，都是能征善战的马

在两当，石头、河水、树木

都有厚积薄发的力量

在两当，山水间的每一颗种子，

先汇聚暗淡成一株草

再把红色的太阳纳入肌理幻化成一棵参天的大树

在太阳寺，大槐树就是最好的证明

不是我来过，

我不会感觉到在红色旌旗遍地的两当

山水也暗存肃穆之心

在两当，祖国高高在上

我的心脏铿锵有力！

翻山，悦己

罗梦圆

稀疏的炊烟升起
山顶有触手可及的白云
有涂尽染料的蓝天
有大片大片绿油油的山林

怀着这样的期盼
我一步一脚印地踩在登山的路上
喘息回望
稀疏的青草
硬邦邦的土壤
留下了一行深深浅浅的脚印

荫蔽的树林笼罩在我的头顶
地上是星星点点的光斑
株株受伤的小草和我一样垂头丧气
面前是一眼都望不到尽头的蜿蜒小路

深呼吸继续前行
我想山顶一定会有大片的花海
渲染着每一寸土地
树根一棵棵扫过我的眼睛

终于来到最接近天空的山顶
对面的山散发着嫩嫩的绿
白云浅浅
一切都让人感觉触手可得
抬眸回顾
正进行着的每一分、每一秒
是多么令人享受

进行时需要我们去感受
而我们此时此刻感受到的
那才是真正的幸福

山水秘境

心路 （组诗）

周仲娥

夜归

打着三更的烛火

走在空旷的街头

三月的夜，乍暖还寒

兀然一个哆嗦

抖掉半生疲累

脚步，瞬间轻盈

要赶在黎明前归家

把余生规整清晰

心路

活过半生

该是豁达的时候了

可心里的路却越走越窄

总为鸡毛蒜皮

哽在半途

率性的笔锋

输给惰性

困顿的思维

与生活僵持

唯有文字会让记忆永恒

那些被岁月埋没的

总会在某一刻历久弥新

可迷失的路

能否再找得回

赛跑

眼看着就要迷失自我

幸好，冬天消融了

赶快和时间来一场赛跑

趁这大好春光

虽然还有太多事要去做

但也是累并快乐的

何况春的气节传来

就会满血复活

坚信一种力量

龟兔赛跑赢的是永不放弃

露珠

你是宝贝优子的眼泪吗？

如此晶莹剔透却总让人心疼到了极点

你是上天派来的天使

洗刷这世间隐匿的尘埃

你用高山湖泊的情怀

温润这世间裸露的枝丫

清晨的一米阳光

即便散落也要把七彩的光环留下

对你而言只是华丽的转身

而我，却心碎了一地

一枝独秀

尽管枝头饱满而我单恋一枝

昨日路过依依不舍

今夜思念绵绵不休

总想提笔描摹

起初画不出你的躯壳

落尾染不出你的神色

若有他日重逢

定相知于你的习性喜好

必相伴于我的闲情雅致

种花

一盆土，两勺水，几颗种子

便种下一年的好心情

来年重复这光景

便种下一生的好心情

怀旧

当踏上怀旧的列车

我的思绪再也停不下来

或许宅家太久

什么都想贪恋

产假并不轻松

夜被啼哭强行分割

让人窒息的厮磨

或许正是这种经历

那些旧时光才显得可贵

如果时光可做串珠

颜色将是何其夺目

而打捞故事的人

又多了一门养家糊口的手艺

岁月的歌谣（组诗）

严　娜

月亮

家乡的月亮又大又圆

却不及怀念

可以痛彻心扉

儿时的话

时常会在耳畔响起

每一句都够回忆一生

故事是残破的发黄的日历

回想起往日的岁月

是数不清的谜

安静的路上

心也在寂寞地颤抖

风未曾掩埋

秋日里摇摇晃晃的人间

走过多少路

见过多少人

都被硕大的圆盘照着

炙热的阳光

夏天的阳光，很耀眼

光芒四射的火球

悬挂在碧蓝的天空之巅

把大地照得通体明亮

戴帽子的工人，一边拿砖，一边拿电锯

在阳光下按部就班地做工

光影投在无人问津的脸颊

一半是暗部，一半是亮部

行人来来往往，一半是过客，一半是来者

过客不走，来者不来

阳光在街头光明正大地呐喊

窗口的凝望

风，不知从哪个方向吹来，

又不知吹往何处。

耷拉着小小的脑袋，

痴痴地趴在窗口凝望，

来去匆匆的路人中，

是一行又一行陌生又熟悉的脸庞。

岁月把故事一遍又一遍，

此起彼伏地交代。

梦，时常把影子拉得很长，

用手触摸不到的风景，

眼睛、鼻子、嘴巴也感受不到

呼吸很遥远，
隔了太古的时期，
都成了秘密。

夏蝉

矗立在未名的树梢，
不停地欢唱，
每一曲都是撕心裂肺的呐喊，
把酷暑难耐的燥热驱尽，
叫声：知了，知了
让所有的人都知晓。
双翅抖动着音乐的旋律，
藏匿在碧绿荫凉的树林里，
歇斯底里地怒放生命，
透过几点零星的光影，
站在那里不停地放声歌唱，
一遍又一遍地擦净嗓音
把一年的炎热收好。

大山的歌谣

张健玮

山村，不说话。
静静地伫立在那儿，
就像远古的天神，
安抚着这片土地贫瘠的呼声。

眼神，渴望着。
孩子们站在村口眺望，
山那边是什么呢？
人们挥舞着手里的锄头，
想从地里挖出金子。

山风，低吼着。
红旗飘扬，机器轰鸣，
唱响了发展脱贫的号角。
花椒、核桃、中药材，
土地里长出了金疙瘩；
大马路、互联网、农家乐，
大山里的宝贝也让他们瞧瞧。
夕阳西下，村里老人瞅着这些稀奇玩意，
愣出了神，笑弯了腰。

村口，沸腾着。
低矮破旧的老屋不见了，
高大整洁的新屋建起来了。
一幢幢，一排排，
像雨后的蘑菇，
我挨着你，你靠着我；
独眼浑浊的老井不见了，
明亮欢畅的自来水流出来了，
哗啦啦的声音像极了山里的歌谣；
村口的老榆树，
笑得像十八岁的大姑娘，
花枝招展，
一点都不害羞。

大山，怒放着。
静静地，稳稳地
它变了，它也没变。
满山茁壮成长的孩子们，
挺直身子，
在奔向共同富裕的大路上，
放声歌唱着山里的新歌谣。

辑 三

古韵新声

李琼诗词

初夏赏荷

（一）

玉盘浮水上，嫩绿渺如烟。
怯怯含羞意，微鬈一道边。

（二）

微风枕叶眠，吹皱一池涟。
不觉清寒扰，红蕖立碧田。

（三）

玉镜平波上，随风弄翠烟。
含苞方出浴，不及理云鬈。

（四）

细雨织缠绵，幽帘水上悬。
翠盘攒玉露，香透半边天。

两当之春

雨霁云轻陌上新，平湖柳浪似垂纶。
一杆抛在春风里，钓得山城景醉人。

樱花

春寒来孕育，春暮抱繁枝。

粉靥含羞意，冰心掩敬思。

未闻香一缕，却胜酒千卮。

待到魂归去，翩翩化雨痴。

两当风光

晴空万里任谁高，不尽峰峦险峻牢。

岭横流云风卷翠，溪腾薄雾水揉涛。

乡村故道寻奇景，黛瓦新篱觅好醪。

粒粒草莓欣有趣，山中珍品几回淘？

雨中游元山

路远不知岁月遥，朝朝相伴景妖娆。

群峦转色云屏染，绝顶凌霜彩叶飘。

烟绕瑶台山里隐，雨斟玉露画中调。

风光自是家乡美，一季斑斓陇上娇。

太阳寺风光

车载清风逐锦秋，寻踪觅迹到云头。
层林炫彩群山舞，涧水瑶琴万古悠。
一岭红枫幽径远，半街吊脚故人留。
天然美景欣何处？惬意诗情画里游。

解佩令·叹春

波平湖浅，花喧云远，广香河、莺啼蜂乱。
丽日晴空，截一幅、丹青长卷。蘸馨香、再添璀璨。
流霞温婉，游人缱绻，几徘徊、何曾行遍。
莫道春深，拾落红、琴诗相伴。煮新茶、奉邀广燕。

临江仙慢·两当有约

雨霁晓云散，玉峦叠翠，湖影翻波。
柳堤上、莺声阵阵欢歌。婆娑。
纵靴饮露，裙襦湿、步韵烟蓑。
微风里，看健身拳舞，挥剑操戈。
嗟哦。诗乡故道，闲适康养无它。
赏流泉飞瀑，秀水青纱。如何？
叹鸿承福，山珍美、野薇还多。
梅花约，问下年来否？吟醉苍皤！

沁园春·咏两当

初探长赢，雨洗穹窿，水照碧莲。

望苍苍古道，春痕已远，悠悠福地，春事依然。

蝶戏狼牙，蜂追槐串，七里馨香透万山。

频频顾，正襟云带露，广袖藏烟。

绵绵花韵如斓，数绿色氧吧长寿园。

叹观云台上，驼峰点翠，天门槛外，乳洞飞湍。

占尽繁华，缤纷四季，号子声声入酒干。

家乡美，胜蓬莱仙境，唐宋诗篇。

沁园春·咏两当档案馆

馆里乾坤，卷上春秋，阅尽两当。

看陈年旧事，犹存史册，乡村风貌，已换新装。

古道驼铃，民生记忆，万里征途勇启航。

凝眸处，聚一楼瑰宝，满室芬芳。

凭窗采撷韶光，让过往千年入画廊。

任陇原绮丽，三春溢彩，山川秀美，四季飘香。

风土人情，珍禽异果，漱墨流馨续锦章。

重回首，叹时光荏苒，岁月绵长。

水调歌头·故乡云屏

万里绚霞灿，阡陌紫霜寒。观云台上飘逸，幻若是神仙。

一抹晨曦晕染，羞怯可曾遮掩？温婉醉人间！

何事并肩立？只为守田园！

通幽峡，连山路，绕重峦。乡音未改，乡风依旧寿延年。

梦里童谣已远，满目红枫初绽，不屑慕春天。

返璞归真地，常戏白云边。

杨荣诗词

落花惜

满地落英望已侈，今宵眉月淡无华。
君将访友休贪酒，莫使归来醉踏花。

思

拍得花开报婿知，人间恰是赏花时。
春庭唯有蝶来去，不敢多看连理枝。

两当街区赏樱

满树繁樱如绣绘，游人接踵赏芳菲。
轻行不敢高声语，犹恐花惊瓣落稀。

赏樱花

清风结伴鸟迎宾，十里芳香好洗尘。
只惜花城搬不动，归来犹妒两当人。

题牡丹

富贵牡丹园中放，天姿卓卓压群芳。
宁教玉质成焦骨，岂肯奴颜悦武皇。
花并贵妃倾国貌，酒邀太白写霓裳。
古来多少风流客，做鬼情甘为汝狂。

点绛唇·大美乔河（苏轼体）

浸润丝蒙，山花浓绮，含珠蕊。
香风细细。醉染芝樱地。

大美乔河，溪岸垂杨翳，鸳双戏。
芳草迢递，沾湿游人衣。

蝶恋花·春樱图

百卉争芳双蝶舞，飞去飞来，环绕红樱树。
留恋花香天过午，双双梦卧花心处。
几只勤蜂沿旧路，往返匆匆，采蜜鲜花圃。
无暇参观花媚妩，携春入梦同春住。

满庭芳·春色满园

绿草成茵，樱花吐蕊，树间莺啭春辰。
和风舒暖，春色荡腰身。
一抹朝霞红艳，映东岭、唤醒春晨。
随风荡，堤边垂柳，点水弄波纹。

声声云雀叫，空中旋舞，追逐飞云。
近树丛，花香沁腑舒神。
手拂红花绿叶，留倩影、浪漫佳人。
凭栏处，凝神远望，尽赏满园春。

满江红·谒两当兵变重走红军路（中华新韵）

晨雨初收，樱花美，醉因樱惹。
粉似画，旭阳如血，万千春色。
组队前行兵变地，粼粼细水河开阔。
纪念馆，肃穆敬英贤，国歌乐。

低头看，红军锅，怀先辈，开先河。
红色传万代，定力难扼！
不变初心兴中华，红色福地从天落。
向未来，阔步向前行，胸怀豁。

清平乐·樱花

花红叶翠，淡淡清香味。
蜂舞晨昏谁见累？花鸟蝶虫争美。
两当樱树奇葩，微风满地芳华。
廊下双双飞燕，明天早早还家。

沁园春·生态两当

鸟翔蓝天，鱼潜水底，福寿桥金。
看万山翠绿，云屏峡谷，天门云锁，自在当今。
御赐登真，松涛故道，迎驾飘香万众斟。
氧吧地，凭和谐共享，逐梦倾心。

一方热土追寻。正侧耳、聆听天籁音。
有红军故事，两当号子，乡村和美，黑水园林。
世外桃源，平衡发展，移步绵延情更深。
登山顶，见青山绿水，弹奏瑶琴。

西江月·题迎春花

冬至后天渐长，迎春山间苞放。
和弦灵动点鹅黄，春在娇莺枝上。
雨湿一弯山路，燕飞千仞云冈。
轻寒滴露小垂杨，笑靥随风荡漾。

行香子·站儿巷镇芝樱花海

丝雨蒙蒙，天地氤氲。踏青游、玉女寻春。
芝樱粉艳，弱柳芽新。见云儿升，草儿嫩，狗儿亲。

酥风燕剪，柔枝莺唱，过芳丛、熏染衣裙。
出棚肚菌，流水归人。念乐无边，香无迹，了无痕。

一剪梅·两当号子

号子一声把妹留。唱到枯喉，无限温柔。
热衷不尽意幽幽。红日西投，月映东畴。

阿妹陪哥共白头。相伴山头，相伴河沟。
数间房舍一头牛。不羡琼楼，不慕王侯。

一剪梅·福桥寿桥

仙子福桥衣带飘，纤手撑伞，娇转蛮腰。
轻盈微笑舞低回，碧水连绵，樱伴妖娆。

燕子低飞剪水交，溅出珠花，激起微滔。
寿桥仙境福黎民，左旋天宫，右绕如巢。

鹧鸪天·晨韵

灿烂晨曦似火烧，满城街树着花袍。
黄鹂浅唱栖高树，紫鹊高歌立顶梢。
风习习，水滔滔。繁花织锦竞妖娆。
鱼翔水底清新见，起舞随声奏玉箫。

陈和国诗词

七绝·野草花

千花野陌散幽香，不弃青蒿不怨妆。
本自无名丛里草，该当定日放山冈。

七律·春日晨练见地摊售卖抒怀

晨步晖氲柳下长，山城映水泛朝光。
铁峰耸引千帆渡，金蕊垂摇一缕香。
几处摊前勤早客，多情背后累儿娘。
中年任有躬肩重，肯把艰难付笑强。

卜算子·青麦雨春深

青麦雨春深，长木阳天到。
钱叶芙蓉出水时，欲弄谁人俏。
红药牡丹开，立夏盈盈笑。
亦面妆浓淡抹毫，事处何凭貌？

蝶恋花·萱草青青飞乳燕（中华新韵）

萱草青青飞乳燕。似斗杨花，落又还吹乱。
五月槐香风淡淡，多愁芍药蔷薇蔓。

舍老新村拆已变。梦绕庭前，最是柔肠断。
唯有思亲谁不陷！云低树碍晴天半。

蝶恋花·岁月（中华新韵）

杏小青桃春暮岁。子燕横梁，谷雨樱花泪。
万种风情心已累，谁生怨弄香揉碎？

逝去流年言勿赘。两鬓如霜，掩面人羞愧。
夏有清凉秋有味，寒梅恋雪千般魅。

蝶恋花·行太阳寺道中（中华新韵）

径引坡延回岭转。匝目惊秋，几色重重染。
间绿奇红黄愈显，松青黛抹相匀浅。
车内谁人车外览？车外风光，车内行程赶。
景渐云消风更减，多情却甩无情远。

蝶恋花 · 秋叶 <small>（中华新韵）</small>

落落消消频叶剪。总是无情，任去西风卷。
莫道行人车复辗，秋歌向舞台前演。

洒尽苍茫春雨软。燕子飞来，喜又抒情展。
鬓发花颜相自点，须教岁岁人勤勉。

如梦令 · 野菊

时值已冬今早，人未至情还了。
不就怯陶篱，萼敛雪前生小。
寻找，寻找，残叶北风花草。

渔家傲 · 夏木阳天才月半 <small>（中华新韵）</small>

夏木阳天才月半，葱茏叶茂青枝漫。
上架蔷薇鸢尾箭。槐花散，庭前几缕清香淡。

世事何来生似愿，休言莫道千千遍。
塘里芙蓉藏水面。情难辨，风光处处撩人乱。

石玉林诗词

樱花惜

今宵烦苦雨，唯恐过亭西。
不忍红颜瘦，香消乱入泥。

题赏花人

树下枝头淡淡罗，花颜人面两相和。
问君春色分几许？应是年年费琢磨。

醉樱花

一城碧水倾红粉，岁岁佳期盼且迎。
满树繁花看不尽，斜晖明灭更风情。

报春枝

一元复始向阳开，卯兔迎春纳福来。
饱满虬枝摇绰影，花香小院等风裁。

元日漫步有寄

元日晴阳贺岁更，梅枝已发柳初萌。

平湖尚有冬深意，只待春潮破晓声。

早春

梅开两岸风香暖，柳发栏杆春尚寒。

紫气人间藏不住，欣欣树色岭崖看。

春耕备耕

二月山村景致明，陂田处处待春耕。

扶犁起垄归来晚，早做绸缪谷雨生。

两当春夜

一城红粉半堤柳，水绕平池映画楼。

最爱滨河交夜色，人花相聚不知愁。

小城无雪

东君秀尽红梅雪，始到两当步履迟。

水映灯阑花满树，莫非羞见少颜姿？

倚窗

雨后清凉过午茶，疏风分绿沁窗纱。
帘垂闭户人声静，小院谁家绽紫花。

给儿子十五岁生日寄语

雏鹰振翅起波流，身渐雄姿羽渐稠。
历雨经风成大志，会当绝顶出云头。

闲步广香苑至东山

大雪期不至，尘烟远岫围。
荷残连盖尽，柳瘦曳丝稀。
坝上金鳞跃，沙汀白鹭飞。
东亭城俯览，北水向南归。

中秋节有寄

故道千山隔，东西一水分。
金风清有韵，碧空洗无云。
喜报丰收事，屏传陇右君。
中秋团桂月，相赠共殷勤。

山行（新韵）

红黄杂碧树，彩墨点青衣。

曲水闲白鹭，荒田逸野鸡。

停车之子道，坐爱满秋荻。

揽尽金黄缕，归来日正西。

送别樱花

多情自在春宵夜，半恨鸠鸣不肯休。

啼断红消香陨尽，娇颜不敌日将流。

堪怜清骨明妃色，可叹冰肌黛玉愁。

我欲随花飘落去，萋萋芳草掩花丘。

卜算子·咏两当樱花

岁岁赴佳期，切盼传春信。山野千红竞放时，广香柳青樱粉。

花萼露清垂，丝蕊香风引，云树繁花醉路人，脉脉流天韵。

汉宫春·春夜遣怀

春醒樱枝，向南窗弄月，三两横斜。

重门幽院碎梦，何诉参差。

无端意绪，为谁倾？辗转成沙。

不若唤、诗朋酒侣，清欢共度余遐。

回首人生如梦，恰长途逆旅，莫负芳华。

愁情惜笔少墨，休寄天涯。

须晴转去，向农家，勤问桑麻。

燕过也、高楼频倚，惯看秋月春花。

满庭芳·庚子冬月贺母亲生辰有感

岁月如沙，光阴似箭，想来不敢轻提。

人皆忙碌，无奈又东西。

寿诞佳期记否，别娘早、哪个曾知？

每朝暮，辛勤劳作，华发已稀稀。

感椿萱健在，相携病老，不弃不离。

倦鸟旋，归还有树能依。

此道中年才解，个中味、夜半常随。

围炉就，寻常小菜，浓淡却相宜。

清平乐·送樱花

滨河日暮，独倚阑干处。

微雨送行花落去，最是离愁别绪。

灯下疏影依依，闻听布谷频啼。

人向长亭无计，偷抛珠泪休提。

诉衷情令·赏春

春江水暖喜寒鸦，碧波映流霞。正当三月时节，归燕觅人家。
梅吐蕊，柳生芽，丽阳斜。应邀闺友，逐笑阡陌，不负群花。

西江月·和美棉老村

村舍柳帘轻掩，蔷薇欲放还稀，
紫燕衔水筑新泥，黛瓦白墙幽闭。

翠嶂紧随车去，穿溪云雾沾衣。
时闻犬吠与鸡啼，胜却桃源和美。

张耀平诗词

冬至登东山有感

冬至登高处，临风不觉寒。
春山遥可望，日月启新端。

夜梦

山深月影徊，野径石门开。
欲觅仙踪去，周公急急催。

兴化鹿场

青峰叠翠松樟路，绿水堆金野鸭滩。
不见山林梅鹿影，只留孔雀向阳欢。

陈家沟

果老别园清气满，参天古木遍山峦。
仙童忘击钟云板，悟道黄牛鼻息鼾。

又见花落

陌上春樱缀满坡，行人驻足泪婆娑。
东风有意催花落，纵使仙翁又奈何。

夏游仙乡

夏日昼时长，晨风携暗香。
山林藏绿影，露野闪银光。
水墨亭台畔，云烟古刹旁。
游人歌且咏，美景在仙乡。

清平乐·致敬英雄航天员王亚平

星光璀璨。莫道天河远。
试看红旗凭谁展。巾帼气冲霄汉。
盘古斧劈鸿蒙。今人智取长空。
誓把巡天奇迹，写满浩渺苍穹。

清平乐·高考

太平盛世，当立潮头志。
苦尽甘来多少事，皆是青春年纪。
夙夜拥伴星光，今朝初露锋芒。
一旦蟾宫折桂，勤学何惧名扬。

调笑令

冬雪。冬雪。人间琼枝玉叶。
隔窗遥望天庭。月貌花容冷清。
清冷。清冷。可是嫦娥倩影?

西江月·冬愁

薄雾染林如雪,晨晖落地为霜。
横飞白鹭欲追光。惊起几层风浪。

往昔梦回彼岸,今朝何处彷徨。
廊桥数度换新装。谁在凭栏惆怅。

孙红刚诗词

初见（中华新韵）

曲径通幽夏掩扉，篱边秀色伴蔷薇。
淡香阵阵无人面，嬉闹蜂蝶比翼飞。

喜迎二十大（中华新韵）

禹甸同追梦，神州共喜装。
举国逢盛会，踔厉谱华章。
巨笔书宏愿，德泽惠梓桑。
昂首逐丽日，四海任腾翔。

山居偶感（平水韵）

绵绵微雨后，时令已中秋。
结伴林中去，松深可探幽。
听涛寻美味，烹饪胜珍馐。
远目青山外，白驹任自游。

浣溪沙·望乡 （词林正韵）

溪水清清驰念长，隔屏眺望费思量，此心可寄是吾乡。
羁旅红尘身似客，椿萱并茂菜根香，且凭杯酒暖愁肠。

鹧鸪天·咏广金蜂蜜 （中华新韵）

雾锁云深境若仙，花开花落似等闲。
耕耘春夏成佳酿，收获秋冬化美甘。
蜂蝶闹，舞翩跹。韶光不负筑华年。
丰盈喜悦何如此？风雨兼程勤作先。

鹧鸪天·庚子中秋父亲生辰感吟 （中华新韵）

笑语盈盈映玉钟，儿孙满座醉颜红。
适逢寿诞观秋月，巧遇双节唱古风。
明月夜，喜相逢，普天共庆祝福同。
家邦齐谱和谐曲，国事亲情一梦中。

罗乐诗词

秋

木萧催果实，叶晃促黄堆。
月冷客惊梦，虫眠草独偎。

冬夜饮酒

细雨煮长夜，西风冷露稠。
寒霜凋月谢，杯酒涤怊惆。

七绝·风雪

啸压声音第一流，朝融暮落枉千秋。
白衣病木披尤冷，不覆尘间肯罢休？

山城黄昏

山亭逸兴向烟霞，暮色无边暗自嗟。
形迹还如江上鹤，生涯却似指间沙。

心含朝暮无殊别，足涉春秋晓异差。
也叹黄粱终难抵，氤氲此际一浮华。

秋日小令

清泉犹抱柳，长堤暗合秋。不见月光皎皎，街灯如昼。
举酒秋凉袖，停杯心举秋。毕竟浮生迢迢，琐事难休。

罗敷媚·听夏

蝉鸣娇曲潇潇雨，山影蒙蒙，水气蒙蒙。暮色苍然阡陌中。
沼池半夏悠云醒，夏日融融，虹彩融融。香远清圆十里风。

赵芳诗词

题两当芝樱花

何处觅知音，山高古道深。
齐眉真粉色，常被翰林寻。

故道留香

一夜樱花十里春，粉燃惊动小城人。
多情最是诗和雨，漫笔留香故道新。

樱花醉

潜夜来时声默默，月移裙影梦留春。
自成一景画楼外，无憾三生玉骨滨。
总寄香心雷破雨，宛然轻笛曲飞唇。
刘郎闲下无花事，玉笔常勾翡翠人。

题两当县云屏三峡

白纱云帐影迷离，灵秀巍然共出奇。
黑水含烟松碧立，青峰过壁画逶迤。
一山分岭襟秦陇，两水开门望蜀旗。
三峡流春逢谷雨，已将仙女化成诗。

万里春

樱花节令，正是春和游胜。
广香河，水韵流香，帜高旗舞岭。
重拾红军影，走红路，振提心省。
耀中华，大地祥和，志真精神领。

郭军诗词

山城探幽

福地寻幽非遁世，羲之家谱此全存。
明清西汉街犹在，不见唐臣吴郁门。

云屏三峡

峰奇石异瀑如倾，襟陇通巴秦道惊。
三峡幽悠云屏隐，可邀果老共修行。

五月小城花最稠

红尘五月两当来，正是繁英恣意开。
七里香闻香十里，狼牙刺放覆三垓。

方淋花雨通幽径，更见芬芳满绿槐。
秦岭南风熏客梦，广香河畔最悠哉。

题两当果老洞

灵官峡里云蒸处，谁个修行掷竹鞭。
白鹤白松皆造化，白驴白纸也奇玄。
等闲倚塌登真洞，自在飞棋映月泉。
欲问仙翁多少岁，悬宫紫气不知年。

兵行陇南

几度边州起角声，兵家必与陇南争。
阴平士载曾征蜀，吴玠徽成敢请缨。
千古云开哈达铺，三更枪起两当城。
挥师四县何人是？十万红军陇上行。

海棠春·樱花

娇妍不比樱花树，遍装点、李唐琼户。
岂怪越千年，香漫东瀛去。
夜来风雨流英聚，梦欲醒、芳魂怎数。
晓有燕莺啼，蕊密无寻处。

文川诗词

咏樱花

（一）

春来灿若霞，秋后叶堪夸。
本是扶桑种，神州处处家。

（二）

拍客骚人聚两当，广香河畔赏春光。
樱花十里游人醉，更有纤歌舞靓装。

赴太阳红军街

党徽闪耀党旗飘，党史光荣党性高。
再走红军艰苦路，重温誓语壮情操。

云屏三峡采风

（一）

为报盛情重进沟，骚人拍客结同游。
神龟隐现双峰耸，蜀道蜿蜒三峡幽。

长寿村头银杏老，莲花石上岁纹悠。
一杯清酒红歌起，笑语欢声久不收。

（二）

樱花时节拍娉婷，号子声中感空灵。
红色两当激斗志，葱茏三峡恋云屏。
山珍野味香难忘，篝火锅庄舞不停。
仙酒一杯醉山水，诗情万缕久幽馨。

马娃诗词

云屏三峡观山（新韵）

两面嶙峋一水开，余从谷底识虚怀。
白云几簇随风摆，正在山腰长起来。

两当号子（新韵）

场上歌声动翠微，咿呀好似问阿谁。
虽然不解画眉语，但见羞蛾得意飞。

注：画眉语：因两当号子中有经典曲《画眉鸟儿跳架上》，故用该语双关。

云屏镇跳锅庄（新韵）

宴罢茶足欲起程，农家篝火早熊熊。
不辞盛意忙拉手，曼舞高歌载太平。

大槐树下听红军事迹

人间感动向来多，广播煽情奈我何？
入耳却成催泪弹，一双虎目总婆娑。

红军村见雕塑军号（新韵）

莫把良驹放野山，新时战场尽谜团。
公园塑把冲锋号，响在乡亲醉梦间。

樱花节即景（新韵）

历翻三月尽，故道正芳春。
千树粉蝶影，一城浪漫心。
旗袍油纸伞，碎步绿罗裙。
见客争相摄，羞红两片云。

过黄各达小木屋（新韵）

黄各达上小田园，异域风格别有天。
座座幽居连曲径，萋萋草地隐流泉。
闲观岭浪舒襟抱，醉卧山床得自然。
但使他乡能养老，不独果老是真仙。

参观档案馆有感（新韵）

丰姿儒雅几娉婷，带我三维隧道行。
岁月风干书页上，山川缩小地图中。
集得故事成标本，提炼文明作血清。
馆里四隅一纵目，俨然处处是洪钟。

访果老洞（新韵）

百里寻仙慕道名，灵官峡里见萍踪。
鸳鸯洞府成张果，钦点肩舆顾此翁。
蹈海东游因大义，开缘入世眷浮生。
一从顿悟无前后，倒坐白驴自在行。

两当兵变纪念馆（新韵）

总被激情动寸心，男儿抆泪且行吟。
插图有字说功过，史册无言载旧勋。
柜列军装不掉色，周遭故事在翻新。
峥嵘岁月回头看，尽是前人励后人。

林阔诗词

咏卫国戍边英雄

报国守边关，一去不复还。
冰川踩脚下，戍边志如山。
血洒光华吐，英雄驱敌顽。
舍身惟祖国，豪气贯河山。

咏喀喇昆仑卫国戍边英雄甘肃陇南两当

立志报国守边疆，脚步丈量我界防。
翻越雪峰不怕难，驱除贼寇士气昂，
贱寇理屈耍鬼伎，顽敌蓄谋先开抢。
敢共群狼争疆土，男儿震怒灭豺狼。

破阵子·向卫国戍边喀喇昆仑英雄致敬

喀喇昆仑铸剑，寒来暑往巡营。
雪岭界碑凭赤子，剑胆惊魂破敌营。戍边保太平。
加勒万河惊险，犯吾中华必惩。
卫国牺牲何所畏，报国忠心史载名。丹心照汗青。

秋雨诗词

少年游·樱花（词林正韵）

轻烟疏雨漫江天，骚客忘流连。
琼姿媚眼，幽香清淡，家燕似梭穿。

长堤画外余春醉，蜂蝶也狂癫。
续写群芳，婉羞含笑，阳月舞翩跹。

张寒喜诗词

醉美两当

（一）

广香河畔照丹晖，墨染阳春醉翠薇。

碧草映天山出秀，琼花媚景水生肥。

圣贤挥手乌云去，骁将安身紫气归。

伟业扬眉舒道义，旌旗招展耀鸿威。

（二）

温情信步赏樱花，红粉沿街绽碧霞。

两当城中清水秀，烟村亭外玉枝嘉。

馨园俊鸟衔芳草，福地和风抚嫩芽。

绿柳羞容含蜜意，喜看淑女舞云纱。

（三）

新城碧水荡清波，妙赞中蜂酿蜜萝。

重走长征温党史，探寻大印唱红歌。

当年百姓甘甜少，时下全民幸福多。

沉醉阳春花瓣雨，临风舒展舞姿娑。

张国栋诗词

参观两当兵变纪念馆

崇尚英雄于展馆，光辉形象映蓝天。
舍生忘死为民众，红色基因世代传。

两当秋色

仙女红唇吻遍山，素绫绸带舞林间。
如潮游客赏秋韵，采菊东篱喜笑颜。

灵官峡

峡中天际一丝宽，绝壁奇峰众赞叹。
四季风光如画卷，嘉陵江水激流湍。

古道往事

镶嵌徽凤二县间，党参布满两边山。
奔腾而过三河水，古道观光一日还。

琵琶秋水

一尊歌女抱琵琶，专注轻弹坐卧斜。
柔指拨弦心惬意，如云巉险最奇葩。

中国深呼吸小城

到处繁花扑鼻香，鸟儿树上唱声扬。
尽情享受慢生活，敲击键盘不紧张。

书圣王羲之家谱

失火熊熊神秘密，现身书圣王羲之。
保存完整真家谱，从此两当天下知。

青酒飘香

上乘玉米做琼浆，泉水高温酿酒香。
清肺眼明功大现，醇正甘爽味悠长。

子兰诗词

喜闻两当樱花节有寄

总迷花事与花神，万点樱姿堪逗人。
花海芬芳春色里，广香河畔最情真。

高永久诗词

水调歌头·咏两当樱花

胭脂染四野，曼妙聚双眸。
芬芳妖娆，两当嘉木惹人游。
姿色萌情适意，叶面醉心悦目，月下映溪湫。
玉枝鸣玄鸟，布谷唱风流。

丽质洁，娇容艳，亦清幽。
霞光装点，花绕英烈韵碑楼。
不比朱樱炫耀，只要紫荆浪漫，似雨洒红州。
故道三春景，一树咏千秋。

何巧巧诗词

陇南诗词采风红色两当（新韵）

红旗招展映村郭，再踏重山翠岭坡。
号角如闻添斗志，樱开烂漫百年梭。

行香子·两当樱花赋（秦观体）

绿正清扬。粉且幽香。
聚当时、骚客徜徉。
玉姿曳曳，锦绣街长。
妙英团团，沐朝气，醉春光。

引蝶蜂忙。喜燕空翔。
憾微蒙、堤岸夷凉。
可曾关碍，赋咏华章？
雨沾樱花，美人相，更乖张。

赵晓滨诗词

樱花

如约当春发，繁枝压短墙。

芳姿无俗态，玉面泛清光。

蝶闹身犹静，月移情自长。

拂云描锦绣，落地有余香。

刘有生诗词

遥寄两当

樱似秋霞浮两当，一池碧水半城光。

三山倒映屏中近，烂漫遥来隔岸香。

张玉庆诗词

咏樱花

秾姿异彩点春风，万卉争芳日正红。
谁向神州添锦绣，清高淡泊不邀功。

梁贵平诗词

长相思·樱花园

花簇团，妹簇团。
相映春光闹一园。
钟楼驻表盘。
地纾宽，天纾宽。
纵任心儿腾纸鸢。
远飞芳意牵。

方小龙诗词

醉樱花

三月春风催花艳，香流故道满天飞。
佳人最是多情醉，抱得芳菲不舍归。

袁沁哲诗词

醉美两当

春醉两当千树红，游人头上贯长虹。
蜂鸣蝶舞花香烈，鸟唱天阴雨雾蒙。
洞锁云踪腾绿浪，山亲客影裹青绒。
红心照夜烟尘远，喜见黄童逗老翁。

田雨燕诗词

南仙吕·醉罗歌·两当樱花节

裁锦裁锦霞花瓣，妆树妆树玉容颜。
春色流连几河湾，惹果老痴痴看。
瑶池应到，不是世间。
蓬莱竟遇，不是世间。
远观近嗅忘了赞。
美目盼，玉臂挽，仙娥月下舞姗姗。

朱俊强诗词

红色两当樱花节

竞秀喧妍红色地，容光焕发耀青乾。
天生自是多情种，独舞香风万蝶怜。

于果诗词

采桑子·樱花

阳春时节樱花绽，香艳枝繁。香艳枝繁。
锦簇团团、留恋竟忘还。
悠然喟叹春光短，厌雨缠绵。厌雨缠绵。
轻拾残英、一瓣入诗田。

董少文诗词

两当樱花节

春暮红樱闹，引来蜂蝶多。
花融云顶雾，芳沁广香河。
文友挥烟墨，娇娥踏九歌。
夜深篝火跳，乐舞醉颜酡。

鱼树雄诗词

谒两当兵变兼咏樱花

缤纷摇曳里，兵变响春雷。
艳艳招游旅，英英醉晕腮。
缅怀红色记，奋斗紫宸裁。
史馆人留影，清风四处来。

清平乐·谒两当兵变纪念馆兼咏樱花

莫嫌春老，敬谒红军道，踏遍峰峦迎晨晓，是处樱花开了。
社稷梦境安排，伟人烟雨烽台。泪里英雄造影，神州锦绣谁裁？

陈丛俊诗词

樱花颂

（一）

暖暖东风满城晖，樱花几点迎春回。
昨日枝头几时艳，今时皱眉尘埃归。

（二）

一奶多胞姐妹红，三月雀跃尘世游。
虽然人间不常在，无私奉献送温柔。

阿丑诗词

少年游·樱花时节

飞花山寺驻云天。冈上听春鹃。
樱姿烂漫，牡丹韵散，垂柳倒空悬。
西楼高处燕双对，栏外啄泥潭。
河池烟荡，丽人含笑，两当唱梨园。

何长明诗词

两当樱花

浪漫樱花染两当，芬芳馥郁助诗章。
阳春三月何曾老，红色情长故道长。

廖进诗词

临江仙·樱花

嫩红娇羞花枝俏，芳郊陌野娉婷。
和风雨润吐繁英。
阁前穿紫燕，槛外唱黄莺。
莫负当年盟钿约，依栏柔语嘤嘤。
夕阳西下映廊庭。
一帘花弄影，好梦伴春声。

蒋志超诗词

两当樱花

十里嫣红戏彩云，暮春时节竞缤纷。
芳心缘底谁猜透，半等东风半等君。

廖军晖诗词

万里春·屏享两当樱花

樱花烂漫。故道三春红遍。
引骚人、涉远躬亲，醉双眸忘返。

世上多香绽。赏桃杏、牡丹依恋。
目前迷、抒尽情怀，美中华璀璨。

李广娟诗词

菩萨蛮·樱花

风柔丝雨春光媚，拾阶移步观芳菲。

鸿影燕归飞，香魂十里来。

试看樱蕊美，几点红流泪。

遍地粉如梅，可叹春已萎。

高加强诗词

题两当县樱花节（新韵）

千树花开动小城，香飘万缕醉春风。

谁邀远客来相聚，红色之乡色更浓。

杨月忠诗词

咏两当樱花

锦簇流香韵满枝，翩翩蝴蝶弄芳姿。
两当春色陶人醉，浪漫缤纷赋成诗。

鱼水翔诗词

蝶恋花·两当樱花绽放、血染红色记忆

春溢广香河两岸，秀水明眸，锦簇迷人眼。
云客烟霞香扑面，樱花漫道春红遍。

玉骨香魂追慎远，碑石浮雕，血染英雄传。
梦卧花丛情缱绻，后昆垂裕歌无限。

蒋维进诗词

樱花

樱花一夜满城芳，诗客游人情更狂。
最是青山真美丽，陇南大地溢春光。

康益诗词

两当樱花

春深三月好张狂，万紫千红染两当。
最是兰樱多烂漫，花开时节满城香。

张卫红诗词

醉花阴·咏两当樱花

千朵紫彤霞映日。云锦谁裁出。
香径彩纷扬，粉雪诗魂，华婉惊心魄。

玉妍秀色丹青笔。斜影移今夕。
风韵醉游人，把袂悠然，细墨描清逸。

曹补珍诗词

樱花诗

幽香色粉绽春天，骚客挥毫赋韵篇。
蝴蝶纷飞添画意，黄莺频啭舞蹁跹。
樱花露蕊山川秀，晓雾雕云广宇缠。
夜隐轻风流律动，游人艳羡醉缠绵。

张海厚古风两首

立春感怀

疫情过后玉宇清，迎来癸卯艳阳春。

欲上昆仑踏冰雪，又想鸳鸯访真人。

亲朋千里微信见，远古神话俱成真。

社会日日在前进，观念时时要更新。

广香河铭

山不在高，有仙则名；水不在深，有龙则灵。

鸳鸯仙山，张果修行；名列仙班，朝野震动！

有水广香。源远流长；穿越万壑，途经两当。

南下巴蜀，入嘉陵江。

三十年代，兵变枪响；沿广香河，逆流而上。

之后红军，两到太阳；北上抗日，救国危亡。

广香河水，巨龙飞翔；人间正道，历尽沧桑。

而今广香，已换盛装，夹岸樱花，十里芳香。

高楼林立，路道宽敞；名花异草，四季绽放。

河水清清，蓝天朗朗；芳草萋萋，惠风凉凉。

白鹭戏水，紫燕飞翔；黄雀啾啾，画眉鸣唱。

回忆从前，感慨泣荒；三伏干旱，河水潜藏。
水磨停转，庄稼枯黄；热浪阵阵，人畜皆恙。
若逢大雨，河水暴涨；浊浪汹涌，如蛟乖张。
毁田坏屋，人人恐慌。东西尺咫，隔河相望。
今昔对比，人间天上！

七桥横卧，东西通畅；福寿两桥，人最向往。
选址适宜，造型大方；艺术实用，利于健康。
游人如织，神采飞扬；夜晚登桥，灯火辉煌。
河中倒影，水色天光；如到蓬莱，如临苏杭。

兵变纪念，红色馆藏；全国各地，慕名两当。
接受教育，初心不忘；革命传统，牢记心房。
锐意进取，民富国强。广香巨龙，昂首飞翔！
有水有山，有仙有龙，龙是红军，龙是精神。
如是两当，当歌当铭。

徐正国古风一首

两当樱花赞

一路繁花夹云彩，满城落瓣粉飞红。
香风最是惹游客，漫笔流香诗不同。